黑牢城

Arioka Citadel case

米澤穗信

Yonezawa Honobu

目次

序章　因　005
第一章　雪夜燈籠　019
第二章　花影功名　113
第三章　遠雷念佛　207
第四章　落日孤影　309
終章　果　395

序章　因

前進乃極樂，後退即地獄——

英勇之聲自難波潟涉水而過。戰鬥、戰鬥，如此方能走上救贖之道！那聲響驅使著眾人不斷前行。應仁大亂（註1）已過百年，本國再無任何港口海灣是不曾發生戰爭之處，大量氏族興起、又陸續滅亡。飢餓、疾病、戰爭，互為惡因及惡果，憂患世間滿是苦痛。要逃脫那苦難唯有前進，若是戰死則毫無疑問可往生極樂。前進乃極樂，後退即地獄，那聲響在耳邊反覆迴盪。

攝津國大坂不知何時聚集了眾多一向宗（註2）門徒，建立起能讓他們專心禮佛的大伽藍，並將其命名為本願寺。亂世之中不免要築起護城河和土壘，還將武器軍糧等物盡搬了進去，如今也成為一座不像寺院也非城池的要塞。其後門主（註3）飛檄，告知眾人若不參與這場討伐織田、護持佛法的戰役者將立即逐出佛門。自那以後，時光又飛逝了八年。

悠悠信口雌黃的京城小兒們，為了排解鎮日憂愁而講起了沒來由的流言。人人憂心織田與本願寺誰勝誰負，然大坂本身雖難以攻陷，本願寺卻又似無勝算。然而，本願寺已與毛利攜手。一方是擊退武田、上杉而如日中天的織田；另一方則是統領山陰、山陽十州的強豪毛利，此戰結果將倒向何方仍未可知。話雖如此——

天正六年十一月，正是那樣的時節。

---

1 即應仁之亂，發生於室町幕府第八代將軍足利義政時期的內亂。主要是細川勝元與山名宗全兩勢力的鬥爭因將軍繼承問題而更加激化，動亂時間長達十年、範圍遍及大部分日本國土。此次動亂最終導致幕府和守護大名權勢下滑，最終進入平民、土豪、守護代等爭相崛起鬥爭的戰國時代。

2 淨土真宗，一向宗為其俗稱。是日本佛教主要宗派之一。

3 意指住持或一山一派之長，此指當時的本願寺第十一代法主顯如。

大坂位處城寨牆垣的環繞之中。

織田在越前戰勝一向一揆（註4）、在伊勢也取得勝利，卻始終無法攻下大坂。大坂周遭不斷地新建起城廓和壁壘，彷彿是不讓本願寺的念經聲流瀉出去般滴水不漏。就連原先便存在的城廓，也請人重新整修得更為堅固。天王寺砦如此、大和田城亦然，但是樣貌變化最大的，乃是大坂向北步行約半日路程的伊丹鄉之城。除了那些從村裡召集來的工人們，就連武士也親自搬起石子，而建造的新城打從根基設計就和過往不同。

本國之城池原先並非保護城鎮之用，城池的目的在於阻擋軍勢、防禦敵襲，因此多半建於遠離人煙的山上、又或沿著街道建築。然而伊丹的新城並非如此。壕溝及柵木完全包圍了城鎮、周遭還插滿防衛用的刺木，將整個伊丹鄉都包圍在其中，此型態乃為總廓（註5）。伊丹位於地勢平緩的攝津國北部，該巨城宛如人類築起的山丘。伴天連路易斯・佛洛伊斯（註6）也曾言道此大城塞「甚為壯大、實乃宏偉」，而其名如今也更改為有岡城。

現下正有背負重物之人馬依序進入有岡城。行李內容物各式各樣，有米、有鹽、有味噌、有薪柴、有竹木、還搬運了金銀銅錢。鉛、火藥、鐵、皮革，這所有的東西都被搬進了有岡城。辦完事的人無不鬆了口氣，快步離開了此城。畢竟任誰都能明白，之所以會運這些東西進城，肯定是即將開戰的證據。

眼光犀利些的，不免疑惑起究竟是哪方與哪方的戰爭。有岡城的城主大人可是完全站在織

4　一揆意指起義民變。一向一揆為淨土真宗本願寺派信徒向當權者所發起的聖戰。

5　日本城池構造的一種，結構上由城牆、土壘、護城河等將城下町一起圍起來。又稱總曲輪。

6　伴天連為當時的人們對基督教傳教士的稱呼，源自葡萄牙文的「padre」。路易斯・佛洛伊斯為葡萄牙籍耶穌會傳教士，曾面見織田信長和豐臣秀吉，留下《日本史》和《日歐文化比較》等重要著作。

田那方的，而這一帶能與織田為敵的正是大坂的本願寺，然而和尚們的周遭已被重重包圍了，他們也不可能攻來這兒，怎麼也對不上呀。但此類人士終究也擔憂自身後難，並沒有向城裡問問這場仗的對手究竟是何許人，只顧匆匆離去。

——在有岡城最深處那座高聳的天守（註7）上，有個俯瞰往來人群的男人。

這男人體型壯碩如巨岩，膚色略深、瞇得細長且下垂的雙眼似乎帶著倦意，旁人看了或許會認為這人十分魯鈍。但他可是在戰場上經歷過熊熊烈火般的激烈戰鬥、難得開口也能立即能說服眾人、需要時也可驅使奸計擾亂世間的亂世武士。年約四十過半的他，正是有岡城之主，由織田家授予攝津一職支配（註8）的一世之雄——荒木攝津守村重。

忽聞樓下傳來腳步聲，警備之人瞬間緊繃了身子。上到天守頂層的武士在村重身後跪下，揚起粗嗓子。

「急報！有自稱為織田方使者之人求見。」

村重一語不發了好一會兒。這究竟是第幾個使者了呢？但聽來有些奇妙。來報者並非說那個人是織田方的使者，而是「自稱」織田方之使者？村重緩緩回頭。

「來者何人。」

「是。」武士的聲音聽來也有些疑惑。

「他自稱小寺。」

「什麼？」

村重皺起了眉。

7　日本城池中代表全城的象徵建築物，被視為最核心的軍政設施。

8　此指織田政權推行的政治支配體制。將以一國或一郡為單位的地域支配權，交付給旗下的將領。

「小寺應該已經離開織田身邊、轉而投靠毛利，怎麼可能說自己是織田方，還擔任他的使者呢！」

「是！但對方確實告知為小寺，全名乃小寺官兵衛。」

村重稍稍睜大了眼，嘴角也放鬆了些。

「這樣啊，是官兵衛呀。可真是一別不見許久呢，就見一見吧。」

武士低下頭，告知官兵衛已在屋中等候。

小寺官兵衛，原名黑田官兵衛，獲主君賜姓而在對外時皆以小寺自稱。

他可是個評價相當優異之人。用起長槍出神入化、御馬有方；麾下有良士、可堅守要害；若令其領兵則可斬獲佳績……簡單來說，小寺官兵衛乃是一名良將。但村重認為即使把這些讚美之詞全都拿出來提一遍，也不足以說明官兵衛究竟是個什麼樣的人物。

村重命人將官兵衛帶去屋宅的廣間（註9），那裡的裝飾架上擺著黃色調的茶壺，上有銘號「寅申」。這壺可是名品中的名品，遽聞可以用它換得城池一座。將這個壺擺在此處裝飾，是村重對官兵衛展現的禮數。

村重命身旁的近侍拉開紙門、走進了廣間。官兵衛盤腿坐著、雙手握拳放在地面、正深深地叩首。村重命近侍退下後，也請官兵衛坐起身子。

「抬頭吧。」

「是！」

官兵衛俐落地回應後便直起身子。

他畢竟已經年過三十，不能說是什麼年輕武者了，但官兵衛看起來就是很年輕、是個容

9　日式屋宅中的寬敞房間，在武家建築中通常位處最接近玄關的位置，用於接待或商議。

貌秀麗的武士。即使雙唇緊閉，那拉緊的嘴角也隱約帶著些笑意，而略微纖細的身形也給人相當柔和的感覺。但村重相當明白，這個在旁人眼裡看來優雅的男人雖身處小寺家、卻又是織田的支持者，在播磨可是最輕忽不得的對象。

「您願意見在下，實在感激不盡。」

官兵衛話聲朗朗，然而在村重耳中，聽來似乎比往日沉重了些。

「官兵衛，好久不見啦。」

「是，確實如此。」

村重與官兵衛曾並肩在同一個戰場上作戰，雖然村重乃是荒木家之主，而官兵衛只不過是小寺家的家臣，兩人身分天差地遠，但村重還是經常向官兵衛搭話。因為他知道官兵衛絕非尋常人物。

官兵衛端正地行了個禮。

「攝津守大人心情愉悅，官兵衛也為您感到開心。」

對於如此客氣的說詞，村重也只能苦笑著回應。

「你也平安無事真是太好了，美濃守大人近來好嗎？」

「此等時節家父也無法輕鬆隱居了，目前正固守姫路。前些日子不斷向我提及他相當擔心在下送到織田處之人質，想來家父也已垂垂老矣，未免令人憂心。」

「喔？你送了人質到織田那兒？」

官兵衛一臉詫異。

「您不曉得嗎？是的，在下送了。」

「播磨已經交由羽柴筑前（註10）管理，收了哪兒的人質什麼的，筑前並不會一一告知於

10　即為日後的豐臣秀吉，當時名為羽柴秀吉，筑前守為當時武家拜領之虛名官職的一種。

我。」

「原來如此。」

「我的兒子松壽丸於前些日子已作為織田家人質，送往羽柴大人處。」

官兵衛正了正身子。

「這樣啊，難怪美濃守大人要擔心了。」

「怎麼會呢？羽柴家中還有竹中半兵衛（註11）大人在，想來有助於文武兩道的修養才是。」

村重回不上話。羽柴筑前守秀吉確實應該不致於怠慢了人質，但他的家臣，也就是那個叫竹中半兵衛的男人實在過於精明，時常不知道他到底在想些什麼。村重想著，官兵衛如此信任竹中半兵衛，多半是因為兩人極為相似、有著相同之處吧。

官兵衛臉上略顯羞愧。

「我竟然將時間耗費在犬子毫無助益的話題上，在下並非是要對您提這些才前來此處的。」

他的嘴角略略揚起笑意。

「在下已拜見過您的城下，確實是在準備作戰的樣子呢。先前聽說攝津守大人做好了堅守城池的準備時，我還心想怎麼可能有這回事，想來不過是些粗心大意之人將一般的準備說得誇張了些，結果錯的竟是在下。看來攝津守大人您確實——背叛了織田哪。」

村重依然不發一語。因為根本不需要回答。

荒木村重確實背叛了織田家。

這座有岡城再過不久之後，就會被數萬的織田軍給包圍。

11　原名竹中重治，通稱半兵衛，作為秀吉的參謀大為活躍。世人將他與黑田官兵衛合稱「兩兵衛」，在後世的創作與逸聞中皆將兩人塑造為天才軍師的形象。

略帶紅意的日光從紙門上方的窗櫺射進來。此時村重緩緩地開口。

「你也是來說服我的嗎?已經來過很多人,我也數不清啦。」

官兵衛點點頭,流暢地說道:「想來理當如此。若現在攝津守大人謀反,實在是晴天霹靂,眼下織田家中的所有人都似是熱鍋上的螞蟻、急得團團轉。要是能夠說服攝津守大人改變心意,那麼不管多少人、不管幾次他們都會派人過來的。」

「所以你小寺官兵衛也來了嗎?我認為這並非藤兵衛大人的指示,你倒是說說。」

小寺藤兵衛尉政職正是官兵衛的主君,不過這幾年來,官兵衛幾乎是同時幫織田和小寺兩邊工作。雖然自古以來侍奉兩名主君者並不罕見,然而事到如今刻意提起小寺之名,官兵衛也不禁一臉尷尬。

「確實小寺家與攝津守大人已成為站在同一邊的夥伴,因此在下並非承主公指示而來。於有岡城叨擾之時,還望您能暫且忘卻小寺之名。在下不過就是官兵衛。」

「好吧。」

村重揚起下巴。

「那麼,這個『不過就是官兵衛』是為了何事前來呢?是要告訴我現在還來得及請求原諒、要是有哪兒不足的還請直言,或者是要我前往安土(註12)向信長道歉……先前諸位說的都是類似的勸誡,之後便離開了。你也是來說這些話的嗎?」

「在下很想說確實如您所述,但實際上並非如此。要是說那些話能生效,我當然會說,但顯然是有些困難。」

「那麼你想說什麼呢?」

---

12 織田信長於近江國安土山(位於今天的滋賀縣)建築的山城,為其統一天下計畫的據點。

官兵衛莞爾一笑。

「首先，官兵衛可真是嚇壞了。如今背叛織田，想來是要靠攏毛利、本願寺等處吧？在下實在是做夢也想不到。現下攝津守大人靠向毛利的話，織田確實會大感困擾，羽柴大人進入播磨的軍勢也就會僵持在那兒了。真不愧是攝津守大人，說起來這確實是個相當好的時機、也就只有現在能這麼做，這實在是一手妙棋。」

「那麼官兵衛，你……」

村重開口問道。

「要來我麾下嗎？我願意重用你。」

「恕在下婉拒。」

官兵衛臉上依然帶著笑容。

「確實此次謀反乃是神機妙算，但也得要看能否擊退蜂擁而至的織田大軍哪。在下並非是來請攝津守大人去向信長公道歉，只是為了向您說句話才會來到此地。」

「一句話嗎？」

村重凝視著官兵衛。

「好，那你說吧。」

「好的。」

官兵衛忽然一臉正經、語氣沉重地放話。

「這場戰爭，您沒有勝算的。」

廣間裡瞬間陷入一片死寂。

村重不發一語。開戰之前跑來說什麼「你不會贏」，光憑此點他便可以斬了官兵衛。但村重只說了句：「說下去。」

官兵衛毫不遲疑，繼續說道。

「在下官兵衛也是身處亂世之武士，要是認為攝津守大人能夠勝利，必定二話不說就拜入您的麾下。但是尾張那方可不是什麼老弱殘兵，織田能在亂世中屢戰屢勝，其強悍和兵力實非尋常。放眼望去整個北攝，能夠作為織田對手的也就是這座有岡城了。但即使是固若金湯的城池，光靠一座城，恐怕也只是重演那仰賴信貴山城的松永彈正大人的下場吧。」

村重開口。

老將松永彈正久秀在去年於大和國之地謀反，終究寡不敵眾，於自家城中放火自盡。

「彈正並無後方援軍，所以才會戰敗。」

官兵衛好似正等著這句話，立即回道。

「攝津守大人您的後援，想必就是毛利了吧。您深信毛利那兒會派人奔過山陽道前來救援有岡城。」

官兵衛併攏雙膝繼續勸說。

「他們不會來的。毛利……毛利右馬頭輝元本就不是那種人。信長公為了救援長篠城能夠一路出兵到三河，但右馬頭可沒法做一樣的事。就算撕裂在下的嘴，自然也是無法說織田方是正直之人，但毛利可是更上層樓的謀略家。攝津守大人您為何那樣相信右馬頭那些人呢？官兵衛實在深感遺憾。」

原先看起來一臉睡意的村重，此時才皺了皺臉，官兵衛的話完全刺中他憂心之處。這次謀反已經過反覆演練策劃，要拿下信長首級並非難事。村重也已多次和毛利及本願寺簽訂誓約，訂下了好幾層的約束。毛利麾下兵將有許多值得信賴之人，北攝幾乎都遵循村重的指示，播磨的國眾（註13）也多半應允村重的邀請。被世人稱為一方名將的荒木村重，可是名符其實、面面俱到地讓自己更上層樓。

但是，唯有一點，如今毛利家家主輝元是否真是足以信賴之人，這點就連村重也無法確信。而官兵衛也直指了問題的核心。

官兵衛屏氣凝神等待村重回話，他的眼神綻放出熱情，村重也在他的眼底深處，看見了他對於事物正確認知的自負。

果然哪……村重想著。

官兵衛實在不是單純的良將而已，擅長弓馬之將、長於作戰之將、善於整頓村落之將，這世間上多得很。然而官兵衛的能力並不僅限於此，他能夠綜觀大局。他可以在放眼大局之後，一出手便指出要點。能做到這點的人實在不多。最麻煩的地方，就是官兵衛本人很明白自身獨具慧眼。

然而現下不管官兵衛一人說了什麼，都已無法阻止謀反一事。計畫已開始進行，早就不是村重一人的決定便能左右之事。即使如此，村重仍讓官兵衛開口，理由只有一個，正是為了評估官兵衛是否會阻礙此場謀反事宜。而現在，村重的評估已經有了定案。

「官兵衛。」

他的聲音帶著些許憐憫。

「你所說的話，確實讓我在意。光憑這一點，恐怕就不能讓你回去了。要是你回到播磨，不光是小寺，恐怕連靠向毛利的播磨國眾也都要紛紛倒向織田，這對我來說可是個麻煩。」

村重隨即壓低聲音喊道：「出來。」

---

13 地方的有力人士或武裝勢力。

廣間三面紙門唰地全拉了開，十多名全副武裝的武士湧了進來。他們是守衛村重的御前眾，都是由荒木家中精挑細選出來的精兵。說時遲那時快，官兵衛已被長槍槍尖給包圍了。

但死到臨頭的官兵衛卻依然面露微笑。

「——果然是如此嗎。」

聽見對方語氣平淡，村重皺起了眉。

「莫非你是有所覺悟而來的嗎。」

「畢竟可是進到意欲謀反的城池呢，原先就沒打算能活著回去。」

「那你為何要來！你我曾一同在沙場並肩馳騁，我不會刻意為難你，但要是你沒來就好了。」

「羽柴筑前大人命我來，實在無法拒絕。不，其實……」

官兵衛就像是要等人斬首一般，自己把脖子伸了出去。

「在這亂世裡多少有些疲憊。要是能為羽柴大人盡點義而死，那也算是不愧對武士的身分，黑田的處世之道也能被流傳下去……在下的命運，約莫就是如此了吧。」

這樣乾脆實在了不起，村重是這麼想的。

然而他說出口的卻是：

「我不殺你。」

官兵衛果然一臉錯愕地皺起眉。

「……這樣的話，在下就告退了。」

「不，我也不打算讓你回去。」

包圍官兵衛的御前眾文風不動，所有的長槍依然對著官兵衛。官兵衛臉上血色盡失。

「攝津守大人，您這是什麼意思？」

「這不難懂吧，官兵衛，我要把你抓起來。在戰爭結束以前，你就留在這有岡城吧。」

官兵衛瞬間啞口無言。但似是被眼前槍尖的光芒給拉回神，好不容易才張開嘴巴。

「您在說什麼呢。讓使者回去是固有規則、若不讓使者回去則斬首也是武家的慣例，怎麼能做出世俗習慣不曾發生之事……」

官兵衛臉色有些蒼白，勉強擠出了接下來的話語。

「……這樣會有因果循環報應的。」

「這也是謀略呀，我放你一條生路打算為我所用，不服氣嗎？」

下一秒官兵衛終於有所動作。

「當然不服！」

他抽出了腰間的東西，御前眾因為沒有受命要殺他，瞬間遲疑了一下。其中有一位為了保護村重，擋到了官兵衛前面。看似官兵衛就要斬向那全副武裝的鎧甲武者……卻又回頭往背後就是一刺。官兵衛並沒有真的對準了誰，但那向後的一刀還是刺進了一名御前眾的脅下。瞬間濺出血花——足以致命的血量。

「你！」

見到同儕濺血，其他御前眾也怒氣上湧。

「別殺！拿下他的刀！」

聽見村重的命令，一名御前眾從官兵衛身後制伏他。官兵衛撲倒在沾染血跡的地面、刀子也被奪走了，但他仍然吶喊著：

「為什麼不殺我！殺了我呀，村重！」

「不要命令我！愚蠢的官兵衛，居然殺了我的人。原先想把你當成客人禮遇，但殺了我的人可就不行了！」

「聽我說啊！攝津守大人，您必須殺了我……」

「我不想聽！來人，讓這男人閉嘴！」

聽見這道命令，諸位御前眾立即對著官兵衛一陣拳打腳踢。他們給官兵衛咬了猿轡，連村重沒交代的遮眼布都給綁上了。但官兵衛還是持續在喊叫著什麼，不過卻沒半個人願意聽。

有個御前眾跪在村重面前。

「大人，要將這傢伙置於何處？」

村重已經下定決心，又恢復成一臉睡眼惺忪的樣子下達命令。

「丟進牢裡。任何人都不能和他見面，也絕對不能殺他，在我下達其他命令之前，就讓他好好活著。」

官兵衛仍然繼續掙扎著，現在的樣子和他從前平穩如水的評價一點也不像，瘋狂到令人覺得難以入目。但是他的刀子已經被奪走、手腳受制，根本無法逃走。而村重已經轉過身去、背對著官兵衛。

官兵衛就這樣被囚禁在攝津國的有岡城內。

——因果報應開始循環。

第一章　雪夜燈籠

1

冬季的北攝戰情一觸即發。水面已結薄冰、地面也長出了霜柱。

普天之下人民勤奮於農，正是為了要在萬物枯竭的冬季有所準備。至少得存些能度過嚴寒的糧食——雖然心中是這麼想的，但是當草木不生的冬季情景映入眼簾時，所有人的心中都對自己是否能活著迎接下一個春天而感到不安。更別說，這是個戰爭的冬季。

無論是伊丹的家家戶戶還是城中的倉庫，都儲備了由箕面和甲山等地採伐而來的薪柴，但沒有人知道這樣究竟夠不夠用。織田大軍幾乎已將畿內征討完畢，有如找到一片良田、旗下軍勢也陸續趕來這座有岡城。這場仗究竟會打多久？世間沒有人能夠對此下定論。

由武庫吹來了落山風，那乾燥的風揮動著枯萎的茅草、搖動著松柏的樹梢。風的冰冷程度能奪去老人最後生存的力量、痛徹幼子的肺腑，終究置人於死地。健壯的旅人和旅行僧拉緊了蓑衣，縮著脖子仰望那陰暗的天空，喃喃說著就要下雪啦。

風沿著豬名川一路吹去，就連那已成廢城的池田城遺跡也受到寒風的侵襲。無論是為了躲避戰禍而逃向山中的百姓、在空無一人的村莊裡試圖尋找財物的偷兒、或窸窣著打聽風吹草動的織田細作，都一律平等地被冷風吹拂著。北攝土地的起伏本就不大，這讓風能夠毫不受阻地呼嘯而過。

風吹到了有岡城，令瞭望臺上凝神守望的士兵打了個冷顫，正煮著今天餐飯的足輕（註14）們所生起的火也左右擺盪著。那風又來到面對豬名川聳立的有岡城天守，穿過矢狹間（註15）

---

14 中世、近世時期的步兵，可依需求使用槍、弓箭、火繩槍等不同裝備。

15 狹間是設置於城牆或瞭望臺牆面、用來進行防禦的小洞。矢狹間為守軍對外放箭的洞口。

與石落（註16）、吹進了天守。但天守裡頭現在可是連冬季寒風都無法接近，充滿了熱氣騰騰的漩渦。所謂的熱——其實是怒氣。

天守的一樓由於正在進行軍事會議，因此聚集了城裡的主要將領。霜月（註17）二十五日，這天探子帶來的情報，讓將領們大為動搖、坐立難安。有岡城向東五里的茨木城，鎮守該處的猛將中川瀨兵衛，在見到織田大軍兵臨城下後竟然一箭未放便打開城門，除了將城池交給織田以外，他自己也表明投降。

「這、這可惡的瀨兵衛！」

前排那年輕武士咬牙切齒地說著。

「一直說什麼會贏、會贏的，居然立刻就投降了！光會出張嘴，根本就是天下第一的膽小鬼！」

說話的是荒木久左衛門，年紀剛過三十。他是以附近鄉里為根據地的國眾池田家之人，除了家世顯貴以外，思慮之深遠超過同齡者，因此在家中相當受到重用。這個男人平日沉穩慎重，今日卻口吐暴言，然而身旁並列的諸位將領也都深表同意，紛紛高聲喊著：「沒錯、實在是個誇張的卑鄙之人！」

村重盤腿坐在蓆子上，一臉睡眼惺忪、漫不經心地看著忿忿不平的眾人。將領們每個都面紅耳赤、眼角上吊，怒罵著中川瀨兵衛背叛一事。家中之人理應感到憤慨——因為中川瀨兵衛最初可是極力勸告村重進行這次謀反的人。結果他自己卻連一仗都沒打就投降織田，任誰都會生氣。然而，村重卻看見了諸將領的憤怒之下隱藏著強烈的動搖。

16　城樓、瞭望臺或天守角落在建造時刻意向外伸展之處，可由該處監視下方或落石攻擊攀牆的敵人。

17　舊曆（陰曆）曆法的十一月。

在中川瀨兵衛背叛之前，十六日時由高山右近駐守的高槻城也已開城。高山右近的高槻城與中川瀨兵衛的茨木城，是用來阻止由京都湧入的織田大軍所設下的雙重屏障，結果竟然接連投降。當然這場仗是有勝算的，諸將領心中也明白村重心中有必勝之策。話雖如此，諸將仍擔憂起接下來的戰局情況，為了不讓旁人看透自己的憂慮，才因此對中川瀨兵衛大罵痛斥。

村重一語不發地看著將領們的臉。憤怒、不信任、膽怯……然而村重卻在滿座之間發現唯有一人正面露笑容。那男人或許是因為和村重對上了眼而得到助力，於是高聲說了起來。

「在座諸位！中川不過是個寄騎（註18），並非我荒木家之人。這場戰爭本就不能倚靠中川等人，我們要仰仗的是攝津第一……不，是畿內第一戰將、也就是我們主君的指揮呀！茨木城什麼的，給他們就給他們吧！只要能堅守這座有岡城，我們毫無疑問會獲勝的。難道不是這樣嗎！」

此人是中西新八郎，年紀尚未滿三十、是個剽悍的武士，在家中還算是新人。

聽見新八郎的大話，馬上便有人應聲。

「沒錯、沒錯！新八郎你呀，雖然是個晚輩但說得很好！說到底中川不過是個遇弱則強、遇強則畏的蠻勇武人。早該明白他會支撐不下去了。」

這位年過四十、身軀龐大的將領，名為野村丹後。由於他迎娶了村重之妹，因此也算一門（註19）之人，城池南邊那鵯塚砦便是交由他守著。丹後又繼續說了下去。

「想來大人早已看穿了這點，吾等自然不必如此驚慌，大人您說是嗎？」

18　從屬於大名或有力將領的下級武士。
19　同一家族體系之人。

諸位將領一起將視線轉向村重。冬日的陽光射進了寂靜的天守廣間。

村重緩緩開了口。

「丹後說得沒錯，中川瀨兵衛並非吾家之人。將可疑之人置於前線，原本就是戰爭的習慣。茨木城陷落不過就是到那裡為止的事罷了，要是叛變發生在有岡城內可就真要吃上敗仗了。所以我沒讓他進有岡城，就留在茨木城。」

要是將可能背叛之人置於後方，一旦遭到叛變就會落入腹背受敵的局面。若是放在前線，就算對方反叛了，也還是能繼續作戰。聽聞這個道理，諸將不免歡欣鼓舞。

「噢，不愧是大人！」

「您早已看透瀨兵衛等人那點小心思嗎！」

「果然深謀遠慮，令人佩服！」

村重稍稍揮了揮手，會議現場立即寂靜如死水。

「不過那中川瀨兵衛竟然會不戰而降，實在是令人有些意外哪。我與他往來甚久，或許瀨兵衛是老了，這時機比我預料的還要早，想來他也變得懦弱啦。」

諸將領認真聆聽著村重的話語。他的聲音中迴盪著嘲笑與寂寞，這是要讓聽者明白戲謔之意、以及時光流轉世間變化的滄海桑田。

——只有一個人根本不相信這些話，就是村重自己。

中川瀨兵衛並非什麼懦弱之人、也不是丹後說的那種蠻勇武人，放眼過往乃至現今，他都是個無人能比的猛將，村重很明白這點。

村重能夠重振荒木家、一直到成為北攝一帶的霸主，大多靠了這位既是親戚、也是年輕時代起的朋友瀨兵衛之武勇。但是相對於村重高升至攝津守一職，瀨兵衛雖得到一城，卻也不過仍是隸屬村重的寄騎。要是得一輩子活在村重的陰影之下，還不如到織田家去揮舞長槍一展身手——瀨兵衛或許會有這種想法吧？村重思忖著。聽到茨木城開城的消息，村重幾乎就要笑出來，沒想到瀨兵衛這男人還真是一點也沒變。

當然村重是打從心底希望瀨兵衛能夠一直在自己的麾下作戰，雖然他在茨木那種小城恐怕無法抵擋織田的大軍，但原本想著他至少能夠渾身浴血、力戰到最後一刻，然後說笑似地說著「哎呀輸啦輸啦、織田也不簡單呢」，卻還是讓他們始終無法來到這有岡城。還想著等到勝利的那一天，就要去迎接瀨兵衛。雖然說亂世習俗中就算是歃血結的義也算不了什麼，但村重並非無情之人。

不過村重並不會把這些心裡話給說出口，對於他來說，軍事會議並不是用來表達自己內心話的地方。

「果然大人見識萬中無一錯哪！」

中西新八郎說完便呵呵一笑。

由狹間望出去，那天空被低沉的雲層給覆蓋著。

2

才剛進入師走(註20)，雪花便紛紛落下，淒然消失在豬名川上。

有岡城是建在豬名川西岸、伊丹之地的城池。其東邊為一片荒涼沼澤，由京都前來有岡城之人，總是能隔著那蕭條的蘆葦原看見高聳的天守。

城池南邊越過大和田便是大坂、北邊過了池田後可達丹波天險，西方則是通往播磨的道路。如今大坂戰火連天，伊丹可說是從京都通往西國獨一無二的要衝。

20 舊曆（陰曆）曆法的十二月。

村重在天守最上層環視四周，走在街道上的人已經少了許多。將視線轉往下頭的有岡城，那以土壘及板牆包圍著城鎮的結構實在令人放心。軍糧及箭矢彈藥等戰備資源也相當充足，想來就算是織田精兵五萬十萬攻來，也不可能被打下。

「好啦。」

村重喃喃自語。過去那位武田信玄入道，曾說人即為城。沒錯，一座城池要堅固，靠的不是護城河夠深、城牆夠高，而是據守在城池中的將兵們都堅信城池不會陷落。

過去此城被稱為伊丹城，從那時起，這座城池就以堅固聞名天下——但是對村重來說，伊丹城分明相當容易攻落。士兵懷疑將領器量、懷疑城池是否堅固，因此那時的伊丹城相當脆弱。為了不重蹈覆轍、為了使有岡城成為真正的堅城，都要仰賴將兵的士氣——村重是這麼想的。

樓下傳來有人踩著階梯上樓的聲響，村重聽這上樓腳步聲倉促卻又沉穩，想來應該是久左衛門吧。果不其然，探出來的是那張細瘦臉龐，而他一見村重獨自一人，便壓低聲音喊著：「大人！」

「怎麼啦?臉色那麼難看。」

「有壞消息。」

「想來也是，說吧。」

久左衛門嚥了嚥口水、垂下了頭。

「大和田城投降了。」

「什麼！」

與平日不同，村重的聲音裡摻雜了驚訝。

村重先前的確預料到高槻城的高山右近、還有茨木城的中川瀨兵衛可能投降，右近是南鸞宗（註21）的虔誠信徒，從一開始便不贊同村重背離織田家；而瀨兵衛原先就不是那種會捨身對荒木家竭盡忠誠之人。但是村重做夢也沒想到大和田城會投降。

在緊急召開的軍事會議上，諸將聽說大和田開城，也紛紛忘了要生氣或者輕蔑，每個人的臉上都寫著不可置信。

「您是說安部兄弟投降了嗎？」

就連那剛毅的中西新八郎也只能勉強擠出這句話。其他將領則七嘴八舌、面面相覷，當中還有人認為這該不會是織田放出的謠言吧。

守衛大和田城的安部兄弟是非常虔誠的一向宗信徒，雖然村重還在織田旗下的時候，他們行為拘謹、並不會特別提到要找大坂結盟，但若是荒木要攻打本願寺，他們可能就要重新考量站在哪一邊了。他們不只在背地裡、也曾當面勸導身為禪宗信徒的村重應多多念佛，而且一聽到村重迎娶了與本願寺相關之人為側室，還高興得手舞足蹈。雖然村重不至於受到安部兄弟的言詞迷惑，但這兩兄弟聽說荒木家要背離織田、轉投本願寺時，可都流著淚說了一番大話。

「您終於下定決心了、您終於下定決心了呀！大坂門跡（註22）那兒想必也會相當高興。這樣一來攝州大人也能夠前往極樂世界了，實在是太值得慶賀啦。若是要與織田兵刃相接，還請務必讓我兄弟倆擔任前鋒。我們必定會將佛敵信長的首級取下！」

而這對安部兄弟居然沒有抵抗便投降了，實在令人難以理解。

21　江戶初期由葡萄牙、西班牙傳教士傳入的基督信仰。

22　門跡原先指的是開祖之人正式繼承的寺院，後來也指稱王宮貴族職掌、地位較高的寺院，此處指的便是淨土真宗本願寺。

根據好不容易才從大和田城逃出來的使番（註23）回報，決定投降的並非安部兄弟，而是兒子二右衛門。二右衛門了解父親與叔父並不打算開城，為了算計他們而假意要與織田作戰，趁著安部兄弟感到滿意而鬆懈之際奪下他們的刀，將兩人綁起來、送到織田那裡當成人質。

聽聞此事，村重低語呢喃。

「安部二右衛門，沒想到他竟是有這等智慧之人，實在可恨。」

對於原先不可能投降的城池竟然大開城門一事不再感到驚訝以後，將領們也逐漸理解大和田被交到織田手上的意義。

大和田位處連接有岡與大坂的路上，要拯救那遭受十幾二十層包圍的大坂本願寺並非一朝一夕之事，但是只要大和田還在荒木手上，大坂與有岡城之間的道路就暢行無阻。要是大坂遇襲，有岡城能夠發兵前去救援，反之亦然，雙方都能夠從織田背後發動攻擊。

然而現在織田卻打下了那個要害，可以再無後顧之憂地對有岡展開進攻。而這一切都是因為安部二右衛門的背叛。

「大人。」

久左衛門沉重地開了口。

「安部二右衛門有一子自念，以人質身分待在我們城中。」

「我知道。」

「那麼請盡快決定，應該要如何處決他呢？」

久左衛門會這麼問，是因為要處理掉人質有好幾種方法。看是要處以磔刑，在眾目睽睽下殺死他；或者是比較不那麼痛苦的斬首。若是想施予人質最後一點憐憫、讓對方以武士身分死去，也可以命他自盡。無論如何，殺死背叛者的人質就是亂世的因習。

23　泛指戰場上負責傳令、偵查工作之人，以及派遣到敵方的使者。

然而，村重卻這麼說道。
「把自念帶到牢裡。」
聽聞此言，久左衛門睜大了雙眼。
「牢裡？大人，您該不會要留自念活口吧？」
村重並沒有回話，而會議現場陷入一陣騷動。久左衛門再次直起身子說道：
「大人，還請您再次考慮。要是放過如此狡獪之人，荒木家將被他人侮蔑是連人質都下不了手之處。其他支城也會陸續投降的。」
在座的將領們也有幾位出聲贊同久左衛門。
「久左衛門大人說得沒錯，真是對極了。還請您處決他！」
「大人，請您再次考慮！」
「那可恨的安部家人質，有什麼好猶豫的呢！」
在一片吵鬧中，村重壓低了聲音。
「別吵了。」
光是這樣，氣魄就足以壓倒所有的將領，現場立刻寂靜無聲。過了一會兒，村重才緩緩開口。
「二右衛門本人是一定要處以磔刑的，派目付（註24）去那些比較危險的支城，就說我現在不會殺自念。久左衛門，這是命令。」
久左衛門還想說點什麼，卻無法違抗村重的威嚴。
「是，照您吩咐。」
只好伏地拜領命令。

24　此指戰時的監察職位，一方面記錄軍功賞罰、一方面監視自軍或合作者是否有異常行動。

村重在一群表情困惑的將領之中，發現唯有一人連一點狐疑的神色也沒有，就只是老實地看向自己。那是中西新八郎。他完全沒去思考要不要殺人質的問題，臉上寫著決心，只要是村重決定的事情，他都會遵守。

3

只要獻出人質的人沒有背叛，那麼人質就是重要的客人。村重大多將人質安置在能夠信賴的家臣家中，讓他們住在那兒。但是安部自念身體虛弱又年幼，實在不放心寄託在別人那裡，更何況村重的側室又和一向宗信徒有關係，因此自念是住在村重的宅邸。

天守所在的本曲輪（註25）又名為本丸，包含了馬屋、彈藥倉庫、鐵炮（註26）倉庫、以及收放三間長槍（註27）的長槍倉庫。而村重平日起居的宅子，就位於本曲輪東邊，也可以說是整座城池的最深處。軍事會議結束後，村重在久左衛門的陪伴下往宅邸走去。

「你的兒子……」

村重邊走邊問道。

「也叫自念吧？」

「是的。」

走在後頭幾步的久左衛門在略微嘈雜的風聲中撿拾村重的話語，然後回答。

「二右衛門的兒子十一歲，你兒子是十三歲對吧？」

25 曲輪意指基於政治或軍事因素而整地而成的平面空間，以石牆、土壘、護城河等劃分。本曲輪位處最核心的地帶。
26 藉由火藥爆發來擊發子彈的金屬火器總稱。之後也成為天文十二（1543）年傳入日本的火繩槍之通稱。
27 長度為三間的長槍。一間為六尺（約一點八公尺），三間即為五點四公尺。

「是。」
「名字一樣、年齡也相近，你不會有些憐憫嗎？」
久左衛門肯定翻了個白眼。
「大人怎會口出此言？應當處決的人質就算與吾子同名，我又怎會因為這樣就憐憫對方？屬下也未曾聽聞過這種事情。」
「說得也是。」
或許是忽然想起了什麼，久左衛門又說了下去。
「大人，屬下當然會遵從您的命令，但我實在無法理解。您確實也讓高山右近的人質留著小命對吧？」
村重默默地走著。
高槻城的高山右近，先前送來了還不會說話的年幼男孩與他的姊姊作為人質。村重也沒有殺這兩個孩子。
久左衛門繼續說道。
「屬下還能明白讓右近的人質活著的理由。右近那傢伙雖然投降織田，但是他的父親大慮大人及其一門還是待在這座城裡的我方之人，讓人質活著也有其道理。但是我也聽聞城中有人認為右近既然已經背叛，理當應該要殺掉人質才對。」
村重並沒詢問那是出自何人之口，畢竟有人那樣說也是理所當然的事情。久左衛門繼續說著。
「也有人非常驚訝，為何沒有先讓中川瀨兵衛交出人質。說要是手上有他的人質，他也不至於那麼輕易投降。大人，事到如今屬下還是想請教，您為何沒有要瀨兵衛交出人質呢？」
「瀨兵衛啊……」
村重終於開口回答。

「才不是那種被握有人質就不會投降的人。那傢伙要是決定站在織田那邊，不管有沒有人質都一樣的。」

「這、的確……」

久左衛門也不禁語塞，他長久與中川瀨兵衛共同在戰場上奔馳，想來也很了解瀨兵衛的性情。

「即便如此，姑且不論其他人的處理方式，但是不殺安部的人質於道理上實在說不過去。恕屬下直言，雖然同情或仁慈乃是僧侶與信徒之德，但絕對不是武士之德。該殺之人不殺，這世上可就沒有武家了。」

村重停下腳步、回過頭去。久左衛門連忙低下頭，而村重的低沉嗓音一如以往。

「久左衛門。」

「是！」

「你認為我是因為同情或者仁慈，所以才讓人質活著的嗎？」

久左衛門不知該如何回答。

村重原本只是隸屬於國眾池田氏的一介家臣，不過就是荒木彌介這個普通人罷了。而他今日終於走到成為荒木攝津守村重此等地位，這條路當然並不平坦。久左衛門原本也是池田氏的家臣，那時他還叫作池田久左衛門。久左衛門就在此人身旁看著他如何在池田家嶄露頭角、如何篡奪池田家並建立荒木家。

背叛、謀略、戰爭、戰爭，然後又是背叛。殺人或被殺、以血洗血的荒木彌介終於成為了荒木攝津守。這樣的村重，會是那種因為同情、仁慈而留人質活口的人嗎？久左衛門心裡當然再明白不過。

「……無法這麼判斷。」

但久左衛門還是不能接受。

「那麼，為何您要讓安部自念活著？還請告訴屬下。這樣一來若城內有人覺得不妥，我久左衛門也必定會讓他住口。」
村重盯著久左衛門，瞬間張開了嘴，卻又立即閉上。冷風呼嘯而過，這時村重才終於又開口。
「先把安部的人質拉到倉庫裡。你負責建造收容人質的監牢。用木頭太浪費了，要用竹子。不要蓋得太誇張，之後可能連竹子也要用上。」
久左衛門垂頭喪氣，但還是堅定地回應命令。
「是！」
村重抬頭看向天，雲層厚重的冬季天空，天色已逐漸轉暗。
「明天中午前要完成。去吧。」
久左衛門低著頭後退了好一段路，才轉過身離去。此時，開始下雪了。

還從屬於織田家的時候，村重的宅邸總是有要求參見的客人絡繹不絕地上門。那些客人總對木板門及紙門上的豪華繪畫、以及相當高雅的天花板瞠目結舌，滿心感受到攝津國主大人的宅子果然相當豪華。
但是那些費工的裝飾其實都只是為了保持氣度，一旦來到客人不會接近的奧之間，裝潢就變得十分樸素。村重雖然會一擲千金買下茶道用具，但並不喜歡日常生活中有太多奢侈的東西。
回到自宅，村重拉開奧之間的紙門，側室千代保在房間裡縫東西。村重目前並沒有正室，妻室只有千代保。千代保在這木板房間裡沒有用火缽、只穿著衣襬綻開的棉質小袖，正修補著村重的陣羽織。千代保放下手上的布料和針線，併攏指尖伏地、深深行了個禮。村重開口問道。

「不冷嗎？」
千代保抬起頭來微笑。
「並不冷。」
她是個非常美麗的女性，卻是不帶著生命光輝的人。肌膚蒼白、幾乎透出青色，眼角不知為何總飄盪著寂寥的氣息。年齡是二十出頭，和年過四十的村重相比，差距有如親子。
都城裡的人都說千代保是當今的楊貴妃，但村重有時候不禁想著，若她是和楊貴妃一樣生命力強悍的任性女人就好了。甚至還會覺得，千代保的美，是不是由她放棄生命的念頭孕育而生的呢？她的身體並不虛弱、也不曾生過大病，但總是讓人覺得她是不是明天就會突然撒手離去。千代保就是這樣的女性。
村重仍然站著說話。
「自念在哪裡？」
「正在習字。」
回答了以後，千代保歪了歪頭繼續說道。
「我聽聞安部大人背叛了。」
「妳消息真靈通。」
「是宅子裡的人說的，聽說二右衛門大人起了異心、還綁了自己的父親。」
千代保雖然很少離開宅子，但她總是會聽聞宅子裡工作的侍女和近侍們所說的流言，意外地消息靈通。
「真可憐……自念大人也是武士之子，想必已經做好覺悟了。」
村重正打算開口說「關於那件事情……」的時候，紙門外傳來聲音。
「攝津守大人，在下是安部自念，懇請求見。」

那尚未成人的高亢聲音聽起來有些怯懦。
村重皺起了眉。就算是住在這宅子裡，沒有請人通報就自己跑來，實在是太沒規矩了。但可見自念非常慌亂，想來也是沒辦法。
「進來吧。」
「是。」
自念拉開紙門的瞬間發現千代保也在，連忙繃緊表情、慌張伏地。
「非常抱歉，實在過於無禮。」
自念還沒有元服（註28），頭髮綁的也是總髮（註29）。他的身體纖細、臉部線條柔和，怎麼看都不像是武家的孩子。他似乎也知道自己在旁人眼中的樣子，所以總是天還沒亮就起床，拚命學習武藝和學問直到日落。雖然年輕，但和祖父一樣是相當虔誠的信徒，總是不忘念佛。
「沒關係，頭抬起來。」
自念聽從村重的話，直起上半身。
他的臉龐平常就沒什麼血色，如今更是蒼白得像雪一樣。但自念還是相當堅強地提高了聲音。
「非常感謝您接見在下。」
「有什麼事。」
「是關於在下父親的事情。我聽聞父親拋下攝州大人的恩德，將城池拱手交給了織田，請問這是真的嗎？」
村重老實地回答。

28 日本在奈良時代以後通行的男性成人禮，多在十一至十六歲時進行。
29 少年的髮型，沒有剃頭、將後梳的頭髮在後腦勺紮起髮髻。

「沒錯。」

自念倒抽一口氣、低下了頭，雙眼湧出淚水。

「我的父親怎會是如此貪生怕死之人。平時總說比什麼都重要的便是仰仗阿彌陀佛的本願，前進乃極樂、後退即地獄之類的，實在沒料到一旦大敵當前他就投降了。那麼，聽說父親還將祖父給綁到了織田那裡去……」

「我也是這麼聽說。」

自念哇地一聲哭出來，撲倒在地。村重滑著步子站到千代保與自念之間，眼睛直盯著自念腰帶上插的那把刀。在與人談話之時，他總是留心對方是否會一刀砍過來。不管對方是什麼人，都是一樣的。

自念頭也沒抬地哭訴著。

「……這也沒辦法了。攝津守大人，還請您處決我。自念將前往極樂世界。」

村重並不會因為自己的喜好，來決定人質的處置方式，但他實在不喜歡自念現在說的話。果斷乾脆是武士的美德，如果沒有活下去的希望卻還想苟活的武士會受到輕視。自念的說法聽來相當乾脆，但其實自念的覺悟和武士並不相同——村重是這麼想的。

現在關在土牢裡的官兵衛也曾說過「殺了我」，但是自念所說的卻和官兵衛不同。因為想去極樂世界所以殺了我吧。這聽來實在不像是武士會說的話。

村重略微感到無力，而此時背後的千代保插了嘴。

「大人，我認為自己插嘴武家之事實在不妥，但您可以聽聽我的希望嗎？雖然自念大人相當堅強，但他才十一歲、都還分不清東南西北，對我來說他也是同一個宗門的孩子，還請……」

耳邊傳來衣服摩擦的聲響。

「還請您務必給他個痛快。」

村重瞄了一眼身後，千代保正平身伏於地板上。千代保平常並不會說些什麼自己的希望，如今卻希望自念能夠安穩地死去。村重在當下瞬間真想聽從她的願望，但還是壓下了這個念頭。

「不成，自念要進牢裡。」

「牢裡？」

千代保的聲音幾近哀嚎。

「大人，該不會要送他進土牢？」

自念不懂這哀嚎的意義，抬起滿是淚水的面孔望向村重。等了好一會兒村重才開口。

「土牢沒有位置了，我讓久左衛門去新蓋一間牢房，明天應該就會做好，在那之前讓自念留在宅子裡。」

村重接著命令自念。

「把刀交出來，不能讓你身上留有寸鐵。」

自念原先蒼白的臉孔驟然漲紅。

「攝津守大人，您說什麼呢！這樣太過分了！」

如果刀被拿走的話，別說是武士了，對任何人來說都是種屈辱。但村重毫不留情。

「別搞錯了，你是安部的人質，既然安部背叛了，你是生是死都是由我來決定。我決定讓你活著，不會讓你如願死去的。把刀交出來。」

自念仍然遲疑著不肯交刀，村重只好喊了人進來，近侍們立刻出現，三兩下就制伏了自念、打了他以後搶下腰上的東西。村重低頭看著趴在地上的自念，下了命令。

「把他關到後面那倉庫，別讓任何人靠近。」

自念被帶走、房間變得一片寧靜後，村重在千代保面前蹲下、撫摸著她的臉頰。

「真抱歉如此吵鬧，原諒我。」

千代保輕輕搖了搖頭，眼睛一如過往充滿了悲傷。紙門仍然開著，外頭那冬季的天空，已轉為淡青色。

4

礫刑。

礫刑、礫刑、還是礫刑。五人、十人，不、還多得很。

木頭不夠了，去砍山上的木頭。剝去樹皮以後，削成礫刑時要用的柱子。

綁起女人、綁起孩童，都處以礫刑。十人、二十人，不、還多得很。

長槍往脅下刺去，用那已經沾滿血液與脂肪的槍頭刺進去。

這是右府大人(註30)的命令。處以礫刑！

處以礫刑。

處以礫刑。

上月城眾人一個不留，全部處以礫刑，一字排開，這是右府大人的命令。

一百人、兩百人、無論男女老幼，全部排開來看看，這是右府大人的命令。

請寬恕、請寬恕呀！哈哈哈，和尚們，你們也有今天！

礫刑。

礫刑。

30　即右大臣，此指於天正五（1577）年拜領該官職的織田信長。

「沒聽過有這樣的戰爭啊。」

村重呻吟著醒了過來，紙門外天已微明。

外頭有個跪著的人影映照在紙門上。村重將手伸向枕邊的脇差（註31）、開口問道。

「什麼事。」

人影的頭垂了下去。

「實在非常抱歉。安部自念大人已然身亡。」

村重跳了起來。

5

用來關自念的那間倉庫位在宅邸的最深處，平常並沒有使用。由於已經拿走自念的佩刀，因此並沒有特別綑綁他，甚至還因為同情而給了他佛經。為了避免萬一自念逃走、更加要避免萬一有憎恨安部的家臣要來謀害自念，村重安排近侍在日落前嚴密監守，日落後則交由精兵御前眾接班執行戒備任務。御前眾點起了篝火、在倉庫前嚴密看守，整夜輪值。

但是自念卻死了。

天色逐漸轉亮，似乎聽見某處傳來雞鳴之聲。村重帶著御前眾及近侍，下令不准任何人靠近，他要親自去驗自念的屍。

安部自念原先就是個面無血色的男孩，但屍首的臉色果然還是與活著的時候大不相同。要死不活之人與已然死透之人的臉，差異實在很大。村重看著自念睜大雙眼的死亡面容，憐

31　武士大小佩刀中較小的那一把。室町時代以後的武士主流徒步戰武器為打刀，長度介於太刀與脇差之間，佩刀時經常與脇差一組，插於腰帶，以「大小」合稱之。大為主武器打刀、小為預備武器脇差。

憫之心油然而生。雖然村重自己是禪宗信徒，但他還是為了迴向身為一向宗信徒的自念而雙手合十、喃喃念佛。

這個倉庫有三面窄木板打造的牆壁，第四面則是朝向外頭通往迴廊的格子紙門。發現屍首的時候，這紙門是開的，自念就倒在門框上、腳朝向走廊仰躺斃命。他身上穿的小袖從胸口到腹部都染滿了血。

村重跪在屍首旁，開始脫掉他的小袖。近侍們紛紛狼狽地勸阻著。

「大人，不可如此。」

「這類雜事就讓我等來……」

但村重卻毫不在意。血跡斑斑的小袖上開了個洞，而那個洞底下確實有個很深的傷口。

村重看著傷口喃喃自語。

「唔，這是……」

箭傷哪，村重心想。這是在戰場上看到不想再看的傷口，不可能看錯的，甚至能確定這箭頭是沒有鉤的那種。若是有鉤，拔出來的時候會嚴重破壞傷口，但自念身上的傷口卻沒有一絲紊亂。

村重將屍首翻了過來，血並沒有流到背面、那蒼白的肌膚上甚至沒有傷口，箭傷並沒有貫穿身體。自念的身材如此細瘦、又只穿了小袖。村重想著，若是用把力道強些的弓，很容易就能射穿他了。

村重再次把屍首翻回來，讓他的臉朝上。

「十右衛門，在嗎？」

立即有人應聲。

「是，就在此。」

隨著鎧甲的晃動聲響響起，一個武士走進來，跪到村重的附近。

這位是郡十右衛門，原先是伊丹氏之人，送到了郡家作為義子。年紀剛過三十，雖然面容生得有些傻里傻氣，但武藝方面可是精通馬術、弓箭、刀術甚至鐵炮，也懂算術與漢籍。然而村重之所以看重十右衛門，是因為他相當機靈、又能視野開闊地審視事物。他的家格雖然並不高貴，但村重相當中意他工作的勤奮，因此任命十右衛門為御前眾的組頭。

「昨晚負責這倉庫戒備的，是你們吧？」

「是！」

十右衛門低下了頭。

「實在萬分抱歉，領受大人命令卻還發生此等失誤。」

「派了誰？」

「除屬下以外，輪值的是秋岡四郎介、伊丹一郎左衛門、乾助三郎、森可兵衛。」

「唔嗯。」

村重摸了摸下巴。這四個人加上十右衛門自己，可是被稱為荒木御前眾五本槍（註32）之人，在整個家中也都是名列前茅的強兵。十右衛門是萬事精通，另外四人則各有所長，在荒木家中都是數一數二的。

「既然都用上了五本槍，那也不可能有更好的安排了，我不會怪你的。」

「是……非常感謝您！」

十右衛門立即伏倒在地。

「好了。但你得告訴我，是誰發現這屍首、又是何時發現的？詳細講來。」

一聽到問題，十右衛門立即回答。

「是屬下和秋岡四郎介發現的。清晨六時時分，聽見『啊』一聲喊叫，因此我和四郎介一

32 意即帳下最為豪勇之五人。

同奔過來，發現自念大人已經倒在這裡。當時自念大人還有呼吸，我們正打算要幫助他的時候，聽他口中喃喃說著『往西方去』便斷了氣。我便立即守著屍身，並且要四郎介速去查看周遭是否有可疑之人潛伏，並讓稍後趕到的同儕前去通報大人。」

西方是極樂方向，對於嚮往往生極樂的一向宗信徒自念來說，最後說出什麼往西方去之類的話語也沒有什麼好奇怪的。村重繼續問道。

「你沒有從自念的屍身上拿走什麼東西吧？」

十右衛門睜大雙眼。

「恕屬下不明白您的意思。屬下會拿走什麼東西呢。」

「箭啊。」

「噢，箭……嗎？」

十右衛門愣了愣才繼續回答。

「不，屬下聽到不知是否為自念大人的喊叫聲後便衝了過來，但是並沒有看到箭。四郎介應該也很清楚。」

十右衛門的臉色忽然大變。

「大人，自念大人該不會是被箭射殺的吧？」

「……」

「那麼大人，這樣一來的確少了箭，不知是誰拔走了……不，無論有沒有箭，也不可能看漏了可疑之人。大人！自念大人莫非是被雙眼所不能見的箭矢給射殺的嗎？」

村重答不上話，只是望著已經積了薄薄一層雪的外頭。

這間倉庫面對寬廣的庭院，原先就附設了房間，是為了觀賞庭院而打造的。村重自己就是個優秀的茶人，對於打造庭院有著相當的堅持，也因此始終沒有時間去規劃。在那片平坦的空地上，目前就只擺了座春日燈籠（註33）。

整個庭院被雪覆蓋，春日燈籠上也積著白雪。

而覆蓋在庭院中的雪一片平坦，上頭沒有足跡、什麼都沒有。村重定睛凝視那毫不紊亂的庭院積雪，看了一遍又一遍。

流言傳開的速度比箭矢還快，時間都還不到正午，整座城池上下都已經知道了安部自念離奇死亡之事。安部自念於拂曉之時，被弓箭射殺身亡，但是在他被攻擊後，戒備之人雖馬上趕到了，然而卻不見箭矢蹤影。簡直就像是他被一支肉眼無法看到的箭給射死了。

之後甚至開始出現傳聞，說這是冥罰、是佛的懲罰哪。

冥指的正是看不見的東西，而所謂冥罰，就是不知是由神、佛、鬼或是天魔，亦或天道，也就是那些眼所不能視的存在所降下的懲罰。

安部二右衛門綁了自己的父親與叔父、拋棄孩子、背叛了攝津守大人和法主大人。因此才會降下此等懲罰，雷之箭矢射向自念，正可謂冥罰。之後說這些話的人，甚至開始振振有詞地宣稱見著一道無聲無息劃過天空的雷。門徒當中也有開始高喊阿彌陀佛果然靈驗之人，武士之中也有不少人認為是神佛懲罰了安部的人質。但不認為自念之死是來自神佛懲罰的武士，也有其他想法。

在軍事會議的時候，久左衛門感嘆地說著。

33　石燈籠的一種，是神社佛閣常見的燈籠類型，採用石塊疊起。特徵是燈籠下的竿部較長、因此點火的燈室位置較高。

「真不愧是大人，雖然說要讓安部的人質活著，實在令人無法理解，但最後果然還是處決他了呢。這樣一來荒木才能建立名聲，唉呀，實在太好了。」

列座一旁的武將中，也有人表示贊同久左衛門的意見。裡面還有人恍然大悟地表示，原來自念身亡是村重處決了他嗎，原來如此哪。若是村重下令御前眾處決自念的話，那麼所謂箭矢消失一事也不過是御前眾隨便說說罷了，沒有什麼好奇怪的。村重隨意坐在蓆子上，一臉漫不經心地記下哪個人都說了些什麼。

等到大家終於平靜下來、不再喧鬧以後，村重才開口。

「不是那樣。我並未處決安部自念。」

「什麼！」

久左衛門一臉詫異。

「那麼，大人您該不會也認為那是神佛的懲罰吧？」

「別說傻話了，要懲罰的話也不是自念，該去懲罰二右衛門吧。」

會議現場一陣騷動，四下傳出「說得也是」、「的確是這樣」的細碎低語。

久左衛門難以理解地搖搖頭。

「既不是處決、也不是神佛處罰，那麼大人，您說安部的人質為何會這樣死了呢？」

「這不是很明白嗎。」

村重睨視了一眼列座諸將。

「當然是被殺了。」

在場的將領終於了解村重的怒意何在。他在大家面前說要把安部自念關進牢裡、留他活口，但第二天早上自念就成了冷冰冰的遺體。自念的死嚴重損及了村重的顏面。

雖然畏懼主君的怒氣，但久左衛門仍然奮勇以告。
「您說他是被殺的，但我聽聞並沒有發現射殺安部人質的箭矢，這可不是常人能夠辦到的呀。」
野村丹後也略不是滋味地喃喃說著。
「就是呀，又不是南蠻宗他們那些奇怪的方術。若是那些將鐵炮帶進我國的南蠻人(註34)，或許還懂得射出看不到的箭矢的技術吧。」
村重感到相當不悅。
「傷口是一般的箭傷，我不可能看錯的。要是南蠻宗能使這樣的花招，那麼南蠻宗的高山右近就不該打敗仗了。別說那種蠢話。」
丹後面紅耳赤地提高聲音。
「那麼大人，您說這是誰、又是怎麼殺害他的呢？」
「丹後，你別急。」
村重制止了他，再次開口。
「我不知道，現在還不知道。但無論是誰下的手，那傢伙都是在這有岡城裡，殺了我說要留活口者的有罪之人，我決不輕饒。」
村重彷彿低吟般繼續說著。
「進行檢斷(註35)！在這幾天內要找出是誰、怎麼殺掉安部自念的。在那之前不可再胡言

34　葡萄牙與西班牙在十六世紀占據印度與東南亞部分地區作為殖民地，並將貿易管道延伸至日本。眾多西方文化因此傳入，讓原本帶有貶抑之意的南蠻一詞成為指稱來自葡、西等南歐與東南亞的人事物。蘊含異國的、珍奇的意義。

35　鎌倉時期以後的訴訟制度一環，主要指偵查案件並加以判決的環節。

亂語，若有違背者一律嚴懲。」

眾將伏地，領受主君的命令。

但是將領之間飄盪著相當不滿的氣息，而村重並不是遲鈍到沒注意到這件事情的將帥。

6

兩天過去，持續放晴的天氣讓雪也融了，有岡城內的道路都變得有些泥濘。

持續修繕城池尚欠防衛之處、不知發了第幾次的信件給毛利和本願寺、送出探子去刺探織田那方的動向，也指派目付去支城監視他們。戰情越來越緊迫，村重有許多該做的事情，而其中最為重要的便是檢斷自念遭到殺害一事。但越是搜查……也只是更加凸顯這起事件的怪異之處。

寫好十萬火急的信件並交給近侍以後，村重不知道是第幾次走向那間倉庫，陪伴在一旁的則是郡十右衛門。

村重的宅邸有一圈面向外頭的迴廊，那三面為牆的倉庫，只能從迴廊這邊打開紙門進入。村重一邊拖著步子在走廊上前進、一邊開口詢問十右衛門。

「要靠近那間倉庫，有不通過這條迴廊的方法嗎？」

十右衛門馬上回答。

「可以從天花板上頭過去、拆掉頂板之後進入。或者是從地板下過去、拆掉地板之後進入。另外，那間倉庫的牆壁並沒有很厚，因此若是有斧頭或者木槌，應該也可以打破牆壁進去。」

「好，那麼殺了自念的可疑之人，有可能就是這麼進入倉庫的？」

「想來並不可能。地板、天花板、牆壁，都沒有遭到拆除或者毀壞的痕跡。從蜘蛛網和灰塵的狀況、還有當夜戒備如此嚴密的情況來看，地板下或是天花板上應該不可能有可疑之人。」

「這樣說來，這個可疑之人果然還是經過這條走廊接近自念所在的倉庫囉？」

「走廊有吾等御前眾守衛，不允許任何人接近，那個可疑傢伙應該無法從走廊上過去。」

「那麼，就是沒有任何人能從任何地方接近自念了，你是這個意思嗎？」

十右衛門臉上滿是苦澀地回道。

「您說得是。」

主從二人來到倉庫前，自念的屍首已經採用武士的方式埋葬。村重拉開紙門進入倉庫，回頭看見的是走廊外那處原本要打造成庭院的平地，那裡只有春日燈籠孤零零地佇立著。

這座燈籠是中川瀨兵衛的妹夫織田家臣古田左介贈與之物。長於茶湯之道的古田果然眼光也相當高雅，乍看之下是普通的春日燈籠，但不管是頂上屋笠傾斜的角度、還是寶珠的圓潤感，在在扣人心弦。村重雖然切斷了與織田的關係，卻完全不想丟掉這座燈籠。那原先應該擺放燈火的燈室，目前裡頭空蕩蕩的。

庭院遠處種著高及腰部的山茶樹。這排山茶樹是在預定要打造成庭院的時候，先種起來作為庭院外緣的。這排矮樹的後頭聳立著堅硬的灰泥牆，將有岡城和城外隔開。這片灰泥牆，就是城牆。

村重從倉庫走出，站在迴廊上。向右邊看去，走廊在大約四間長度左右的地方向右轉彎。一間以一個大男人的步伐來說，大概是三步左右。往左邊看也是四間左右的長度，走廊便向左轉。

「當晚走廊上的人員安排狀況如何？」

聽見村重的問題，十右衛門馬上回答。

「右邊轉過去是點起篝火守夜的屬下與秋岡四郎介、左邊有伊丹一郎左和乾助三郎守著。一郎左和助三郎都是相當守規矩的人，若他們說守夜期間並無怪事，那麼想來應該毋庸置疑。」

「我想也是。」

這些事情，村重這兩天已經確認過好幾次了。他凝視著春日燈籠，再次開口問道。

「那麼外頭呢？有可能是穿越原先要打造成庭園的這片平地，來到走廊這邊再進到倉庫嗎？」

「啟稟大人，這實在不可能。目前雖然並無植物，但畢竟不能胡亂踐踏大人的庭院，所以不允許任何人進入。同時森可兵衛整晚都沿著灰泥牆巡邏，他是個率直之人，絕對不會怠慢自己的工作。」

「光線如何呢？可兵衛有點篝火嗎？」

「命令可兵衛監視倉庫的時候，他說為了讓眼睛習慣黑暗，並沒有點火。」

「唔嗯。」

「另外，那天晚上有下雪，深夜的時候便停了。庭院裡完全被雪覆蓋，自念遭到殺害的時候，雪地上完全沒有足跡。無論身手有多麼輕巧，要想不留一點足跡就穿越這片庭院，實在太過困難了。」

從倉庫看出去，庭院深度大約是五間、左右加起來的寬度則有八間之寬。春日燈籠就擺在中央、也就是紙門的正面，要踏在燈籠上穿越庭院，若是那在壇之浦戰役中飛身躍過八艘船的義經或許能辦到吧。但是燈籠再怎麼說也是石頭堆起來製成的，別說爬上去了，若是踢著它跳到別處，那肯定會倒下來的。更何況自念被殺的時候，春日燈籠的頂上也積了雪，怎麼想都不可能有人踩著燈籠跳來跳去。

村重盯著庭院外圍那圈山茶樹植栽。

「若是可兵衛的話，應該有辦法射殺自念吧。」

如果是稍有能力的武士，那麼應該很容易就能從灰泥牆那裡越過庭院射殺自念，而可兵衛就是個號稱有十人之力的大力男子。村重並沒有見過可兵衛使弓的樣子，雖然身分較低，但他畢竟也是武士，想來也不至於完全不會使用吧。

十右衛門回答。

「可兵衛並不是會做出那種事情的男人，但屬下明白大人的意思單純是想詢問能否做到，我認為是可以的。不過……」

「可兵衛沒辦法讓箭矢消失，是吧？」

十右衛門垂下了頭。

「是的。」

自念的屍身上有箭傷、卻沒有看到箭，若是可兵衛射出的箭越過庭院殺了自念，那麼那支箭是不可能消失的。

右手邊的遠處可以看見瞭望臺，距離有四十間之遠，但如果能看見這裡，就表示箭是可以射過來的。若是弓術高強些，有些人甚至可以命中六十間之遠的人。

「十右衛門，當時待在那座瞭望臺上的是誰？」

十右衛門第一次語塞。

「屬下不清楚，實在萬分抱歉。」

就算能從瞭望臺上射殺自念，但就如同可兵衛的情況，無法解釋箭是如何消失的。自念死去的時候是拂曉時分，周遭暗到伸手也只能勉強看見五指。雖然要從四十間之遠瞄準目標實在過於困難，但村重還是下達命令。

「去查一下。」

「是。」

就在十右衛門領命的當下，忽聞陣太鼓聲響徹有岡城中，村重的目光一閃，十右衛門也萬分緊張地抬起頭。

聽敲擊陣太鼓的方式就知道其中的意義了。現在耳中的聲響，是表示敵人進逼的信號。

7

如同過往的程序，村重朝著天守而去。御前眾也聚集一堂，荒木久左衛門也奔了過來。近侍們已經將村重平常擺在宅邸裡的鎧甲運來天守。比起其他事情，村重首先要弄清楚敵人的來向，天守便是為此而建的。他隨即發現城池西邊發生了小型戰鬥，看樣子織田並不是傾全力出兵攻來了，村重稍微鬆了口氣。雖然隱約能夠見到旗幟，但距離實在太遠，無法看清楚對戰雙方到底是何人。

在近侍協助下，村重已經身著腹卷、綁好了肩上的繩子。依序穿上草摺、籠手等配件時，使番氣喘吁吁地奔了進來。

「報！中西大人領三十人於城西巡邏時，撞上織田家武藤大人的隊伍，雙方便直接打了起來。」

「是宗右衛門啊，真是學不會教訓。」

武藤宗右衛門舜秀是統領敦賀、智勇兼備的將領，為信長的直屬家臣。他比其他人都更早攻入攝津，上個月也曾和荒木軍交戰。當時雙方都有大將傷亡、是一場混戰，最後以武藤退兵宣告結束。

「敵人的數量？」

「看上去約莫四十。」

從數量看來，武藤也沒打算攻城吧，因此村重判斷對方是來探探情況的。

村重再次看向城池西邊，見到馬標（註36）後，就知道新八郎和敵人都還沒敗陣的樣子。目前並沒有聽到鐵炮的聲響，但並不表示兩邊都沒有鐵炮，應該是在臨時開戰的情況下，沒有多餘時間填充彈藥吧。

村重看了好一會兒才開口。

「新八郎壓制對方了呢。」

若使番判斷無誤，那麼在人數上確實是對新八郎不利。不過戰場上，敵人的數量看起來總是會比較多。在村重眼中，我方在人數方面並沒有特別吃虧。相較於新八郎的馬標不斷左右移動，武藤的馬標幾乎原地踏步，甚至看起來還有些後退。想來新八郎比較占了上風——這是村重的判斷。

「大人，請您下令出陣。」

久左衛門開口說道。

「等等。」

村重回了話以後，便從天守上凝神看向北邊、東邊、還有南邊。無論哪個方向都是熟悉的北攝風景，村重再三確認那視線並不清晰的稀疏林子和葦原上是否藏有任何伏兵。畢竟攻城的初步方法之一，便是用少數兵員作為誘餌逼使守城方出兵，等待城門開啟後再一舉進攻，當然不能讓敵人得逞這種逞。

樹梢擺動、鳥兒驚飛、槍尖閃光、裊裊炊煙……這些軍隊的氣息都很難隱藏。村重相當

36　戰場上標示將領乘馬所在位置的大旗。

熟稔北攝的地勢，若是藏著能攻下這有岡城的兵力，無論怎麼藏，他都有自信能識破。靠著這份自信，他判斷眼下並無伏兵。這場戰鬥並非計畫性的，而是因為中西和武藤雙方都被起伏的地形妨礙了視線，才會不小心撞見彼此。

如此一來便是大好良機。

「好。」

村重低聲對久左衛門下達了命令。

「取下宗右衛門的首級，從上䕺塚砦那裡派兵出去。」

「是！」

上䕺塚砦位於有岡城內西側，雖然名為砦，但其實就是有岡城內的一個士兵集結地。現在從那裡出兵應該還來得及，太鼓瞭望臺立刻擊響陣太鼓，那是命令位於上䕺塚砦的足輕大將們出陣的聲音。

無論是哪一種戰爭，機運都是轉瞬即逝。在命令下達到兵力確實動起來的這段時間，總讓人覺得長到難以忍受。村重屏氣凝神地看著戰況。在高山右近、中川瀨兵衛謀反以後，安部二右衛門的叛變讓城裡眾人的士氣衰退許多。要是此時能夠取下一個織田將領的腦袋，肯定能大大提升士氣。無論如何都希望能拿到幾顆腦袋。

「十右衛門，你去監視北邊，要是發現敵人馬上通報。」

「遵命！」

「足輕們怎麼了？」

視線轉往上䕺塚砦，兵力完全沒有動作，這並非出兵的動作過慢，而是根本沒有在動。

「久左衛門，上䕺塚砦那裡沒有收到命令，再下一次命令。」

久左衛門立即應允，迅速傳達村重的指令。陣太鼓再次擊響、同時吹起了法螺貝，這時候上䕺塚砦才終於有了動靜，足輕手上的三間長槍閃爍著光芒。然而，動作卻十分緩慢，看起來並不像是打算出陣的樣子。

視線轉回戰場，武藤那方已經逐漸潰敗，朝著西北方退去。不過或許是這場意料之外的戰鬥相當疲憊，看上去中西新八郎並沒有要追上去的意圖。雖然可以說是戰勝了，但恐怕無法取下武藤的首級。

看見敵人退去，聚集在天守的士兵們也歡呼了起來，就連久左衛門也終於鬆了口氣。

「大人！是我們的勝利！要不要高喊勝利呢？」

可是村重卻一點笑容都沒有。

「……先去迎接新八郎。」

村重說出這句話的同時，雙眼直盯著上藺塚砦的方向。

武士若在戰場上取得首級，大將會檢驗那些首級，這就稱為首實檢。

村重決定在本曲輪進行首實檢。這是為了讓更多人能看見新八郎等人意氣風發地一路走到本曲輪的姿態，這樣能夠提高城內的鬥志。戰鬥結束後，中西一行人穿過城門、穿越伊丹城鎮、通過侍町登上本曲輪。他們在路上受到群眾夾道歡呼。雖然只是一場小型戰鬥，但是果然如村重所想，讓大家看看戰勝織田軍的將士們，不管是士兵還是人民，整個城內都歡欣鼓舞。新八郎連臉上都沾了飛濺的血液、灰頭土臉的士兵們也很是淒慘，但是在人們的眼中，那些髒汙正是他們驍勇善戰的證據。

中西一行人裡有個騎馬武士受了傷，但也取下一顆首級。讓俘虜到的武藤士兵確認名字後，得知是一名姓若狹的武士。村重也授予軍功狀和刀給立功的武士，大大地表彰了一番。

首實檢結束以後，中西的隊伍不分身分高低，在天守之下舉辦酒宴慶祝。士兵們隨興坐在地上、新八郎則坐在床几上，有如孩童一般鼓掌叫好。

「慶功的美酒喝起來真的太讓人開心啦！武藤那傢伙實在不足為懼。我記住他的面貌了，下次定要拿下他的頭、送到大人面前！」
村重在天守裡看著眾人。
他還沒有時間脫去鎧甲，身上還穿著腹卷和籠手，不過已經拿下了頭盔。久左衛門也已經退下，現在這裡只剩下村重和御前眾。
正喝著酒的中西一行人並沒有發現村重在看他們，新八郎咕嘟咕嘟地將素陶杯中的酒一仰而盡，邊笑邊說著大話。另一方面，士兵們卻不是那種毫無憂慮的樣貌。不管是喝酒的人、還是正在揮去身上塵埃之人，都帶著一些陰暗。這酒喝起來並不是那麼開心，而村重也發現了他們的陰暗，是來自於對指揮調度的不滿。
這並不是好事呢，村重心想。
「十右衛門。」
待命的郡十右衛門立即回話。
「是，屬下在。」
「自念被殺害的事情要盡快查明，不過我還要交給你其他任務。」
「是的。什麼事呢？」
「唔嗯。」
士兵們認為城裡沒有加派兵力救援，才害他們陷入莫名的危險當中。
村重下達命令。
「上﨟塚砦的足輕大將反應太慢了。幸虧新八郎占了上風所以沒出大事，要是他屈居下風，光是剎那的延遲就可能造成全軍覆沒。」
為了傳達大將指令，必須要用上太鼓、法螺貝、使番等，命令傳達到現場一定會花費一些時間。但就算扣除那些因素，上﨟塚砦的行動還是太慢了。雖然並不是懷疑在那裡的人，但村重感到疑慮——這裡頭出了某些問題。

「要是有人背叛，就斬了他。要是傳達指令的方法有問題，就要改善。足輕大將你也都認識，是山脇、星野、隱岐、宮脇這四人，你去查查為什麼會耽誤了……然後我這邊的警備工作，這個嘛，叫乾助三郎來替代吧。」

十右衛門立即低下頭去。

「是！屬下立刻去辦。告退。」

他隨即向後退，一離開村重身邊，馬上跑了出去。

武藝比十右衛門高強的人，在御前眾裡頭多的是。但是村重卻選出十右衛門來當他們的領導者，除了機靈和長於算術以外，最主要還是看中他這種行動快速的個性。

8

那天夜晚非常安靜，空氣冷到骨子裡。

只要太陽一下山，就什麼事情都不能做了。燈具和火炬用的油都受到限制，絕對不能浪費。要是太晚睡反而會睡得更沉，這樣一來發生緊急狀況的時候就無法馬上醒來，因此武士都知道要早早就寢。但這一天，村重卻還醒著。他點上持佛堂的燈火，在釋迦牟尼的法像前打坐。

天色越來越沉。村重在等待的是下雪。沒多久，走廊上傳來持續接近的腳步聲，村重睜開眼睛。

「助三郎嗎？」

「是。」

「下了嗎？」

「已經下雪了，就像那天一樣。」

真是老天保佑，村重喃喃自語。

來到走廊，身形肥胖的助三郎和一個在御前眾之中輩分較淺的武士就站在一旁。由於十右衛門被派去上藺塚砦打探情報才因此找來的助三郎，和十右衛門可說是完全相反的類型。他不太靈敏、做什麼事情都很慢、直覺也很愚鈍……但是力氣可是和可兵衛不分上下，若讓他去比相撲，意外地還能展現些技巧。而且他會完全遵守村重所說的話、是可以相賴的男人，這點和十右衛門是一樣的。

村重之所以會等待下雪，當然是因為想用自己的眼睛看看安部自念死去那天的狀況。自念是在天色還相當陰暗的時候死去，而現在還稍微留有剛入夜的亮度。

村重讓御前眾拿著手燭，在走廊上前進。其他御前眾已經聚集在自念死亡的倉庫周遭，高舉火炬、點起篝火。為了打造庭院而空出的平地已積起薄薄的一層雪，古田左介挑的那春日燈籠也像那天早上一樣覆蓋著積雪。拉開倉庫的紙門後，村重沉思了好一會兒。

安部自念就死在這裡，胸口留下很深的箭傷，在趕過來的十右衛門眼前斷了氣。完全不見箭矢的蹤影，庭中的積雪也絲毫不見紊亂。迴廊左右兩邊都有兩人一組的警備，而包圍庭院的城牆也有強悍的士兵駐守——

他決定將安部自念關在這間倉庫，是自念死前一天的事情。警備人員的安排也是村重下令收押自念以後才決定的。在那之前，沒有一個人會知道自念要被送到哪裡去。就連村重自己也不是因為只剩這間倉庫才選了這裡。無論殺了自念的是誰，應該都沒有時間能花費太多功夫去設計精密的機關才是。

村重突然往外看了一眼，黑暗之中雖然看不見，不過約四十間外的遠處應該就是瞭望臺。

「助三郎，那邊的瞭望臺上應該有人負責看守吧。」

「是……」

不知為何，助三郎的聲音聽來有些狼狽。

「組頭十右衛門大人先前確實有交代，要去調查自念大人遇害的早上，負責那座瞭望臺看守工作的人是誰。」

村重心想，看來十右衛門在前去調查上﨟塚砦的狀況之前，就已經把這件事交代下去了，真不愧是做事穩當的人。

「所以查了嗎。」

「已經查了。看守的士兵是雜賀之人，是個叫做下針、技巧高明的鐵炮手。會由他負責輪值守夜，是因為有其他夜班輪職者與他調班。」

助三郎的聲音聽來有些倉皇，應該是因為明明早就去查了，卻還沒向村重報告吧。村重雖然發現了這點，卻沒有責備助三郎。與其說是早就明白魯鈍之人做了遲鈍之事，不如說現在斥責人太浪費時間了。入夜時分那近似拂曉的亮度，可沒辦法持續那麼久。

村重於是繼續問道。

「雜賀啊？知道那傢伙有沒有帶弓嗎？」

「據說下針總是帶著鐵炮去守夜的。但沒有人知道那天晚上是否也是如此。」

「這樣啊。」

村重摸了摸下巴。

作為本願寺派來的援手，有少數來自雜賀的人進了有岡城。雜賀是屬於紀伊國的一個鄉里，那裡的居民多半以當海賊維生。在早期就取得鐵炮的雜賀庄人士，在這亂世之中成為善戰的強兵。他們自孩童時期就習慣了戰爭，戰意高昂且擅長操船，在陸地上則是善使鐵炮。但是他們並不是武士。

若是武士，弓馬之術乃是日常生活，無論技巧高低，肯定沒有不會拉弓、無法騎馬的武士。但雜賀之人又是如何呢？弓和鐵炮不同，需要長時間的練習。如果不必達到高手等級的程度，鐵炮只需要一兩天就能學會如何使用，但光是想要把弓好好地拉開，一個月都還不知道行不行。如果擅長鐵炮的話，學習怎麼拉弓也太過浪費時間，雜賀的人或許會這麼想吧——這是村重的想法。

而且安部自念死去的時候，天可是還沒完全亮起來。這樣看來，從那個瞭望臺看到安部自念實在不太可能。要從那座瞭望臺上拉弓命中自念，恐怕就連那須與一(註37)都辦不到吧。村重將瞭望臺上的守夜人，也就是雜賀的下針什麼的殺死自念的想法拋在腦後。但接下來就想不透了。

「……唔嗯。」

倉庫與庭院、城牆與走廊，把所有的東西都看過後，村重喃喃說道。

「雖然不太可能，不過還是試試看好了。助三郎，你將稻草束立在倉庫紙門的門檻上，當成自念。另外準備弓箭、韘(註38)，還有麻繩。」

「您是說麻繩嗎？」

「沒錯，命令下面的人找來那種十間長的繩子。」

「是，謹遵命令。」

助三郎咚咚咚地在走廊上奔跑。接著村重指示其他的御前眾做好準備。原本還讓人拿來鞋子打算走進庭院，這時突然想起自念身亡時，雪地上根本沒有留下任何足跡，只好繞了庭院一大圈，站在城牆邊。

37　平安時代的源氏軍武將。相傳屋島之戰時，他在敵我船隻都因海浪大幅晃動的情況下，一箭命中遠方的平家船舶上為挑釁源氏軍而立起的扇子，此後其名便成為神射手的代稱。

38　日本弓道中拉弓用的輔助工具，通常是鹿皮製的手套。

沒過多久，稻草束就被擺在自念倒下的位置。稻草束如同其名，就是將稻草綁在一起做成的，平常都是當成修練弓術的標靶。村重舉起助三郎拿來的弓，試拉了兩三次。村重打從年幼時期就擁有超越他人的力氣。這把弓是強弓，也細心保養過，想到那一箭並未貫穿自念的背，於是村重將弓弦稍微放鬆一些。

村重站的城牆邊位置，便是自念死去的早上，由森可兵衛負責巡邏的地方。隔著庭院可以看到稻草束，距離大概是五間左右，雖然並不近，但對弓箭來說倒也不遠。

村重瞄了瞄舉著火炬的御前眾諸人，那天負責自念警備工作的是御前眾五本槍，不過目前在現場的只有乾助三郎。

助三郎單膝跪下報告。

「麻繩已經送到。」

「好，那就綁在這三支箭上。」

助三郎用他粗壯的手指笨拙地打上結，而村重將綁了繩子的箭矢搭在弓上。

「那麼，來看看結果到底會如何呢。保險起見，你們離稻草束遠點。」

聽見命令後，御前眾便陸續退下，村重將弓拉開。

村重和稻草束之間還隔著春日燈籠，實在相當礙事。無奈只好先放下弓，稍微調整一下站的位置以後，再次拉開。師走的夜晚實在過於靜謐，只有火炬燃燒的聲音在空氣中迴盪著。稻草束沉入了夜晚的黑暗當中。此時，村重「咻」地放出一箭。

噗滋一聲，聽見了那支箭矢插進稻草束的聲音，接下來第二箭、第三箭也都深深地射進稻草束之中。

「太漂亮了！」

助三郎高聲讚嘆著，聽起來實在不像是表面的客套話。村重一臉無奈——在五間左右的距離射中三箭，在他想來是理所當然能辦到的。

村重的手上還留著三條繩子。

「接下來……」

嘴裡喃喃自語，同時用力拉動其中一條繩子。

箭沒有被拔出來，助三郎打的結鬆了，繩子垂掉至雪地上。

「實在抱歉。」

村重沒理睬助三郎說了什麼，又拉動第二條繩子。這次繩結還是鬆脫了，更糟糕的是抽出繩子的時候還把箭羽也一起扯了下來，羽毛就這樣飛散在走廊上。

村重默默地拉動第三條繩子……這次順利將箭矢從稻草束中抽出，箭矢隨著村重手上的繩子在地面滑動，最後回到村重手裡。

「喔喔！」

助三郎發出感嘆的聲音。

「這樣一來就能射殺自念大人、而且讓箭矢也消失呢。」

村重瞪著助三郎。

「助三郎，身為御前眾只有身懷武藝是不足的，你仔細看好了，這樣是不行的。」

「可是大人，箭不是拔出來了嗎？」

「三支箭只抽出一支。」

村重看著稻草束。方才退下的御前眾回到稻草束旁、高舉火炬，這時能清楚看見刺在稻草束上的箭矢。

「有兩支沒拔出來。或許是殺了自念的人，在繩結上有多下工夫。也可能是用了弱弓，以免插入自念體內過深。但是助三郎，你看看。」

村重指了指地面。那平地上的積雪，清楚留下了繩子拉動箭矢的痕跡。

「綁了繩子的箭矢，無論如何都會在雪上留下痕跡。那天早上可沒有這種痕跡。我本來心想如果用力點拉，箭就能從空中飛回來而不留下痕跡，但結果還是這樣。果然是不可能的。我們搞錯了，助三郎，不可能用這種方法殺害自念。」

「是、是的。」

助三郎雖然有些畏縮，但似乎又有些高興。

「這樣的話，大人，這下手之人就不可能會是森可兵衛大人了吧？」

如果確實是使用綁了繩子的箭矢來射擊的話，那麼能夠這麼做的，就只有沿著城牆邊巡邏的森可兵衛。同為御前眾五本槍，想必助三郎也不想看到森可兵衛被問罪。

只是，村重的表情依然凝重。

「瞭望臺的守夜人，叫下針是嗎？不可能是那個人，如果不是可兵衛的話，那麼殺了自念的就是郡十右衛門、秋岡四郎介、伊丹一郎左、或者你，就是你們四個人當中的某個人。」

「……照這情況來看，確實如此。」

「叫四郎介和一郎左明天早上到我的宅子來。再把可兵衛也叫來。還有你也要過來，我要問話。」

「是……那麼，雜賀的下針呢？」

「也一起叫過來。」

助三郎一臉沉痛地領命。

9

拂曉之時，太陽尚未完全升起，一天已經開始。

宅邸的廣間設有壁龕，那裡掛著八幡大菩薩的掛軸。被找來的人都先進到另一個房間，再一個個叫到廣間問話。

沒有安排其他人在一旁戒備，只有村重和被找來的人兩人談話。當然，為了以防萬一，還是安排了一些比較強悍的武人在隔壁房間待命。即使如此，能夠交談的依然只有村重和被面談的那個人。

最先叫進來的是雜賀的下針，年紀大約三十左右，是個矮小的男子，眼神渙散、缺乏生氣。以下針的身分來說，應該會對進入一國之主村重的宅子感到畏懼，但他似乎沒有特別膽怯，只是一臉陰沉。村重心想，這就是長期在戰場打滾的士兵眼神。

「奉您命令來拜見。」

招呼的方式也很隨便。

「你就是下針嗎？」

「他們是這麼叫我的。」

「所以這不是你的名字囉？」

「不是的，下針是小名，大家說我連吊著的一根針都能擊中，所以才這麼稱呼我。後來發現在戰場上這名字也比較好用，所以我也向別人這麼自稱了。」

「聽說你擅長使鐵炮？」

「大家是這麼說的。」

下針應該已經聽說村重為何要找他問話，所以村重直接省去那些繁瑣的細節，馬上進入正題。

「安部自念死去的那天早上，你就在那個能夠看見關他的倉庫的瞭望臺守夜是吧？」

「沒有錯。不過那時我並不知道倉庫裡關著那樣的人。」

「那麼，你有帶弓上瞭望臺嗎？」

下針一臉困惑。

「雖然在下擅長使鐵炮，但是並沒有弓，您可以問問其他雜賀的人。」

村重點點頭，心想果然如此。

「那麼自念死去的時候，你有注意到什麼嗎？」

「這……關於這件事，」

下針稍微坐直了些。

「雖然您的家臣都說聽見安部大人發出了什麼聲音，但是在下並沒有聽見那樣的聲音。不過有聽到鎧甲錚錚的聲響，我心想不知宅子裡發生了什麼事情，因此有看向那邊。」

「這樣啊，看見什麼了？」

「在下的夜間視力算是較好的了，但距離實在太遠，所以只看見了小小的火光。」

「火光嗎？」

村重挑起一邊眉毛，他沒聽說過火光的事情。下針淡然地繼續說下去。

「沒錯。我想那應該是手燭之類的東西。感覺被揮掉之後就消失了，想來應該是因為受傷而掉落了吧。之後就看到有火炬之類的東西聚集過去。」

村重想，那應該是十右衛門等警備人員手上拿的火炬吧。

「你看見幾支火炬？」

「兩支。」

「——你確定沒記錯嗎？」

下針得意一笑。

「在下除了鐵炮技巧外，大家也說我的記性好。那天在下看見的火炬，或者說類似火炬的東西，絕對是兩個沒錯。」

村重給了他一些獎賞，便命他退下。

接著被叫進來的是伊丹一郎左。

正確來說，他的名字是一郎左衛門，過去有岡城還叫做伊丹城的時候，他是以此為根據地的國眾伊丹家之人。年約二十四、身材纖細、風貌普通但鐵炮技術也很高明，而且比任何人都清楚有岡城立地的伊丹地勢。伊丹家為了購入鐵炮，將他派去堺，對此人無比信任。但是他也因此受到嫉妒、遭人誹謗，所以不得不逃亡。由於伊丹家是被村重所滅，因此對一郎左來說，村重應該是一族的仇人——然而侍奉滅了自己主家的人，在這個時代並不罕見。

村重開口問道。

「你是和乾助三郎搭檔警備的吧。」

「您說得沒錯。」

一郎左回答的聲音相當沉著。

「天快亮的時候，有聽見安部自念的聲音嗎？」

「有聽見聲音，可是無法確定那是不是自念大人的聲音。」

村重內心感到有些意外，一郎左的用字遣詞相當慎重，嚴格區別出自己所想的事情和所見所聞。更令村重驚訝的是，原來一郎左是這樣的武士。他再次開口詢問。

「那麼，你聽到的是什麼樣的聲音？」

「感覺起來是有點驚訝的聲音，但不像是痛苦或者臨死之際的聲音。」

村重扯了扯眉毛，現在這個回答，聽起來實在太過肯定了。這應該是自念遇害已經過了一段時間，所以他們都已經整理過內心想法的緣故。雖然是因為自己無法專注於檢斷自念遭到殺害一事，但沒有先把御前眾叫來問話，村重覺得自己實在是失策。

「在那之後呢？」

「助三郎大人馬上準備要跑過去，不過被我阻止了。我說讓我過去。」
「喔？為什麼不是助三郎去，而是你去呢？」
「這是因為助三郎大人他拿著持槍，我認為與其讓他進入倉庫，不如在外頭守著比較好。」
持槍又名為手鑓，比足輕用的三間長槍來得短些、是武士使用的槍。長度相對於使用者身高，大約是在一點五倍到兩倍左右。
「屬下身上的武器是鐵炮和打刀，因此先放下鐵炮，將預先準備的火炬用篝火點燃後，手握刀柄就跑了過去。」
確實，若是在倉庫那裡發生衝突，助三郎的身軀過於龐大、持槍也太長了，會很礙事。村重也認同一郎左的做法。
「這樣啊，說下去吧。」
「是。等屬下跑到倉庫時，郡十右衛門大人和秋岡四郎介大人都已經抵達了，而自念則是仰躺在地。我有聽見十右衛門大人和四郎介大人跑過去的腳步聲，還有他們兩人喊著要自念大人振作的聲音。」
就連村重沒問的事情都說了，看來一郎左是想要表達，十右衛門和四郎介的行動並沒有特別可疑之處。雖然他是想保護同儕而說出這些證詞，但反而令村重猛然多心地想著，這會不會是謊言呢？
但他又想，現在根本無法判斷是不是謊言。不過直覺告訴他，這並不像是在撒謊。
「我懂了，你有留意到什麼比較特別的狀況嗎？」
一郎左深深地低下頭去。
「實在抱歉，因為太過在意自念大人了，並沒有察看周邊的狀況。」
想來這也是沒辦法的，村重想。通常宅子裡要是發生命案，照理來說應該馬上尋找有無可疑人士才對。但是一郎左等人接收的命令，是要保護自念。因此他們首要先確認自念的傷勢，也不能說是粗心大意。

「這樣啊，好吧。」

村重只說了這句話，就讓一郎左退下。

接著被叫進來的是森可兵衛。森家雖然與毛利有往來，不過可兵衛本人是以阿波國為根據地的國人眾森家之人。年約三十、身材魁武，長了一把很有豪傑氣勢的鬍子。他是相當虔誠的一向宗信徒，原先駐守在大坂本願寺，在荒木與本願寺密切聯絡以後，他便作為使者前來有岡城協助警備，之後就這樣留了下來。他是個百般武藝樣樣精通的武者，在這之中運用長槍的技術可說是跨入了名人的境界，不過相當魯鈍，缺乏立於他人之上的器量。因為要與村重面對面，讓他萬分惶恐，那龐大的身軀也縮小了許多。

「安部自念死去的那晚，你是沿著城牆巡邏沒錯吧？」

聽見村重這麼問，可兵衛提高嗓音回話。

「是的！」

他仍然伏在地面，沒將臉抬起來。

「我先問問，你不是在倉庫前面、而是在外頭巡邏的詳情。」

可兵衛的所在位置雖然是能夠看見倉庫唯一出入口、也就是紙門的地方，但他並不在紙門附近，而是隔著庭院巡邏。可兵衛以他那粗曠的聲音答道。

「是！這是組頭大人的命令。」

組頭指的便是郡十右衛門。

「十右衛門是怎麼說的？」

「要是站在紙門外向外監視的話，這樣會背對自念大人、太過危險。但若是面對著紙門監視，很可能無法察覺有可疑人士接近。所以應該要在拉開一點距離的地方監視，他在白天時便已這樣命令我。」

村重點點頭，要是由他自己來下令的話，應該也會是這樣的指示。

「那麼，我再問一件事。你為什麼沒有踏入庭院呢？」

從事發的倉庫看向庭院，雖然名為庭院，但畢竟只是個之後會被用來規劃成庭院的空地。話雖如此，從留下的足跡來判斷也非常明顯，可兵衛確實是繞著庭院在巡邏的。

可兵衛粗聲粗氣地回答。

「像屬下這樣低下之人，實在不敢踩踏大人的庭院。我絕非因為怠惰才沒有走進去，只是一心一意盡可能不要失了禮數。」

「我明白了，你如此守規矩值得誇獎。」

「非常感謝您。」

可兵衛說起話來簡直是用喊的，額頭還重重地撞了地板一下。

「抬起頭來，可兵衛。你在自念死去的那個清晨看見或聽見了什麼，都說來聽聽。」

可兵衛挺起身子、卻仍然發著抖，最後才硬是擠出話語。

「天快亮時，屬下聽見『啊』的一聲、像是自念大人的喊聲。一看才發現有手燭掉在倉庫前面，雖然看不清狀況，但感覺倒下的是自念大人。原本想要跑過去，但又擔心會踩亂庭院。還在遲疑之時，已經有幾個同袍趕到現場，我心想自己過去也沒用，因此決定繼續觀察周遭、做好自己的工作，所以就停留在該處了。」

村重點點頭。

「那麼，你有看見什麼嗎？可疑的人、或者飛過去的箭，什麼都行。」

可兵衛再次將頭磕到地板上。

「屬下天生魯鈍，並未看見那些東西。實在是萬分抱歉。」

「——這樣啊。」

其他的御前眾都在走廊轉彎處、看不見倉庫正面的地方守衛，姑且不論光線的問題，能看見倉庫的就只有可兵衛和下針，而下針所在的瞭望臺實在太遠了，很難看見些什麼。要是真有什麼人目睹是誰殺害了自念，那麼必然是可兵衛了，村重實在相當失望。

「我要問的問完了，退下吧。」

可兵衛領命後，立即打算起身離開。這時村重突然想起有件事情忘了問。

「可兵衛。你那天巡邏時帶了什麼武器？」

剛轉過身的可兵衛像是被雷劈到一樣當場僵直，連忙回頭、再次伏地。

「屬下實在過於失禮。」

「沒關係，快說吧。」

「是。我身穿鎧甲、腰插打刀。」

「只有這樣嗎？」

「是的！」

帶刀乃是理所當然，然而可兵衛的武器以一名警備人員來說，實在太過簡單。雖然是因為機緣才留下的男子，但村重覺得他看來應該是沒有錢添購武器吧。不過這種事情還是不能輕忽。

「這可不行。你該準備些好一點的武器。就算來不及自己準備，也應該要記得去長槍倉庫那裡拿把三間長槍之類的東西。戰爭期間倉庫可是沒有上鎖的。」

被這麼訓斥後，可兵衛一臉泫然欲泣。

接下來是秋岡四郎介。
秋岡家是侍奉荒木的家族，除了四郎介以外，還有許多家人都為主君做事。其中四郎介的刀法最為優異，家中無人能出其右，也是相當厲害的部下。他的身形細瘦、眼神有如老鷹般銳利。但不知為何，普遍來說擅長刀法者總是有許多脾氣不佳之人，而四郎介也不例外，並不常與他人往來。不與人有過多的連結，就表示在戰場上將不存在能將自己背後的安危放心託付之人，作為一個武士，其實這並不是件好事。但是對於以保護村重為首要任務的御前眾來說，也可說是相當適才適用。
「四郎介拜見大人。」
見到四郎介平伏在眼前，村重沉默了好一會兒。四郎介似乎也不覺得哪裡奇怪，身子仍舊一動也不動。
「……抬起頭來吧，有幾件事要問你。」
村重終於開口。
「屬下必當知無不言。」
「安部自念死去的那天清晨，因為聽見了可能是自念的聲音，所以你和郡十右衛門一起跑去倉庫那邊，而自念沒多久後就死了，是這樣嗎？」
「您說得沒錯。」
「你要聽清楚了再回答。」
四郎將雙拳放在地上，一臉狐疑地聽著。
「安部自念是在郡十右衛門去到倉庫之前就已經倒下了嗎？——又或者是十右衛門跑過去以後才倒下的？是何者？」
四郎介並沒有馬上回答，不過村重相當中意這個停頓時間。

「是。聽見奇怪的聲音、舉起火炬跑出去的時候，是屬下先起步的。也是我先轉過走廊的彎……」

四郎介慎重地選擇用詞說道。

「先看到倒地的自念大人的，也是屬下。話雖如此，十右衛門大人也只晚了那麼一些時間便看見現場了。當時我們發現仰躺在地的自念大人，胸口已染上一片朱紅，我擔心可疑分子就躲在倉庫之中，於是便拔出刀、然後透過紙門縫隙察看內部。」

「等等，那時你的左手拿著火炬吧？」

「是，的確如此。」

四郎介愣了一下才微笑著說。

「屬下只以右手拔刀也沒有什麼問題。」

「這樣啊。」

村重說。

「說下去吧。」

「是。接著雖有些失禮，但屬下仍用腳推開紙門、踩進了倉庫，可是裡頭空蕩蕩的，這件事情大人您也已經知道了。十右衛門大人放下弓，於屬下檢查倉庫時抱起自念大人、試圖要救他。」

「唔嗯。」

村重悶哼一聲。

「十右衛門有帶弓啊？」

「確實有。因為屬下比較擅長用刀，因此組頭大人說那麼他就帶著遠程武器。」

接著四郎介把頭抬起，最後又補充了一些話。

「這樣一步步回想，肯定沒有錯。自念大人是在十右衛門大人跑到倉庫之前，就已經倒下了。」

「——我明白了。」

村重說完，就輕輕嘆了口氣。

「在十右衛門照顧自念的時候，你有注意到什麼都儘管說出來。」

「是。因為屬下始終懷疑有什麼人躲在倉庫內，所以相當仔細地搜查了每個角落。然後就發現掉落在走廊上的手燭，我想這應該是自念大人使用的東西，保險起見我確認過，火已經滅了。」

村重稍微思考了一下。

「手燭是從哪裡來的？自念又是怎麼點上手燭的火？」

一般要點火，都要用到打火石。但是那天自念身上的刀被取走，只給了他佛經，服裝也只有身上穿的那套，就押著他進了倉庫。如果平常沒有隨身攜帶打火石的話，自念應該沒辦法點火才對。

「手燭的事情屬下不知。」

四郎介立即回答。

「但是倉庫裡有火缽，很可能火種還留在裡頭。」

「——這樣啊。」

村重想著，雖然沒有命人放置火缽，但或許是誰擔心自念會受寒，才送過去的吧。

最後被喚來的是乾助三郎。

助三郎原本是個牢人（註39），過去在美濃侍奉齋藤家，在織田滅掉齋藤的勢力之後便輾轉

39 因為戰事、懲戒、政治等因素失去主家與職務的武士。江戶時代因為改易等政策造成浪跡各地的牢人增加，因此又被稱為浪人。

流亡到了北攝。當時村重自己也還是侍奉主君之身，雖然無法延攬太多人才，但是村重很看重助三郎的體格和力氣，因此讓他加入自己麾下。時光荏苒，現在的村重已經是攝津守的身分，而助三郎則成為了荒木家精挑細選出來的御前眾五本槍。

村重並不覺得是助三郎殺害自念，因為他是個一心一意服從命令之人，要是村重命令他殺了自念，助三郎肯定毫不遲疑。作為一名武士，助三郎有時過於心軟，要他殺掉年紀輕輕的自念，想必會一臉悲傷，但是他仍然會遵從命令。然而村重下達的命令是要保護自念，因此助三郎絕對不會殺了自念，不過還是有些事情得要問問。

「安部自念死去的那晚，你和伊丹一郎左負責同一組警備是吧？」

聽到村重發問，助三郎立刻中氣十足地回話。

「是的！」

同時還把頭重重地磕在地板上。

「屬下的確是和一郎左大人一起執勤。」

「這樣啊，那天快亮的時候，你可有聽見安部自念的聲音？」

「聽見了。」

「是什麼樣的聲音？」

助三郎的氣勢到此為止，他忽然一臉迷惘、聲音也含糊了起來。

「噢，應該是……好像是『啊』……又好像是『噢』之類的……」

「你確實有聽到嗎？毫無疑問？」

「是，屬下的確有聽到聲音。」

村重覺得應該是沒辦法從助三郎這裡問出更詳細的訊息了。用人應有道，助三郎強悍且忠誠，這樣也算是有能之士，若是他的直覺及感受並不敏銳，就別在需要那些能力的場合用他便是。接著他繼續問下去。

「聽見聲音以後，你有什麼行動嗎？」

「有的！」

助三郎提高聲量、接著深深地低下頭說道。

「屬下立刻打算趕過去，但是一郎左大人表示不能讓警備鬧空城，因此我便留在原地，將察看情況的工作交由一郎左大人。」

「這樣啊，你也挺沉著的。」

「非常感謝您的誇獎。」

助三郎的表情開朗了許多，想來很可能是因為自己並未趕到自念身邊，所以擔心會被責備是怠忽職守吧。

「那麼，你留在原地的同時，有看見還是聽見什麼嗎？」

「並沒有。」

助三郎抬頭挺胸地回答。

「……我再確認一次，有沒有什麼人經過、有沒有聽見什麼，還是發生了什麼奇怪的事情？」

助三郎顯得越來越沒有自信了，但還是給出了相同的回答。

「不，完全沒有。在發生大事以後，大人和隨行者似乎是從十右衛門大人他們駐守的那條走廊前往倉庫，但是並沒有人通過我守的這一邊。屬下一直堅守自己的工作崗位。」

走廊上有助三郎一直擋在那裡，這件事情應該也得記下來才好。村重這麼思量著。

「這樣啊。那麼最後再問你一件事，當天晚上，你和一郎左分別帶了哪些武器？」

助三郎再次挺起胸膛。

「屬下身穿乾家傳承的鎧甲、頭綁鉢金、腰插備前刀，手上拿著持槍。」

「一郎左呢？」

「屬下不記得。」

身為武士，看清楚敵方持有之物是非常重要的。觀察裝備便能得知敵人的身分、也可以作為自己立下戰功的證明。若是在一決生死的戰場上稍微疏忽了也是無可奈何，不過一起進行徹夜警戒工作的同袍都拿了些什麼東西也不記得，這可就太過掉以輕心了——村重訓誡過助三郎之後，便讓他退下。

這樣一來，當晚在那倉庫附近的人，就只剩下一個人還沒問話了。

乾助三郎和伊丹一郎左一組，但是在聽見疑似自念的聲音以後，就只有一郎左去了倉庫。郡十右衛門和秋岡四郎介兩個人都去了倉庫，四郎介負責檢查倉庫裡頭，這段時間十右衛門是獨自一人。

森可兵衛雖然也是獨自一人，可是要在不被別人看見的情況下靠近倉庫，就只能穿過庭院，然而庭院中確實沒有留下任何的足跡。

下針位於至少有四十間之遠的瞭望臺上，而且有人能夠證明他整個晚上都在瞭望臺上守夜。

帶著弓的只有十右衛門……

村重在廣間裡八幡大菩薩的掛軸前閉起雙眼。

沒多久，紙門後傳來了近侍的聲音。

「郡十右衛門大人要求晉見。」

村重睜開眼睛說道。

「讓他進來。」

10

十右衛門渾身髒兮兮地前來拜見。

他在陰暗的廣間裡盤腿坐下，握緊雙拳放在地板上、頭低垂著，全身都是灰塵、身上穿的衣服也和平常不同，是足輕穿的那種麻布製破舊衣物。稍早他命十兵衛門前去探查上﨟塚砦的情形，還以為他得花個兩三天才能回來，沒想到這麼快就回來了，這令村重有些意外。

「十右衛門回來覆命。」

十右衛門將頭垂得更低。

「還真快啊，有遇到困難嗎？」

「並沒有。」

十右衛門的面容原先就有些傻里傻氣，現在渾身泥巴、衣著襤褸，看起來實在不像是御前眾五本槍首席的組頭之流。但他的眼神卻十分銳利。

「運氣頗好，上﨟塚砦的情況、與武藤大人開戰時出兵緩慢的原因，大致上都已經明白了。因此先回來向您覆命，是否還需要更加詳細地探查，就請大人再行定奪。」

「怎麼，已經弄清楚了嗎？」

「是，但並非是值得向您報告的大事。」

「好，說吧。」

聽見命令，十右衛門才緩緩直起身子。

「屬下有個僕役和上﨟塚砦的足輕有交情，在他的協助下我成功潛入其中。湊巧聽見荒木久左衛門大人正在斥責他們，而上﨟塚砦的山脇、星野、隱岐、宮脇四位將領異口同聲地解釋，說他們並未聽見陣太鼓的聲音。」

「……是嗎，久左衛門過去了啊。」

久左衛門在戰鬥後並沒有特別斥責上藺塚砦行動遲緩、也沒有要檢討他們的樣子，但他卻在村重眼所不能及之處追究足輕大將們的責任，這讓村重感覺不是非常愉快。但久左衛門畢竟是家老(註40)，村重也明白他這樣的行為舉止並沒有越權。

「法螺貝呢？」

「他們說聽見了。因此有進行出陣的準備，但還是沒能趕上。」

有岡城在結構上是以總構的形式把整個伊丹城鎮都包起來，因此非常寬廣。既然寬廣，下達命令時自然會有不容易傳達的情況，四位將領說沒有聽到陣太鼓的聲音，倒也還算說得過去。但這樣的情況下卻能聽到法螺貝的聲響，這點也很奇怪。

「喔？這是真的嗎？」

十右衛門似乎正在選擇措辭。

「這點屬下就不清楚了，但是他們的確說法一致。」

「嗯……莫非是背叛了嗎。」

「雖然大人有此懷疑，但看上去並無此可能。隱岐土佐等人還曾公開表示若能在此次戰役中立下功勞，或許日後成為將軍家的家臣也不是夢想了。其他足輕大將也曾說過類似的話。」

村重雙手抱胸，陷入沉思。

上藺塚砦的四個將領都是招募生活困窘的人們、誇耀自己力量以及手下兵力的足輕大將。雖然無法完全信任他們，但是聽十右衛門的說法，要認定他們反叛確實也言之過早了。

十右衛門在清晨陰暗的光線中繼續說著。

40 武家家臣團中的重臣，除了做為主君商討的對象外，通常也統領家中的諸多事務。

「不過……」

「不過怎麼了？」

十右衛門很難得含糊其詞，他窺視著村重的神情，好一會兒才下定決心似地大聲稟告。

「這實在是相當難以啟齒，不光是足輕大將，足輕還有武士之中都流傳著毀謗大人的流言。」

村重的粗眉毛動了一動。

「流言？」

「是的。」

「沒關係，說吧。」

明明是師走時節，十右衛門的額頭卻冒出汗來。

「不為別的，正是安部人質之事。雖然自念大人之死乃為神佛之懲罰，這樣的說法頗為深植人心，但是在足輕之間，還是流傳著肯定是大人處決他的傳聞。他們認為人質就應該處以磔刑或者斬首，速速殺掉才是依循該有的規矩，但大人沒有處置他、表示要讓他活下去，卻又沒過多久就殺了自念大人，而且還表示那不是您做的——這樣實在太過卑劣了，流言是這樣說的。」

村重默默聽著，外頭吹來的風頗為冰冷。

「另外也有人說，仔細想想，站在自念大人的立場，就算嘴裡說著嚮往往生極樂，但他畢竟還如此年輕、肯定也沒有充分的覺悟。先是表示要讓他活著，那麼自念大人肯定也會打從內心感受到能夠活下去的喜悅。先給了他希望，之後又奪走他的性命，根本就是……」

村重直盯著把話尾往回嚥下的十右衛門，後者的視線垂得低低的。

「和信長公相去不遠的無情大將。」

這聲音聽起來就像是狗兒的哀鳴聲。

「……這樣啊。」

村重說道。

「十右衛門，你是想說上藺塚砦的四名將領，是因此才不遵從我的命令嗎？」

「並非如此。屬下認為陣太鼓、法螺貝之聲不易聽見，而且要確定那是派給上藺塚砦的命令也需要花點時間，這些確實就是造成延誤的原因。但背後是否還有內心帶有疑慮個原因，屬下也無法保證。」

頓了一頓後，十右衛門又繼續說道。

「對於山脇、星野等足輕大將來說，卑劣就是他們生存的手段。但這樣一來，空口說白話的大將可就更危險了。要是拼了命為他作戰、戰績或功名什麼的要是不能算數，這樣可就沒意義了——他們似乎是這樣說的。」

「你的意思是說，有人在傳言——我明明殺了安部自念，卻對外扯謊、宣稱沒有殺他是嗎？」

「屬下惶恐，您說得沒錯。」

村重心想，這樣的流言不可能只在足輕之間流傳。想來武士之間、以及伊丹的人民之間，恐怕也都流傳著類似的謠言。

村重感受到自己背後竄過一陣寒意。

他並不是在同情安部自念，沒有對理當殺掉的安部自念動手，是因為他有別的考量。然而這個理由卻沒有任何人知道。接著，村重開口。

「我明白了——你下去吧。」

十右衛門離開後，廣間裡又只剩下村重一個人。

11

村重雙眼緊閉。

人就是城。將兵們懷疑大將器量的城池，不管護城河有多深都會輕易就陷落。因為這樣的城池，士兵會連夜逃走、而將領則會很容易就聽信敵人的花顏巧語。在尚未聽到十右衛門的報告之前，村重就已經察覺自念的死已讓將兵們對自己的信賴動搖了。至今一直都相當順利的軍事會議開始出現分歧異議，同時恐怕也是因為如此，足輕大將們才會對遵循命令抱有疑慮。在亂世之中活到現在的村重，身為將帥的直覺正在他的耳邊低語。再這樣下去的話，等到織田軍攻過來的時候，這座城就要不保了。

村重是個武士，他並不排斥戰死，那可說是一種榮譽。雖然他並不覺得會輸掉這場大戰，但是耗盡自己的智慧與勇氣奮戰到最後一刻，直到束手無策、只得於城中切腹的處境，作為一名武士來說也是無上尊榮了。可是如果是因為受到將兵們的懷疑、失去了那些應該侍奉荒木攝津守的將領們的支持，因而在綁手綁腳的情況下死去，那可就有損顏面了。

當下有數萬織田軍正朝著有岡城步步逼近，織田的第一戰，一定會選擇全力進攻。村重已經有對策，能夠安然度過那場戰役。但是這一戰只要有任何將兵對村重抱有疑慮，這座城池就會陷落。織田……前右府信長，可不是在眾人心存懷疑的情況下還能抵禦的對手。

直覺又趁這個時機呢喃著。只要趕緊結束檢斷一事，確定是誰殺了安部自念、又是怎麼殺害他的，那麼就還來得及。然而，就是無法理清頭緒。自念是死在箭矢之下這點毫無疑問，但那支箭為什麼會消失？殺了自念的人，究竟是怎麼接近那座倉庫的？該不會真的是神佛降下的懲罰吧？

實在想不透。

不過，村重還留有最後一個決策。

在這座城池中，沒有任何人的軍略要優於村重，也沒有謀略足以匹敵村重的人。智慧更勝於村重的人，在這座城裡也不存在。

不過說得更正確一些，這座城裡的地面上並沒有那樣的人。

村重緩緩地起身。

天守的地下挖了口井。

這是為了確保萬一需要堅守城中時，水源不至於被外頭截斷。雖然這一帶其實隨便哪個地方往下挖都會有水，特地先挖好也沒有太大的意義。村重準備好手燭，一個人往地下走去。他站到了水井前，從一片黑暗之中傳來了沙啞的聲音。

「大人，還真是難得呀。」

四十來歲的男人在燈火中低下頭，男人一動，腰上掛的鑰匙便叮叮噹噹作響。村重沒有多說什麼。

「打開吧。」

「遵命。」

地下空間的一隅有個上了鎖的小小門扉，男人站在那扇門前，將腰上的鑰匙插了進去，一個沉重的聲響後，門鎖便打開了。

「……讓屬下陪同您進去。」

「不必。你就在這裡等著。」

男人默默低下頭後，便退下了。

打開的門扉後有個向下的樓梯，由土壤滲出的水氣打濕了台階。村重一步步向下走去，腳下響起咯吱、咯吱的聲響，拿手燭一照，那些不知道是蜈蚣還是馬陸之類的不知名蟲子正驚惶地四處逃竄。

在這道並不長的階梯盡頭，是個連地板也沒鋪、空無一物的空間。村重的腳踏進了水窪，啪答一聲濺起水花。就在此時，黑暗的深處傳出莫名的聲響，呵、呵、呵、呵……是人的聲音。

將光線朝著聲音轉過去，率先映入眼簾的是木格子狀的柵欄，那有如鋼鐵般堅硬的栗木材相當粗厚，格子密到就連手巧的匠人也無法將紙張從縫隙間插進去。在那木格子柵欄的後方是個僅僅挖了個橫溝的狹小監牢。

最後進入視野的，是一個蹲在角落的身影。那人的背部朝著這邊，應該是因為火光太亮的緣故。

村重開口了。

「官兵衛。」

土牢牆壁上的影子晃了晃，這是因為有微風吹了進來，吹動了村重手上的手燭火光。那嘻笑聲不知何時已然消失，牢中又恢復一片靜寂。在這片寧靜當中，就連蟲子爬行的聲音、火焰燃燒的聲響都能聽見。村重再次開口叫喚。

「官兵衛。」

漆黑之中，只見官兵衛稍微挪了挪身子，將臉轉向村重。

把官兵衛囚禁在土牢裡已經過了一個月——才不過一個月，怎麼會變化如此之大？

官兵衛臉上的鬍鬚恣意生長、一頭凌亂的蓬髮，手腳明明細瘦，臉卻反而有些腫脹，身上穿的衣服破破爛爛的，在這無法伸直手腳的牢中，就連軀體也彎曲得有些奇妙。那個高聲建言謀反不利的清麗武士風貌，已然不存在了。

最重要的，就是他連眼神都變了。蹲在牢中的官兵衛於手燭的光線中眨了眨眼睛，抬頭望著村重。那混濁的雙眼彷彿什麼也沒在看、好像也不明白自己看見了什麼。

村重俯視著那雙眼睛問道。

「官兵衛，你方才在笑吧，是在笑什麼？」

回答傳來了，是相當沙啞的聲音。

「沒什麼原因。」

「無妨，你說吧。」

官兵衛低著頭，叨叨絮絮地說了起來。

「聽見和看守者重量不同的腳步聲，我馬上明白是攝津守大人過來了。」

「喔？然後呢？」

「在下還以為要再次見到攝州大人，恐怕是這場戰役結束之時了。然而這可是連一個月都還沒過呢，能見著您實在是令人驚訝——就是有些驚訝。」

「所以就笑了？」

「……」

「官兵衛，別胡說了，可沒有人會因為驚訝而笑出來的。」

村重既沒有發怒、也不見煩躁，聽起來還有些親切。官兵衛依然低著頭。

「……雖然說難以預料此戰是勝是負，但沒想到您如此之快便敗給了織田，看來有岡城已經陷落了。如此一來，此次您謀反就僅僅只是為期一個月的騷動，而我黑田家竟是因為如此胡鬧的戰事而斷絕……在下，就覺著十分有趣。」

這種說法實在是相當不要命，就連村重也不禁怒上心頭。

「別胡說，有岡並沒有陷落！」

村重忍不住提高音量，而官兵衛那混濁的眼睛正從長長的頭髮下往上凝視著村重。總覺得那雙眼睛的某處蘊藏了一股奇妙的感覺。

「如果是這樣的話……既然沒陷落，又是怎麼啦？」

村重的怒氣隨即煙消雲散。官兵衛光從腳步聲就聽出有岡陷入危機。就算眼神呆滯，但是看來他的腦筋並沒有跟著變遲鈍，對此村重滿意地笑了。

「真不愧是官兵衛，沒錯，這幾日發生了些怪事，要是無法解決的話，這座城可能就真要陷落了，而你也將命在旦夕，我就是來告訴你這件事的。陷落的那一天，我就將你的腦袋割下來提去地府當禮物。要是想留下什麼遺言，我現在可以聽聽。」

「城主大人親自來訪，說要聽我的遺言，真是不勝惶恐……攝州大人，您是要我做什麼呢？」

「嗯，你果然明白。」

官兵衛沉默了一會兒，又搖了搖頭。

「該不會。」

「就是那個『該不會』，我打算讓你解解一件怪事。」

官兵衛一語不發。

「我認為綜觀近年來的家臣，有三個人的器量終究無法居於人下。一位是侍奉備州浦上家的宇喜多和泉守直家。另一位就是原先在攝州池田家之人，正是我。而最後一位，就是播州小寺家的小寺官兵衛……不，你說過莫再提小寺是吧，那麼就是黑田，黑田官兵衛孝隆，也就是你。」

村重隔著木柵欄靠近另一端縮成一團的官兵衛。

「官兵衛，讓我借用你的智慧吧。」

「……攝州大人莫非精神錯亂了嗎？我似乎聽到相當無趣的玩笑話。」

官兵衛在牢中啐道。

村重也非常明白他不會好好回應，但村重也有自己的打算。官兵衛這個男人相當機靈，正因為他如此機靈，所以在小寺家才能獲得主君那遠勝於其他大老們的信賴。正因為他機靈，所以才認為小寺應該靠向織田。同時也正因為機靈，他絕對不會對居於小寺家重臣的位子感到滿足，因此他去接近織田，其言行舉止彷彿就是羽柴筑前守秀吉的部下。黑田官兵衛正是如此機靈，而且巴不得能展現自己機靈特質的人。

說到底，武士就是這樣的人種。刀法優秀之人必然使刀、長於算術者自然多做算數之工、而長於軍略者自然隨時都想出謀劃策。鎌倉時代的武士只知道賭上性命，然而現今的武士即使因為技能氣度不得認可而必須在不同的主君間遊走時，也會試圖將自己的器量公諸於天下。看在村重的眼裡，官兵衛在這方面的念頭可是無人能比的深重。只要交給他難題，他就會因為無論如何都想展現自己的機靈無人能出其右、而試圖解開難題，這個男人的性格便是如此。官兵衛雖然才氣優於眾人，但只要能夠理解他的性子，也就不是那麼難掌控——村重是如此盤算的。

村重隨意坐在泥土地上、盤起腿來。土牢那冰冷且潮濕的空氣頓時滲進身體裡，面對閉口不言的官兵衛，他再次開口。

「官兵衛，姑且先不論要不要解開，反正待在牢裡頭如此無趣，就當作我是在幫你解解悶吧。這件事最初是起因於大和田城主安部二右衛門叛變一事，詳情便是如此這般。」

於是村重一五一十地將這一個月內戰事的進展、除了高山右近與中川瀨兵衛以外，就連安部二右衛門都反叛之事、安部自念被看不見的箭矢給射死、那天晚上的警備人員安排、村重的宅邸在整個本曲輪內的構造、自念之死是神佛懲罰的流言、軍事會議上的騷動等等，大大小小、一事不漏地全都說給官兵衛聽。

官兵衛一開始還是轉過身子的，雖然無法塞住耳朵，但看起來他還是想盡力不要去聽村重說些什麼的樣子。不過隨著村重繼續說下去，感覺他開始不安地扭動起身子，有時還會抬眼瞧瞧村重。

最後，村重說到自己便因此下到這處土牢，然後閉上了嘴。手燭的火光依然在搖曳著，師走時期的寒意直入骨子裡。

「呼。」

官兵衛的嘴裡忽然冒出一聲。

下個瞬間，他便笑了起來。他張大了嘴巴，笑到連土牢都好像在震動，彷彿是著了魔一般。此時木門打開了。

「什麼事？」

村重對著那朝這裡喊話的看守者斥喝。

「退下，沒事。」

然而，其實村重的聲音也在顫抖。在剛才說的那些話當中，究竟有什麼事情能夠這樣擾亂黑田官兵衛的思緒，村重一點也不明白。

不知名的蟲子爬上村重的膝頭，村重以拳頭將蟲子擊碎，拉開嗓子說話。

「官兵衛，你瘋了嗎？」

沒想到官兵衛立刻停止大笑，重新盤坐之後便低下頭去。

「恕官兵衛失禮了。像攝津守大人這樣的人物竟然被如此兒戲給捉弄，看來最好早日做好城池陷落的覺悟會比較好。哎呀，實在有趣。」

官兵衛緩緩抬起頭來，閃亮的眼神簡直像是塗了一層油。官兵衛接著說道。

「要解開自念遇害的真相，對於在下來說實在太過容易了。」

12

「什麼？你光是聽了我剛才說的話，就已經解開了嗎？」

「那是自然。」

官兵衛衣衫襤褸、頭髮凌亂、鬍鬚也任意生長，即便樣貌如此，聲音卻依然充滿了自信、輕盈地彷彿興致盎然。他的嘴角在一片陰暗中，有意無意地浮現著笑意。

這真是方才還抱著身子、眼神混濁、說話有一句沒一句的男人嗎？簡直變了個人。只要給官兵衛活用自己能力的舞台，他就會忍不住要一展自己的才智，村重這等理解果然沒有偏差。

自己的預料也太準確了。

村重的心頭掠過一層陰影。官兵衛果真著了此道。然而這真的就表示官兵衛確實是如我所想、是個想要向世人誇耀自己智慧的男人嗎？我可以認定這個男人是只要順著他的興致，就能依自己的盤算去驅使他才氣的年輕小夥嗎？——方才那陣哄堂大笑，究竟是在笑什麼？

此時，官兵衛開口了。

「攝津守大人。承蒙您特地前來為在下排解無聊，但這實在是不甚困難，在下深感無趣至極。不知您覺得如何，可否稍微聽官兵衛說幾句話呢？」

「自念遇害的真相嗎？」

官兵衛搖搖頭，一頭亂髮也隨之晃動。

「那事倒是不急。比起那些小事，在下還有更想先弄個明白的事情。藉此機會想好好向攝津守大人討教一番。」

村重陷入沉默，在戰場上鍛鍊出來的直覺告訴自己——不能讓他問。黑田官兵衛或許是無法操控在掌心的男人、或許根本不該將他下獄。這個男人相當危險——直覺如此低語。可是，村重無法拒絕官兵衛。如果就這樣離開的話，城池就要陷落了。告訴他這一點的，也是直覺。

「您意下如何呢？」

彷彿看透村重正在遲疑不決，於是官兵衛再次詢問。那你為何不直接問呢？村重滿心狐疑。這才發現官兵衛就只是想要他說一句「可」。村重留心著對方或許話中有話，緩緩地回答。

「……好吧。」

「感激不盡，那麼我就冒昧請教了，攝州大人。」

官兵衛雙眼綻放光輝、猛然向村重靠過去。

「為何不殺他們？」

「——你說為何，什麼意思？」

「您打算裝傻嗎？好吧，也行。」

說這句話的同時，官兵衛臉上浮現一抹微笑，接著緩緩向後退。他的身影遠離了光線、沉入漆黑之中。

「那麼，我就按照順序來問吧。話說攝津守大人究竟是如何成為如今這麼個一代大人物的？」

官兵衛忽然說起老事。

「實在惶恐，不過攝州大人原先不過是池田家中一名小人物。您的主君是池田筑後守勝正大人，他雖然並非何等愚昧之人，然而想要在這麼一個亂世之中讓池田家站穩腳步，器量仍是有所欠缺。經常舉棋不定、遭遇戰事就隨口大話之類的……不，在下不過是小寺家一介家臣，並不清楚詳細的情況。不過就我所知，後來是因為家中某位侍大將意識到這樣下去將陷入險境，於是乾脆放逐了勝正大人……而那位侍大將，便是如今的攝津守大人。」

「那種事情……」

村重開口。

「在攝津這裡就連孩童都知之甚詳。你現在提起這段過往之事，到底打算表達什麼？」

官兵衛在牢中揮了揮手。

「您別動氣，不是說好准許我提問的嗎？——攝州大人留下主君勝正大人活口，直接放逐他。這該如何評斷呢？畢竟在當今亂世，流放主子的例子並不稀奇。齋藤放逐了土岐、宇喜多驅逐了浦上、織田也趕走了斯波。與此同時——無論是哪一家，都沒有迫害舊主，而是讓他們活著離開。因此攝州大人給勝正大人一條生路，此事確實是武人風範。」

「……」

「然而這次的戰事，攝州大人讓令公子新五郎大人與其妻室分手了對吧。新五郎大人的妻室，確實是織田家中那鼎鼎有名的惟任日向守大人，也就是名為明智十兵衛光秀大人的女兒。既然與織田為敵，那麼惟任也是敵人，自然不能讓敵人之女待在家裡——非常符合邏輯。然而您卻沒有殺害她，還將她安全地送回織田方。這又如何呢？」

官兵衛刻意歪了歪頭，彷彿感到非常困惑。

「接著，前有武田攻打今川之時，武田在戰爭前先歸還了今川方的女子。北條攻打武田時，也聽聞北條將武田方的女子送回。淺井雖將織田之女留於城中，但最後還是送回了。就算女方娘家成了敵人而不得不與其離婚，但是以武士來說，也不致於殺了那些女子。確實攝州大人如此行為，仍是武家作風。」

「你盡是說些再明白不過的事。官兵衛，你想說什麼就快點說。」

村重的聲音迴響著，但官兵衛並未顯露任何畏懼。

「哎呀，接下來才是重點哪。」

他只回了這句後便接著說下去。

「再來，攝州大人歸入織田家麾下後，成為攻打大坂的一員大將。築支城、設陣地，那滴水不漏的戰備布局，讓在下官兵衛也對您這位攝州第一戰爭能手深感敬佩。之後支城自然也都派駐了織田方的城目付——到了這個秋天，您靠向了本願寺……也就是毛利那方，那麼還待在攝州大人這裡的織田方城目付又都怎麼樣了呢？」

村重終於察覺話題是在往哪個方向走，便不再開口。

「攝州大人將那些人毫髮未傷地全數送回了織田。在下聽說織田那邊因為戰時慣例，還想著這下城目付們應該都被處斬了吧，沒想到眾人全都活著回來了，也因而大感吃驚。說實在的，特地將那些對城池邊界到建築結構都一清二楚的城目付活著送回去，此等作為可就恕官兵衛愚昧了，我實在無法理解。因此只好向攝州大人請益。您究竟為何要這樣做呢？」

將織田的城目付全部活著送回，荒木家中確實也有許多人頗感訝異。雖然城目付並沒有太高的地位，但畢竟還是敵人。而且他們都是些了解荒木家內情的敵人，是群殺掉也不奇怪的存在。當時就連還站在村重這裡的中川瀨兵衛也忿忿不平地表示自己完全無法理解，高山右近也對此事表現出狐疑的態度。

當時村重是這麼表示的——與織田交戰之時，敵人將有數萬。斬殺那十人、二十人的城目付，並無太大幫助。那些無甚重要之人，並不會影響我軍的勝利。

聽聞此言的荒木家臣，紛紛表示真不愧是我們的大人，面對織田這樣的對手仍能口出如此豪氣之語，並撫掌讚嘆村重。中川和高山看上去似乎也能理解這樣的判斷。當時將士們都意氣風發、深深信賴著村重。但村重自己其實相當明白，讓織田的城目付活著回去這種行為，實在過於奇特了。而現在官兵衛就是衝著這奇特之舉而來。

村重回答的聲音有些苦澀。

「──你知道了又如何？我想弄清楚的，是什麼人、又是如何殺害安部自念，就只有如此而已。」

「那是當然。不過攝州大人，對我而言，這一切的事情都有如念珠一般、是串聯在一起的。而且在下的話還沒說完呢。方才攝州大人說您並未要求中川交出人質、而高山交出的人質您也留他一命。聽聞不殺高山人質之事，家中之人也相當反對，在下就不多說了。那麼中川又如何──想來攝州大人會說，中川既是親戚，也等於是一門之人，因此沒有要他交出人質，那麼大家必然會認為相當合理。」

確實如此，在中川背叛以前，家臣裡頭其實並沒有人特別提出應該要讓中川交出人質。

「話雖如此，官兵衛不得不心想，或許攝州大人有其他想法。就在下看來，中川乃是勇猛無比之人，可謂如虎般的武者，只要有戰事的話，那麼主子是攝州大人或者織田都無妨，他正是這樣的人。就算他交出了人質，恐怕也不會特別在意。基於這樣的想法，因此攝州大人並沒有讓中川交出人質的理由，在下約略可以察覺。也就是說──」

「別說了，官兵衛。」

「──攝州大人是因為就算中川背叛了，也不會殺掉人質，那麼乾脆一開始就別要求人質了。您說是吧？」

村重悄悄留意著身後的狀況，確認獄卒是否有在偷聽兩人說話。要是他聽見了，那就只能斬了他。因為黑田官兵衛所說的話正中靶心，這番話要是傳到城裡去，肯定士氣大落。

雖然可以當即拔刀堵了官兵衛之口，但村重卻相當遲疑。一方面是必須得知究竟是誰殺了自念，這個念頭十分強烈，然而官兵衛光是聽自己一番講述便看破了箇中玄妙，這讓村重不禁對他同時抱持著厭惡及畏懼兩種想法。這個男人，不處理掉的話實在過於危險；殺了又實在可惜。心裡這麼想著，村重也動彈不得了。或許是看出對方的躊躇，官兵衛又咧嘴一笑。

「那麼，在下呢？」

接著，牢中的官兵衛緩緩舉起右手，放在胸口。

「——在下又為何還活著呢？」

這個問題，肯定始終潛伏在官兵衛的心中。

黑田官兵衛是以織田使者的身分來到有岡城，村重可以遣回官兵衛、也可以拿下他的性命。將不順己意的使者割了鼻子或耳朵後趕回去，在這世間也不是什麼稀奇事。然而村重卻沒有選擇這些方法中的任何一種，反而擒下官兵衛，將他關入土牢裡。

既是囚犯，自然得讓他吃飯飲水。為了看守囚犯，還必須分出手下人力作為看守。要說好處可是一個都沒有——然而，村重還是沒有斬殺官兵衛。

官兵衛開口了。

「不能讓在下回去這點，我心裡也相當明白。官兵衛再怎麼不中用，只要稍微察覺了播磨表面上的動態，若是還讓我活著回去，那麼肯定要來算計播磨的荒木一方了。這對於攝州大人來說是相當棘手的事情，我非常能理解。所以在下擔綱本次的使者，原本就沒打算能活著回去。」

官兵衛那炯炯有神的眼睛自牢中瞪著村重。

「然而卻遇到此等始料未及之事。未殺死官兵衛還將其下獄一事，想必您手下的諸位應當也都知曉。攝州大人，為何不殺我呢？您盤算的究竟為何？」

「——你想知道的就是這件事嗎？你就那麼想死嗎？」

「誠然想死。在下早已懇求您殺了我，莫非大人已經忘記了嗎？」

當然，村重並沒有忘記。

官兵衛猛地把臉伸了過來，彷彿兩人之間並不存在那粗厚的木格子柵欄，官兵衛對著村重低語。

「不過，在下想知道的是其他的事。這自然是因為，攝州大人為何不殺人這點，如今在下已瞭然於胸。」

「莫打誑語。」

「並非誑語。在下相當、相當了解。攝州大人要是也能待在牢裡思考一個月，肯定也能逐漸了解原先不明白之事。」

村重極力才能壓抑自己想立刻拂袖而去的念頭。身為武人的自負，不允許他在面對獄中這個男人時顯露出絲毫退縮的樣子。然而，他也無法逃離官兵衛那飽含戲謔及瘋狂的眼神。

村重刻意沉著地再次開口詢問。

「殺了安部自念的究竟是何人？」

官兵衛並沒有回答，反而再次隱身於黑暗之中。

「——攝州大人扭曲了武士的風習。您沒有斬殺織田的城目付、沒有要中川交出人質、沒有殺了軍使卻也沒放走人，而是關進牢裡。追根究柢之下，這些事情造成了安部自念的離奇死亡。呵呵，攝州大人，那麼在下要請教了。」

官兵衛的聲音聽來遙遠、又有些沙啞，卻仍清清楚楚地傳進村重的耳裡。

「荒木攝津守大人。您究竟是在害怕什麼呢？甚至不惜扭曲武士風習——硬是與織田發生衝突——究竟是在恐懼些什麼呢？官兵衛想知道的就是這件事，還請您務必告訴在下。」

手燭的火仍在燃燒。

不知何處，傳來水珠滴落的清脆一響。

——村重站了起來。

「真是浪費時間啊。官兵衛，你怎麼可能會知道自念遇害的真相呢。」

官兵衛一語不發。

村重的心沉了下去，莫非真是如此嗎。官兵衛雖然機靈，但並未聰慧到光是聆聽村重的話語，便能看透自念遭到殺害的真相。既然如此，就得想想其他辦法了。織田的軍勢應該已經很接近了——

就在村重思索著這些事情，走向那扇木門時，背後卻拋來一首詩歌。

「荒木家有弓，伊丹修長槍，火仍未點上。如有亦似無，欲退而還迎。」

雖然村重回過頭去，但手燭的火光實在微弱，沒能夠照亮聲音的主人。

13

師走那冷冽的空氣，在日頭升上之後依舊沒有稍加暖和些。

探子接二連三來向待在宅邸裡的村重報信，告知織田的動向。運用計策讓大和田城臣服的織田軍，以蜂擁的軍勢包圍了有岡城。瀧川左近和惟住五郎左衛門在攝津國西邊的大後方，已經進軍到鄰近播磨國的國境，因此有岡的背後也是一片混亂。許多的寺院遭到燒毀，無論僧人還是平民、男女老少遭到問斬的不計其數，通往村重兒子死守的尼崎城那條路也已被封鎖。

村重並沒有率軍出擊的意思。

雖然沒料到戰事會進展得如此之快，但原先就預料到必須靠著有岡城本身來守城。織田相當在意有岡城，為了要封鎖此城，將能用的兵力都用上了，因此和村重結盟的大坂本願寺、丹波、丹後以及播磨諸勢力反而較為輕鬆。若是有岡城之堅實難攻之名威震天下，那麼想必那些被織田打壓的諸國國眾，也會趁此機會蠢蠢欲動吧。屆時盤算局勢有利的毛利便會趕到，還有足利將軍家也會前來。對於有岡乃是足以支撐到那一刻的戰略要地一事，村重深信不疑。

即便如此，只要有手下的將領、士兵們對村重有疑慮，那麼這有岡城也不過如同砂上樓閣一般脆弱。因此，終究還是得要解開自念命案的謎團。

村重在持佛堂中盤坐，獨自陷入了沉思。他下令除非有十萬火急之事，否則不得打擾。他凝視著眼前的釋迦牟尼法像，心中思索著自念死去那天早上的情況。

不知過了多久時間，村重開口。

「來人。」

一旁的門扉馬上拉開，在宅邸內待命的近侍隨即現身。

「隨我來。」

「是！」

他們穿過走廊，走向那間倉庫。這已經是第幾次前往那鋪著木板的小屋呢？

村重之所以會對十右衛門等六人進行審問，是因為想到一個可能性。安部自念雖然是因箭傷而死，現場卻沒有留下箭矢。然而村重突然意識到，要用箭矢來傷人，可不一定需要弓。

陣太鼓的聲音響起。村重立即停下腳步仔細一聽，知道那種擊鼓方式是在練兵後，又邁出腳步。

要用箭矢攻擊人，只要有箭就夠了，用手拿著箭刺下去，一樣可以致人於死地。而且比起用弓射出去，直接手持箭矢還有一點更加有利——箭矢必須有一定的長度，才能夠搭在弓上。但是用手拿的話，不管多短都能使用。

村重是這麼思考的。那一天的清晨發出聲音時，安部自念人還活著，而且身上沒有半點傷。守夜的警備人員聽見他的聲音，連忙趕了過去，接下來假裝要照顧自念，再趁其他的御前眾不注意之時，將箭矢刺進自念胸口。長箭沒有地方可藏，但若是盡可能裁短的話，應該也能藏在鎧甲底下吧。如此一來，就能打造出自念因箭傷而身亡，但遺體上卻沒有留下箭的情況——這是否就是真相呢？

如果這個想法正確，那麼殺了自念的人就是郡十右衛門。因為抱起自念照予以救援的，就只有他一個人。

但是在審訊的過程中，村重又放下了這個想法，認為不可能是他用裁短的箭矢電光石火地殺害自念。因為十右衛門會比伊丹一郎左和乾助三郎那組更早抵達倉庫現場，只是由於一郎左要助三郎別離開崗位。而且秋岡四郎介其實比十右衛門還早跑過去，而他抵達的時候，倒下的自念已經胸口滿是朱紅。不對，自念不是被這種手法殺死的……

「大人，您說什麼呢？」

有個近侍突然發問。

「……怎麼？」

對於反過來詢問自己的村重，該名近侍滿臉困惑地回答。

「您已經喃喃念了好幾次同樣的句子，屬下實在沒能聽懂。」

「我說了什麼？」

御前眾低下頭去、含糊地回答。

「……您是說，如有亦似無、欲退而還迎。」

村重震驚地停下腳步。他完全沒發現自己的口中竟然一直喃喃自語著官兵衛在土牢裡所念出的那首狂歌（註41）。

官兵衛這首詩歌其實並非原創，是仿寫的。

今年春天，原先隸屬播磨國但站在織田那邊的上月城，遭到毛利大軍包圍。織田那邊雖然派出羽柴筑前和村重前去救援，但毛利陣容堅強，織田軍無法取得優勢。

實際上在那個時候，村重的心已經不向著織田了。也因此荒木軍的戰意相當低落，根本沒有認真作戰。看見他們這種樣子，其他織田軍陣中也流傳起這樣的狂歌。

荒木家有弓　來至播磨地　急急至此卻

如有亦似無　欲退而還迎

41　運用俗語，以日常熟悉的人事物為題材，帶有詼諧或諷刺成分的滑稽短歌。

約莫如此。意思是指荒木的軍隊來播磨根本沒能做什麼事情，是首嘲諷他們的詩歌。那麼官兵衛就只是為了嘲笑村重，所以才朗誦那首狂歌的嗎？

村重內心深處有個聲音告訴他，事情並非如此。那首詩歌是官兵衛出給村重的謎題。好啦，自念命案的真相就是這樣囉。官兵衛正是在如此戲弄我——然而不解開這個謎，又無法脫離目前的窘境。村重心中始終無法抹去這樣的想法。

但心中所想竟然洩漏出來了，這實在不妙。村重咬了咬牙，臉上隨即恢復為泰然自若的神色。

「忘了吧。」

接著就只下了這樣的命令。

只不過，村重仍然想著。「如有亦似無，欲退而還迎」這原先是在描述荒木軍「要留在此地作戰也不是、退兵也不是」，但也可以比喻為一把弓箭「沒有辦法將箭射出去、也沒辦法把弓往後拉」。這麼一來，官兵衛這首打誑語的詩歌，其實就是在講弓箭的事情。要說無法射出也無法後拉，還是只能聯想到使用箭矢本身進行刺殺。官兵衛是否也覺得，是郡十右衛門快手快腳地殺害了自念呢？

但那首狂歌可不是只有這樣，前面還有什麼伊丹修長槍、火仍未點上。

伊丹當然是指這個地方，畢竟有岡城就位於伊丹。但這些應該也隱藏了其他的涵義吧？另外還有提及長槍。那天晚上拿著長槍的只有乾助三郎。不過「火仍未點上」又是在指什麼？御前眾拿著火炬、安部自念拿著手燭，還記得秋岡四郎介說，他有確認手燭的火已經熄滅……

村重搖了搖腦袋，努力說服自己這只是官兵衛要戲弄自己的把戲，但越是思考，思緒總是回歸到同一個地方。荒木家有弓——

來到案發倉庫前，村重發現裡頭似乎有人的氣息，沒在使用的倉庫裡竟然有人在裡面。一聽村重下令，兩個近侍的手立即搭上刀柄、將刀身略略拉出鞘，屏氣凝神地站在紙門前。其中一個人唰地拉開了紙門。

「呀！」

傳出一聲女性的驚呼。

令人意外的是，倉庫裡的人是千代保和隨侍的兩名侍女，總共三個人待在裡頭。喊出聲的是其中一個侍女，一看見出鞘過半的刀子還瞬間嚇得臉色發白。不過千代保並沒有顯露出一絲驚訝，發現來者是村重後便開了口。

「哎呀，是大人。」

同時行了個禮。

這間倉庫平時是閒置的，無論對內或對外都沒有開放，雖然有女子在此並不是什麼問題，卻難以理解箇中緣由。村重的臉色也為之凝重。

「妳們在這裡做什麼？」

「就是……」

千代保緩緩抬起手來，比了比角落的火缽。

「來拿那個東西的。」

村重恍然大悟。

「那個火缽是妳的啊？」

「是平常沒有在使用的東西，我想或許會妨礙您進行檢斷，就暫且先擱在這兒。不過也過去三天了，我想把它放回去，不知是否給您添麻煩了？」
「不，無妨。」
村重邊說邊注視著那個火缽。
「是妳拿這個火缽給自念的嗎？」
「是的，雖然他是背叛者之子，但畢竟是我在照顧的孩子，要是夜裡凍著了實在可憐，所以就在晚膳時讓人一起送了過來。」
「這樣啊。」
村重並沒有要讓自念凍僵的意思，但千代保擔心被關進倉庫的自念或許會受寒，也是極其自然的事情。
「這火缽讓女人家來搬實在太重了，來人，去幫忙。」
離火缽最近的近侍，看來有些欣喜地回答：「是！」
「我還必須檢斷一陣子，你們先退下吧。」
「好的。」
千代保回答以後，便帶著侍女們靜靜離去。
村重原先是要來檢查倉庫的，但現在他的視線卻凝視著坐落在庭院裡的那座燈籠。現下雖然有陽光，但寒意尚未退去，夜裡落在庭院中的積雪依舊留存著美麗。村重讓人準備好鞋子，走進了庭院。他在平坦的積雪上留下黑色的足跡，往燈籠走去。其實他並不是刻意想要這麼做，或許是不喜歡大家都不想在庭院裡留下足跡的想法，又或者是忽然覺得古田左介贈送的春日燈籠實在很美。
燈籠自然是要用來擺放燈火的，但也因為它那美麗的姿態，所以也有單純喜愛其樣貌才擺設出來的情況。安置在村重宅邸裡的這座燈籠，只是在等待打造庭院的時機來臨，目前並沒有使用上的需求。現在燈籠的幢頂也積了薄薄的一層雪，寶珠的頂部也還留著些許的雪。在此之前，村重從未在如此近的距離盯著這座燈籠瞧。

村重脫口念著。

「沒有點燈，火仍未點上……」

他拍掉幢頂的雪、又揮去寶珠上的雪，接著盯著底下的竿部，然後又拂去燈室台座的積雪。當視線望向那還不曾擺放過燈火的燈室時，村重挑了挑眉。

雖然相當少，但是燈室裡留有些許血跡。

燈籠的燈室四面都有開口，而血跡偏向靠宅子那邊。盯著燈室裡頭瞧的村重抬起視線，發現眼前被劃分成方形的視野之中，正是那個倉庫。

「這是？」

為何此處會有血？自念死去的早晨，應該沒有任何人靠近過燈籠，這裡為什麼會留下血跡？從燈籠到迴廊處約為兩間半，人是不可能飛躍過去的，而濺血也不可能濺到這裡來。轉過去背對倉庫，可以看到那排山茶樹植栽、再過去就是灰泥牆了。從燈籠到植栽，也有兩間半的距離——

彷彿雷電打到腦袋一般，村重一陣冷顫。

「伊丹修長槍。」

村重忽然念出這句。

「是長槍嗎？修長槍。原來如此啊，官兵衛，是那麼回事嗎！」

耳邊傳來如笛般響聲，村重仰頭望天，看見那劃過天空的黑鳶。

14

陣太鼓被用力擊響，擊打的方式是在呼喚眾人參加臨時軍事會議。

天守上敲擊的陣太鼓之聲，會傳往建立在城中必要地點的其他太鼓瞭望臺，再重新擊打一遍，好讓城主的旨意能夠傳遍全城的每一個角落。

不過伊丹的百姓們並不了解太鼓聲響的意義，只見士兵們突然騷動起來、將領們也騎著馬在城內奔馳，他們擔憂地面面相覷，莫非就要開始打仗了嗎？

建築在有岡城內的三個砦的主將也都來了，北邊的岸之砦、南邊的鵯塚砦和西邊的上臈塚砦，各砦的守將都騎上馬奔往位於本曲輪的天守。所有的將領都一臉嚴肅，畢竟砦的將領們，可是三天兩頭就會看到包圍過來的織田軍。所以即使他們自己前來參加會議，但也為了防範敵人出其不意的攻擊而預先做好了準備。

天守的一樓，村重正盤坐在蓆子上。雖然沒有戴上頭盔，不過身穿毫無縫隙的一枚胴當世具足（註42）。他的兩手放在膝上、眼睛微閉，看起來正在冥想。

在村重的附近，有六個男人橫向排成一列。那是御前眾五本槍和一名鐵炮兵，也就是安部自念死去的清晨，在倉庫附近進行警備任務的士兵們。雖然程度各有不同，但五本槍都是一臉緊張。只有那個不屬於村重御前眾的男人，也就是來自雜賀的下針，像是一臉看開似地縮著身子。

42　當世具足意即當時人們所謂的現代甲冑。是因應戰爭型態與技術變革而產生變化、於戰國時期至安土桃山時代誕生的鎧甲形式之一，特徵是包覆全身的整套配件。一枚胴為身軀部分只有正面有護甲的款式。

維持冥想姿態的村重正想著，黑田官兵衛為何要用那種打啞謎的說法，現在想想也能明白了。官兵衛雖然地位不高，但仍是屬於織田的部屬。要是為了拯救有岡城的危難而奉獻了自己的智慧，那就是反叛的行徑。話雖如此，他又不甘心被當成是毫無智慧之人，更何況要是什麼都不說，讓有岡城就這麼陷落的話，自己也將小命不保。在這種左右為難的情況下，他也只好打啞謎了。這樣的方法，還真是為難了那個深不可測的男人啊。

將領們逐漸聚集到此，他們會當下依照自己在家中的身分地位、以及與村重的親近程度，來決定大概要坐在哪處。有穿著鎧甲的將領、也有只穿了小袖的將領，每個人有各自的工作，因此並不會總是身著鎧甲。而這些將領們注意到坐在村重前方的那六個男人，都同樣感到大惑不解。

沒多久後，該來的將領們都到齊了，這時坐在前排的荒木久左衛門便向村重稟告。

「大人，諸位都到齊了。」

村重睜開眼睛。

他看了一眼列席的諸將後，緩緩開口。

「……探子來報，攻打生田、須磨的瀧川左近退兵了。據說織田雖然布了陣，但是柵低溝淺，結構並不十分堅固。想來他們認為這一仗並不會拖得太久。也就是盤算之後要對有岡城發動全力進攻，一口氣結束戰局吧。」

將領們都屏氣凝神地聆聽村重的話語。沒有一個人的臉上顯露出明顯的疑惑——但村重看得出來，那只是因為他們的心思都放在即將開打的戰事上。懷疑之心仍隱藏在勇猛的背後，並且將在勝負的十字路口萌芽。

「織田應該馬上就會打過來了，恐怕就是今天或明天。今天要把加倍的軍糧發下去、箭矢彈藥也要配給。城內肯定有織田的細作混進來，務必要堅守彈藥倉庫。所有的人都不可在準備工作上懈怠。」

將領們一齊應聲後便低下頭。

果真如此啊，村重心想。底下人的士氣無法提振。原先認為織田算什麼東西的那種氣勢，已有銳減。拜託，希望還來得及啊。村重想著這些事的同時，又繼續說下去。

「現在有件事情要告訴大家，是關於自念遭到殺害之事。」

天守裡馬上湧起一陣低語騷動。

「大人，那件事……」

開口阻止的是荒木久左衛門。想必他是認為會因此打草驚蛇，覺得還沒弄清楚的事情最好先別說吧。但村重揮揮手擋下久左衛門的話頭。

「檢斷結束了，我已經非常清楚，是什麼人用什麼方法殺害安部自念。」

中西新八郎一臉擔憂地看著村重，就連醉心於村重的新八郎，都非常擔心主君是否真弄清楚了所有的事情。

村重淡淡地開口，彷彿這不過是件無趣的小事。

「說到底，自念遭到殺害之事究竟有什麼奇特之處，我想大家都知道經過，不過我還是再重述一次吧。」

接著，村重再次提出自念遭到殺害的疑點，大致上的問題有兩個。

其一，無論是走廊還是外圍都有人負責警備，根本沒有任何人可以接近那間關著自念的倉庫。

其二，自念死於箭傷，而那支箭卻遍尋不著。

正是因為這兩點，所以將兵們以及伊丹的百姓，才會流傳起自念是死於神佛懲罰的說法，或者傳聞其實是村重處決了他。甚至還有人認為這該不會是南蠻宗的怪異法術吧。

自念遭到殺害的疑點，再次於諸將之間流轉。村重閉口不語好一會兒，才沉重地開口。

「箭矢並沒有像煙霧一般消失，殺死自念的，應該是用這樣的東西。」

配合村重的示意，有兩個人搬了一件長長的東西進來。身在天守之中的將領，沒有一個人不知道這個東西是什麼。

「這不是三間長槍嗎？」

有人開口說道。

三間長槍是足輕使用的長槍，一般是讓好幾名士兵一起面對敵人，使出槍衾（註43）戰法，用來防禦敵方人馬接近。如果短兵相接時，可以利用它的長度上下揮舞、將其作為巨大的棍棒來敲擊敵人。正如其名，這種槍的長度為三間，是城裡到處都有的武器。

但是現在運到這裡的三間槍卻把槍頭卸掉，綁上了一支箭代替。村重依然維持盤坐的姿勢，輕而易舉地拿起那把三間長槍。

「用這個刺下去，就會留下箭傷。把長槍拔出的同時、箭也會被拔出來，明白這一點以後就會發現實在是非常簡單的小技巧。」

現場掀起一陣騷動。甚至有人驚呼「居然是用那種東西」。還有人故作聰明地表示「果然是這樣啊」。而久左衛門則開口問道。

「那麼大人，您認為是誰用了這種東西呢？」

「這個嘛。」

43 讓手持長槍的隊伍以集團形式在同時間對敵軍進行集中式的敲擊。

現在就連諸將也都明白了，坐在村重前面的，正是那天負責自念警備的幾個人。就在所有人都屏氣凝神時，村重微微抬起一手，指著其中的一個人。

「伊丹一郎左。」

「……是。」

被喊到名字後，一郎左垂下了頭，就連平時沉著穩重的他，此時聲音聽來也有些顫抖。

「你站起來。」

一郎左聽從命令站起身。

「那麼，一郎左，你的正後方，往後退十步左右處的地面新釘了個釘子，你找一下。各位，請讓條路給一郎左過去。」

滿座將領這才明白，村重並非是要表示伊丹一郎左是殺害自念的凶手，四下都傳出鬆了口氣的聲音。

「大人，找到了。」

恢復平靜的一郎左回話。

「好，你就站在釘子的位置。把盾牌交給一郎左。」

近侍遵從命令，取來一面盾牌交給一郎左。這時村重抓起三間長槍，緩緩地站了起來，接著擺出持槍架式。

「我跟一郎左之間的距離，約為五間。」

三間長槍有些向下彎，綁上箭矢的前端輕輕搖晃著。

「大人。」

久左衛門像是有難言之隱似地清了清喉嚨。

「這樣構不到的。」

三間長槍的長度就只有三間，因此村重手上拿的長槍，離一郎左還有好大一段距離。

「嗯，構不到的話，就想辦法讓它構到。」

「您該不會是要扔出去吧？」

「愚蠢。扔出去就得去把長槍撿回來了。久左衛門，你看好了。」

村重抬起手，又有人拿來了另一支長槍，槍頭也被卸除了。

搬來長槍的士兵，同時留下了一條粗繩。村重放下了手上的三間長槍，用繩子將尾端和另一把三間長槍綁起，於是兩把便連結在一起了。因為綁起來的部分有重疊，所以總長度並不到六間，但還是完成了一把長度達到五間半的長槍。村重將此物如同棍棒般舉起。

「伊丹修長槍是吧。」

村重說出的這句話自然沒讓任何人聽見。

這句話的意思並非是指在伊丹此處「修整」長槍，而是意味著「修改」長槍。也就是要告訴村重，長槍被拿掉槍頭、另外接上，是被修改過的。

長度是夠了，但是這樣的長度，不僅長槍整體下垂得更嚴重、前端那支箭矢也就晃得更加厲害，幾乎令人看得眼花。

「恕在下冒昧。」

久左衛門再次開口。

「晃成這個樣子，恐怕也無法使用吧。」

「那是自然。」

村重依然拿著那把五間半的長槍，看向御前眾當中的一人。

「秋岡四郎介，你起來。」

「是！」

四郎介領命起身。

「我跟一郎左之間約莫中央處，也釘了個釘子。你就站在那裡，支撐著長槍。就側面站著，用兩手扶住槍桿下面就好。」

四郎介依循指示站到兩人之間，支撐著長槍。長槍前端雖然還是下垂的狀態，但是前端的晃動也止住了。村重開口。

「那天清晨，四郎介現在的工作，就是春日燈籠負責的。把接好的三間長槍穿過燈籠的燈室，這樣前端就不會下垂，接著只要瞄準就行——好了，一郎左，你架好盾牌，可要站穩了。」

「遵命！」

伊丹一郎左舉起盾牌，單腳後退、紮穩馬步。村重左手未動，只用右手刺出長槍。「喀」地一聲，箭尖刺中了盾牌。村重將長槍拉回，再次刺出。然後到了第三次，他往前一步並同時刺出，雖然伊丹一郎左已做好準備，但還是被撞倒了。四下驚愕聲四起。一郎左將盾牌擺在一邊，伏在地上激動地吶喊著。

「真不愧是大人，您的勁道實在令人敬畏。」

村重放下那把五間半長的槍，站著說道。

「自念就是這樣被殺害的，證據就是燈籠的燈室裡還殘留著血跡。」

箭尖染上的自念血液，在收回長槍時沾到了燈室。

「三間長槍可以輕易地從長槍倉庫中取出，畢竟不知織田何時會進攻，所以長槍倉庫並未上鎖。眼下是戰事進逼的時刻，不管是繩子還是箭矢在這城裡都隨處可得。殺害自念的便是擁有能使這五間半長槍的大力之人，而且此人並不在走廊上，而是在外頭。越過積雪的庭院刺殺自念的，就是你吧。」

所有的人都看向那個男人。

「森可兵衛。」

森可兵衛隨即伏倒在地。

他滿頭大汗、渾身顫抖，卻還是盡力擠出洪鐘之聲回應。

「您說得沒有錯！」

「究竟為什麼？你為何要殺死我留下活口之人？」

可兵衛抬起頭來，拚了命地吶喊。

「一切都是為了大人！背叛者之子乃是敵人、乃是佛法之敵、更是大人的敵人！既是敵人，自然應當要殺！」

這幾句吶喊在天守中迴盪著，轉進每個將領的耳中。村重看得清清楚楚，頷首同意的人可不只一兩個。

「……所以才使出這種手法嗎？」

「殺死自念的，既是在下、也非在下。」

可兵衛眼神熱烈地傾訴著。

「魯鈍如在下還能夠想到這種手法，必然是上天的引導。如此一來，自念之死自然是神佛的懲罰、也是阿彌陀佛庇佑大人的證據。」

村重費盡力氣才將「這是什麼詭辯歪理」給吞了回去。

神意永遠站在懂得傾訴的人那一邊。就連明白自己資質魯鈍的當事人可兵衛，竟然還能使出這種足以撼動有岡城的伎倆，若他說這是佛的引導，還真是令人難以否認。

村重迷惘了好一會兒。

雖然以違反命令作為理由就能處決可兵衛，但諸將都認為可兵衛言之有理。要是馬上宣判可兵衛的死刑，肯定會有人要站出來替他說情。這樣一來，家臣之間必定會反目。再怎麼說，雖然可兵衛的確是違背了村重的命令，但他是自己人、殺的又是安部自念這個敵人，要是斬了他，想必許多人會難以諒解。

然而村重的心中還有超越這些大道理、更加讓他不能斬了可兵衛的理由。

——若是信長，便會殺了他。

——那麼我便不殺。

村重早已決定，要做出與信長相反的抉擇。

一切都是為此。為何將原本在城內的織田城目付活著送回去？因為若是織田，就會殺了他們。為何要留高山右近的人質活口、也不殺掉安部自念？因為若是織田，就會殺了他們。為何要讓黑田官兵衛活著？當然也是因為，若是織田，就會殺了他。

想來那個男人，黑田官兵衛已經看穿了我的做法吧。他已經看透，我是為了要採取和信長相反的舉動，所以才不殺人質。他看穿了這點，然後嘲笑我。因為完完全全看清荒木攝津守村重的底細，不過就是反過來的有樣學樣，所以他嘲笑我。

那麼，要殺了他嗎？

村重將手架在腰間那把名刀——鄉義弘的刀柄上、將刀微微推出，要當場斬殺森可兵衛，根本易如反掌。要殺了他，讓官兵衛明白我不是單純在有樣學樣嗎？更何況，家臣們不是都想看我開殺戒嗎？

不——

不對，這太愚蠢了。

我無論如何都要反信長之道而行，因為和織田信長走上相同的道路，肯定會讓荒木家走向滅亡的——這個道理，就連官兵衛也不明白。

「鏘」地一聲，刀身又納入刀鞘，這時村重開口了。

「可兵衛，你違背了我的命令，這罪並不輕。」

「屬下明白！」

「不過，」

村重悄悄地環視諸將。

「……我就接受你的理由吧。留你一條命，將功贖罪吧。」

可兵衛愣愣地張著嘴，雙眼湧出眼淚。

「在、在下必定竭盡全力！」

可兵衛發出吶喊。村重發現滿座諸將間洋溢著安心且滿意的氣氛，先前的疑心暗雲像是已煙消雲散。

「好，會議還有檢斷就到此為止。」

村重說完這句話，又加強了力道。

「在座諸位可以回到各自的崗位了，讓我們擊退織田吧！——我相信你們。諸位也要相信這座有岡城的堅實，這座城池絕對不會被攻陷的。讓織田軍的屍體躺在冬天的荒野上吧。」

噢噢！眾人回應的聲量之大，彷彿能夠撼動天空。

15

翌日，十二月八日，是個晴朗的冬日。

確實瀰漫著一股戰爭的氛圍。意圖移動的軍隊會散發氣息，若是能夠隱藏好那樣的氣息，就會讓行動成為奇襲。但看來織田信長攻打有岡城，並不打算隱藏軍隊的動向。他們趁著城中鐵炮射擊的空檔，排出了許多綁起竹束製成的盾牌。除了村重之外，從足輕到平民百姓，每個人都相當清楚織田軍馬上就要傾全力進攻了。

傍晚，那包圍有岡城的竹束，緩緩逼近了城邊。此時探子也奔進天守。

「報！敵軍大將為堀久太郎、萬見仙千代、菅谷九右衛門。」

村重一臉詫異，因為這幾位都不是什麼赫赫有名的大將。村重朝身旁的荒木久左衛門淺淺一笑。

「看來前右府大人是誤判了有岡城的能耐呢。」

他隨即喚來使番下令。

「通報諸將，千萬不能鬆懈了。在他們運用鐵炮射擊的空檔前進之前就持續等下去，一旦開始動作就全力射擊、打倒他們。別站起來放槍，單膝跪地即可。為了因應任何狀況，一定要預留浮勢（註44）待命。」

織田的軍勢就在眼前。而村重看來泰然自若——其實內心相當緊張。要是還存在反叛之

44　獨立於本隊之外先行待命，因應戰況從各種層面協助我軍的游擊型隊伍。

人，此時就會現身。織田離間計策的魔掌不可能沒伸向有岡城，或許會在城內放火、或是從內側敞開城門，相較於外頭的敵軍，村重更害怕的是內應。

第一槍是織田方開的。有好一段時間，岸之砦、上﨟塚砦、鵯塚砦各據點中防守較薄弱的地方都成為攻擊的目標，來襲的敵軍編隊手持竹束與盾牌、以宛如移動型陣地的形式持續推進，人多勢眾又相當堅實。之後宛如閃電劃過天空一般、雷鳴般震耳欲聾的鐵炮聲響不絕於耳。

沒有內應。有岡城的將兵們都遵從村重的命令，拼死護城。

日頭西下，入夜時分。隱藏在竹束後的織田足輕探出身子射擊的同時，槍口冒出的火焰反而成了標的，荒木方的軍隊也用鐵炮回敬。此時織田的弓兵隊也加入攻擊行列，開始射出帶火的箭矢。村重命令浮勢前往防火，因此並沒有起火之處。

一個男人奔向村重，這名身材高大的武者穿著宛如室町武士的古式胴丸（註45）、身上背著寫有「南無阿彌陀佛」的旗指物（註46），正是森可兵衛。可兵衛單膝跪下，拉高了嗓子喊道。

「大人！感謝您的恩情，這是不才森可兵衛最後的盡忠了，之後將要前往西方淨土。先行告退！」

可兵衛在村重回答之前便奔出了天守、消失在夜色之中。

第二天早上，在那七橫八豎地躺著織田軍屍骸的攝津荒野上，森可兵衛跪地撲倒，已然身亡。雖然他的頭被敵軍取走了，但是胸前依然緊緊抱著自己連同頭盔一併取下的敵人首級。之後進行了首實檢，然而就連織田軍的俘虜看過可兵衛取下的首級後，也一臉狐疑。

45　包覆身體周遭，於右側開合處固定的鎧甲。

46　戰國時代以後，武士在戰場上標示自己或編隊的旗幟。通常會插在身後的受筒，或是由部下舉起。樣式多半為誇耀自身武勇或展現個人的信念或信仰。

「不認識的人。應該是武士沒錯，但並非是什麼有名人士。」

那個人只說了這句話。

這一戰荒木方大勝。並且奪下了三名大將之一的萬見仙千代重元的首級，大幅提振了有岡城的士氣，獲勝的吶喊聲傳遍了整個北攝的荒野。

可兵衛人生的最後一幕，並無知曉此事之人。

第二章　花影功名

1

世間已是春天，那一頭映入眼簾的箕面與武庫諸山皆已染上花朵的色彩。有岡城內的梅花也開了，沒多久後便凋零飛散。荒木攝津守村重身為千宗易（註47）門下之人、亦被世人稱為茶人，和歌什麼的也是他的興趣。雖然不至於對花卉景緻毫無興趣，然而一見到那在遠方翻飛的織田旗幟，實在也提不起任何歌詠花鳥風月的興致。

煙花三月初始，有一騎母衣（註48）武者奔向防衛有岡城西側的上臈塚砦。也不曉得那人是否明白自己已被柵木縫隙間無數的弓矢鐵炮給瞄準，武者高舉著左手的大弓，不慌不忙地高聲喊話。

「城中之人聽著！在下乃是瀧川左近將監的家臣佐治新介。此乃吾家主公之信件，還請交給攝津守大人。」

「機哩」一聲，只見他拉滿弓，箭矢伴隨他的高喊呼嘯而出，那箭準確無誤地飛過了砦門。馬上的武者面露得意的笑容，韁繩一拉便掉頭離去。就在足輕們一臉好奇地看著插在地面上的箭矢時，此砦的守將飛奔過來。

「讓開！喂，讓開！」

是中西新八郎。由於先前作戰有功，這座上臈塚砦被交由他負責，現在山脇、星野等四名足輕大將都歸在他的管轄之下。而新八郎也豪氣地表示，就算其他砦都被攻陷，上臈塚砦

47　即人稱茶聖的千利休，為戰國至安土桃山時代的知名茶人。

48　裝設於鎧甲後的寬布。騎馬時會被風吹得鼓起，可防禦來自背後的箭矢或石頭攻擊，也是旗指物的一種。染上各式顏色的母衣也被視為一種榮譽，供作為精銳部隊或戰場傳令的母衣眾著裝。

也會成為有岡城最後的盾牌，終日盛氣淩人的樣子。

新八郎一看，這支箭的中段綁了一封書信。即使是在戰爭期間，雙方派遣使者往來亦是尋常之事，但刻意用放箭的形式送信，顯然只是想要賣弄一下。新八郎一臉不悅。

瀧川左近將監一益，乃是織田麾下一員名將，雖然不清楚他的來頭，但信長還在尾張的時候，他就已經跟隨在旁，武略也相當高明，為織田拿下了伊勢一國。雖然以那位瀧川來說，這種送信方式太胡來了，但既然說了是要給自家主君的，又不能直接丟棄。新八郎用力將箭拔出，命令身旁的隨從將馬牽過來。

若是從空中觀察有岡城，形狀就像是個中間膨脹的月亮。東端是以護城河包圍天守的本曲輪，侍町（註49）的規劃像是以半月形圍繞本曲輪，再往外則是連綿的町屋（註50），整體外側的北邊、西邊和南邊各設有一座砦。新八郎策馬從上﨟塚砦穿越町屋、侍町後，跨越護城河進入了本曲輪。

當新八郎進入本曲輪的時候，村重正在自己的宅邸裡膜拜諏訪大明神的掛軸。

武士這條路經常與死亡相伴，因此幾乎沒有武士不去尋求神佛庇佑的。請保佑我在戰場上不要遭逢不幸、請保佑我別被流箭或流彈擊中，幾乎所有的武士都會像這樣對神佛祈禱。在膜拜的時候沒有閒暇處理各種瑣事，不過與戰爭相關的每件事情都非常重要。因此獲知新八郎有急事來報，村重馬上命人將新八郎帶去廣間。

村重在空蕩蕩的廣間接見新八郎。從近侍手上接下綁在箭矢上的信件後，村重展信一瞥。

49　侍屋敷（未從屬武家的中、下階級武士的居所）聚集的區域。
50　擁有住商混合機能的一般百姓住宅。

「發出這箭書的，確實說是自己是瀧川家的人嗎？」
「是的。」
新八郎平伏於地，雙拳放在地面上。
「是瀧川左近將監大人的家臣，名為佐治新介之人。」
「新介啊？記得是一益的親信之人哪。唔，不過這封信……」
村重勉強擠出這些話之後，便一語不發。焦急的新八郎趕緊追問。
「大人，怎麼了嗎？」
村重緩緩地將信件折起來。
只喃喃說了句：「信長來了。」
新八郎一臉呆滯，嘴裡忍不住漏出一聲「啊」。如果是信長的話，去年冬天也有來，現在說他還要來，這是怎麼回事？如果只是為了這種事情就特地飛箭傳書，也難怪新八郎會訝異不已了，於是他忍不住追問了一句。
「就只有這樣嗎？」
村重瞥了新八郎一眼。詢問寄給主君的信件中寫了什麼，這行徑實在是過於僭越了。村重絕不允許底下的人輕視自己——一旦輕視就會招來輕蔑、輕蔑則會喚來背叛，而背叛便會使城池陷落。
當下村重從新八郎的眼中看到了怒氣，看來似乎是對瀧川左近竟然如此大費周章地送來這麼沒意義的箭書而感到憤怒。開口吐出自己的身分不該說的話，想來只是他一時疏忽了。村重決定這次就原諒新八郎。
「……不只這些。」
村重開口。
「左近說，信長要來此處鷹獵，要我隨侍。」

「什麼！」

新八郎的臉一口氣整個轉紅。

「如此無禮！」

鷹獵通常是在自家領地內做的事情，信長要在北攝這裡狩獵，等於是向天下宣告村重已然落敗。甚至還命令村重隨侍，就算是挑釁也實在太過露骨了。

「這個瀧川，來頭不明的下流傢伙竟敢得意忘形！」

「別輕舉妄動。這些無聊的小動作就別一一理會了。」

「可是大人，這太侮辱人！」

「我說別管了。就連左近將監這樣的良將都得使這些小手段來著，難道你不覺得，這是因為他深知無法只憑武力就攻下這有岡城嗎？這麼一想還挺痛快的。」

新八郎依然滿面通紅，卻悻悻然地垂下腦袋。

「……屬下並未想得那麼深入。」

「好了，下去吧。左近應該也不覺得我會為了這樣的書信就出城，但我想城內多半會有些心浮氣躁，要用心守著。」

新八郎再次伏地後便退下。

村重刻意沒囑咐新八郎不能說出去。當天到了黃昏時分，城內已經無人不知無人不曉信長將來此地鷹獵的傳聞。

2

在聳立於本曲輪的天守中，每天都會召開一次軍事會議。

目前正在固守城池，自然也不會每天都有事情要商量。雖然名為軍事會議，但事實上幾乎就等同互相監視彼此有無背叛之心的場合。不過這一天卻鬧得喧騰不已。

「大人，放任信長那傢伙的傲慢行徑，可是有失武人的尊嚴啊！還請您務必讓在下領一軍去取回那瀧川的頭顱，就當成那封箭書的回禮！」

如此流淚泣訴的是荒木久左衛門。在座許多將領都紛紛表示贊同他的想法，「沒錯」、「正是如此」等聲音此起彼落。另一方面，席位比久左衛門更下座處卻有人說道：「那是自然，瀧川左近的無禮不可饒恕……話雖如此，也不可在少了毛利協助的情況下任意出擊啊。」

聲音的主人年紀雖然與久左衛門相去不遠，卻是個有著深思熟慮面貌的男人。這面貌嚴肅、眉頭皺起的男人名為池田和泉，由於他的個性是面對任何事物都相當細心，因此城內武器軍糧的分發、以及巡邏工作都交給他負責。久左衛門面紅耳赤地回應。

「雖說要和毛利合兵，但毛利究竟何時會來呢？等了這麼多日子還是沒見到人影呀！我們應當自己雪恥。」

和泉沉著地回應。

「備前的宇喜多若靠向毛利方，那麼毛利要前來便沒什麼阻礙了。或許這兩天就會來了呢。不，想來他一定會到播磨的。吾等不應當輕舉妄動。」

堅守城池這個戰略，原先就是要仰仗堅固的城池、等待馳援，然後守城方再與來此救援的援軍共同夾擊敵人。若是不等待援軍便開戰的話，肯定要吃敗仗的，現在的策略就是即便想出擊，也要忍住——而久左衛門與和泉都明白這個道理。久左衛門只是刻意扮黑臉，表現出無法容忍瀧川的汙辱，而和泉則是扮起了白臉，告訴大家當下應當忍耐。

「在下同意。」

下座之處，中西新八郎拉高了聲音說話。

「還請諸位想想，就連瀧川左近這樣的良將都必須要這種小伎倆，難道諸位不覺得，這是因為他心裡明白根本無法只靠武力就攻下這有岡城嗎？這麼一想，不是挺痛快的嗎？」

新八郎說這話的同時也看向村重，臉上彷彿寫著「還行嗎？」他只是把村重說過的話再講一次，並且認為能夠在此刻派上用場。

村重的內心不禁覺得新八郎的忠心有些可笑。新八郎似乎認為村重就是戰神，對他懷抱著無止盡的尊崇。村重刻意重重地點了個頭讓他看見，新八郎的臉上馬上浮現出孩童般的天真笑容。

聽新八郎這麼一說，加上村重又點了頭，諸將也不禁感佩。此時久左衛門瞪了新八郎一眼。

開口說的雖是：「一介新人，說話時多拿捏點。」

卻又隨即喃喃說道：「……嗯，不過確實也是有理。」

這句話將原先意欲出城攻打瀧川的氛圍消磨殆盡，眾人也冷靜了下來。正當現場似乎也散發出差不多該結束會議的氛圍時，席次比新八郎更低之處，卻傳來陰氣沉沉的聲音。

「攝津守大人。是否能聽聽不同的意見？」

說話的是一位生有稀疏鬍鬚、只有雙目炯炯有神、閃爍著異樣光芒的瘦小男人。將領們不禁交頭接耳，因為完全沒有人預料到，這個男人究竟打算說些什麼。就連村重都有些狐疑地挑挑眉毛。

「孫六啊……好，你說吧。」

男人深深地垂下頭。他名叫鈴木孫六，是那些進入有岡城的雜賀眾領導者。

孫六似乎是那相當受人矚目的雜賀頭目孫一之弟，但村重並未深究詳情。無論是在堅守城池之前、還是進入有岡城時，孫六都只表示：「依大坂門跡之命協助此地。」村重以為孫六是個專注於戰事的男人。也就是說，他並不像是名將領——因為作為將領，也必須思考該如何經營領地。

村重雖然算是借用了雜賀之人的力量，但身為攝津守的村重，與不過是紀州國眾的孫六，兩人的身分天差地遠，原先應該是不可能見上一面的。這是孫六第一次在軍事會議中發表意見，荒木諸將紛紛毫不客氣地投以好奇、又或是責難的目光。然而，孫六並沒有因此退縮。

「吾等雜賀眾於三年前的天王寺一戰中，曾以鐵炮擊中信長那傢伙，然而信長竟如此好運，沒能取他性命，實在遺憾。吾等這三年間都在等待能餵他吃吃鐵炮子彈的日子。攝津守大人，您意下如何？若是您下令讓我們出動，肯定立刻了結前右府的性命。」

會議現場立刻寂靜無聲。所有人都知道雜賀眾曾經讓信長負傷，畢竟那場戰役，當時還隸屬織田方的荒木軍也身在其中。因此荒木家中無人不知雜賀之人的技術是何等高明。

雖然因為一封箭矢送來的書信就上鉤出城是相當有勇無謀的行為，但若是雜賀之人，或許真能擊中信長……即便沒能成功，只讓雜賀眾去與對方交戰，於我方來說也是有利。村重敏銳地察覺此刻家臣們心中的想法。

「不，鈴木大人請等等。」

從較為上座、距離較近之處傳出沙啞的嗓音。那白髮男人穿著令人讚嘆的黑糸威鎧甲，舉起手表示異議。

「若是要開戰，怎麼說也得是我們高槻眾打前鋒吧。這可是根據軍法的哪。吾等是為了貫徹武士之道，才請求進入有岡城。想要信長首級的，可不是只有雜賀之人呀。」

此人是高山飛驒守，皈依南蠻宗並且受洗，現在自稱大慮(註51)，是名年邁的武人。在村重宣告反叛織田之時，高槻城的高山右近立即將荒木交給他的城池拱手讓給了織田。對於這種有違武士之道的卑鄙行為感到憤怒不已的，便是他那原先已經隱居的父親大慮。大慮率領與他有志一同的將兵們離開高槻城，加入了有岡城的軍勢。

命新加入者擔任前鋒，乃是戰場的慣例。不過身為外人的雜賀眾與高槻眾一同出城作戰的話，荒木家之人怎麼可能躲在城中觀看。如此一來的話，這場戰事或許會一口氣變成野戰。該不會真的會朝這個局面進展吧——在場眾人屏氣凝神，靜待結論。

村重那巨岩般的身軀穩如泰山，就只是盯著鈴木孫六和高山大慮瞧。

最後，他還是壓低聲音下令。

「不可。高槻眾與雜賀眾，無論哪一方都是防衛時不可或缺的存在，我軍沒有餘力可以隨意犧牲士兵。不出戰，專注防守。」

孫六和大慮並沒有特別不情願的樣子，只將雙拳置於地面，異口同聲地回應。

「遵命！」

聽到回覆後，諸將都鬆了口氣。

軍事會議結束，留在天守裡的村重喚來了郡十右衛門。十右衛門立即前來領命。

「十右衛門，暫且放下你的警備工作，去探探高槻和雜賀之人。」

十右衛門領命回應。

「是。要探什麼呢？」

「那些人在城裡的立場。」

51　高山友照，高山右近的父親。大慮之名來自於他的受洗名「Dario」。

「屬下明白了。是否還有必須留意的事情？」

「別引起紛爭。」

「是！」

十右衛門站起身來，小跑步離開天守。春天的太陽，正高掛中天。

3

日頭開始西斜之時，村重人在天守的最上層。身旁站的是荒木久左衛門，除此之外並無其他人。

「屬下那樣做還行嗎？」

對於久左衛門的詢問，村重只點了點頭。

在會議上，久左衛門表態應該出戰、而池田和泉則認為應該予以保留一事，其實是村重的指示。先前毛利軍告知一月時會出發，然而卻遲遲不見他們蹤影，這讓有岡城內的將兵們多少有些焦慮。在瀧川的挑釁之下，或許會有人衝動地表示要出擊，而大多數將領也都表示認同，這是非常有可能發生的情況。要是演變成這般局面，若是村重下令不得出兵，應該也不至於有人會違背命令，但是諸將心中肯定會萌生不滿。這樣可就不好了。讓久左衛門與和泉稍微針鋒相對一下，而久左衛門最後被說服、收回主戰論的想法，讓大家意圖出戰的衝動消散，這便是村重的計畫。

久左衛門開口。

「聽見飛驒守大人……不，是大慮大人和雜賀那些人都說要出兵的時候，真是嚇出我一身冷汗啊。」

村重什麼話也沒說。

村重早就看清，不管高山大慮和鈴木孫六說了些什麼，都不可能在軍事會議上通過。雖然大慮和孫六的身分地位有別，但兩者畢竟都是外人。並且想來他們應該也很明白，自己的提議不會被採納。明知如此，卻還是提議出兵，這裡頭肯定有某些原因——村重思考的是這件事。

久左衛門忽然長嘆了一口氣。

「話說回來，在下於會議上說的事情，並不完全是演技。毛利實在太慢了。要是我們這裡撐不住，接下來就輪到毛利了，兩川應該懂這個道理才是……」

毛利家的家主右馬頭輝元雖然還年輕，不過支撐毛利本家的吉川和小早川、人稱「兩川(註52)」的當家之人可都相當老練、善於作戰也懂判讀時勢。正因如此，毛利不可能拋下有岡城不管——對這個道理深信不疑，才得以支撐起有岡城上下將兵的意志。

如果毛利從陸路前來，就是要從西邊過來。位於沿途的備前岡山宇喜多家已站在毛利這邊，播磨各國眾也大多靠向毛利，因此毛利軍要通過山陽道來到有岡城，一路上並無任何障礙。若是要走海路前來，那麼就要經過瀨戶內海、將船舶停靠在尼崎，從南邊上來。久左衛門從天守瞭望周邊情況的時候，總是望向西邊和南邊。

村重四方皆觀。南邊的尼崎城和西邊的三田城都相當耐戰，北方有過去村重奪下後又捨棄的池田城，目前織田軍就在那處遺跡搭陣。接著將視線轉往東方的時候，村重忍不住「唔！」了一聲。

「……您看見什麼了嗎？」

久左衛門也站到村重身邊，凝神看去。有岡城的東邊是一片沼澤，再過去就是小小的茨

52　此指吉川廣家與小早川隆景，是以謀略聞名的一方之雄毛利元就的次男與三男，也就是毛利輝元的叔叔，兩人都是能力出眾的將領。兄弟倆在父親的籌劃下，分別繼承在安藝國據有勢力的吉川氏與小早川氏，將兩家轉化為毛利家的分家，確立了著名的「毛利兩川」軍政體制。

木城。原先交給中川瀨兵衛的茨木城，現在想來已經擠滿了織田的將兵吧。久左衛門面露一副「怎麼事到如今才介意」的苦澀，然而村重並不是在看茨木城。他的眼睛直盯著下頭的沼澤地。隨著他的視線看過去，久左衛門也驚訝地「啊！」了一聲。那長滿茂密蘆葦的沼澤地，有個以柵木圍起來的陣地。

「何時在那種地方……」

「昨天還沒看到，應該是一天內建起來的。」

「……可惡，竟敢如此放肆！」

有岡城東邊並沒有建設防衛據點，因此本曲輪幾乎等同於赤裸裸地杵在這兒。東邊之所以會沒有其他防禦工事，是因為有岡城是為了防禦西邊和南邊的敵人，也就是播磨眾和大坂本願寺等勢力而建設的。除此之外還有另一個理由。正是因為這裡有豬名川與沼澤，而且岸邊的懸崖也成了天險要地，衡量之下，因而判斷敵人無法從有岡城的東邊攻過來。不過如今就像眼前的狀況一樣，竟有人在東邊設了陣地，簡直就像是被人掐住了咽喉，村重自然相當不悅。

那處陣地以柵木圍起一個四方形，掛了數張陣幕，看起來構造相當簡單。距離城牆約有兩町（註53）左右，雖然不是弓箭或鐵炮能夠攻擊的距離，但也算是近在眼前了。村重語氣沉重地開口。

「是什麼人的陣地？」

「這……從這裡實在看不清旗印。」

「是誘戰？還是……」

村重的呢喃實在過於小聲，久左衛門忍不住回問。

---

53 一町約為一百零九公尺，兩町即兩百公尺多。

「大人，您剛才說什麼？」
村重沒有回答，反而揚聲喚人過來。一名近侍從樓下跑了上來聽令。
「叫一個御前眾過來。就郡……」
正想說出郡十右衛門這個名字，猛然想起自己已命他去打探城內消息。
「不，對了，叫伊丹一郎左衛門過來吧。」
近侍靜靜地退下，下了樓梯以後才跑了起來。村重看了久左衛門一眼後，說道：「你退下吧。」久左衛門的臉上雖然略帶不滿，但還是默默地離開天守。
御前眾五本槍的伊丹一郎左衛門來到天守上層時，西邊的天空已逐漸染紅。一郎左似乎正在執勤，身上還穿著鎧甲。雖然他已是旁支分流，但畢竟還是伊丹家人，鎧甲乃是佛胴（註54）、頭盔則是時下風格的星兜（註55）。一郎左雖較為纖瘦，但這樣穿戴整齊的姿態，看上去仍是名威風凜凜的武士。一郎左依循戰時的習慣，並未脫下頭盔、只低下頭致意。
「你來啦，一郎左。看看那個。」
一郎左順著村重指的方向看向城外。村重接著問道。
「在沼澤上布陣實在相當奇特，你覺得那樣的陣地能作戰嗎？」
一郎左相當清楚伊丹的地勢，他凝神望去之後回答。
「城池東邊雖然地況不好、像是浮在海面上的島嶼，但某些地方是堅固的沙地。如果找到那些地方，是還能設個我們現在看到的陣地，不過這也僅限於沒下雨的天候。一旦下雨馬上

54　當世具足的一種。表面宛如佛像胸前狀態那樣無縫隙，因而得名。
55　接合鐵片用的鉚釘外露的頭盔，星即指鉚釘頭。

就會變成一片泥濘，軍隊是無法待在該處的。」
「若是打下樁子、鋪設地板呢？」
「如果確實做了那些工程，那麼的確可以維持得久一點。」
「唔，那個陣地看起來就是要引誘我們出城。我想知道那是誰的陣地、又是為了什麼目的而設陣的。一郎左，你辦得到嗎？」
一郎左的視線沒有離開那處陣地。
「能。」
就只回答了這麼一字。
「好，需要帶上誰嗎？」
「不需要。」
「有需要的東西嗎？」
「如果有金子的話能派上用場。」
村重點點頭，從懷中取出一個小皮袋、鬆開袋口，抓出了幾顆金粒放在一郎左的手上。
一郎左收下後又開口詢問。
「是否有期限？」
「雖然越快越好，但可不能倉促壞事。最重要的還是釐清狀況。」
「了解。」
「還有問題嗎？」
一郎左沉默了一會，垂下頭。
「萬分惶恐，屬下想跟您商量件事。我打算偽裝成陣夫（註56）混進那處陣地，若是武運不

56　戰爭時負責搬運糧食或物資的勞工。

佳、被識破而就此喪命的話，身無頭盔旗幟的在下，必定會被當成不足為道的小人物棄置荒野。如此一來實在過於遺憾，若是在下沒有回來，希望能視為伊丹家的一郎左勇敢捐軀，也望您能提攜犬子。」

「好。」

「望您以文字記下。」

「好吧。」

村重命人拿來紙筆，寫下「身命無曲時，必提拔余子」，然後加上花押交給一郎左。無曲的意思是「無趣」，也就是委婉表示死亡。一郎左仔細閱讀紙上文字。

「感激不盡。」

他將拜領的書狀舉至額上。村重下令。

「好，你去吧。」

一郎左低下頭，往後退去。村重一個人留在天守，直勾勾地盯著那個被夜幕包圍、不知是何人設立的陣地。

4

翌日。剛過正午，村重便命御前眾隨侍，騎著馬出了本曲輪。

村重偶爾就會像這樣帶著隨從巡視城內，今天隨行的是御前眾五本槍中的秋岡四郎介和乾助三郎。四郎介腰上插著兩把刀，而身材魁武的助三郎則是背著一把大身槍（註57）。

雖然大多數人都認為身為城主之人為了維持其威嚴，應當待在宅邸內，不應該輕易讓人

57 槍刃部分較長的長槍。

見到樣貌，但村重並不這麼想。他認為必須要看到的東西，就該靠自己的眼睛去看、必須要聽到的事物，就得用自己的耳朵去聽。雖然村重在巡邏城內時幾乎不會斥責什麼人，但家中之人多半還是會迴避村重的視線。

早晨的侍町相當寂寥，就算有風吹過也沒有什麼東西的影子在晃動。這是因為所有人都去各自的崗位上執勤了。有岡城落成尚未足兩年，侍町這裡的每間宅子都還相當新，不管是柱子或者門板，都還留有白木原先的風貌。不知何處傳來嬰兒的啼哭聲，而且還像烈火急速燃起那樣越來越猛烈。隨行的一人朝聲音來處皺了皺眉頭，但村重聽而不聞似地策馬前進。

侍町和町屋之間，有一道名為大溝筋堀、相當深的護城河。這自然是為了萬一砦被攻破、町屋也被燒了，就要靠這條護城河阻擋敵人，進行最後決戰。

町屋裡住的不是武士，而是尋常百姓。這裡有鍛刀者、打造五金的、修繕木匠等對戰事有所幫助的各種職人，也有種田的、商人、神官及寺院僧侶等等。那鏘鏘聲響，正是某處在打鐵的聲音。其他方向則傳來了相當奇妙、聽來有如歌謠般的聲音。村重知道那是被稱為彌撒的活動，是信奉南蠻宗之人舉辦的法會。伊丹城鎮當中也有南蠻宗的信徒，雖然有岡城內沒有伴天連，但他們為了尋求寄託，而依樣畫葫蘆地持續進行著彌撒。曾與伴天連們往來密切的高山大慮，對他們來說則是一個倚靠。

有岡城運用大溝渠與柵木大範圍地將土地圍起來，為了能多少增加點軍糧，屋宅周遭和沒有農田的空地便成為種植蔬菜的旱田。在那樣的旱田裡有幾個人正在揮動著鋤頭，但不知是否沒發現村重經過，並沒有人停下手邊的工作。某處傳來「哎呀，是大人」的低語聲。民眾正從門板的另一頭或簡陋屋子的陰影處看著這裡。村重還是一臉漫不經心的樣子，但其實他正全神貫注在自己的眼睛和耳朵上。

當村重僅僅只是池田家的一介家臣時，只要即將開戰，他一定會到城鎮村里巡過一遍。百姓已經習慣戰爭了，不論池田家要和誰開戰，他們仍是一臉無奈地做著日常雜務。但即便是這樣的情況，若事到臨頭，也還是會飄盪著些許氣息。毫不愧對池田帳下一員大將之名，他能夠嗅到那些許的氣息，不過，也是會出現相反的情況——現在村重就一邊巡邏有岡城、一邊試著讀取平民百姓們的氣息，但這事並不容易。好像有什麼……雖然心裡會萌生這樣的掛念感受，但村重卻不知道那會是什麼。說到底，就連讓自己心生掛念之類的東西也不一定真有其事。

村重與隨行之人來到猿寺附近。在建設有岡城的時候，便把幾座寺院也移到了城內，這裡便是其中一間。或許是在舉辦法會什麼的，只見寺院前聚集了許多民眾。乾助三郎像是滿心欣喜地向村重回報。

「大人，那不是阿出夫人嗎。」

助三郎視線的那一頭，是披著被衣(註58)的女子們。就算看不見臉龐，只要看那服裝的質地，便很清楚那是何人。助三郎看見的是千代保。

會用「出」這個字，是因為村重一行人在移居到有岡城前，千代保是住在出丸那裡而有此稱呼。除了丈夫村重以外，其他人都避免直呼千代保的本名，因此稱呼她「出夫人」或「出的那位夫人」等等。

村重回了助三郎一聲「噢」，表情也稍微和緩了些。千代保也注意到了村重，以眼神行了個禮。村重一語不發，只是緩緩馬兒的速度，一行人就這樣經過寺院。就在此時，有個男人悠悠靠了過來。秋岡四郎介立刻警戒地將手置於刀柄上，不過靠過來的那人正是御前眾的

58 中世以後，有身分的女性在外出時，會將單衣或小袖蓋在頭上再用雙手撐起，遮掩面容。

郡十右衛門。村重開口喊他。

「十右衛門，你怎麼在這裡？」

十右衛門一臉意外。

「因為聽聞雜賀的鈴木孫六大人要來參加法會，因此一同前來。在下以為大人也是因此而來的，便跟了上來。」

這裡是一向宗的寺院，因此身為一向宗門徒的千代保會來此處參拜。鈴木孫六也是眾所皆知的虔誠信徒，會來參加法會也沒什麼好奇怪的。村重點了點頭。

「任務如何了？」他又接著問道。

「大致上的事情都弄明白了，但此地不方便。」

「那麼就返回宅邸吧。」

下達命令以後，村重便掉轉馬頭。

村重實在非常忙碌。等到日頭都已經略微西斜，他才終於有餘裕能聽取十右衛門的報告。那裝設格狀天花板的廣間，是村重以攝津守的身分接見他人所用、規格高雅的房間。但現在村重會在這裡與各式各樣的對象會談。十右衛門盤坐在木板地上，雙拳置於地面並低著頭。村重開口。

「說吧。」

「是。」

十右衛門應聲後抬頭。

「首先是高槻眾，他們捨棄了自己的城池來加入我軍，因此並沒有說他們壞話的人，同時高山大慮大人也不愧對其武人風範，大家對他的評價相當高。不過他們離城的時候並未帶走軍糧，僅帶了數日份的攜帶軍糧進入城內，因此目前使用的是本城的軍糧。再加上在師走的合戰中，高槻眾並沒有立下功績。」

師走合戰是守城的戰事，高槻的人沒能立下軍功，只是因為織田軍剛好沒有攻擊他們守備的圍欄罷了。大家都明白這個道理，然而正因為身為一名武士，無論有多少藉口，只要沒能立下功績，在人前便是抬不起頭。

「高槻眾似乎都認為自己近似好吃懶做而感到相當羞愧。雖然我方不會因為這樣就譴責這些有岡的盟友，但是要分發軍糧給高槻之人時，總還是會有些說不出的疏遠感受。高槻眾裡頭似乎也有人相當訝異，心想真不知高山大慮大人在想些什麼。」

村重沒有說話。十右衛門稍微頓了頓，又繼續說下去。

「接下來是雜賀眾這邊，他們身為有岡盟軍，但與大家的往來相當淡薄，因此風評究竟是好還是壞，實在難以判定。不過，雜賀的人都是非常虔誠的一向宗門徒，絕對不會疏於參拜，因此我便去詢問寺僧或寺中雜役那些比較能知曉內情的人。聽聞雜賀眾之中大抱不平之人並不少，認為自己並非只是來此登上瞭望臺、當守衛的。」

雜賀眾原本就沒有成為村重友軍的緣由，他們只是單純遵循大坂本願寺的指示，要他們來到伊丹與織田軍作戰。既然沒有戰爭，他們待在有岡便沒有意義了。

「根據傳聞，先前進了尼崎城的鈴木孫一已經返回紀州。所以待在本城的雜賀之人，似乎也想向大人稟告，若是沒有他們的任務，他們也打算要返鄉了。鈴木孫六本人較為沉默，並不會說出自己的不滿，不過也聽聞他並未斥責他人如此閒言閒語。」

「這樣啊。」

「調查要繼續下去嗎？」

「不，可以了。你先退下吧。」

「是。」

郡十右衛門畢恭畢敬地離開房間。村重一個人留在西晒的廣間中，默默思考著。

郡十右衛門回覆的內容相當簡單扼要，也差不多能了解鈴木孫六與高山大慮在軍事會議上提出要出兵作戰的理由。雖然堅守城池是讓敵人自己把頭給伸過來的既定手法，但是大敵當前卻一箭未放，果然還是會讓士氣低落。而高槻與雜賀之人，都有非戰不可的理由。

村重並不會將所有不安都看得同等重大——這樣看起來似乎很慎重，但若真是這麼想，那就太過不明白事理了。然而高槻與雜賀之人的動搖，讓村重感受到這些都是火種。現在雖然只是小小的火種，但不能棄置一旁。士氣乾涸的城池就宛如枯枝，只要星火便能燎原。得讓高槻與雜賀的人立下些功勞才行。話雖如此，又不能讓他們正面對抗織田……

之後村重就是等待。他以城主身分接見大家、下達命令、撰寫文書、向神佛祈禱，然後就是等待。雖然原先覺得應該得等個兩天吧，然而他所等候的消息卻來得意外地早，第二天早上就送到了。剛用完早膳的村重接獲了近侍的報告。

「御前眾的伊丹一郎左衛門大人要求晉見。」

村重那時只身著鎧甲下的衣裝。但穿戴鎧甲實在太浪費時間，因此他命人將一郎左叫去廣間，自己抓了太刀便起身。

一郎左全身泥濘。平伏在地的他無論是鬢角、放在地板上的手都沾滿了乾掉的泥巴，就連等待處都有一郎左走過時落下的泥巴。

「抬頭吧。」

一郎左起身，果然臉上也沾滿了泥巴，不過一郎左似乎對自己的儀容絲毫不感到羞愧，但也不像是對於自己滿身髒汙就連忙奔回的樣子有所自豪。村重相當中意他這種態度。

「一郎左，真快呢。」

「是。」
「馬上說來聽聽，調查得如何了？」
一郎左放低視線，低聲回答。
「在東邊布陣的，是織田旗下的大津傳十郎。」
村重略略睜大了眼。
「什麼，大津嗎？」
「確實無誤。」
村重將手擱在下巴，喃喃說著。
「居然是長昌呀。」
大津傳十郎長昌，是信長的馬迴之一。馬迴的第一要務是守衛主君的人身安全，不過大津相當受到信長的信賴，也被交付了巡邏諸將的督察等任務。信長貼身的馬迴也有許多人逐漸成為將領，不過大津實在還太年輕了。對於他竟然帶隊去設置陣地，就連村重也感到有些意外。
「去年正月被邀請到安土城的時候，負責接待的其中一人便是長昌呢。雖然我們剛好錯過了，所以沒見到他……沒想到竟要在攝津這裡對上了。」
村重略感懷念地說著，又揮了揮手。
「說下去吧。」
「是。大津傳十郎與其他將領都被命令要輪守高槻城，不過去年冬天的總攻擊時，他的同輩陣亡了，因而深感悲痛，才會為了憑弔故人而出城參戰。」
去年的戰場上，確實取下了曾為信長近侍的萬見仙千代的首級。村重立即意識到，這所謂的同輩指的便是仙千代了。
「如此一來，布陣於城東一事，便不是信長的意思囉。」

「大人明察，他是自行招兵。聽聞傳十郎也曾發下豪語，羽柴筑前因震撼了岐阜城而揚名，他也要拿下有岡城當成功績云云。」

「唔嗯。」

村重的目光瞥了一郎左。

「你說聽聞，這是聽誰說的呢？」

「在下偽裝成陣夫混進對方陣營裡，從鄰近鄉里召集來的陣夫之中有在下熟識之人，大致上是從他那裡聽來的。」

「你熟識之人，不會將你潛入刺探一事告訴大津吧？」

一郎左思考了一會兒才回答。

「對方並非口風不緊之人，因為在下對他有些恩情，若是沒有人問，想來也不至於主動告知大津。話雖如此，若他被嚴刑逼問的話，恐怕也不可能什麼都不說、讓自己丟了性命吧。」

「這樣啊。知道敵人數量嗎？」

「應是不足百名。」

所謂自行招兵，意思就是大津率領的並不是織田旗下的軍隊，而是他個人能夠動員的兵力。一百的話倒也不少了——但也非多到無法處理。

「能夠領人到大津的陣地嗎？」

「是。在下生於此長於此，即便入夜後也能帶路。」

村重點點頭後，站起身。

「好，一郎左衛門，你做得很好。」

一郎左默默低下頭。村重提聲喚人，命令那拉開紙門的近侍，去將他珍藏的美濃打名刀取來。近侍回來以後，村重將那把刀親手交給了一郎左。

「這是賞你的，拿去吧。」

一郎左滿臉通紅。

「這……愧不敢當。」

接著村重粗聲下令。

「我讓人準備房間和浴盆，你今天晚上別離開宅子。」

一郎左有些驚訝，但並未詢問緣由。

「屬下領命。」

說完便再次平伏在地。

5

當天，村重派了使番前去鈴木孫六與高山大慮處。

使番傳達了村重的命令，為了設宴款待諸位，還請帶著精兵二十人在傍晚時分前來。鈴木孫六並沒有特別不情願的樣子，只覺得既然被指名了、那便去就是了，最後默默地選了二十人。

另一方面，高山大慮那邊似乎就沒有如此簡單。高槻眾並非村重的家臣、而是外人，因此認為他們並沒有接受村重招待的理由。甚至還有人對大慮說出這樣的話。

「大人，這該不會是對我們高槻之人起了疑心，打算將您叫去、當場處決吧？」

然而大慮雖然一臉不是很能接受的表情，但還是搖了搖頭。

「真是那樣就不會叫我帶人隨行了。無論如何，實在不能拒絕攝津守大人的邀請。」

如此這般，傍晚時分，精挑細選的雜賀與高槻之人便來到了本曲輪。雖然說是要招待大家，但畢竟是戰爭時期，因此眾人都穿戴好全副的鎧甲。走過那跨在水道上的橋梁、穿過門扉後，就見到郡十右衛門等人前來迎接。

「辛苦了，請讓在下帶路。」

身分較高者進了屋子，其他人則安排在庭院裡頭，同為主君者被安排在和村重同等的席位。侍女等人送來了餐點與酒水，所有的人便一起享用。

慣例上只要日落，本曲輪的大門就必須關閉。雖然士兵中也有人聽到關門聲後便皺起了眉頭，不過大部分的人都對久未嚐到的佳餚美酒大為讚嘆。這圍繞著村重的宴席，不時傳出歡笑聲。等到餐酒將盡，村重把大家聚集在庭院裡，緩緩地告知。

「今晚，我要進行夜襲。目標是布陣於城東的陣地，敵軍大將是大津傳十郎長昌。我指派高槻眾的高山大慮、以及雜賀眾的鈴木孫六擔任夜襲任務的大將。我本人也將率領御前眾一同出擊。如果裝備不夠便從長槍倉庫、鐵炮倉庫裡拿。膽怯之人可以留下無妨。等到月亮昇上中天便出城，目標是取下大津的頭顱。諸位還請全力以赴。」

這突如其來的命令讓將兵掀起了一陣騷動。高山大慮臉紅耳赤地說道。

「攝津守大人親自出陣實在太過危險了，還請您自重。」

但村重一臉淡然。

「什麼話，我可是躍躍欲試哪。」

他就只回了這麼一句。

宅邸周遭不知何時已經聚集了御前眾，他們也沒有被事先告知夜襲一事，此時才了解集合在此的意義何在。

雜賀與高槻之人受命在天守中進行準備工作。進入天守以後，御前眾告知他們陣太鼓和法螺貝的使用時機、暗號、進攻方式的步驟等。時間空下來的人則將草塞進鎧甲的縫隙當中，以免發出聲響。也有許多人在出發時間之前小睡片刻。那天是陰曆十三日的晚上，月光遍照大地、四下明亮到不需要另外舉著火炬或點起篝火。有岡城的本曲輪中略略燃起了戰鬥的熱氣。

本曲輪中有條通往豬名川的道路。

那是刻意隱藏起來、從城外無法看見的道路，別說是雜賀眾或者高槻眾了，就連村重貼身的御前眾，也還有人不知道這條路的存在。此路平時是為了讓豬名川上的小舟載運人或物資所用，但是戰爭開始後，便用一道門擋了起來。道路兩旁堆積著圓木與大石，萬一來者發現了這條隱藏道路，便能馬上堵住通道。

夜襲軍出了本曲輪，登上事先安排在那裡的小舟、當成浮橋度過豬名川。要是這個暫時設置的浮橋斷了，就回不了城中，夜襲軍就只能坐等在岸邊讓敵人一一宰割了。村重叫來御前眾之中刀法特別優秀的秋岡四郎介。

「你帶兩個人，死守這座橋梁。」

聽到命令的四郎介領命後，傲氣開口。

「就算要拿在下的命去換，也絕對會完成任務。」

打前鋒的是御前眾，然後是高槻、雜賀之人。村重自己也身穿全副的鎧甲，不過考量到必須輕盈一點，因此武器是交由近侍拿著。這是個寧靜的春夜，耳中只聞水聲。敵人的陣地被蘆葦遮蔽，無法看見。伊丹一郎左走在隊伍的最前頭領路。

夜襲自然是越靜謐越好，馬會鳴叫，因此也不能帶。鎧甲摩擦時會發出聲響，所以會將護住腿部的草摺捲起來、用繩子綁好。雖然有人帶了鐵炮，但點了火的火繩太過顯眼，必須先收著。一般為了防止不習慣這類行動的士兵不慎開口，會讓他們咬著小木片，不過今晚參與夜襲的都是精兵，並不需要費這種工夫。在一片泥濘中緩緩前進的夜襲軍，包含御前眾在內只有七十人。雖然人數不多，但踩踏泥巴的聲音、呼吸的聲音、蘆葦從身上掃過的聲音，仍彷彿響徹夜空。這時蘆葦原的另一頭出現了些許光亮，看來敵陣似乎點起了篝火。

到底在爛泥之中走了多久呢？村重猛地回頭，月光之下，有岡城那龐大的身軀就坐落在那兒，點點燃燒的篝火實在美麗。由此處到城池的距離來推算，村重意識到差不多接近敵陣了。與此同時，領頭的一郎左也停下步伐。村重靠往一郎左。

「如何？」

被村重一問，一郎左壓低了聲音回答。

「前方蘆葦稀疏，應該先去探探情況。」

「這樣啊。一郎左，你就別去了。」

村重環視了一眼身邊的人，視線停留在郡十右衛門身上。

「十右衛門，聽見了吧。你去一趟。」

「遵命。」

十右衛門小聲地回應，將頭盔脫下交給同袍，這是為了能夠清楚地聽到聲音。十右衛門撥開蘆葦叢前進，很快便不見他的身影，夜襲軍屏氣凝神地等待著。還沒開始感到焦躁，蘆葦便再次晃動，是十右衛門回來了。

「前方確實就是蘆葦叢的盡頭，敵陣就在該處。陣營前有兩個身著鎧甲的武士，尚未發現我們的動靜。」

「好。」

村重喚來鈴木孫六與高山大慮，兩人的神情都相當緊繃。村重輕聲地告知他們。

「接下來要先射殺敵營外的武者。要是沒能命中，敵人就會察覺夜襲而固守陣地，這樣便無法在他們整頓隊伍前就殺進去。照預定的，高槻眾走右側、雜賀眾取道左側，我在此處待機準備。擊兩次太鼓就進攻、長吹法螺貝便撤退。要是準備斬殺敵人前就聽到法螺貝的聲音，表示敵人已有所準備，盡快離開！」

孫六和大慮同聲應允。

「好，去吧。」

說著便命二人退下，接著村重又叫來十右衛門。

「你打前鋒，看好敵人。」

十右衛門說了句：「是，往此處。」便打了頭陣。村重叫來兩名持弓的御前眾、帶陣太鼓的、帶法螺貝的，以及拿著村重弓矢的近侍。撥開蘆葦、踩在泥濘上前進，沒多久便看見開闊的土地，不遠處便是升起篝火的敵營。而距離村重藏身的蘆葦叢約數十步的距離處，確實有兩個武士站在月光下。兩人都穿著鎧甲，不過右邊的武士並沒有戴頭盔。村重判斷，站在左邊的武士是有身分地位的，而那沒戴頭盔的則是他的隨從，或者是負責警備的足輕吧。敵人看起來似乎在講些什麼、同時還瞪著有岡城，並沒有發現村重等人。村重叫來近侍，將弓矢拿過來，並且把自己的頭盔交給對方。選擇使用弓箭，是因為鐵炮發出的聲響實在太大，至於脫下頭盔，則是因為若要盡可能地將弓拉開的話，頭盔兩旁的護甲片實在太過礙事了。

除了村重以外，兩名持弓的御前眾就跟在村重旁邊。

「我射右邊，你們射左邊那人。」

村重說完，手便搭上了弓。

在皎潔的月光下，村重看著自己瞄準的那個武士的臉龐，此時眼睛已經習慣黑暗了，因此能清楚地看見面部的樣貌。這人還很年輕。那端正面貌上的表情正扭曲著，不知在說些什麼。夜風吹動蘆葦，發出了沙沙的聲響。村重將弓拉開。

南無——村重祈禱著。拜託別射偏了。

浮雲飄過月亮前方，那個武士似乎想到了什麼，突然轉了過來。就在他的目光瞥見村重的那個瞬間，村重手上的箭已飛馳而出。

箭矢射進了武士的眉心，他在人生的最後一刻確實看著村重。就這樣張著嘴，直直地倒在泥地上。

接下來是兩支箭飛向了左邊的武士，一箭沒有射中、另一箭則插在武士的肩膀上。他雙目圓睜不過才一瞬間，正打算幫助倒下的那人，自己卻已雙膝跪地，同時張大了嘴。

「噢嗚！」

雖然來不及堵住他的嘴，但也沒讓他持續太久。村重馬上繼續放箭射向他的背，御前眾的箭也貫穿了他的腿部。武士或許是沒有發出聲音的力氣了，默默地朝陣營奔了回去。村重雖然取了第三支箭瞄準他的背部，卻沒有射出。因為武士的身影已溶進了夜色當中，幾乎看不見了。雖不知那是隨從還是足輕，但只解決了小人物、卻讓武士逃走了，這讓村重懊悔不已。而且，此時他遲疑了。夜襲之事或許已經敗露。逃走的武士是否來得及通報、對方又是否有足夠的時間準備迎戰——但迷惘的時間相當短暫。

「擊兩下鼓。」

負責陣太鼓的的一聽見命令，立刻執行。太鼓的聲音擊碎了夜晚的寧靜、在蘆葦原上迴響。這時蘆葦看起來突然同時猛烈搖擺，因為雜賀眾與高槻眾一起奔了出去。村重深吸了一口大氣。

「全部都給我喊起來！」

高聲呼喊後，一旁的人全都一起發出戰吼。在御前眾固守村重身邊的時候，士兵們已經開始處理敵營的柵木。在第一發鐵炮聲打破寧靜以後，箭矢如雨般落在敵營之中、子彈也彷如冰霰般擊出。

沒過多久，手斧和木槌破壞了柵木，士兵們一舉衝進敵方陣地。夜襲是一刻值千金，就算是砍了雜兵、也沒有空取走他們的頭。就讓同儕看一下自己成功殺敵以後，首級什麼的就不管了，立刻上前迎戰下一個敵人。鐵炮的擊發聲、戰鬥的高喊聲、哀嚎聲，在夜晚陰影中拉長了尾聲。敵陣已經動搖了。村重在陣外抱胸、一語不發地凝視著這場戰役。

就在此時，有個黑色人影背對陣地的篝火、連滾帶爬地跑了出來。定睛一看，他身上穿著兜擋布、肩上扛了把沒鞘的刀、只有頭上戴了頭盔，樣子十分淒慘。看樣子似乎是打算逃走，所以跑的時候還不斷回頭觀望，等到猛然往前一轉，男人才發現自己竟來到了村重等人面前。御前眾架起長槍、弓箭鐵炮也都對準了他。男人一臉扭曲，或許是已經了解自己的境地，雙眼閃爍著詭異的光芒。接著他高舉雙手揚聲。

「在下是大津家中的堀彌太郎。眼下雖落入如此窘迫之境，但仍是個武人。眼前這位看起來就是夜襲的大將了吧，我就帶著你的首級當成造訪冥府的禮物吧。」

接著他蹲低了身子，猛然朝村重狂奔而去。雖然鐵炮跟箭矢齊發，硝煙在風中裊裊，但平時訓練有素的荒木御前眾，此時竟然都令人意外地射偏了。彌太郎大叫著、距離村重還有七步、六步、五步。一名御前眾丟下鐵炮，拔出刀便站到彌太郎與村重之間。是伊丹一郎左。

村重此刻也已不再抱胸，將手伸向了腰間的刀。他祕藏的名刀鄉義弘擺在宅邸內，現在帶的是以鈍刀惡名為人所知的奈良刀。雖然銳利度與名家特製之打刀相去甚遠，但因為價格便宜所以能大量取得。村重認為要在戰場上拚命揮舞的正是這種刀，因此是他自己選擇了這款打刀。他緩緩拔出，那空蕩蕩、未刻上銘文的刀身在月光下閃爍著光芒。

伊丹一郎左喊著「下賤東西！」便一刀刺出，但刀尖猛力過了頭，雖然傷了彌太郎的右肩，但彌太郎立刻將刀換到左手，用力往前一刺。這突如其來的攻擊伸向一郎左的喉頭，劍尖刺到之處雖有喉輪(註59)擋著，滑開的刀刃卻一路割開了一郎左的頸項。頓時血花四濺。

「你這傢伙！」

御前眾大為動搖，揮舞刀子、刺出長槍，但彌太郎還是穿過重重關卡，奔到了村重眼前。雖然還不到刀的交戰距離，村重依然揮動手上的鈍刀、默默地往下砍。左右都被刀刃包圍的彌太郎並沒有躲開，而是用自己的刀擋下攻擊。火星在月夜下四處飛散。

「唔！」

村重的臂力可非尋常，彌太郎沒能握緊手上的刀。正要按下麻痺的手腕，他的全身已被刀與長槍刺中。彌太郎哀號了一聲倒地，頭盔的繩結或許原本就沒綁好，就這樣滾落到地上的泥水中。御前眾的一人迅速地割下了他的首級。村重瞥了一眼彌太郎那滿是泥濘的頭盔，又看向倒地的一郎左。

一郎左還有一口氣，他緊閉雙脣，臉上完全表現出他正忍受著痛苦、以及即將面臨的死亡。村重低頭看著一郎左說道。

「一郎左，幹得好。」

一郎左輕輕點了頭，用顫抖的手伸入懷裡。那滿是鮮血的手上抓的，是村重在天守時親筆寫給一郎左、答應會提拔他後人的書信。村重了解他的意思之後，大大地點了頭。

「沒問題的，交給我吧。」

59　鎧甲配件中用於護住胸口至頸部空隙處的護具。

一郎左的眼中忽然浮現出笑意，接著就再也沒有動靜了。

喊他的是郡十右衛門。村重往十右衛門指的方向看過去，月光下的有岡城本曲輪中，火炬的火焰正隱約畫著圓形。這是留在瞭望臺上的士兵在告知，敵人為了援救大津陣營已有動靜。於是村重即刻下令。

「大人，信號。」

「吹法螺貝。」

負責的人立刻將法螺貝靠在嘴上，吹出長長的聲響。戰鬥的聲音還持續了一會兒，不過鐵炮聲逐漸變得稀疏、吶喊聲也降低了。沒多久後，鈴木孫六和高山大慮也回到此處。孫六的臉上濺了血、大慮的鎧袖處還插了支箭。

「織田的援軍要到了，退兵吧。」

「是！」

兩位將領垂下了頭，各自打手勢整頓隊伍。十右衛門正在剪下一縷伊丹一郎左衛門的髮髻作為遺物。依照預定分配殿後人員後，背對那屍骸遍野的大津陣地，夜襲軍井然有序地返回有岡城。月亮雖已往西邊走去，但距離天明還早得很。

6

這是一場勝利。大津陣地情勢大亂，荒木軍意外取得了相當好的戰績。夜襲軍聚集在宅邸的庭院中，站在走廊上的村重帶頭高喊「嘿～嘿！」、士兵們立刻高喊「噢！」，勝鬨迴盪周遭。每個人的臉都相當骯髒，卻充滿活力。不過今晚還沒有結束。

武士立下功勞，便能換取土地或名聲，仰賴此生存。戰役結束後，自然必須要迅速檢視哪個人都立下了什麼樣的功勞。本曲輪那盛開的櫻花之下，留守城內的御前眾已先拉好陣幕。這是為了要進行首實檢。

不管殺了多少雜兵或足輕，都不會成為戰功。用弓箭、鐵炮射殺了大將，也會因為不知道是誰下的手而無從檢驗，很難判定為功績。因此想要在戰事中立下功勞的話，最好是打頭陣或者先立下戰功。當然最為重要的，就是要親手取得有頭盔的首級。優質的頭盔是地位較高的武士才擁有的東西，連同頭盔一起取下的首級，就是斬殺有頭有臉敵軍的證據。

為了整理遺容，首級會先交給侍女們。雖然對方是敵人，但是因為戰爭而散落在戰場上的武士首級絕對不可隨意處置。為其梳洗乾淨再打理一番，方是應有的作為。等到夜色漸明，負責此工作的首役來報，進行首實檢的準備已經完成。

陣幕之中擺放了床几，村重坐了下來。他的左右有持長槍和弓的御前眾戒備——這是為了防範首級的執念。首役取來第一顆頭顱。那是一個相當年輕而且貌美的武士。

首實檢結束的時候，東方天空已經泛白。

雜賀眾取得的首級，有一名老者、還有一個年輕人。高槻眾也差不多，同樣是年輕人和老者各一。根據伊丹一郎左的回報，大津軍不到百人，當中武士應有十人左右、最多恐怕也不會超過十五人。取下四顆有頭盔的首級，成績尚可。

原本首實檢必須要寫下被擊殺的武士姓名，然而很不湊巧，並沒有人知道這些頭顱的主人是誰。這是由於大津傳十郎平時就不太上戰場，沒有人知道大津家中有哪些人、生做什麼模樣。為了避免這種情況，通常都會生擒一兩個敵人，不過這次捉到的男人只是從附近徵召來做勞役的人，不管拿出誰的首級問他，都只得到這樣的回答。

「實在不知道，還請原諒。」

他就只會重複這句話。因此最後只好放走那個俘虜，只先在首帳上記下「兜首」，等到天亮以後，再到城裡問問是否有人認識大津軍的人。

首實檢之後，要做的是確認生死者的手負帳。這時會命祐筆（註60）負責分類工作，讓受了傷的人自行提報，記下誰受了多重的傷。這次受傷之人幾乎都是些小傷。被敵方殺死的只有伊丹一郎左一個人，另外就是雜賀眾的組頭下針沒有回來。

在製作手負帳的同時，村重待在宅邸中的一室飲酒，讓高昂的情緒稍微平靜些。房裡只放了一張小桌，照明則是微微透過紙門的幽微篝火，小菜只搭上了味噌。村重的身旁坐著千代保。千代保今晚也沒有歇息。

「一郎左的事情，實在太遺憾了。」

聽千代保沉穩地說出這段話，村重也用似是低喃的聲調回應：「就是啊。」

「是為了保護我而死的。」

「我聽說殺了一郎左的，是一名素肌武士。」

所謂的素肌指的就是沒有穿著鎧甲。村重點點頭，千代保望著地板。

「總覺得讓人想起了長島之事。」

「……長島呀，你見過嗎？」

「是的，記憶猶新。」

村重仰杯。

距今五年前，在那離尾張國邊境相當近的伊勢國長島，有許多人死去了。那時一向宗門徒堅守著長島城、長年與織田對抗，但就在那一年，守城方終於表示要開城投降。大量的一

60　負責文書、記錄等工作的武家職位。

向宗門徒乘著小舟準備離開長島城，沒想到信長突然祭出鐵炮猛烈攻擊，殺害了許多人。眾人莫不對此突如其來的殘殺感到痛心疾首，因此招募數百名敢死隊，身著普通的服裝便攻進了織田主陣，殺死了包含信長兄弟在內的多位織田一門眾。織田軍根本無法擋下那些連鎧甲都沒穿的死士。

千代保的父親是為大坂本願寺工作之人，父親因為有事前往長島，千代保也跟著去了，所以那時她人就在現場。想來那些素肌武者奮戰的樣子，千代保必然是親眼所見吧。

「那次讓人深刻地體驗到，沒有比不怕死之人更駭人的存在。」

「確實如此。沒有比不要命的死士更可怕的東西。」

正因為明白這點，所以村重沒有從四個方向將大津的陣地完全包圍起來。只要留下逃走的路線，士兵就不會抱著必死的決心堅守陣地，他們會試著逃走。湊巧迷途來到村重眼前的那名武者化身不要命的死士，實在是一郎左的武運不好。但是村重並沒有把這些細節告訴千代保，要是說自己其實是有做好預先準備的，聽起來就只是像個藉口。

「一郎左真是個優秀的武人。」

「確實是個好武人。」

因為御前眾的職責是村重本人周邊的警護，因此也經常來到宅邸裡頭，自然也跟千代保打過照面。戰爭中有人死去乃是理所當然，但依然無法揮去生離死別的痛苦。村重慶賀著此役的勝利，同時也思索著千代保的心痛。

紙門外鎧甲聲錚錚。

「啟秉大人。」

是郡十右衛門的聲音。

「什麼事。」

「雜賀眾的下針已經歸來。他表示有事情要向您報告。」

「我知道了。」

村重放下酒杯起身，千代保垂著頭、目送村重離開。

下針的額頭和肩膀都纏著布、血都滲了出來，人就躺在擺在庭院的木板上。除了同儕雜賀之人以外，高槻眾和御前眾都遠遠地在一旁看顧下針。一看見村重出現在走廊上，下針立刻打算起身，但村重馬上表示「不必起來」。接著他也立刻倒回去，但還是盡可能打起精神開口。

「實在太大意啦，鐵炮沒辦法抵擋砍過來的刀呢。」

下針還試著擠出笑容。

鈴木孫六在下針的身旁跪下，他的神色一如往常、彷彿像是吃了黃蓮般苦澀，瞄了瞄下針後便說道。

「有人看見這傢伙衝進敵陣以後朝著一個鎧甲武士開槍，旁邊隨即有人砍向他的額頭。結果運氣好，因為戴了護額所以撿回一條小命，不過似乎昏厥了好些時刻，還請您原諒他回來晚了。」

村重點點頭。

「我明白了，下針，你做得很好。」

聽聞此話，下針正色言道。

「聽大人如此稱讚，實在感激不盡。」

「聽說你有事情要告訴我，好，你說吧。」

「關於那件事。」

因為傷口疼痛，下針皺了皺臉，卻還是提高音量。

「在下醒過來的時候，敵陣當中宛如蜂窩般混亂。為了避免被人發現，我躲在蘆葦叢裡頭好一陣子，結果躲著的時候，我聽見他們的談話，說什麼大將陣亡了。」

噢！四下一陣騷動。村重也動了動粗眉，一臉疑惑。

「什麼？」

還反問了回去。

「絕對沒錯，我聽到好幾次相同的對話。而且還看到一名貌似敵方宿老的年邁武者，說著要退兵、回到高槻等規劃。」

若說是大將，那麼應該就是指大津傳十郎長昌了。要是成功殺了大津，那麼此次夜襲可以說是獲得意料之外的大勝利。若是由那名年邁武者指揮撤退的話，也就表示他可能是代替戰死的大津來下達命令，這樣便能說得通了。村重立刻喚來十右衛門，接著對著奔過來跪下的十右衛門下達命令。

「聽見了嗎？去敵陣那裡打探一下。」

十右門衛臉上不顯夜襲後的疲憊，意氣昂揚地回話。

「謹遵命令。」

說完後便倏地跑走了。

下針為了療養身體而被搬進了天守內。留在現場的將兵們的耳語，自然也都傳進了村重的耳朵。

「是真的嗎！」

「我們殺了敵方大將？」

「首級有四個啊。」

「大津大人還很年輕，但有兩個老人的首級呢。」

「如此一來……」

村重心裡也在思考這件事，年輕武士的首級，雜賀眾與高槻眾各帶回了一個。要是夜襲軍真的斬殺了大津傳十郎，那麼當中就有一顆是大將的首級。

是哪一顆?立下如此大功的，是雜賀之人還是高槻之人?

首級目前還放在方才進行首實檢的陣幕內，村重的視線不經意地看向那裡，一旁的將兵們也跟著轉了過去。在逐漸發白的天空下，月兒殘光正映照著那處陣幕。

7

漫長的夜晚結束了。

本曲輪的門打開以後，夜襲軍也回到各自的居所。近侍隨從們也隨之交替、進入本曲輪，進行照顧馬匹、打掃屋子等日常的雜務。

村重獨自一人待在陣幕裡與首級對峙。傳說首級會飛向敵人咬住對方——但村重並不相信這種事情。

當然，對村重來說，他並非全盤否認死者的恨意會為世間帶來災禍一事，也認為應當要畏懼作祟以及冥罰。但是他生在此世，打從有記憶以來，就一直在戰事中討生活。根本可以說是在被首級圍繞的情況下度日，而在那數千顆人頭之中，從沒有哪一顆曾飛起來。事到如今又怎麼可能相信首級會飛之類的傳聞。

老者的首級是不列入考慮了，首級的主人雖然應該也是有來頭的武士，但並非大津傳十郎長昌。看著兩個年輕人的首級，雜賀眾帶回的首級瞪著地面、臉龐纖細、有著薄唇、眉毛也細，且鼻梁高挺；高槻眾帶回的首級瞪著天空，臉頰與雙脣豐腴，濃眉大鼻，脖子粗短。兩者年紀看起來相仿。信長有讓美貌少年隨侍身邊的習慣，若是將這兩顆首級拿來比較，雜賀之人帶回的臉龐纖細首級較為貌美。然而大津傳十郎也是個領有部下的將領人物。高槻之人取回的首級頸項粗短，讓人覺得這正是一名武士生前該有的體格。

這兩顆首級或許都是大限將至已有所覺悟，樣貌看上去都相當安穩。首級的臉上都隱約冒出些鬍子，肯定是男人的頭顱沒錯。那麼，究竟哪一個是大津的首級呢？村重就這樣一直盯著兩顆頭瞧。

郡十右衛門還沒回來，村重只好先回到宅邸，稍稍假寐。

村重做了一個夢。

他在一艘小小的船上，千代保也在那船上。往附近一看，發現鈴木孫六、高山大慮、郡十右衛門，還有伊丹一郎左也都在船上。船應該正要離開伊勢長島城。與織田達成了協議後，村重等人正要出城逃到遠方。

「真是場艱難的戰役，不過也要結束了。」

如此笑著說話的船夫，是堀彌太郎。小船划過海面，是要前往何處呢？放眼望去有幾十艘、幾百艘相同的小船，正要駛離城池。村重心想著這樣不行。信長絕對不會放過先前堅守城池的眾人。就算提出許多作保之人、簽了幾十紙約定表明降伏，信長肯定還是會殺了我們。村重非常清楚這一點。

接著，事情就變成這樣了。沿岸一整排的鐵炮手一同點火，不知何時日頭已經落下，火繩上的火焰就像是螢火般閃爍著。擔綱鐵炮奉行的是大津傳十郎。村重心想得看清他的樣子才行，於是努力地將身子從小船上探出去，但就是看不見。然而他仍能清楚地得知唯一一件事，就是那大津正在笑著。

鐵炮一一擊發，海面馬上化為阿鼻地獄。十右衛門胸口中彈身亡、一郎左的頸子在噴出血後也倒下了。堀彌太郎不知何時已全身插滿刀與長槍，但依然帶著笑容划船。想著千代保的狀況不知如何，村重便轉過頭去。只見千代保在小船裡坐著，沐浴在數十發槍彈之下，面帶微笑地說道。

「總覺得讓人想起了長島之事。」

城池在燃燒，定睛一瞧那並不是長島城，這不就是攝津國伊丹的有岡城嗎！有顆首級笑著從那燃燒的城池中飛了過來。鈴木孫六撥著念珠、高山大慮高舉十字架，兩人正在爭吵拿到那顆首級的是自己人。首級逼近了村重的喉頭。

「大人……大人。」

房間外傳來近侍的呼叫聲，村重猛然醒來，問道。

「何事。」

「郡十右衛門大人現已歸來。」

村重回過神，忘了方才的夢境。站起身後便拉開紙門走了出去，這時日頭還在東邊。

他在廣間接見十右衛門。十右衛門和昨日的伊丹一郎左衛門一樣渾身泥濘。一郎左是因為要假扮成陣大，所以當然會全身沾染泥巴髒汙，但十右衛門這樣子可就不大對了。村重揚起眉毛。

「你這副樣子是怎麼回事？」

他開口問道。十右衛門則是平伏在地道歉：「實在萬分抱歉。」

「遇上了強奪鎧甲的強盜，所以跟對方打了起來。好不容易斬殺三人以後，他們又找來了同夥，因此我在蘆葦原中躲了好一陣子。」

「原來如此。」

只要有戰事結束，那些專門鎖定戰敗武者、脫下死者裝備拿去販賣的盜人就會從各種地方冒出來。倘若大津陣地尚在，那些搶盜之人是不可能出現的。光憑十右衛門遇襲一事，村重便已大致能想像到十右衛門後續的報告內容。

「那麼，敵陣狀況如何。」

「正如下針所述，敵軍已經撤陣。他們留下不少武器和軍糧，看來撤退得十分匆促。」

「大津呢？」

「我發現有陣夫想偷取那些軍糧，所以便問了他們，確實他們也表示大津軍是因為大將陣亡所以才退兵的。」

雖然先前也略有懷疑，下針很可能只是因為逃離戰場，所以才捏造了那一番證詞，不過現在聽完十右衛門的報告，疑心也因此打消。看來夜襲軍殺了大津傳十郎一事，再無疑問。

「好。」

正要命他退下時，村重突然想問問若是十右衛門，會如何分辨那兩顆首級。

「十右衛門，你隨我來。」

如此命令後，他便讓近侍拿出草履，走進了庭院。村重一邊走向櫻花樹下的陣幕、一邊開口問道。

「大津的首級和其他人有何不同之處？」

了解主君詢問的用意，十右衛門慎重地回答。

「這個嘛……我曾聽聞大津是前右府的寵臣，但是只有首級實在……不過，既然是率有部隊的大將，那麼想必穿戴的頭盔應該也會是不錯的東西吧。」

「唔，頭盔嗎。」

村重覺得有些慚愧，自己竟然沒想到要去觀察頭盔是好是壞這點。看來徹夜戰鬥以後又在天明前趕著做完首實檢，腦袋是有些許遲鈍了。

首級原本戴的頭盔並不會一起拿出來進行首實檢，因此村重並沒有看到頭盔。頭盔算是戰利品，所以應該是雜賀眾和高槻眾的人拿走了，但只要叫他們拿出來看看也不是不行。村重本來想叫十右衛門去將頭盔拿來，卻又作罷。十右衛門根本就沒休息，還是應該派別人去吧。

村重一接近陣幕，十右衛門便掀開了簾幕。檯子上擺著四顆首級，背對著村重他們。

「中間兩個是老武士的首級。十右衛門你看仔細了，大津的首級會是右邊那個，還是左邊那個？」

「是。」

村重主從繞過檯子，站到四顆首級前面。

下一瞬間，郡十右衛門「啊！」了一聲，而村重也雙眼圓睜。

先前村重看的時候，兩個年輕武士的首級面容都相當普通。但現在有個年輕武士的首級閉上了一眼，而睜開的那一眼竟瞪著左邊，牙齒還緊咬脣瓣，甚至滲出血來。那怨恨滿溢的樣貌就連村重都忍不住全身發寒。

戰場上有各式各樣的吉凶，不管是日子、飲食，甚至連落馬的方式都有吉凶之分。而取回來的敵人腦袋當然也有，若是首級兩眼安穩閉上則為吉。十右衛門凝視著那異樣的首級，顫抖著聲音說道。

「大人，這、這顆首級……乃是大凶之相！」

在村重眼裡看來，首級似乎正獰笑著。

8

流言傳開的速度比風還快，等到日上三竿，就連雜兵乃至百姓都已經無人不知昨天有場夜襲，而且此役獲得了勝利。去年極月（註61）之戰成功討伐萬見仙千代重元，如今就連大津傳十郎長昌的腦袋都給取下了，理當眾將兵都會士氣大振，然而城內卻飄盪著一股詭異的氛圍，所有人都屏息以待、默默觀望，心想著不知是否真能感到開心。就連立下大功的高槻與雜賀之人也都一臉陰沉，沒有人想提昨晚的事情。

城內路口高掛公告，徵詢是否有人熟悉大津家中之人，御前眾裡頭也有人表示何必立看板，建議直接將首級擺在路口讓大家看，但是被村重斥退了。村重實在不想將毫無仇恨、也無罪行的武人首級拿去路邊展示。

凶相的傳聞也在之後傳開了。

——聽說頭顱變了個模樣。

——據說是大津大人的面容扭曲、似是悔恨至極的樣子呢。

——不，才不是那樣。我聽說的是這樣……

雜兵和百姓都壓低了聲音，津津有味地私下談論這些話題。

61　十二月，同師走。

另一方面，在將領之間口耳相傳的則是關於功勞的去向。村重夜襲時不是帶自家家臣，卻找了高槻和雜賀之人前去，諸將心中不免感到訝異、甚至萌生些許不滿，但仔細想想又覺得理所當然，最後也不得不認同這樣的方針。高槻眾在冬天那一仗未能與對方交鋒、而雜賀眾明明是前來助陣卻又無用武之地，只要意識到他們那種茫然所失的立場，同樣身為武人，也就自然能理解他們的為難之處了。也正是因為如此，究竟是由哪一方立下大功的，就顯得更為重要了。

——斬殺大津的是哪一邊呢？

——是高槻的人吧。高山大人是名符其實的武士。

——不，恐怕是雜賀的人吧。他們可都是精兵呢。

有些人較為親近原先地緣關係較近的高槻眾；也有人相當看好身經百戰的雜賀眾。在這座城內到處都有這類的爭論。

村重稍睡片刻，醒來以後馬上開始進行檢視。首先正式賜予殞命的伊丹一郎左遺兒武士的名分，並讓祐筆寫下相關文件。在這段時間內，他也請高槻與雜賀雙方將那幾顆首級各自的頭盔給送了過來。

在宅邸一室內檢視那些頭盔，便發現老武士的頭盔兩旁都裝有相當搶眼的護甲片，是較為古典的風格。而年輕武士的頭盔，雜賀之人所砍下的那面容纖細武士，頭盔是桃形鉢搭配有弦月狀前立（註62）；高槻之人帶回的粗頸武士則是雜賀鉢搭配日輪狀前立，雖然風格不太一樣，但都是時下比較流行的樣式。

62 進入武家時代後，武士為了誇耀自己的武勇或彰顯自身存在感、價值觀、信仰等，會在頭盔上裝設各種造型的裝飾物。裝在前方則為前立、後方則為後立、兩側則為脇立、頭頂則為頭立。

斬殺老武士的分別是高槻眾的久能土佐守與雜賀眾的岡四郎太郎；斬殺年輕武士的則是高槻眾的高山大慮和雜賀眾的鈴木孫六。姑且先不論孫六的情況，大家都有些難以相信大慮竟然能和年輕武士交戰並取下對方的首級，推估這其中可能有麾下之人的協助。雖然沒有什麼首級只能由一人取下的規矩，不過就慣例來說，麾下眾人的戰績便是主君的功勞。不管是不是順水推舟，總之名冊上是寫著高山大慮取得一戴盔首級。

村重依序拿起年輕武士的頭盔，仔仔細細地瞧了又瞧。心思比較細膩的武士，為了避免若遭遇戰鬥又武運不佳、沒了腦袋時不要過於難看，會用焚香燻過鎧甲、使其略帶香氣。不過這兩個頭盔都沒有餘香。

桃形鉢和雜賀鉢，哪一個比較像是傳十郎長昌的東西，這還真的不好說。看在村重眼裡，乍看之下形狀較佳的是桃形鉢，但是雜賀鉢的製作用心、實在非常堅固。

「大人。」

外頭傳來聲音。

「什麼事。」

「中西新八郎大人求見。說是帶來了識得大津家中者之人。」

「我知道了。」

村重將頭盔放回木板地上，緩緩起身。

新八郎在院子裡等候村重。他帶來的男人是個年過四十的足輕，所以忌諱直接走進村重的宅邸。只帶了兩名近侍的村重踏著步子在緣側現身，新八郎立即單膝跪地，那個足輕則是伏於地面。村重問道。

「認識大津家中之人的，就是這個人嗎？」

「是。」

「是什麼人?」

「他是配屬在上藺塚砦的足輕。據他所言,過去曾是近江淺井家的陪臣(註63),曾經以使番身分前往大津家。」

村重點點頭,開口向足輕問話。

「抬頭,我允許你直接回話。既然你曾為使番,可識得長昌的面貌?」

足輕直起身子,略帶遺憾地開口。

「非常遺憾,在下見到的只有他的家臣,並不識得大津大人本人。」

從他的語氣聽來,似乎是覺得要是知道的話,肯定能拿到更多獎賞。

「……好吧。」

村重說話的同時,穿上了擺在踏腳石上的草履。

巨大的櫻花樹下張著陣幕,雖然這是昨晚首實檢以後就一直沒動過的樣子,但花朵卻已經不存在月夜下那詭譎的風貌,只是隨風飄揚在眼底的一片艷麗。近侍先走了過去,掀開簾幕。

現在擺在檯子上的首級有三個,由於凶相之首不是能讓大將觀看的東西,因此先收到首桶裡面了。老武士的首級兩個、年輕武士的首級一個,足輕在三顆首級前凝神細看。

「……較年長的首級,兩位我都見過,名字應該是……我想想……」

足輕拚了命地想出了兩人的名字。

村重問足輕是怎麼見到這兩位老武士、他們又是如何報上名字的。足輕支支吾吾地回答著。新八郎單膝跪在一旁,假使他帶來的人是個大騙子,他可就顏面掃地了,因此現在也膽

63 以某勢力的主家之長視點來看,陪臣即為麾下家臣的部屬。

戰心驚地看著這一幕。村重最後又問了。
「那麼，你又是為了什麼命令，而前去大津那裡的呢？」
被這麼一問，足輕便彷彿喉頭梗住了一般。
「那是……」
「怎麼了？沒辦法回答嗎？」
足輕平伏於地、額頭叩到了地上。
「這點還望大人見諒。小的現在雖是個微不足道的足輕，但原先也是一名武士。過去的主君曾經命令我絕對不可告訴外人，才賦予我使命，因此小的實在無法說出口。」
新八郎怒目斥喝。
「你這等下流人怎敢如此！還不快回答大人的問題！」
村重揮揮手制止新八郎。
「不，無妨——你應得獎勵。」
他揚聲喚來侍衛，讓他們拿來先前就準備好的碎銀，足輕接下後再次平伏於地。
「萬分感謝大人。」
「若你能立下功勞，或許能再成為武士的。多加努力吧。」
「是、是的！」
足輕萬分感動地高聲回應。村重又說道。
「你先別回砦那裡，等等新八郎。」
說完便命足輕先退下。
等到首級前面只剩下村重和新八郎二人，村重這才緩緩開口。

「那麼，新八郎……你有什麼事？」

新八郎一臉錯愕。

「是。」

他連忙低下頭去。

認識大津家中之人的足輕前來本曲輪是理所當然之事，但是身為上臈塚砦守將的新八郎一同前來可就奇怪了。要是足輕為將領帶路那還有些道理，但怎麼可能是相反的情況。因此村重馬上察覺，新八郎必定是有其他事情。新八郎的聲音有些畏縮。

「不為別的，大人，其實是聽聞了一些事情。」

「你說吧。」

「士兵們都謠傳首級發生異樣的變化。說首實檢時還相當安穩且雙眼闔上的首級，沒多久後就變了樣子，轉為大凶的樣貌。」

村重回不上話。新八郎擔心這陣沉默或許是因為自己竟然畏懼怪異之事，而受到村重的輕蔑，連忙揚聲繼續說下去。

「當然，這應當成沒來由的戲言，只是偏向雜賀眾的士兵裡頭，開始流傳著這是一種徵兆。」

「……徵兆？」

「是……他們說高山大慮大人取回的首級會產生異變，是因為武士遭到輕視佛道的南蠻宗之人討伐，因此無法成佛。所以這是佛的懲罰、也是作祟的徵兆……抱持這種想法的人似乎還不少。比較支持高槻眾的士兵都不提這事，而南蠻宗的人似乎也相當苦惱。」

村重一臉苦澀。這個世間認為發生怪事的話，就要占卜其吉凶。若是虔誠的佛道之人，會認為降雨是佛的恩典、大風就可能是冥冥之中的懲罰吧。然而這種虔誠信仰的矛頭卻指向了南蠻宗，這可就不妙了。

「無聊之事。」

村重刻意不屑地說著。

「關於首級的流言，你是怎麼想的？」

「噢。」

新八郎嚥了嚥口水，雖然有些迷惘，但還是笨拙地開了口。

「若是首級真的發生變化……那實在是很奇怪。」

「奇怪嗎。」

「雖然不至於像那些人鬧到嚷嚷著是佛的懲罰，不過我覺得非同小可。」

「嗯嗯。」

村重摸了摸下巴。要是連將領都真心認為首級產生了變化，這可不能等閒視之。村重放下手後開口問道。

「新八郎，城裡對於夜襲過程都是怎麼說的？」

「是。」

新八郎立刻回答。

「我聽聞是藉酒宴之名召集了高槻眾和雜賀眾各自挑選的人，然後與御前眾一同於夜半出城，由大人親自部署作戰、襲擊了大津的陣地。」

「戰事過程呢？」

「高槻眾和雜賀眾兵分二路夾擊敵陣，而御前眾則是在敵軍的正面。然後……連滾帶爬跑出來的敵方武士被大人斬殺。屬下聽說的就是如此。」

村重瞄了眼仍單膝跪著、賣力描述的新八郎。

「我雖然拔刀了但並未斬他。要是讓我出手的話，負責護衛的御前眾也太沒面子了。」

「噢……」

聽村重這麼說，新八郎似乎有些不滿。他非常敬重戰場功勳如花似錦的北攝英雄荒木攝津守村重，想來村重斬殺敵人這類事情，在他耳裡聽來應該非常響亮悅耳。

「那麼關於首級戰功，你聽說的又是如何？」

被這麼一問，新八郎狐疑地皺起眉頭。

「高槻眾和雜賀眾各帶回兩個戴盔首級，同時兩位大將都各自立下了功勞……大人，您怎麼會問我這種事情呢？首級就擺在那裡啊。」

新八郎望了望櫻花樹下的檯子說著。這時村重也看了一眼首級。

「新八郎，你都聽說得如此清楚了，怎麼還能隨口說出首級異變這種事情。這樣會讓軍心浮動的。」

突如其來的譴責讓新八郎連忙伏地。

「是！真是萬分抱歉！」

隨即又戰慄地抬起頭來，一臉疑惑地詢問。

「那麼，您的意思是說首級並沒有任何變化嗎？在下以為那顆首級正是由於大凶之相的關係，所以才給收了起來呢。」

「正是如此，這個首桶裡有你說的那顆首級。」

新八郎更加困惑地搖了搖頭。

「剛才檢視的時候，那個足輕並沒有看過首桶裡的那顆首級。無論是再怎麼險惡的凶相好了，仍有可能是大津的首級……大人，在下實在不明白您為何要這麼做。」

「不懂嗎？」

村重喃喃說著，又下了命令。

「你將夜襲行動中取回的首級逐一數數。」

新八郎一臉茫然，但既然主君都下令了，也只好扳著手指數了起來。

「高槻之人帶回了年輕武士首級、老武士首級；雜賀之人帶回了年輕武士首級、老武士首級。」

「……繼續呀。」

一聽村重此言，新八郎才「啊！」了一聲。

「萬、萬分惶恐，應該還有一顆的，就是大人……御前眾取回的首級。」

「他叫堀彌太郎，雖然畏懼夜襲而打算逃命，但上路前還是挺有風骨的。那顆首級原先就是凶相。」

「若是首級有五顆，那就沒什麼好奇怪的了。大慮大人帶回的首級，並非是變化為大凶相……只是跟那個姓堀的首級調換了。」

村重點點頭。

「現在已經讓底下的人去找了，應該不久之後就會找到那首級。」

大凶之相的首級就算是首實檢也不會讓大將觀看，而是會在之後好好供奉、祛邪。在那之前，並不會特別派人去看守首級。首級雖然是用來證明戰功的證明，但若不是什麼具有身分地位之人，首級本身是不會太被重視的。

不知是誰拿走了堀的首級，偷偷趁人不注意之時與高槻眾帶回的首級調包了——這就是讓首級發生變化的詭計。在看到吉相之首變化為凶相的瞬間，村重和郡十右衛門也不禁倒抽一口氣，但冷靜下來仔細看看後，這首級不正是方才他們親手了結的堀彌太郎嗎。因此村重就沒將首級變化之事放在心上。但沒想到這種小事竟然會被傳成什麼神佛的懲罰、作祟徵兆之類的東西，實在就連村重都沒能預料到。

新八郎喃喃說著。

「這樣的話……到底是什麼人基於何種原因要偷換首級的呢？」

「不曉得。」

村重淡淡地回答。

「嫉妒他人功績之人可多了。不，大概沒有不嫉妒他人的武士吧。大概是那種遇上千載難逢的機會卻沒能立下大功，於是嫉妒別人的功勳而起了邪念的人做的吧。雜賀眾、高槻眾……御前眾，不知究竟是誰。」

新八郎一語不發。自己沒能夠立下功勞的戰役之中，同輩卻拿到顯赫功績，就算口頭上稱讚對方，內心總還是會有那麼一些遺憾……新八郎畢竟也是個武人，自然能夠明白這點。

村重又開口。

「功勞爭議我心裡有數。當然，若知道這起怪事是何人所為，自然也會有所懲處，但絕對不可以認為這是什麼來自神佛的懲罰。新八郎，你了解這事以後，要好好說給那些士兵聽。首級並沒有異變。」

「遵命！」

新八郎高聲回應。

如村重所說，沒有多久之後就在本曲輪的一個角落裡找到那顆首級。聽說是被放在首桶裡，就藏在天守附近的草叢當中。檢視以後發現毫無疑問，就是昨晚作為高山大慮戰功而檢視的年輕武士首級。

馬上找來那個識得大津家之人的足輕，詢問他是否認得此人，只可惜那足輕一臉懊悔地回答「並不曉得」。

日頭已高高升起。不管繼續等了多久，之後應該都不可能出現識得大津傳十郎面貌之人了。村重內心這麼想著。

9

每日一次的軍事會議，並不一定會固定在哪個時刻舉行。這是因為如果定下時程，屆時守將必然離開其崗位一事也形同眾所皆知，因而讓人有機可趁。因此通知召開軍事會議的大太鼓，可能一大早便擊響、也可能是到了黃昏時分才傳出聲音。

村重將荒木久左衛門召來宅邸中的一個房間，指派命令。

「今天的軍事會議，就由你代替我主持。」

久左衛門立即回答「明白了」。由於村重相當忙碌，因此經常會要人代理他進行軍事會議，而代理人一職也通常都是久左衛門擔任。因此久左衛門回答得毫不遲疑。

「大人要去哪裡？」

但他還是問了一下。

「我另有要事。」

「是為了那顆首級嗎？」

「唔嗯。」

五顆首級之中已經有三顆釐清身分，但全都不是大津傳十郎。看來果然是大慮或孫六取下的首級之一有一個是大津吧。城內不管是支持高槻眾還是支持雜賀眾的人，就算爭執此事也不過是嘴上說說的程度而已，就只是宣洩一下平日的鬱悶。但若是對南蠻宗惡言相向導致城內不和，那可就讓人笑不出來了。得要盡快弄清楚，究竟立下大功的是誰才行。

「那麼大人，您打算如何處理呢？我聽聞首實檢已經執行完畢，總不能再來一次。」

村重沉默了。

就算再怎麼瞪著首級看，能知道的訊息也不過就是那些。要確定兩個年輕武士誰才是大津傳十郎，果然還是得要先向斬殺他們的當事者問話才行。但正如久左衛門所說的，首實檢早就結束了。由於進行首實檢時並不知道已經拿下大津傳十郎的首級，因此沒有比平常來得仔細，只問了頭是誰取下的、第一刀是誰、是否有協助者之類的。但這項工作確實已經結束。要是再重新詢問相關事項，就像是在懷疑那些人的功績，這可就算是一種侮辱了。

武士是無法忍受侮辱的，無論如何都會抽刀雪恥。雖然有人會將刀朝向侮辱自己的人、也有人會乾脆往自己的腹部捅，但只要有侮辱之事，必然會見血。當然，無論是高山大慮或者鈴木孫六，想來也能充分理解光憑著首實檢，根本無法確定功勞是落在誰的身上。即便如此，只要稍微遭受懷疑，領導高槻眾的高山大慮肯定會拔刀。鈴木孫六為了雜賀眾，也不可能裝成沒事的樣子。對於侮辱不聞不問，就會被人烙上膽小的印記、顏面盡失，同時也會失去身為將領的立場。但是——村重思考著，相反地，只要能夠保全他們的面子，想來大慮和孫六應該也會一一講來。

「得在沒有旁人的情況下見面哪。」

聽見村重自言自語，久左衛門皺起眉頭。

「這可有些困難呢。若是家中之人還能用其他名義叫過來、也算容易，但高山大人等人並非家臣呀。」

村重驟然冒出句話。

「我是有辦法。」

「什麼！」

久左衛門驚愕地愣了愣，然後撫掌叫好。

「真不愧是大人，那麼您要怎麼做呢？」

村重並沒有回答。他只微微低頭沉思，甚至像是忘了久左衛門的存在。

原本村重就很少開口說出自己的想法和評估，就連要背叛織田時、攻擊伊丹氏時、流放前主君池田勝正時，村重也幾乎沒有將自己的想法說出口。即使是這樣，村重的決定總是能讓同輩以及家臣感到「真了不起」而不得不接受。因此，村重現在閉口不言，對於久左衛門來說也沒什麼好驚訝的。但看在久左衛門的眼中，村重那魁武的身軀似乎縮小了許多。

「……大人。」

聽見這聲呼喚，村重才抬起頭來，一臉剛發現久左衛門在此的樣子。

「久左衛門，好好主持軍事會議。別決定任何事情……退下吧。」

「是。」

久左衛門平伏於地，隨後站起身來離開房間。日頭仍高掛中天。

有岡城中刻意保留了森林和竹林。一方面是竹子和木頭都是戰場上不可或缺的東西，能夠在城內採伐這些資源，正是刻意拓展土地打造出來的總構之強項。不過距離本曲輪相當近的那片小竹林，是嚴禁任何人去動的。

竹林裡面有條狹窄的小徑，現在老將高山大慮正一個人通過那條路。小徑前方設置了一個小小的庵舍，緣側前擺放了讓人脫下鞋子的踏腳石。兩扇紙門開了條縫，表示裡頭有人。大慮一停下腳步，便聽見庵中傳來聲音。

「進來吧。」

是招呼他的聲音，那是村重。大慮便依村重所言、踏上了緣側，自己拉開紙門。

房間裡鋪了榻榻米，大小為四疊半。牆壁一面是大慮方才進來的兩扇紙門，另外三面牆則是貼上了壁紙。壁紙上什麼也沒畫，一片空白。地板上有個地爐、天花板上垂下的鎖鍊吊掛著大釜，裡頭的水已經煮開了。

這屋子是村重的數寄屋（註64），擺設上屬於紹鷗流、雖然在建置期間就進入堅守城池的狀態，但這裡仍然是村重用心打造的茶湯之城。

「攝津守大人。萬分感謝您招待在下前來。」

大慮將拳頭放在榻榻米上言道。

「你就放鬆些吧，先喝杯茶再說。」

村重這麼回應。

大慮忍不住左右窺看了一下，除了村重以外並無他人，感覺也不像是有其他人會出現的樣子。大慮雖然不熟悉茶道，但也知道沖茶這種事總是要有人來負責。要是沒有其他人，那麼會是誰來做這件事呢?正當大慮感到疑惑時，村重便自己拿起了茶碗與茶粉。大慮忍不住

64　意即茶室。

揚聲。

「攝津守大人，這，這實在太惶恐了。」

村重一臉不在意的樣子，取出了盛放壺蓋的架子。

「別那麼緊張，眼下我和你不過就是一亭一客（註65）。」

若是個百姓也就罷了，具備身分地位的亭主竟然自己備茶，這實在是大慮想都沒想過的事情。村重並沒有哪裡不自在，只是平靜地備起茶來。看見大慮還是相當困惑的樣子，村重笑了笑便說道。

「備個茶還要其他人，也太多餘了……哎呀，這可不是我說的，是堺的千宗易大人以前說的話呢。」

備茶不讓其他人做，而是由亭主自己來，是相當新穎的做法。而高山大慮畢竟也上了年紀了，無論有什麼理由，總是不太能接受新的事物。但是起初的疑惑消散以後，大慮忽然發現自己的心情竟然前所未有地輕鬆。

對於大慮來說，村重是恩人。過去當大慮還是和田家的家臣時，主君家由於戰爭而失去了當家之人，身為大將的高山家卻遭到懷疑，因此被敵視。心裡覺得主君不知何時會將討伐之手伸向自己，大慮還想著與其被殺、還不如就舉兵吧──結果和田家的家主也只能認定高山果然背叛了。大慮的兒子右近，頸部在那場鬥爭中受到重傷，任誰都認為他死定了。當他好不容易撿回一命時，反而是周遭之人大為驚愕。

大慮的周圍全都是敵人，此時大慮雖然向外求助，但是出兵前來的只有村重。雖然在其他人眼中看來，大慮不過就是拋棄那多半即將衰退的和田家、轉而投靠如日中天的荒木家罷

65　只有主人（亭主）一名與客人一名的茶席，所有的餐點及刷茶工作都是由主人親自進行。

了。但無論如何，對大盧來說，村重直到現在仍然是他的大恩人。

除了這份恩惠以外，他們的身分差距也頗大。雖然大盧號稱飛驒守，但這並非是正式由上頭指派的官位，只不過是自稱罷了。另一方面，村重的攝津守之名可是名符其實。由各方面來看，大盧做夢也沒想過自己能夠和村重兩人面對面、就他們二人對話。

但是現在，於這間四疊半房間裡等待村重備茶的這段時間，實在讓大盧非常欣喜。不知為何，他想起了過往靠一把長槍討生活的年輕日子。

品茶後，大盧開口。

「實在非常美味——真的很愉快。」

村重點點頭。

「茶是個好東西。只有在品茶的時候，能夠脫下頭盔。」

大盧訝異地問道。

「您說頭盔嗎？」

「嗯嗯。」

村重只是簡單回應。雖然不了解茶的道理，但大盧覺得似乎能夠了解村重的意思。因為大盧也是經歷很長一段時間，都持續戴著一頂名為高山家主君、高槻城主的頭盔。村重的頭盔上刻著荒木家主君、攝津守、攝津一職支配等名號，還扛著堅守尼崎城、三田城、其他眾多支城以及有岡城在內的荒木軍性命。那份沉重實在可怕。

「右近他，」

村重突然開口詢問。

「先前實在是場禍事，不過我聽聞他頸子的傷已好了大半。」

「您如此關心實在令人感謝。俗話說傻子有好運……他實在是個令人感到羞愧的傻子。」

話說至此，大慮深深地低下頭去。

「攝津守大人，實在是對不起您！右近的事情誠然不是道歉就能解決的。那傢伙明明被攝津守救了一命，理當賭上身家性命盡忠盡義，居然撒手開城，實在太無可救藥了！」

大慮指的是高山右近將高槻城開城、投降織田一事。村重接著開口。

「我聽說是派了伴天連當使者。信長告訴他，要是不開城的話就要滅了南蠻宗之類的。」

「正是如此。但是將武門和宗門放在秤子上掂掂，哪裡有武士會選擇宗門的呢！」

村重挑了挑眉。

「你也是信奉南蠻宗之人，應當能夠了解右近的心情吧。」

「在下實在無法理解。」

大慮一口咬定。

「武士崇敬神佛，無論如何都是為了武門繁榮。這不光是指上帝，就算是八幡大菩薩、諏訪大明神、摩利支天、毘沙門天也是一樣，大家都是為了戰爭才敬拜、祈禱、供奉祂們的，我想攝津守大人您也相當了解這點。」

戰爭是一種講求運氣的東西，很可能會遇上自己的力量終究無法抗衡的情況，人類會驟然逝去、也會意外地活下來。是立下汗馬功勞還是顏面掃地，到頭來還是得看運氣。為了那個運氣，大家也只能求神拜佛。村重心想，大慮說的確實沒錯。武士雙手合十，總是為了武門。

「當然，在下會於永祿六年受洗，也是因為伴天連維萊拉所宣揚的上帝教誨深深感動了我。我皈依信奉上帝乃是真心、並無謊言。然而若是戰爭沒有勝利，那麼不管地獄還是天堂都是一樣的。祈禱鐵炮的子彈不要招呼到自己身上，這就是武士。」

摩利支天是日光之佛，光無法被任何人據有、也無法給予任何傷害。因此武人會膜拜摩利支天——祈禱自身能夠如同日光那樣不受任何傷害。村重猛然想到，要是沒有鐵炮這種東西，或許大慮就不會皈依南蠻宗了。要保護自己不受由南蠻傳來的鐵炮傷害，那麼祈求南蠻的神明保護會比較好……如此單純的信仰之心，村重也相當明瞭。

「如果即便這樣卻仍然出師不利而敗戰，那也得成了別人的首級戰果，由他人津津樂道地傳述最後人生的終幕，口出『真不愧是高山哪！』這才對得起武人的身分哪！但是他卻為了保護南蠻宗而開城，這樣於道理上實在說不過去。」

面對越說越激動的大慮，村重平靜地開了口。

「右近想來也有他自己的想法吧。要說起武門，其實謀反仍是武門、下剋上也是武門。自然，歸降或者開城，也都是武門的做法。」

「攝津守大人……」

大慮眼中浮現淚光，垂下了頭。

「您竟然還為我那個蠢兒子說話，實在感激不盡。不過既然保元平治(註66)以來，親子相爭也已成為慣例，那麼要是右近來到此處的話，至少還請讓在下提回他的首級。」

「……我明白了。」

村重嘆著氣說著，接著忽然正色。

「大慮大人，說老實話，我村重是因為有些事情想問問你，才在此設席。」

66　保元・平治之亂。平安時代保元元年，因皇室繼承問題引發了公家內鬥，還因此讓源氏與平家兩支武家勢力參與其中，武家勢力開始抬頭。平治元年，源氏領導源義朝因不滿待遇遜於平家領導平清盛，因此起兵。平家在擊敗源氏後總攬朝政，但也種下日後源平合戰的因子。

大慮緩緩地點頭。

「我想也是哪，攝津守大人。您要詢問的，想必是夜襲的事情、關於首級的問題吧。」

「你果然發現了。」

「整座城不管走到哪裡都能聽見有人談論首級，要人不察覺也實在困難。」

接著大慮坐直了身子。

「實在感激您如此安排，若是在這樣的場所，我大慮也能放下面子好好說出一切。那麼，您希望我說些什麼呢？」

「關於你取下那年輕武士首級的詳細經過。」

「噢，在下明白了。」

大慮稍微行了個禮，便開始說了起來。

「在下率領的高槻眾遵循攝津守大人的命令，繞到敵營的右手邊去。聽見陣太鼓號令以後便衝向陣地，在弓箭手射箭的掩護下切斷了綑綁柵木的繩子、並且拿木槌敲壞了陣地的柵木。想來對方搭設的時候應該也是相當匆促，柵木很容易就破壞了，在下一邊唱誦聖人名號一邊砍了進去。大津等人正熟睡著，突來的襲擊讓他們一片慌亂。我聽見許多人喊著大人、大人呢，根本沒法子好好作戰。雖然也斬殺了許多足輕和雜兵，不過有一個武士特別狂暴。或許他是來不及穿上鎧甲，身上只有素衣和頭盔，手拿一把持槍便衝了過來。我等高槻之人當中知名的剛勇之士久能土佐連忙迎上前去與之對戰，而在下則為求功名而繼續深入敵營。」

談論戰鬥經過的大慮，看起來相當年輕。徐徐涼風吹進這寂寥的茶室。

「在下也征戰沙場多年，實在沒見過如此輕鬆順利的夜襲。除了那名素衣武士以外，大津底下的人都是一副想逃命的樣子，光是見到我們就尖叫著四處奔逃。其中有個穿著時下風格的鎧甲、豪華到就連那樣的深夜都能看得一清二楚的武士。並且他還有兩個像是隨從或足輕、頭戴陣笠的人在他身邊護衛呢。他一見著在下，立刻轉身想走，在下便怒罵他『你這黃毛小子，難道就不會想要我這老人家的腦袋嗎！』他拔出那看起來並不怎樣的刀便揮了過來。在下的武器是把長槍，就算上了年紀，怎麼可能就因此沒法應付刀子呢。我先是將雜兵解決掉以後，正架起長槍要好好對付他，但不知是從哪裡飛來的流箭，竟然射中了那個武士的頭盔。」

興許是說得起勁了，大慮的臉上浮現笑容、聲音也高昂了些。

「正當他驚愕地喊了一聲，我便刺了過去。不知是那個年輕武士實在太過鬆懈、還是沒有時間穿戴完整，他竟沒有戴上喉輪。在下的長槍槍尖就這樣穿破他的喉頭、了結了他。夜襲本就可以拋下首級、尋找下一名敵人，但正要走的時候就聽見了撤兵的法螺貝聲響，既然時間到此為止，在下便取下那名武士的首級、帶了回來。」

大慮重重地嘆了口氣，若有其事地為自己收尾。

「情況大致上就是如此，在下也年近還曆了，竟然還能毫髮無傷地取得功績，想來也是上帝的庇祐吧。」

目送大慮離去以後，村重仍坐在自己的數寄屋當中。

並沒有要來鑑賞茶道具的客人、不是餐後茶會、也沒有下人服務，村重一個人在風吹動竹葉的摩挲聲陪伴下、添著柴火。客人心滿意足地回去，以茶之道來說，沒有比這更圓滿的情況了。然而，村重的表情卻相當凝重。這樣的表情他從未讓家中之人見過，現在卻毫不掩飾，並繼續添著柴火。

此時，村重聽見遠方傳來了那通知軍事會議開始的大太鼓聲響。

10

鈴木孫六造訪數寄屋時，日頭已經開始西斜。為了能在變得過暗時隨時點燈，房間裡準備了手燭。孫六注意到那手燭，心想著應該還用不上這東西吧。

在兩人打過招呼以後，村重便開始備茶。孫六和高山大慮不同，並沒有對村重自己備茶一事感到驚訝。這並不是因為他早就知道千宗易的嶄新手法，看上去只是覺得「原來茶道是這樣的東西啊」。同時孫六也絲毫沒有想過，身在茶席竟然能夠讓人感到心情安穩。

村重是城主又是攝津國主，而自己不過是紀伊國一介國眾之人罷了，孫六片刻都沒有忘記這樣的差距。村重手中的茶或許下了毒、紙門外或許就藏著刺客……孫六腦海裡雖然縈繞著這些念頭，卻依然一副什麼都沒在想似地端坐在那兒。

然而在如此緊繃的情緒中，孫六卻發現自己不知從何時開始直盯著村重的一舉一動瞧。那些動作好似相當隨意，卻又非如此。哪裡有什麼東西、接下來要做什麼、身體應該要如何移動，這些都是必須了解一切後才能做出的動作。即便如此，仍令人感到畏懼的是，他絲毫沒有能讓人斬殺的空隙。意識到這一點，孫六情不自禁地喃喃說道。

「真是太出色了。」

村重停下了動作，開口問他。

「出色，是指？」

原先根本沒打算說出來，但既然城主都開口問了，就不得不回答。孫六對自己的失態有些懊惱。

「這個……該怎麼說才好呢。」
「無妨。想到什麼便說吧。」
「這……還請您多多見諒。」
孫六並不是一個能言善道的人，花了好些時間才整理出自己的話語。
「……雜賀有幾句關於鐵炮的口訣。不管是裝填彈藥、瞄準等，都有口訣告知應當如何進行。而這些口訣雖然聽上去每個都相當容易，但串在一起、到了射擊的當下，總是會有某個地方出現錯誤。這樣就表示雖然理解口訣的內容，卻沒能好好實行。」
村重一邊聽孫六說話、一邊刷起茶來。
「然而在下的兄長孫一的技術可就完全不一樣。他從起手到射擊的樣貌，全都如同口訣內容，沒有絲毫遲疑，會令人覺得那幅情景實在是相當美麗……萬分惶恐，方才攝津守大人的動作，與家兄持鐵炮的樣子十分相似……在下想到的就是這件事。」
將刷好的茶推給孫六後，村重只回了句「這樣啊」。
孫六接過茶碗，將視線轉向架子上的茶壺，沉默了好一會兒。村重問道。
「怎麼啦。」
孫六才緩緩回答。
「寅申。」
村重的眉毛動了一下。
「喔？」
村重有好幾件知名的茶道用具。現在茶席上的釜銘號為「小畠」、吊掛大釜的鎖鏈是千宗易讓給他的小豆鎖、掛畫是牧谿的遠浦歸帆圖，而茶壺正如孫六所說，是「寅申」，這些都是世間赫赫有名的東西。想來為了在茶席上招待客人而攢下千萬金的數寄者，應該不在少數吧。

「沒想到你的眼光如此之好。」
「並非是眼光好。」
孫六搖了搖頭。
「是聽聞過罷了。像在下這種於戰場上討生活之人，聽聞各種傳言乃是家常便飯……那麼，這只茶碗也是貴重之物嗎？」
孫六說著，看了看手中的茶碗。
「那個啊。」
村重略帶笑意地說。
「那是備前那裡燒製的普通茶碗。不過在我持有的碗之中也是最好的一個，形狀相當不錯。」
孫六臉上帶著不知是否為笑容的表情，這才舉起茶碗。被這些不是什麼一兩千貫就能買下的知名器具給包圍，實在不可能是要把自己騙進來處理掉的，更何況真要殺我還有更容易的方法，想來也不會下毒吧。
見孫六喝了茶，村重便開口問道。
「既然聽聞傳言是家常便飯，那麼我便問了，你聽說關於佛的懲罰一事了嗎？」
「……若是關於首級的流言，確實有的。」
「已經流傳甚廣嗎？」
「甚廣是指？」
「我聽聞來到這座有岡城的雜賀眾都是相當虔誠的一向宗門徒，既然聽到是佛的懲罰，難道不會感到畏懼嗎？」

「這個嘛，在下並不清楚。」
「孫六，你又是如何呢？」
村重兩眼直盯著孫六，他正懷疑這個流言的來源。取回首級時天還未亮，而天將明時首級就被人掉包，到了日上三竿，天降懲罰的流言便已經傳開來。就算流言的速度比風還快，這未免也太快了些。或許這可能是雜賀的人因為嫉妒高槻眾而刻意放出的謠言……村重不免起了這樣的疑心。孫六發現了這點，但仍裝作毫不知情地淡然回答。
「實在太過愚蠢，佛哪裡會降下懲罰之類的東西呢。」
村重一語不發。孫六垂眼看著榻榻米，像是自言自語似地繼續說下去。
「阿彌陀佛會幫助那些有求於祂之人，若是一心一意向祂懇求，那麼祂便會有所聽聞而拯救那人。這樣的佛怎麼會處罰人呢？在下實在不喜歡遇見奇怪的事情就都歸咎到佛身上的想法。」
「噢。」
村重喃喃自語。
「真難得聽見這種說法，這與僧侶們的意見不同呢。」
「在下畢竟並非僧侶，究竟有沒有冥罰，在下並不曉得。像在下這樣的下層武者，背著長槍鐵炮在山野間奔走，死了也就留下一顆首級，若是能有人說什麼「這就是是雜賀的孫六啊，實在是個好敵手」的話，那就再好不過了。如果身後之事也能仰賴阿彌陀佛而安心死去，那就沒什麼好遺憾的。但要說什麼前進乃極樂、後退即地獄。逼著人一定要上戰場，那就讓人困擾了。在下……」
孫六有些遲疑，嘆了口氣才把話說完。

「我實在不喜歡在戰場上祭出佛之事。」

村重並非僧人，宗門信的也是禪宗，並不曉得一向宗的教義。因此他並不明白孫六所說的究竟有沒有道理。不過此時他感受到那種唐突的異樣感，嘴角不禁放鬆了些。

「您認為這很有趣嗎？」

見孫六一臉不悅地詢問，村重正色回道。

「不，只是想到了茶道之事。」

只是這樣說明的話，孫六也回不上話，於是村重又繼續說道。

「堺那裡的宗易，有個名為宗二的弟子。那是個性格率直的男子，但是在茶湯之道方面的知識，連我都比他來得強些。那個宗二曾說過這樣的話。有首狂歌是『吾之佛　鄰之寶　女婿或丈人　天下軍　人之善惡』雖然這首狂歌的內容是要人別在連歌席上提不適合的話題，但這在茶湯席上也是一樣的……」

村重看了看自己那些知名的用具，接著又移開了目光。

「我認為宗二這話說得不錯。所謂武士，一切都是戰鬥。無論是起臥之間又或是餐飲之間、佛之事、珍寶之事、女婿和丈人等親戚關係，全都是戰爭。然而我認為，茶……就只有茶，是與戰爭沾不上邊的……但結果還是碰上了。找你來此的用意，想必你也明白吧。」

孫六輕輕點了點頭後開口。

「想必便是那戰功首級的事情了。」

「不錯。得要確定你與高山、雜賀與高槻之人，究竟最大功勞是屬於哪一方。然而我身為大將，無論如何都無法獨處。要能與你面對面談話，除了來此品茶以外別無他法……這樣看來，我終究也把茶拿來當成戰爭的道具了。想到這一點，不禁覺得你所言之物正是十分相似之事，突然覺得好笑了起來。並非是在嘲笑你。」

孫六再次陷入沉默。但他的樣子看起來並無怒意、也無殺氣。之後孫六將雙拳擱在榻榻米上，深深地低下頭。

「萬分惶恐，您竟然因為顧慮在下此等卑賤之身而如此大費心力。在下實在是個粗人，明白自己相當無禮，還望大人務必原諒。」

「無妨。」

村重說完，吸了口氣。

「鈴木孫六，你把頭抬起來吧。我要問問你，你是如何取下那個年輕武士的首級的？詳細講來聽聽。」

孫六挺起上半身。

「既然攝津守大人都這麼問了。」

接著，孫六便開始敘述當時的經過。

「我等雜賀眾繞去敵營的左方，等候出戰的時機。聽見陣太鼓聲響便舉起鐵炮開始射擊。帶著手斧的人雖打算砍倒陣營的柵木，但因為地面濕滑、腳步踩不穩，意外地多費了點工夫。就在此時，聽見了奇妙的吶喊聲浪，心裡想著應該是高槻眾吧，心中不免覺得悔恨、遲了他們一步。但轉念一想這或許是個大好機會，於是便命令底下的人待得毀去柵木以後，就悄悄地殺進去。大津手下的人都受到高槻之人的吶喊驚嚇，應該是忘了此處還有射出彈雨的我們在這，竟然都轉身過去、背對著我等。一片混亂之中，還有人看見在下後，居然對著我說『有夜襲啊，找到大人沒有？』就在眾人默默地殺了不少足輕雜兵時，才終於有人發現我們，驚惶地要大喊『後面也有敵人』之時，岡四郎太郎立刻用鐵炮擊倒他，並衝過去給他最後一擊。」

孫六說這些話的時候並沒有什麼起伏，完全只是在描述當時發生了什麼事情。

「之後在下便將雜兵都交給其他人，深入敵營尋找有沒有更好的敵手。不過大津手下之人各個狼狽不已、似乎搞不清楚狀況，大家都躊躇著不知該如何是好，看起來都像是在等待命令。這不禁讓我覺得這樣實在可憐，難道就要拿這些怯懦的武者當成自己的功績嗎？雖然在攝津守大人面前這樣說或許有些失禮，但天王寺一役的織田軍實在是非常強悍。我等也是做好會遇上那樣一場硬仗的心理準備。就在我覺得這實在有些荒謬時，有個年輕武士一語不發地從我面前奔過。」

孫六到此忽然停了一下，凝視著空中回想。

「……看那樣子，是要往陣營前方、也就是有岡城的方向奔過去。他有兩三名隨侍的士兵，其中一人發現了在下，大喊著有敵人。用鐵炮解決那傢伙以後，雜兵們嚇壞了、紛紛竄逃而去。但那個年輕武士毫不遲疑地大喊『你好大的膽子』、拿著持槍便刺了過來。雖然他也算是一名勇士，但可惜的是戰場上的經驗似乎相當不足，連個幫手也沒叫便胡亂地衝向我。在下除了鐵炮以外、腰上也插了把打刀，但要面對穿著鎧甲的對手還是有些麻煩。正想著後退幾步，那武士的長槍便勾到了陣幕的繩索、被那布幕給纏住了。我不禁心想這個人的運氣實在也太差了，拔刀斬了他。正巧那時便聽見告知退兵的法螺貝聲，想著這場仗也就此結束啦，於是便取下了那武士的頭。」

孫六突然望向遠方。

「戰場上本就講求運氣好壞，那個武士實在也太不成熟了，因此在下並不覺得這是多大的功績。如果您是要問那個人是否就是大津傳十郎，我認為似乎也絕非不可能。」

目送鈴木孫六離開後，天空的茜色早已褪去，已是一片群青色。村重點燃手燭，為自己刷了杯茶。高山大慮所說的內容、以及鈴木孫六所談的經過，村重都一字一句記在心頭。現下，他在手燭的光線中一個人品茶。無論是歸帆圖還是「寅申」都落入深沉的夜色當中。月光完全被竹林給遮蔽了，幾乎無法照入數寄屋裡。

11

村重一走出竹林中的數寄屋，一旁的竹葉就晃了起來，有兩名武士走出來跪下。是負責警備工作的秋岡四郎介與乾助三郎。這處竹林裡，在客人看不見的地方設立了士兵崗哨，負責戒備之人在村重等人品茶時，便在該處等候。當然，為了事有萬一時能夠保護村重，他們一直屏氣凝神、豎耳傾聽，甚至手都一直就放在刀柄上待命。雖然這是理所當然的準備，但村重卻覺得不是很開心。就連村重也是第一次感受到，在周遭布署兵力、談的是戰爭之事，竟能讓茶湯變得如此無趣。就連鈴木孫六雖然也對村重的舉止相當讚嘆，似乎也帶了點惋惜。

透過這兩場茶席，村重能夠肯定一件事情。斬殺年輕武士的高山大慮和鈴木孫六，他們兩人都沒有顯現出是自己殺了大津的自豪。當然，他們嘴上也沒有這樣說，不過如果深信是自己立下大功之人，不可能那樣平靜地說話。若自己斬殺的年輕武士是大津就好了，但若不是，倒也沒有什麼好奇怪的……村重在茶席之間，感受到兩位將領就是這樣的心思。沒有不想居功的武士，就算不是武士也是一樣的心理。然而，大慮和孫六並沒有宣稱奪下最大戰功的就是自己，恐怕是因為他們也沒有能確切肯定那就是大津的自信。

讓馬伕牽來馬匹後，村重上了馬，準備返回本曲輪。明明應該是滿月，但雲層厚重、透過雲層落下的月光頗為朦朧。穿過寂靜的侍町、走上橫跨大溝的橋梁時，只見另一頭有火炬晃動。橋梁的盡頭是守衛本曲輪的大門，而看守大門的人，正訝異著竟有騎馬武士接近這裡。此時秋岡四郎介拉高聲音。

「大人回來了，開門。」

門裡傳出一聲「明白了」，但門遲遲沒有要打開的樣子。一直到村重走到能在火炬的火光範圍內和守門人看清彼此的面貌時，門才緩緩打開。畢竟這門上打了鐵鉚釘，既堅固又沉重，開關總是相當費時。沒等到門完全打開，村重便策馬前進。他在宅邸前下了馬，似乎是已經有人先行通報，御前眾出來跪地迎接。

「啟稟大人，荒木久左衛門大人正在等候您。」

「這樣啊，讓他去廣間。」

村重說完便把馬交給了馬伕。

此時已是夜晚。村重與太刀持（註67）一同進入廣間時，房間裡陷入一片比外頭還要深沉的黑暗。就算是點了手燭，由上座看下去仍是連久左衛門的臉龐也看不清。還是經由影子的形狀，才明白久左衛門正平伏於地。

村重開口。

「代理，辛苦了。」

「是。」

67　武家體系中，手持主君的太刀、隨侍在側的職務，大多由小姓（於主君近側擔任隨從、負責雜務的年少武人）擔任。

「那麼，會議進行得如何？」

「並無大事。」

久左衛門回答得毫不遲疑。實在太不遲疑了。因此村重反而開始懷疑，久左衛門的回答是否有些內情。

「發生了什麼事？」

「呃，這個。」

「沒關係，你就說吧。」

在一片黑暗中，久左衛門縮起了身子。

「雖然只是些瑣事，那麼在下便稟報了。軍事會議上並沒有什麼大事，各將領還是比較在意功勞的歸屬，還有人問起大人是怎麼說的，實在很難推託。其中特別是野村丹後，甚至放話說根本不用確認是誰取得了功勞，畢竟被南蠻之風迷惑而背離佛道的南蠻宗徒，怎麼可能走那樣的好運。南蠻宗的將領們紛紛臉色大變，也跟著表示要不要試試誰比較受到保佑云云，甚至將手搭上了刀柄。幸得池田和泉介入，勉強才打了圓場——」

久左衛門頓了頓，說話的音量放得更小了。

「若非說這話的是丹後大人，在下幾乎就要衡量是否有臥底了。」

村重問道。

「臥底，是指織田那邊嗎？」

「……正是如此。」

爭奪功名乃為武家常態，要是聽聞他人取回首級，或許就會有人誹謗那是否撿來的；要是有人負責殿後，出現質疑其真實性的人也不稀奇。但是引起這場爭執的野村丹後並沒有參加夜襲。對這與他並不相干的功勞指手畫腳，甚至差點就要讓雙方打了起來，實在非比尋常。久左衛門會懷疑野村丹後是否被織田買通、趁機設局搗亂，倒也不是不能理解。

野村丹後在戰事方面雖然剛勇無雙，不過應該不是那種可以成為織田細作、還能好好演一齣戲的精明男人。丹後負責的是南端的鵯塚砦，而該砦中同時也有雜賀之人駐紮。

「丹後站在雜賀那邊啊。」

村重喃喃自語。丹後非常照顧底下的人，因此士兵多半也相當仰慕他，而他也都把大家當成了自己人。因為把平日就相處在一起的雜賀眾當成自家人，所以責備高槻之人，這看起來的確像是丹後會做的事情。久左衛門開口。

「在下也是想到了這一點……不過將領們在會議中針鋒相對，總不是件好事。」

村重一語不發。

他想著，野村丹後會說這種話，並不是單純為了維護自己人。在等待毛利前來的日子裡，無論將領或士兵，甚至是村重自己也都有些焦躁。是勝是負、是生是死，全都要仰仗毛利了，這件事本身就不太符合必須倚靠自身的武士風範。因此讓大家感到心裡不快。人心動搖——已經到了瀧川左近一封箭書便能生出嫌隙的地步。

如此情況下，取得戰役勝利方為妙藥。一思及此，村重才下令夜襲，結果如願取得勝利，甚至成功取下大將的首級，乃是意料之外的大勝。然而，現在卻因為那場大勝，導致城內不和。該說是禍福相纏不單行嗎……

「上天……」

不站我這兒啊。村重把後半句給嚥了下去。這話可不能讓家臣聽見。

總之還是得先解決首級的問題。村重利用了茶席，問出兩人是如何在戰事中取下那顆首級，然而還是無法斷定究竟是誰拿下了大津。那天的夜襲，彷彿消融在春霞之中。

若不是這種戰役，其實可以派遣使者去敵軍那裡，請他們協助確認首級身分的。畢竟有頭有臉的武士若沒能受到應當的待遇，姑且不論取下首級的這邊，對於被討伐的一方來說，也是相當不光榮的事情。哪一個是大將的首級，只要問了應該就會有答案。

然而以這場戰役來說就有些困難了。荒木背叛了織田，並且已經殺了兩名信長的寵臣。信長肯定怨恨極深，要是派使者過去、表示希望對方能幫忙辨識哪一個是大津的首級，那使者肯定是無法活著回來了。

手燭的火光搖曳。當下的沉默也表現出，他雖然已經問過高山和鈴木的話，但也沒能奏效。久左衛門沉著聲音開口。

「大人，還請聽聽在下的意見。」

村重猛然回神，答道。

「你說吧。」

「是。」

影子行了個禮，稍微挺起背脊。

「在下認為戰功應歸雜賀眾的鈴木孫六所有。」

「……理由是？」

「還請您屏退左右。」

村重大手一揮，讓太刀持退下。等到紙門拉上，久左衛門才開口。

「首先，高山大慮雖然說是站在我們這一邊，但畢竟其子右近已經背叛，對此心生怨恨的人實在不在少數，因此會對大慮的功績感到欣喜的人並不多。相反地，鈴木孫六是在大坂本願寺的派令下入城之人。他的功勞也等於是本願寺的功勞，傳出去的話比較好聽。」

援兵立下了功勞，等於是給遣兵之人做了面子。現在給本願寺一點面子，對於如今的有岡城來說是有利無弊。村重摸摸下巴後說道。

「說下去。」

「是。再來就是野村丹後說的那些話。雖然在下認為這樣並不是非常妥當，但恐怕這次的功名之爭，看起來也像是一向宗與南蠻宗之爭。如此一來，恐怕要稍加考量一下，哪一派在城內較為人多勢眾。」

自然是一向宗的門徒較多。南蠻宗的信徒除了高槻之人以外，也就那麼一些。

「……就這樣嗎？」

「不。還有第三項。」

一片漆黑之中，久左衛門又壓低了音量。

「沒能拿下大功之人，並不一定就沒有遺恨。而高槻眾與雜賀眾，那一方抱持怨恨會比較麻煩……大人，還請您定奪。」

雜賀雖然是他國之國眾，但背後的勢力是本願寺。另一方面，高槻眾在當家的高山右近背叛的情況下才進入有岡城，他們並無任何後盾。要是成為禍根的話，就算討伐他們恐怕也不會有人有意見。

荒木久左衛門原先在池田家中就是首屈一指的將領，其言之重不在話下。若是無法得知高山和鈴木究竟是哪一方拿下戰功，那麼就得要思考應該要讓功勞歸於哪一方，對我方才會比較有利。而村重也不得不認同久左衛門的建議乃是言之有理。

久左衛門將拳頭擱在地上、平伏於地。

「當然，若是能夠以大家心服口服的方式評斷出奪下大津腦袋的究竟是哪一位，那自然是再好不過。」

「……這我明白。」

「是的，那是自然。」

村重硬是忍著不讓自己嘆氣。

「感謝你這番忠言，然而我無法就這樣全盤聽從。這場戰役，不能少了高槻、也不能少了雜賀。」

城中之兵可沒有多到能夠捨棄任何一方。即使拿下大津的首級，卻讓高槻眾或者雜賀眾有一方離去，那昨晚的夜襲不但白費工夫，根本還不如不去。對此，久左衛門並未再多說些什麼。

「感謝您願意一聽屬下的想法，這些當然都是為了我軍而說的話。」

「別在意，你先退下吧。」

「是。」

久左衛門踏出了廣間。村重在那手燭微弱的火光之中，就這樣一動也不動、待了好一會兒。

12

命人將照明拿進寢室，村重正翻看著首帳和手負帳。

夜襲行動奪下的首級有五顆，不過夜襲軍殺掉的敵軍並不只五人。高山大慮和鈴木孫六都表示部下們殺死了不少足輕雜兵之流。大津傳十郎會不會就混在裡頭了呢?

不過越是翻著帳面紀錄，又忍不住心想不可能有那樣的事。功名可是自己以性命相搏的證據。戰勝敵人後，內心便會興奮地想著對方是否為有頭有臉的武士。在戰役結束後，就能盡可能地誇耀自己的戰果。雖然有時戰役相當匆促、沒有餘裕取下首級，又或者上頭禁止大家浪費時間在取首級之上，但昨晚的夜襲並沒有那種情況。更何況通常遇上來不及取下首級的情況，也可以仰賴同儕的證詞來證明當事人的功績，然而紀錄上並沒有留下類似的東西。

檢驗的時候首級有四顆，就明確代表了高槻與雜賀之人殺掉的武士總共有四名，而其中有兩人很明顯並不是大津傳十郎。也就是說，果真還是那粗頸子或臉龐纖細之人了。

「是粗頸的……還是臉龐纖細的……」

村重閉上眼睛，回想兩顆首級的模樣。兩個人都是年輕武士。大津傳十郎應該還算年輕，但究竟有多年輕呢？去年正月，前往安土城向信長拜年的時候，大津傳十郎應該也在該處。無邊無際的巨大城樓、金光閃閃的服裝、幾乎令人感到厭煩的滿桌山珍海味、兒子的丈人明智光秀……稍一閃神便想錯方向了。他現在是惟任日向吧……就連當時隨意聊天的內容和笑聲，村重都還記憶猶新。羽柴筑前守秀吉也在。那個男人將攻略播磨的任務從自己這兒奪走，但現在回想起來，他其實也沒什麼恨意。那個正月，沒錯，是個好天氣的日子。大津在哪裡呢？至少村重在安土城內，並沒有見過那粗頸子武士和臉龐纖細的武士。

五年前，作為使者前往東大寺分取名香蘭奢待的時候，大津是否在場呢？蘭奢待是收藏在正倉院的貴重香木，據說最後一個分得香木的是足利義政公。而信長得以分取後，村重便被指派從正倉院護衛蘭奢待到信長所在的多聞山城去。用來擺放蘭奢待的長持（註68），應該長有六尺吧。就算有幾千個敵人在眼前都不會覺得畏懼，然而要把那長持送到目的地，沿途可真是打從心底感到心驚肉跳。蘭奢待！名香六十一種中的榜首、被稱為珍寶的名香，竟然交由我來護衛！心情之激昂真是一生難以忘懷。那是個三月天的涼爽日子……對了，約莫就是現在這樣的天氣吧。這是多麼光榮的一件任務！就算肉身腐朽，想必天正二年前往東大寺取

68　有蓋的長型木箱，通常用來擺放衣物等。也用來搬運物品。

蘭奢待的奉行之中有荒木村重此人一事，肯定也會在史書上留一筆。那樣的好日子，大津傳十郎在嗎？有沒有見到那粗頸子或者面貌纖細的武士呢……

村重猛然睜開眼睛，似乎是不小心睡著了。

但半夢半醒之間，倒是有記得收拾火燭的樣子，只見手燭的火焰已經熄掉了。寢室裡一片漆黑……不，村重看見紙門外還有些許光亮。那應該是篝火照亮了夜晚吧。

並非如此，村重不禁浮現這個念頭。總覺得有種不安穩的氣息。正要喚人時，紙門另一邊有個影子跪下。

「大人。」

那聲音是御前眾之一的秋岡四郎介，聽來有些緊張。

「什麼事。」

「有地方起火了。」

村重緩緩起身。

「是哪裡，敵襲嗎？」

「還不清楚，郡十右衛門大人已經前往探查。」

村重的眼睛已習慣黑暗，他伸手取刀後拉開了紙門。雲層相當厚重、完全見不著月亮，只有南邊隱隱閃著光芒。就算只是一般的失火，只要引發火災便會相當嚴重，但更要提防的是敵人前來放火。要是彈藥倉庫起火，這座城可就撐不到一個月了。因此村重嚴格命令家臣，無論是多小的火災，一定都要往上通報。

村重瞪著天空開口。

「我要上天守看看情況，你隨我來。」

「遵命。」

村重回到房裡穿上鎖帷子、鎧甲、籠手、脛當，又套上皮足袋。這段時間內他命御前眾準備好草履，接著便從露天緣廊直接走下庭院。村重讓四郎介走在前頭，兩人登上了天守。

深沉如墨的夜色中，隱約看見了小小的火光。村重雖然相當了解有岡城的地勢，但是在這樣的深夜裡實在很難判斷距離。即使如此，還是能看出起火的並非是哪個砦、也不是侍町。那看起來應該是町屋南方、有許多田地的閒置地吧？村重認為，無論是什麼東西燒了起來，應該都不致於演變成大火。看向四周，包圍城池的織田軍也沒有任何動靜，看來並沒有要趁著火災一舉進攻。這樣的話，應該不至於是什麼大事吧……雖然想要說服自己，但村重就是無法拂去心頭上的不安。鄰近水域的有岡城，其實鮮少發生火災。更何況在春天的時候，薪柴大多沾染了濕氣，就連想要點個火也沒那麼容易。然後這個晚上、就在這察覺城內有不和徵兆的日子裡，卻發生了火災。村重實在不覺得那只是普通的失火。見主君一動也不動，四郎介也只能屏息在一旁等候。天守裡充斥著風聲。

正想著樓下似乎傳來了腳步聲，下一刻便確定是有人奔上了樓梯。四郎介正將手搭上刀柄，就發現來者是郡十右衛門。

「大、大人可在此處？」

氣喘吁吁的十右衛門正在找村重。

「十右衛門啊，如何？」

「有人放火。」

就連平時不輕易動搖的四郎介，此刻也忍不住發出驚呼。十右衛門跪在村重面前，雖然仍喘不上大氣，但還是盡力稟告。

「有七八名百姓結黨聚眾，高喊這是為了神佛，放火燒了南蠻宗的禮拜堂。南蠻宗之人也集結過去，與放火的人打了起來。結果鴨塚砦那裡的野村丹後大人不得不派了些人出來處理，才讓眾人散去。」

「丹後有捉住放火之人嗎？」

「不清楚。在下趕到時，人群已經散去了。」

「這樣啊。」

村重瞪視著火焰、咬牙切齒。

「辛苦了。十右衛門、四郎介，你們都下去吧。」

最後只下了這個命令。

村重默默地待在天守的最上層，遠遠望著那逐漸減弱的火勢。心中感到萬分悔恨。

——攝津這個地方，平常並沒有那麼容易因為信仰的不同而引發紛爭。過去在天文年間，京都曾經發生過不同宗派之間的激烈爭執（註69），但那也已經是四十年前的事了。就算是大坂本願寺，其實也不是因為前右府信長並非一向宗門徒，才與之作對的。

一休禪師曾傳道歌一首。「分頭上爬那　山腳往上之道路　雖眾多分歧　卻是望著相同那　天上雲後的月頭」。這指的便是世上雖有許多不同的宗派，但目標其實都是一樣的。就算沒有聽過一休禪師的教誨，在每日每夜的生活當中，其實已經不太會有人特別提及宗門不同之事。就算他誦真言我念佛、一旁的人面對法華經表明不立文字（註70），也很少引發過什麼衝突。刻意說那些南蠻宗之人不敬佛道、誹謗他人信仰者，反而看起來是相當奇怪的。然而這些都是過去的情景。

69　此指天文五（1536）年發生在京都，由日蓮宗（法華宗）與淨土宗（一向宗）引發的爭執，一般稱之為「法華一揆」、「天文法難」、「天文法華之亂」等等。

70　真言屬密宗；念佛為大乘佛教淨土宗；不立文字則是禪宗的教義，表示不可拘泥於佛經上的文字。

在這屏氣凝神等待救援的日子裡，心中累積的不安，會讓人在自己人之間尋求敵人。那人並非家中之人、那人不是攝津之人、那人只不過是個新來的等，從中找出些許差異，便能認定他們是背叛者。猜疑之心充斥、相互懷疑終至彼此砍殺，到頭來因此整個瓦解的勢力，村重已見多了——池田家和伊丹家，不就都是這麼滅亡的嗎？而現在這座有岡城，將猜疑的目光轉向了南蠻宗。

村重忍不住口出惡言。

「愚蠢、太愚蠢了！」

要爭奪功勞的是高槻眾與雜賀眾，但其實雙方並沒有特別展現爭鬥的行徑。除了首級轉變為大凶之相一事之外，並沒有發生任何事情顯示出高槻方與雜賀方的感情不佳。然而，其他無關緊要之人卻把這他人爭執當成了自己的事來吵，口出那些毫無來由的傳言、大肆謾罵，甚至還在城內放火。

村重滿心悔恨，自己竟沒能發現這一點。在城裡巡邏時，雖然就覺得有些地方令人在意，卻沒能看穿實際的狀況。百姓之間對於南蠻宗的疑心、南蠻宗信徒的膽怯，都應該要注意到才是。去年冬天，安部自念離奇身亡時，也有人提出可能是南蠻宗那些詭異的法術所導致之類的，現在回想起來，在那個時候就已經出現了那種侵蝕人心的疑念了。現在村重被迫夾在兩者之間做選擇，是要捨棄南蠻宗、站在大多數人那邊，抑或是庇護南蠻宗、失去大多數人的信任？但無論選擇何者，有岡城都必然走向陷落之路。

「不，應該還來得及。」

就算對南蠻宗的疑心猜忌宛如已經堆疊起來的薪柴，點起那把火的，畢竟還是功勞究竟是屬於高槻眾還是雜賀眾這個難題。只要能夠正確解出這個問題的答案，那麼或許就能永保有岡城安泰。對於南蠻宗的猜忌，也可能轉化為對織田軍的敵意。不，一定行的。
然而時間所剩不多。天亮之際便得召開軍事會議，同時也要讓所有的人都能心服口服才行。一旦過了中午，那就太遲了。但是，我能辦到嗎？先前思考了那麼久也無法解開的難題，在早晨到來以前就要得到答案，這有可能嗎？
村重抬頭望向那厚厚雲層低垂的夜空。剩下的策略，就只有一個。

13

村重拿著手燭，往天守的地下走去。獨自一人，村重憑藉著那搖曳的微小火光，走下了樓梯。
樓梯通往一個鑿了口井的小房間，那裡有個四十來歲的矮小男人，無論日夜都守在那裡——他是這座土牢的看守者。看守者現身在手燭的火光範圍內，在村重面前跪下。男人腰上的鑰匙叮噹作響。
「哎呀……是大人，怎會在這樣的深夜前來。」
村重並未回答，只看向小房間一角的門扉。
「打開吧。」
「是。」
看守者緩緩起身，在手燭的光照中，他看到男人那轉了轉、布滿血絲的雙眼，村重微微皺了皺眉、輕輕將手燭放在腳邊。
隨著一聲悶響，門鎖開了。看守者拉開門板，背對那一片被切割成方形的黑暗，低下了頭。
「打開了。」

村重下令。

「你先下去吧。」

「是……」

看守者的聲音充滿遲疑。

「怎麼啦，下去啊。」

「是，謹遵命令。」

看守者雖然如此回答，卻仍是一動也不動。村重刻意裝作一臉不在意的樣子，開口問道。

「對了，有沒有發生什麼怪事啊？」

邊說邊同時在黑暗中環視周遭。就在這個瞬間，看守者發出叫喊、亮出了脇差。

「逆賊！覺悟吧！」

拔出的白刃因手燭火光而發出閃光的剎那，看守者的身體已被村重的脇差劃過。那粗糙的小袖應聲裂開、血也汩汩流出。男人吐出長長的一口氣後倒下，就這麼死去了。

用看守者的衣服擦拭刀子後，村重低下頭看著屍體。雖然發現了他眼神中帶有明顯的殺氣，所以立即便能還手，但村重卻不明白，為何這個看守者會打算殺了自己。

「為什麼。」

就在村重喃喃自語時，從那已經開啟的門扉另一頭傳來了聲音。是笑聲。一開始還有些壓抑，不久後，整個地下空間都充斥著那高聲哄笑。村重將脇差收回鞘中，對著眼前那片黑暗怒斥。

「閉嘴——給我閉嘴，官兵衛。」

笑聲嘎然而止。

村重拿起了手燭，照往那向下樓梯的前方。踩著潮濕的樓梯往下走，盡頭是個土牢。牢裡那蜷曲的人影，在村重接近時略微動了動。

「官兵衛。」

村重邊說邊將手燭照了過去。頭髮及鬍鬚都長得很長，身上穿的東西黑成一片，現在待在牢裡的彷彿就是一塊襤褸的髒布。髒臉上的眼睛緩緩睜開，發黃的眼白與混濁的黑瞳捕捉到村重的身影。黑田官兵衛的臉頰抽動著，浮現出像是笑容的形狀。村重最後一次見到官兵衛，是去年十二月的時候。與那時相比，頭髮與鬍子自然長了不少，但笑的方式完全不一樣。

「這不是攝津守大人嗎，您果真命不該絕，真是令人欣喜至極。」

他的聲音相當嘶啞。村重略略睜大了眼。

「你都知道些什麼？」

「哎，您是說什麼呢？」

「那個看守者相當愚鈍率直，並不是那種會斬殺主君之人。但他居然口出我是逆賊之類的狂言。」

官兵衛一臉無關緊要的樣子，

「這、這我可怎麼會曉得呢。」

他就說了這麼一句。這種嘲弄方式，加上他方才說什麼命不該絕，村重可就將事情連上了。

「官兵衛，是你教唆那男人的嗎！」

村重忍不住怒斥著，而官兵衛則是滿意地垂下眼睛。

「明察秋毫，官兵衛佩服。」

「你身為囚犯，竟然還打算取我性命嗎！」

見村重將手放到刀柄上，官兵衛彷彿像是在趕蟲子般揮了揮手。

「怎麼會呢，在下並不打算做那樣可怕的事情。」

官兵衛的聲音聽起來像是有些自豪，但後續卻話鋒一轉。

「在下的目的，乃是那個看守者的性命。」

村重正想大罵胡說，卻把話吞了回去。確實如官兵衛所言，村重還活著、而那個看守者死了。村重並不認為官兵衛是為了逃過一劫才胡言亂語，但實在也不覺得會有這樣的事情。

「……那個男人對你做了什麼？」

被村重一問，官兵衛默默低下了頭。手燭的火光下浮現出官兵衛的頭頂，霎時就連村重也無法壓下自己倒抽口氣的聲音。官兵衛的頭上滿是坑坑巴巴的恐怖疤痕，就連村重看了都覺得膽寒。滿滿的傷口、有些地方化膿紅腫，還有些皮肉綻開，這是血肉成了蟲子餌食後所留下的傷。

官兵衛抬起頭來，將傷口隱藏在黑暗之中。

「我就和那人稍微說了些話，當成這些傷的謝禮。」

官兵衛在牢中一字一句地說著。

「攝州大人，想不到要在牢裡殺人，倒也不是那麼困難呢。」

村重的手還搭在刀柄上。

「但人是我殺的，你是把我當成了道具嗎！」

官兵衛沒有回答。

村重迷惘了好一會兒。他是個強悍的武人、也是謀略之士。但他一直認為自己能夠爬上攝津國主之位，是由於自己的直覺比任何人都好。如果弓馬是武士表面的道具，那麼背後的道具就是直覺和運氣了。而這份直覺現在告訴他，應該在這裡馬上殺了官兵衛。

看守者死去的責任，無法推卸到官兵衛身上。無論官兵衛在這黑暗的牢房裡對看守者說了什麼，終究是那個男人自己拔刀殺向村重的。即使如此，還是應該馬上拔刀、從木格子柵欄的窗格之間刺進去，把官兵衛給殺掉。直覺不斷地在耳邊低語——但村重卻辦不到。要是殺了官兵衛，就不知道應該要怎麼做，才能讓這因為高槻眾與雜賀眾之爭而分裂的城池再次整合了。

再望去一眼，這才發現官兵衛縮著身子，眼睛已經沒看著村重了，看樣子是完全了解村重不會對自己動手。村重排除了直覺，反正真想殺的話，隨時都能殺。不是現在也無所謂——村重努力說服自己，最後將手從刀柄上移開。

「……那麼，」

官兵衛口中呢喃著。

「找在下何事呢？雖然是報應，但終究是殺害了攝州大人一名下屬，為了消弭這罪名，官兵衛會好好聽您說的。」

官兵衛已經察覺村重來此的用意。「有兩顆不知為何人的首級……」雖然心裡想著「果然還是得殺了他」，但村重還是開始說起事情的前因後果。

瀧川左近用箭矢送了封信來、叫他前去隨侍鷹獵。軍事會議意見相左，所以自己事前安排好一齣糾紛劇，然而高山大慮和鈴木孫六卻還是高喊出陣。發現了守備薄弱的敵營，於是命人前去探查一事。展開夜襲，獲得了四顆首級。沒想到竟能斬殺對方大將，而且是事後才知道……整起事件的相關經過，村重全都像這樣一一說給官兵衛聽。

官兵衛閉上眼睛，彷彿睡著似地一動也不動。只有在談及茶席之事時，才稍稍歪了歪頭。腳邊有蟲子爬來爬去、血腥味越來越重，而村重終於說到南蠻宗的禮拜堂遭人放火一事，最後是方才他砍了看守者。

「所以我……」

村重最後又說了。

「得要搞清楚，斬殺大津傳十郎的功勞究竟該歸屬何方。不過這事，應該你也不……」

話才說到這裡，官兵衛便打斷他。

「攝津守大人，您到底在憂慮什麼呢？」

「……這什麼意思。」

官兵衛睜開眼，毫不在意地看著村重的臉。

「攝津守大人畢竟也是個人呢，竟然煩惱起如此單純的事情，在下實在想不透。看來應該是被別的煩惱給困惑著，所以腦袋有些不清楚了吧——攝州大人，您說是吧。」

村重將手燭稍微推離自己，這並非思考過後的行為。而是不想讓官兵衛看清自己的臉，於是下意識地動了手。雖然只有如此微小的手部動作，但官兵衛肯定看出村重內心的動搖。

村重立即用話語掩蓋過去。

「對於想爭取時間的人說這些話實在浪費時間，官兵衛，說大話也要有個限度。」

但官兵衛似乎充耳不聞。

「取下首級的是誰，這不是很清楚嗎。不過攝州大人究竟在煩惱些什麼，這可就有些難了。那麼，是高山、或者鈴木……更早的還有個什麼叫中西的……不不，怎麼可能呢……」

「官兵衛！」

村重的聲音震動了土牢。

「你說在牢中殺人也很容易是吧？你可知道從外頭殺人更加容易？」

「……哎呀，這實在……」

那鬍鬚叢生的臉龐扭曲成諷刺的表情，官兵衛深深低下頭去。

「實在是太無禮啦。在下如今已對自己的性命毫無眷戀，還請您就地處決在下吧。」

「你竟敢戲弄我！」

官兵衛打從心底發笑。

「在牢獄中戲弄一國之主，這也挺有趣的。攝津守大人。」

官兵衛聲調一變。

「攝津守大人認為這次夜襲為何會取得那樣大的勝利呢？若攝津守大人是連這點事情都無法明白、如此不懂戰事的愚鈍之人，那官兵衛這身苦難實在空虛哪。」

村重想著，夜襲能夠大勝是因為大津過於掉以輕心。畢竟他並不知道有岡城能夠從東邊出兵，自然會有如此下場。所以他的陣地並沒有考量到可能遭人夜襲，才讓村重取得了勝利吧。但官兵衛並沒有等村重回話。

「雖然遲了些，官兵衛還是為攝州大人的勝利祝賀一下吧。想來也有八幡大菩薩、神明、日光權現、湯泉大明神的庇佑……然而，武士的存在就是造孽，在下也應當為那位看守者稍微憑弔一下呢。」

官兵衛說著便雙手合十、閉上雙眼。之後無論村重再問他什麼，官兵衛都沒有睜開眼睛。

14

天一亮，太鼓瞭望臺上的大太鼓便已擊響，這是集結各將領召開軍事會議的通知。

村重在宅邸裡的房間聽著那聲音。這間榻榻米房間裡頭設有壁龕，掛了寫有大大的「八幡大菩薩」五字掛軸。村重面對那掛軸，閉上眼睛盤坐著。只要太鼓作響，將領們便會前來本曲輪。平時的軍事會議，並不一定會召集所有的人到場。畢竟若是全部的人都離開駐守地，那可是相當危險的。但今天早上太鼓的擊打方式，是告知敵人並不會馬上接近，命眾人都要前來的意思。當然，這是村重下的命令。

太鼓又響了。高山大慮和鈴木孫六，應該都會前來天守。荒木久左衛門、池田和泉也會來吧。野村丹後和中西新八郎，可能已經進到天守了。但村重還是未能決定戰功將歸屬何方。

房間的紙門敞開著，感覺到春風吹了進來。村重睜開眼，不經意地往外一看，只見櫻花在風中飄散。從戰勝後已經過了一整天，村重都被逼得死緊。

村重仍不知道自己前去詢問官兵衛，究竟是否正確。黑田官兵衛肯定是這座有岡城內最具智慧之人。要說機靈，肯定也比村重機靈許多。但那個男人實在難以捉摸。能讓官兵衛站在村重這方的理由一個也沒有，但恨他的理由倒有許多。如此一來，官兵衛在土牢裡所說的話，真的是毫無意義嗎？官兵衛問道夜襲為何會大勝，經過一整晚的思考後，村重大略琢磨出背後的意義了。但接下來他還是不能明白，斬殺大津傳十郎的究竟是誰……

村重喃喃自語。

「沒辦法了。」

會議開始的時間就要來臨，如果還是找不出真相的話，就只能採用久左衛門的提議了。雖然心裡清楚這樣會讓高槻之人不滿，但也只能把功勞歸給鈴木孫六。雖然這個決定並不表示是要捨棄信奉南蠻宗之人，但實在是沒有其他的良策。

「南無……」

村重誦念的同時也閉上了雙眼。他在一片沉默中思考著，但腦海中轉過千頭萬緒卻還是沒有答案，然而時刻已到。近侍在露天緣廊外跪下，用宛如低語般的聲量報告。

黑牢城
ARIOKA
CITADEL
CASE
HONOBU
YONEZAWA
米澤穗信
尖端出版
www.spp.com.tw
NOT FOR SALE
©Honobu Yonezawa 2021
KADOKAWA CORPORAION
插畫 COLA

「諸將領已經到齊。」

「……知道了。」

一睜開眼睛，出現在村重眼前的是八幡大菩薩的掛軸。

南無……村重在心中不斷地默念著。南無八幡大菩薩。

村重猛然起身。

諸將皆平伏於地，村重走向上座。在蓆子上盤坐後，太刀持立刻就在一旁就位。

「諸位，辛苦了。」

聽見村重的聲音，諸將的頭更低了些，然後才直起身子。村重的視線不經意地掃過了底下一圈，找到了高山大慮和鈴木孫六。身為武士且為客將的高山，平常就在比較上座的席位，但如今鈴木孫六也在比他原先的位置還要上座之處。野村丹後就在他的附近，多半是野村帶他來的吧。

將領們屏息以待，等候村重發話。村重用平常會議時那種睡眼惺忪的眼睛望著大家，緩緩開口。

「……昨夜，町屋南邊著火，是可疑人士放的火。和泉，詳細講來。」

「是。」

池田和泉行了個禮。他除了負責武器和軍糧的分配以外，也負責城內巡邏事宜。就算沒有下令，既是有人放火，他便得負責調查。

「燒毀的是南蠻宗的禮拜堂，因為四周都是空地，所以火勢並沒有蔓延，不過有個南蠻宗信徒為了要拿那個名為久留守（註71）的東西而進了火場，結果被燒死在裡頭。放火的是五名

71　十字架。也寫作久留子，取自其葡萄牙文讀音「Cruz」。

百姓，已經逮捕其中三人，但還有兩人沒有找到。聽聞有人看見他們已經出城了。」

「做的好。把逮到的人處死、大街示眾。剩下的兩人為提防是城中有人刻意包庇，務必要仔細搜查。」

「是，謹遵命令。」

村重瞄了眼野村丹後。根據郡十右衛門的回報，丹後似乎是刻意讓放火的嫌犯逃掉了，但現在他的樣子並沒有什麼變化。要是他包庇可疑人士，就算是妹婿也只能捨棄了，不過現在看起來是不必擔心此事，村重也稍微安了點心。

除了丹後之外，其他人也沒有抱持異議的。放火的事情就這樣處理完畢，但諸將之間的氣氛還是不見和緩。畢竟大家都知道，接下來的事情更為重要。

「那麼，」

村重開口。

「前日，我們對敵陣發動了夜襲、斬殺了敵將大津傳十郎長昌，現在我要表明一下該件功勞一事。」

霎時滿座都緊張了起來。村重望向底下穿著鎧甲之人、只穿了小袖之人、位高之人、位低之人。把這所有人都看過一輪後，便開了口。

「沒有人取下大津的頭顱。高山大慮、鈴木孫六兩位奮勇作戰、出色地取回了敵軍武士的首級。作為賞賜，授予備前刀。」

將領們面面相覷、四下低語。而最先提出意見的，是久左衛門。

「還請等等。大人，您的意思是大津沒有死嗎？」

「不，如同雜賀眾的下針所說、以及我的御前眾探查確認，大津確實是被殺了。」

「……在下無法理解您的意思。」

「這樣啊，那我就來說說吧。」

村重環視周遭一圈。雖然沒有一個人的臉上寫著猜疑、憤恨，不過大部分的人臉上都滿是困惑。

「為何我們的夜襲會那麼順利呢？再怎麼說那也是個設有柵木圍繞、篝火也沒少，相當完整的陣地，但我們卻能打得如此輕鬆，原因是什麼？當然，高槻眾與雜賀眾都相當努力，我們在策略方面也占了上風。然而之所以能獲勝，並不單純是基於這些原因。」

村重看了一眼大慮與孫六，便繼續說下去。

「夜襲的過程中，高山和鈴木兩位都提到了同樣的事情。那就是大津底下的士兵正在找主子，也就是他們在找尋大津。據說就算是過了好一會兒，不光是雜兵和足輕，就連鎧甲武者們也還是毫無頭緒、不知該如何是好。最重要的，就是完全沒有人聽見敵軍敲鑼、擊太鼓或吹響法螺貝的聲音。於是我想通了這是什麼樣的情況。」

在場的所有人連個大氣都不敢喘。

「這是一場沒有將領的戰事。沒有人負責指揮的話，無論是誰都不知道該怎麼作戰。那天晚上，大津從戰局開始到結束，都沒有下達命令。」

「大人。」

久左衛門從旁插話。

「您是說大津逃走了嗎？他身為一名將領卻臨陣逃跑，這種事情我還是第一次耳聞。不過如此一來，他們在夜襲下如此狼狽、跑得比我們還快倒也能夠理解了。」

村重馬上否定。

「如果是這樣，下針就不會聽到他們談及大將已死之事了。大津的人確實在戰場上，而且就死在那裡。」

「那麼……夜襲軍帶回的首級是五顆，並沒有其他首級。意思是那裡面就有大津的首級嗎？」

「大津被斬殺了，但是頭沒有被取下。」

眾人之間再次掀起騷動，甚至有人嚷嚷著「太奇怪了」、「怎麼可能」。但村重的眼神一瞪過來，喧鬧馬上消弭於瞬間。這時久左衛門再次發問。

「大人，不可能有人在戰場上殺了敵方大將，卻沒有取下首級的。甚至會賭上自己的性命也要拿下敵人的頭呀。雖然他也可能是被流彈或流箭射死的，但這樣等於長昌是在自己人的周遭被殺。如此一來，大津底下的人不可能一直找他吧。」

「或許如此。不過那天晚上，立下功勞卻沒帶回首級的人，有兩人。」

外頭傳來鳥兒啼叫聲。

「一個是伊丹一郎左衛門。他雖然先揮刀對付敵方武士，自己卻被殺。所以想取下對方的頭也沒辦法。而另外一個人……」

村重回想著那時的情況。在十三夜的月光下，他瞄準了那個站在伊丹蘆葦原上的武士的瞬間。

——南無八幡大菩薩、吾國神明、日光權現、宇都宮、那須的湯泉大明神，請保佑我能夠射中那扇子的正中間——

「就是我。」

「……怎麼會。」

久左衛門一時語塞，現場嘈雜了起來。

村重是大將，就算取下了首級，也沒有可以展示邀功的對象，所以他不會取下首級。

「在戰事開始前，我射殺了那個走到陣外的武士。」

拉緊弓弦，將箭矢瞄準那月光下的武士時，村重在想什麼？他自己並不記得了。不過若是心裡祈禱此箭一定要命中，眾人腦海內浮現的都會是那段祈禱。那是平家物語裡，那須與一的段落。

官兵衛提出那些神佛之名，就是在暗示射中目標的正是村重自己。面對八幡大菩薩的掛軸時，村重才猛然意識到這點。

「因為他沒戴頭盔，原先以為他是個隨從或足輕，但事實並非如此——那個人就是大津傳十郎長昌。」

對武士來說，頭盔是表明自己武士的身分、也是死後留下的證據。因此大家都會取下戴有頭盔的首級，要是自己被殺的話，最好當時也是戴著頭盔。因此領兵大將來到戰場，竟在沒有戴頭盔的情況下被殺，是完全出乎意料之外的情況。

但如此重要的頭盔，也可能會在戰場上脫掉。村重在拉弓的時候，就因為頭盔會妨礙自己將弓拉滿，所以就先拿了下來。郡十右衛門領命前往探察時，為了聽清楚聲音，也脫下了頭盔。那個大津是否也是如此呢？

一邊想著大津實在武運不佳，村重又說了下去。

「那應該是脫下頭盔的大將本人，正在觀察這座城池吧。要是去檢驗一下他的屍首，應該就能從鎧甲的良莠判斷出他的身分。不過夜襲一刻值千金、實在沒有那個餘裕，這對我們或是大津來說，都是運氣不好的結果。」

高山大慮和鈴木孫六，各自獲賜一把備前鍛治名刀。放火燒掉南蠻宗禮拜堂的人最後被處以火刑。表面上誹謗南蠻宗的聲音消失了，不過佛降懲罰的傳聞卻已經深植人心，還是有人在私底下流傳著。

大津傳十郎長昌的死被隱瞞了一陣子，這是因為眾人不知道該把他算作光榮奮戰而死、還是在閃神的情況下被殺的。之後織田家中有人留下了紀錄，寫著天正七年三月十三日，據說大津傳十郎因病死去了。

軍事會議後，村重待在宅邸的一個房間裡，從懷中取出一封信件。那是瀧川左近將監送來的箭書。雖然整座城裡的每個人都知道信裡面的內容了，但除了村重之外，沒有其他人讀過這封信。上面寫的是這樣的一句話。

在宇喜多作陪下，您也應當一同參與鷹獵——

瀧川想傳達的訊息是，宇喜多已經倒向織田那邊了。村重認為這只是挑撥離間。必須得是如此。以備前岡山作為根據地的宇喜多站在毛利那邊，毛利才能夠通過山陽道前來有岡城。要是宇喜多真的倒向了織田方，那麼就算等上百年，毛利軍也不會來了……

村重會嘗試出兵夜襲，其實也是為了要分散將兵們的注意力，讓他們忘了有這封信。正是因為這封箭書，村重才會焦慮不已，不過並沒有人發現這一點。沒有人，除了黑田官兵衛以外，並沒有任何人發現。

他叫人拿來這個季節並不需要用到的火缽，村重在裡頭將瀧川那封信燒了。因此這封信並沒有流傳到後世。

第三章　遠雷念佛

1

夏天是死亡的季節。

熱浪緊逼著所有的生靈，那些年老之人、有病在身之人、年幼之人的性命一一遭到剝奪。死者的屍骸遇上溫熱的氣候便迅速腐敗。水流混濁、葉菜枯萎，但這六月天，攝津國有岡城會被死亡的沉默給覆蓋，並不僅僅是因為夏季的緣故。

除了去年十二月曾有過一次大舉進攻之外，織田軍便再也沒有攻打過有岡城。他們只是不斷地建造支城和砦，盡可能不讓任何人進入有岡城、也不讓裡頭有任何東西跑出來。起初有岡城的將兵們還在嘲笑織田軍的懦弱、並誇耀自家城池的堅不可破，但這種日子持續個半年，大家也隱約開始察覺了——織田之所以不發動攻勢，並不是因為打了也不會贏，而是因為他們打算不戰而勝……應該就是如此吧。那麼，當織田取得勝利的時候，我軍將會如何呢？

夏季，瀰漫著濃厚的死亡氣息。

某個無月之夜，荒木村重在自己的宅邸裡接見池田和泉。

「聽說是殺了一兩人哪，詳細說來。」

聽到村重的命令，和泉維持平伏在地的姿勢、便直接回答了起來。

「是。屬下底下的人於城內巡邏時，發現侍町的彈藥倉庫附近有兩個可疑的人，詢問他們是誰後，兩人立刻就逃走了。於是士兵便追了上去，不過可疑人士顯然並不了解城中的路線，最後被大溝擋住去路，在進退不得的情況下只好拔刀對戰。雖然我方人多勢眾，但他們也是拼死抵抗，最後只好殺了那兩人。」

和泉的聲音充滿歉意。這是由於村重下過命令，要盡可能活捉可疑之人。
「這樣啊。」
村重說。
「彈藥倉庫沒事吧？」
「被潑了油。要是巡邏的人再遲些抵達，後果恐怕不堪設想。」
村重點點頭，並未發話。這陣子織田手下潛入城內搗亂的人越來越多了。幾乎每天都會發現可疑人士，也已經不只一兩次發現自己人被不明人士殺害的遺體。
有岡城雖然非常堅固，但因為占地寬廣，無論布署多少士兵，也很難看顧所有的角落。因此實際上到底有多少織田的細作潛入，是完全無法掌握的。雖然這是在戰爭初期就再明白不過的事，但先前戒備森嚴、一直都沒有出什麼大事。然而如今敵人也能鬧出這種程度的事了。這或許可以說是我方的軍心懈怠了吧。
「不是所有的彈藥倉庫都安排看守了嗎？那些傢伙呢？」
「關於這點。」
和泉輕輕拭去額頭的汗水。
「原先有兩個足輕在該處看守，但聽說有不認識的人邀他們喝酒，他們便擅離崗位。現在兩個人都已捉起來了。」
「這樣啊，那就砍了。」
「是。斬首就行了嗎？」
和泉會這樣問，是想確認有沒有需要處以磔刑或火刑等較為慘烈的刑罰。但村重有些鬱悶，話並不多。
「就這麼辦，斬首示眾。」
「我明白了。」

「從今天開始，夜間禁止進出大溝筋上的橋梁。整夜都要安排人守著，除了將兵以外，沒有我的允許都不可以通過。」

「謹遵吩咐。」

西方某處響起雷鳴，餘音來到了村重的宅邸。據說打雷多的那一年，農作物將會豐收。有岡城的土地廣闊、又四周有水，因此裡頭當然也有農田，秋天應該就會收穫新米。但是有岡城能撐到那個時候嗎？

不需要擔心，村重想著。有岡城不會陷落的。軍糧和彈藥都相當充足，要再堅守幾個月、幾年都行。真正應該要思考的——真正危急的，就是繼續堅守下去，是否能夠獲勝。

「那雷……」

和泉喃喃自語。

「雷嗎？怎麼了？」

「不，沒什麼。」

「這樣啊。下去吧。」

「是。」

村重一個人留在大廣間裡，總覺得好像能猜出和泉那沒說出口的話語。因為村重大概也在思考著同樣的事情。

那雷能不能落在安土、打到信長身上燒死他啊……

村重淺淺一笑，自己心中浮現的念頭，不就是如此明白嗎。這場戰爭，就要結束了。

翌日上午。在本曲輪天守召開的軍事會議中，向列席諸將告知彈藥倉庫成為被攻擊的目標，負責守衛卻怠忽職守的兩名足輕已被處斬等事。在場諸將皆沉默不語。所有人都想著，會發生這種事也是很合理的。就連村重嚴正命令大家要好好監視的時候，似乎還有某處飄盪著「聽聽就好」的氣氛。然而村重緊接著又壓低聲音開口。

「這件事情到此為止。接下來，我有話要告訴大家。」

如此開場，各將領們也紛紛正色聆聽。

村重開口了。

「宇喜多倒向織田了。備前美作已經站在織田那邊。」

這次還是沒有一個人開口，沉重的寧靜瀰漫了整個天守。

宇喜多背叛一事，早已有所傳聞。畢竟宇喜多原本就是個牆頭草，許多人都認為他的確有可能矛頭一轉便投靠他人。然而破口大罵、認為這只不過是空穴來風的人也不少。因為大家並不想相信這件事情。若是宇喜多倒向織田，那麼毛利軍就絕對不可能走陸地過來了。

「那麼。」

荒木久左衛門虛弱地出聲。

「大人，您打算怎麼做呢？」

這實在是個大問題。如今宇喜多已經反叛，有岡城該怎麼做呢？

「我有個規劃。不過若是這座城池走到了盡頭，想來大家也有自己的想法。若有什麼意見，就說出來聽聽吧。」

上座處有個雙拳落地之人。

「誠惶誠恐。」

那是個眉清目秀的年輕武士。他名為北河原與作金勝，是村重前妻的親戚。北河原家原先侍奉的是伊丹家，由於和村重締結姻親關係，結果招致主君猜忌、最後甚至還遭到流放。村重的前妻已經過世、北河原家也在戰爭中失去家主而導致衰敗，與作雖然年輕，卻背負著北河原家的名望努力奮鬥。

荒木家中有一個可謂天下第一的馬匹名人荒木志摩守元清，而與作便是向他學習馬術。如今志摩在其他的城中堅守，因此有岡城內馬術最為優秀的，便是這個與作了。他先前也充分活用這樣的技術，突破織田大軍包圍、完成了將書信送到尼崎城的重要任務。

與作這麼說道。

「尼崎城中的毛利軍，已經為了防範宇喜多而撤走。城中幾乎等於無人，想來是不可能派援兵到本城了。大人，還請您明察，毛利不會來了。」

這可是親眼見過尼崎城情勢的與作所說的建言，諸將也有些啞口無言，但沒多久便有個笑聲揚起。聲音來源是個五十來歲、有著僧侶外貌的男人。

「大人，要是真如與作這傢伙所說、尼崎已成空城的話，這樣可說不通哪。據在下所知，軍勢有如波濤，退去後又會再次前來。大坂堅守、丹波也還撐著，如此一來戰事局勢毫無任何改變。即使是山陽道被宇喜多擋著，毛利若是走海路而來，想來也不是多困難的事情。」

此人名為瓦林能登入道，是荒木家中首屈一指的位高權重者，乃是瓦林越後入道的親戚。在越後入道罹病後，他便是將領之中唯一的僧形（註72），但本人卻只喜愛刀術，甚至崇敬香取大明神，絲毫不理會什麼佛道之類的存在，也不曾聽他念過佛或談論法華經，是相當桀敖不馴的武士。

北河原與作的妻子，便是出自瓦林家。與作和能登明明也算是親戚，但這兩人的關係就

72 意即剃髮、身穿袈裟，僧侶打扮之人，一般便是指稱僧侶。

是很疏遠。能登總是一臉輕蔑，認為與作不過是那衰敗的北河原家黃毛小子，居然有臉擺出武士的姿態；至於在與作的眼裡，能登充其量就是個打著瓦林家的名號坐在那裡口出大話的凡夫俗子罷了。

「誠如能登大人所言。」

下座突然傳來宛如洪鐘的聲音，那是守衛上藺塚砦的中西新八郎。

「我等可是將幾萬名的織田大軍都給綁死在這裡了。即便是毛利援軍晚那麼一兩個月，也沒有什麼不便的呀。大人，我們上藺塚砦的精兵可是度日如年般等著開戰的那一天呢。屆時我們一定會用織田武士的首級堆出一座小山讓您觀賞的。」

「噢，新八郎說得好！」

如此誇獎他的，正是負責鵯塚砦的野村丹後。丹後揚起粗嗓子，響徹整個天守。

「大人，即便織田全軍進攻也絕不可能讓我們出城的。雖然聽聞尼崎城中的雜賀眾已經退回紀伊，但還有我們鵯塚砦中的雜賀眾呢。話說回來，和泉大人，關於箭矢彈藥的庫存狀況如何呢？」

忽然被點名的池田和泉露出困惑的神情。

「這個嘛。如果以去年師走之戰為例來計算的話，還能打個七八次吧。」

他這麼回答。

「這可真是讓人感到踏實。可見這樣還能持續打個七八年呢。」

丹後說完便呵呵笑著，在座諸將也紛紛口出「確實沒錯」、「正是如此」以表認同。另一方面，和泉則是一臉嚴肅。看來他有話想說，不過很難出聲反駁在家中位高權重的丹後。

村重大致看了看眾將領的神色後，視線停留在荒木久左衛門身上。

「久左衛門，你怎麼看？」
「這……」
久左衛門被點名後，沉著地回應。
「與作確實言之有理，然而此役是說好與毛利、本願寺、播磨及丹波各國國眾聯合的戰役，我們也送了人質到本願寺那裡。戰事的走向，不能光憑我們自己決定。更何況宇喜多和泉守原本就是世間有名的卑劣之人，他會背叛也不是什麼一朝一夕的事情。想來毛利方也有他們的想法，我軍應該確實堅守城池、窺探毛利的盤算方為上策。」
會議場中充滿各種讚嘆之聲。
「真不愧是久左衛門大人。」
「噢，正是如此，應該要這麼辦才對。」
「大人，確實久左衛門大人所說的最為有理。」
方才贊同野村丹後言論的將領們，也對久左衛門的意見表示贊同。村重一臉憂慮地點了點頭。
「就這麼辦。會議到此結束。」

2

要背叛織田的時候，村重做好了萬全的準備。雇用足輕、購買充裕的鐵炮、建造了許多軍糧倉庫，將米和鹽運進去。即使如此，若是說到有岡城是否有哪裡還不足的，那就是人了。尤其是使者，大為不足。
要與遠地之人對談，當然就是採用書信往來，然而重要的事通常會請使者口頭傳達。身為使者之人，絕對要將主君所說的話毫無曲解地傳達給對方，同時也要毫無誤解地將對方的回覆給帶回。因此，無論腳程再怎麼快，愚蠢之人或不懂禮儀之人，是無法擔任使者工作的。另外，無論這個人有多聰明，若是不能行於山野間、又或是無法保衛自己及書信，也是派不上用場的。

要明瞭地理、習慣行旅、體格強健又耐久行、才智優秀而達禮，同時還得是擁有能讓對方信任的身分之人，才能夠勝任使者。然而，兼備這些條件的大人物，與其讓他當使者，還不如作為將才來運用會更加合適。現在村重派往尼崎城的使者，就是將領北河原與作。但並不僅僅是由於與作擅長馬術，也是因為他在北攝出生、相當了解這一帶的地理環境。相對來說，就無法讓與作擔綱前往更遙遠之地的使者。

也因此，村重的使者人選採用了山伏或行腳僧。

軍事會議後，在村重返回宅邸的路上，郡十右衛門迅速地來到他的身邊。

「無邊大人到了。」

「這樣啊。」

村重完全沒看向十右衛門。

「就照平常那樣。」

「是。」

十右衛門沒有再次低頭，便離開村重身邊。這都是轉瞬之間發生的事情。

無邊是一個年約五十上下的迴國僧（註73），他是個相當靈驗且德高望重的僧侶，戰前就非

73　遊走各國行旅的僧侶。

常有名了。當然，織田包圍有岡城以後，別說是商人，就連僧侶的通行也會被阻擋。但是無邊在今年春天，卻突然現身於城門前，說自己想供養死者、請幫他打開城門。之後無邊也拜訪了有岡城好幾次。

這一天，有岡正下著傾盆大雨。等到雨停了以後，那已高掛中天的夏日太陽又毫不留情地燒烤著大地。無邊一個人，在熱氣裊裊的伊丹城鎮裡走著。那滿是汙垢的袈裟已經破損、頭上的斗笠也明顯破了洞。行李籠感覺空蕩蕩的，給人一種輕盈的感覺，手上的錫杖也沾染了泥巴。

伊丹鎮上，平民百姓們過著如同往常的生活。雖然長時間的守城日子讓眾人感到倦怠，但聽聞逃到山裡的人都被趕盡殺絕，也只能告訴自己，我們還算是好運的呢！然後假裝忘卻死亡的氣息，過一天算一天。雖然說是過生活，但營商之路被斷，工人們也無事可做。在這宛如滾水的濕氣之中，每個人的眼神都像是死魚。但是無邊一經過，他們的臉上又重新綻放出光芒。

「唉呀，是無邊大人呀！」

「太感謝啦！」

有人對著無邊雙手合十、開始念佛，也有人就地念起了法華經。一名頭髮和衣物都滿是塵土的女人奔了過來，在無邊眼前跪下。

「您是無邊大人嗎？」

頭戴蓋過眼睛的深斗笠的無邊回道。

「正是小僧，請問何事呢？」

「我的父親三天前走了，希望您能夠幫忙供養他。」

「這樣啊，小僧受城主召見，得先去一趟，待我回來以後一定會去供養的。」

女人感動不已，流下了眼淚、雙手合十拜謝無邊。無邊再次邁出腳步。鎮上沒有聲音、沒有風，只有無邊錫杖上的環圈奏出清涼的叮噹聲響，還有百姓們口中喃喃念誦的祈禱話語。有四個足輕從大路上走過，他們看見無邊的樣子，正笑鬧著、說是哪來的乞丐和尚，一聽旁人說「是無邊大人呀」，立即就閉上了嘴，和百姓一起合掌。

無邊穿過町屋、走上跨越大溝筋的橋梁。橋上有看守者駐守，平時若是沒有穿戴鎧甲之人要通過橋梁，一定會收取被稱為橋錢的零錢。不過發現走過來的僧侶是無邊之後，看守者立刻一臉客氣地讓路。

過了橋就是侍町，最外頭是一整排的足輕長屋。驟雨剛停，道路相當潮濕。無邊那雙金剛草履已經滿是泥濘，錫杖每往地下碰一次，都會沾染泥巴。走著走著，道路的左右兩側出現越來越多部將們的屋子。居住在這個侍町裡的人，大家目前都在守城，因此整個町內毫無人的氣息。即使如此，也許是仍有留在屋子裡的女人或侍從吧，無邊一路走來，身後都有念佛聲追隨。

侍町和本曲輪之間，也用了水堀和橋梁隔開。這座橋不分日夜都由御前眾駐守，他們絕對不會讓不認識的人通過。錫杖環圈的聲響伴隨著無邊走過橋梁——御前眾連來者何人都沒問。因為這是村重下的命令。無論是橋入口還是大門，都沒有人阻擋無邊。在強悍的御前眾凝視下，無邊彷彿踏入無人之境，一路往有岡城的深處區域走去。

無邊終於來到了村重的宅邸前。大概是一直在某處窺看，此時郡十右衛門來到無邊的背後開口。

「為您帶路。」

無邊還是沒有拿下斗笠，只點了點頭。

村重在那有格狀天花板的大廣間會見無邊。大雨過後又有強烈日頭的曝晒，房間裡悶熱地令人感到呼吸困難。在這酷暑炎夏，就連蟬兒也不鳴叫，房間裡彷彿充斥著死亡般的寧靜。

這裡只有村重與無邊兩人，沒有太刀持也沒有近侍。平時村重在大廣間裡接見人的時候，為了避免突發狀況，御前眾都會待在隔壁的房間，但就只有和無邊碰面的時候不會這麼做。當然，村重還是在左側擺了把刀、留心無邊的一舉一動。密談的時候，很容易就因為一些言詞不當而引發兵刃之爭，就算對方是個僧侶，村重還是會把這件事放在心上。

不過今天，村重的背後放了好幾個木箱。有大有小，全都打上了十字繩結綁好。無邊瞥了那些箱子一眼，一句話也沒說。

無邊拿下斗笠，他的臉晒得有如澀柿紙色，眉眼鼻的線條柔和、卻又讓人感受到剛強。村重在幾年前就見過無邊，但對於他是個什麼樣的男人，卻仍然摸不著頭緒。雖然外界都說他是德高望重的迴國僧，但他身上卻若有似無地帶著俗世的氣息。與無邊對談便會發現他也相當清楚世間的各種傳聞，而他談論這些話題時，又彷彿那是在遙遠的異國所發生的事。他的樣子看起來就像是正從高處俯瞰這世間，又或者看上去像是世間如此高貴、而他認為自己不該擅闖而打消念頭的樣子。只要拜託他事情，他都會答應。不管是請他引導臨終之人、為死者念經、或者是請他說些遠方的傳聞來聽聽，他都不曾擺過臉色。雖說村重並沒有信賴無邊，但不討厭與他談話。

「無邊，你上前一些。」

聽見村重這麼說，無邊維持坐著的姿勢、用拳頭慢慢將整個身子移向村重，到了相當近的地方。此時村重開口。

「辛苦你了。」

無邊看著村重那好似巨岩般的身軀，

「攝津守大人，您似乎瘦了些呢。」

他回道。兩個人的問候就僅是如此。

這兩年來，村重將無邊作為使僧派用。一開始是將寫給熟人的書信委託給要前往京都的無邊，不過就連那個時候的村重也是做夢都沒想過，自己日後竟然會委託無邊、將書信從被織田大軍包圍的有岡城給送出去。

村重問道。

「信送到了嗎？」

「已然送到。齋藤大人也交給我回信。」

「齋藤？內藏助利三嗎。拿來看看。」

無邊將手伸入懷中，取出書信。村重接過信，等到無邊退離他的身邊，才展開信件。寄件人是齋藤內藏助利三。齋藤侍奉的是明智十兵衛光秀，也就是現在名號改為惟任日向守光秀那位織田大將。

村重交給無邊的信件，是寫給光秀的。光秀如今身在進攻丹波的陣營之中，因此無邊前去的地方應該是丹波。不過，回信是由利三署名可就奇怪了。在村重閱讀信件的期間，無邊宛如坐禪一般閉目、身子分毫未動。村重把信讀完以後，又折回原本的樣子。

將書信放入懷中，村重露出苦澀的表情。

「內藏助這傢伙，居然擋了下來，擅自處理我的信件哪。雖然也曾想過可能會發生這種事，不過信裡頭還寫著細節交代予你。內藏助他說了什麼？」

「那麼我便說了。」

無邊話聲朗朗。

「齋藤大人所說的是，日向守大人位於不能言明所在地的支城，陣中嚴格禁止閒雜人等出入，因此無法為在下通報求見云云。然而齋藤大人又說，日向守大人也表示他很擔心荒木家的將來，畢竟也有過喊新五郎大人為兒子這層緣分，實在不想見到他下場淒涼。」

「……這樣啊。」

村重的兒子新五郎村次娶了光秀的女兒。但是在村重決意與織田分道揚鑣的時候，村次便與妻子斷絕了夫妻關係、並將她送回明智家。起初還認為就算光秀會對此事抱有遺恨也不奇怪，因此現在無邊所轉告的話語，對村重來說有些意外。

「還有呢？」

「齋藤大人表示，雖然不是日向守大人的意見，但他覺得實在難以理解。」

「喔？何事難以理解？」

「明明規劃了那樣一場大戰，究竟為何在當前關頭，攝津守大人卻打算要投降了？這實在令人費解。他表示非常訝異。」

村重沉默了好一會兒……他正在留心周圍是否有人側耳傾聽。無論多麼靜心聆聽，四下也完全無聲。這一天，連陣風也沒有。

交代給無邊的使者任務，正是將書信交給光秀，要委請他為荒木降伏織田一事美言幾句。各家勢力之間的談判，都會透過名為取次的代理人員進行。但是村重目前並沒有與織田家溝通的取次。一定要說的話，本來這個工作是萬見仙千代負責的，但是他在去年極月的戰事中已於攝津陣亡。

村重正在進行和談一事，乃是機密中的機密。除了極少數他能夠信賴的御前眾以外，整個家中都沒有人知道這件事。

「是指這個啊。」

村重輕輕嘆了口氣。

「原來如此，內藏助這麼說啊。若是日向守，就不會有這種疑問了呢。」

「齋藤大人非常困惑，他認為有岡城應該還不會陷落吧，要是有岡城安在，那麼尼崎和花隈應該也不會落敗。但不知為何荒木攝津守大人竟然如此心急地表示希望投降。他不斷重複表示這實在是太過奇怪了。」

在村重看來，齋藤內藏助會這樣告訴無邊，多半是想試探無邊……事實上也就是村重本人的真心話吧。內藏助懷疑村重這封信可能是在盤算些什麼。

光秀正在攻打丹波、不在自家領地，因此無法轉達信件，這肯定只是內藏助的藉口。就算主君不在，家臣直接就擋掉了要送給主君的信件，這實在是前所未聞。既然信件本身沒有被退回，那麼應該還是有送到光秀手上。

也就是說，內藏助是在幫光秀爭取時間。但村重認為有岡城已經沒有時間了。

「我再修書一封。告訴內藏助，因為無法獲勝所以選擇投降。若是日向守的話應該能夠明白。」

無邊一臉淡然地回話。

「小僧畢竟並不是置身於武家，因此實在無法了解攝津守大人的說法。我聽許多人都說，有岡城應該不會陷落呢。」

村重不喜歡與人談及軍略之事，這是由於武略軍略只要說出口，就會失去其力量。但來到現今的局面也沒辦法了，於是村重下定了決心。

「確實，有岡城並不會陷落，應該還能支撐個幾年。」

「……」

「只不過，戰爭是為了勝利才開打的。對我來說，這場戰爭的勝利必須是毛利援軍趕到、和織田軍決一死戰後，取下前右府信長的首級。可不只是讓這座城撐下去而已。」

「這真是……萬分惶恐，不過這樣就連小僧也能明白攝津守大人為何不會獲勝。然而如此一來，織田也沒有因此勝利呢。」

「大師你也如此認為嗎？內藏助應該也是這麼想的。」

而那些在會議時表示要繼續堅守城池的將領們，應該也是同樣的想法。戰爭還沒有結束、兩軍根本就還沒有真正展開交鋒啊。

「但情況不同。織田在這一仗上，只要沒有進入決戰，那便是贏了。好比那桶狹間之戰，一旦成為野戰，就不代表寡兵會居於下風、更不表示人多勢眾就會取勝。因此我選擇了織田無法迴避決戰的時間和地點開戰。」

村重在北攝津舉起反旗，孤立了身在播磨的羽柴筑前守秀吉。織田軍就只能選擇是要捨棄秀吉，或是攻打有岡城。然而捨棄秀吉的話，進攻西國這項行動本身就會崩解，因此織田就算再不情願也得攻打有岡城。看好浪頭挑起決戰——這就是村重的軍略。

戰爭確實如村重所預想的那樣展開了，織田確實率領大軍包圍了有岡城，就連信長自己也親自出馬。接下來就只剩下決戰了，原本應當如此。

然而村重好不容易搭好了舞台，毛利卻不上台來。
「時機已經過去了。既然宇喜多靠向織田，毛利就不會來。現在織田應該還願意接受投降。」
村重說到這裡，才猛然發現一件事情。
「大師，內藏助應該還有說些什麼吧？」
如果負責斡旋有岡城開城，這件事會成為光秀的功績。齋藤內藏助一方面懷疑村重的心思，但應該也不會放過為主君建功立業的機會才是。如此一來，應該不會這麼簡單就把無邊拒於千里之外。
果然，無邊這麼說道。
「實在是難以開口之事。」
「無妨。」
「那麼，請恕小僧失禮了。齋藤大人表示，他對攝津守大人選擇投降一事實在難以置信，因此希望能提出擔保來作為保障的證明。話雖如此，要將人質從有岡城帶到丹波實在過於困難，因此如果是物品會比較好。」
言之有理。村重點了點頭後便問道。
「要我送什麼過去？」
無邊此時也開始語塞。
「請……請交出『寅申』。」
村重稍稍睜大了眼。
「寅申」是村重持有的幾個名物當中，與「兵庫」齊名、在世間廣為流傳的茶壺。形狀是下部寬闊、往口部收縮的裾張形，色調則為黃色。由於這是在寅申之日的天王寺市集中發現的東西，因而得名。

「『寅申』哪。」

村重喃喃自語，而無邊也一臉苦澀。

「在下聽聞此件名物的價值，可不是什麼一兩千貫錢就能取得的東西。居然說若是要轉交書信的話，得先送『寅申』過去，想來齋藤大人也是欲望極深之人。」

若出一貫錢，幾乎就能買下一個人了。因此「寅申」價值連城這則評價，絕非言過其實。

遠方傳來了雷鳴聲。村重默默地站起來，轉過半邊身子、沒有完全背對無邊，並從自己身後的木箱裡挑出了一個。他把那箱子放在無邊面前，又重新盤腿坐好，接著開口說道。

「『寅申』在此。你幫我送到惟任的陣地去吧。」

無邊的樣子似是啞口無言。他睜大了眼睛瞪著箱子好一會兒後，好不容易才再次開口。

「就是這個嗎？真要如此？」

「要檢查嗎？」

無邊正要把手伸出去，卻像是猛然驚醒般搖了搖頭。

「攝津守大人說這是『寅申』的話，自然沒什麼好懷疑的。那麼……」

無邊正色言道。

「小僧身為佛門弟子，先前並未接受攝津守大人供養、在此之前也沒有提出任何異議。但關於這件事情還是想問問。齋藤大人……不，日向守大人應該做夢也沒想到您會真的把『寅申』送過去呀。他們會要求此物，應該只是當成把小僧趕走的藉口吧。」

「我想也是。」

「您也明白嗎。不，既然如此，大人為何要把東西交給他們？如此一來，日向守大人就會認為荒木家不足為懼、因此看輕您啊。」

「確實，他應該會看不起我吧。」

村重說著，微微揚起嘴角。

「不過，他明知不可能，卻要我把『寅申』送去，要是我真把東西給送了過去，這下被逼急的可就是光秀了。如此等級的名物，現在是在何人的手上可不是什麼能隱瞞的事。要是消息傳出去，讓世人說他騙走了『寅申』，那麼名聲一落千丈的也會是光秀。如此一來，他勢必得要為我好好辦妥這事。」

無邊擺出了悄悄打量村重的樣子。

「……這個嘛。雖然攝津守大人說有岡城不會陷落，但您看起來相當心急呢。」

村重的話聽起來像是要說服自己。

「等到丹波被攻破以後，信長就不會接受投降了。」

若是接受了雙方對等的降伏，一定得是投降能為敵人帶來利益。如果對方的心態並非處於「太好了，這傢伙終於投降了」的情況，那麼就會拒絕、或者就算接受了，也會提出非常殘酷的條件。

現在有岡城開城的話，從京都通往西國的道路就會因此大開。基於這個因素，村重的降伏對織田來說可是大大有利。但若光秀正在征伐的丹波落入織田之手，那麼就算路途較遠，也同樣能打通連結京都和西國的道路。這麼一來，就無法期待降伏將會是對等的立場。

遠方隱約又有雷鳴傳入耳中。村重轉過頭看看紙門那邊，夏季的眩目日頭仍晒著大地，看起來實在不像是再次驟雨欲來的情景。

「是遠雷呀。」
「確實是呢。」
「希望不要過來，別落在此處比較好。」
「是呢。」
「……我是個將領，只祈禱不要落雷是不夠的啊。」
村重說完這話，又轉向無邊。
「大師，有岡城開城不能像是長島、上月那樣，能做的事情我都會做。」
「……」
伊勢長島城開城的時候，槍林彈雨落在打算離城的船隻上頭。播磨上月城開城的時候，堅守城中的婦女孩童被拉到國境處以磔刑。村重心想，在這麼一個亂世之中，趕盡殺絕並不稀奇。但若有岡城重蹈長島和上月的覆轍，妻子千代保會很傷心的。
「為此，我才要派使者、才要送『寅申』過去。請大師務必謹記此事。」
好一段時間，無邊都緊閉著雙脣，最後才終於將雙拳放在地上、深深地低下頭。
「就算用小僧性命去換，也必定達成。」
有岡城的進出，都在織田的監視之下。想要悄悄地出城，就只能趁夜而行，因此無邊必然要在城內待到入夜。
過往指派他作為使僧的時候，無邊都會在村重的宅邸內待到晚上，不過現在卻多了個問題。前些日子，由於可疑人士試圖在彈藥倉庫放火，因此在那之後只要日頭一落，城裡的橋梁就會禁止通行。當然，由於城門是在城池的最外側，因此無邊若是在本曲輪留到晚上，就無法出城了。雖然利用先前討伐大津傳十郎陣地時的那條祕密道路，就能從城池東側出城。然而，即使對象是無邊，村重也還是無法將那條路告訴外人。

若是村重對看守者下令，告訴他們即使入夜後、也要放無邊通行，大家自然都會遵守命令，但這樣一來就可能會有風聲流傳出去。他當然不希望這種事情發生，因此無邊必須要在町屋那裡等待夜晚降臨。

「知道哪裡能夠躲雨嗎？」

被村重這麼一問，無邊想了想，看了一眼裝著「寅申」的行李。

「小僧畢竟是迴國僧，即使露宿在外也沒有什麼不便……不過現在這個狀況，確實是有點麻煩。」

村重點點頭。

「町屋南邊遠處，有個年邁的僧侶造了個庵室閑居該處，他應該不會拒絕行腳的僧人。」

「那麼在下便到那兒去吧。」

無邊並沒有推辭，同時為了辭別而在村重面前平伏於地。村重看向了無邊的行李。

「大師，我再……」

村重如此開頭後，無邊抬起臉來，溫和地問道。

「您還有吩咐嗎？」

「不……」

村重硬是不說，半垂下眼皮。

「沒什麼，你去吧。」

無邊一臉疑惑地皺了皺眉，接著又恍然大悟似地換上嚴肅的神情，接著一語不發地退出了房間。

雷鳴，聽來還相當遙遠。

3

村重命祐筆做好準備，再次書寫要給光秀的信件。內容中表示，要求的東西已然送去，希望能協助推動和談。結尾則附上一句，詳細情況會由帶著這書信拜訪的人說明。要是全部的訊息都寫在信上，那麼一旦信件被搶走的話，所有的事情都會曝光，而這封書信本身在日後也會成為麻煩。因此當然不能把太詳盡的內容全寫在上頭。

祐筆聽從命令，退到書齋裡。在書信寫好之前，村重都沒有離開廣間。等到祐筆將信拿過來，村重檢視過後下令。

「叫十右衛門過來。」

知道無邊就是使僧的，御前眾當中也只有郡十右衛門一人。

沒多久後，十右衛門來到廣間。

「謹遵召見而來。」

他的聲音聽起來和平常沒兩樣，但村重突然覺得有些不對勁。十右衛門平常可是不動如山，就連春天的那場夜襲行動，他也是士氣高昂、沒有面露任何難色。但現在的十右衛門，無論舉止或神情，總有些僵硬的感覺。

「發生什麼事了嗎？」

「這……」

「沒關係，說吧。」

聽見命令，十右衛門一臉無奈地開口。

「是。北河原大人的屬下和瓦林能登大人的屬下，在路上對峙、情況劍拔弩張。」

「打起來了嗎。」

「這倒沒有。能登大人的人正在大罵北河原大人的屬下，說什麼對方是只會嚷嚷著要開城的懦弱武士，其他人的部下也跟著加入，結果吵成一團。要是池田和泉大人沒有率兵趕來仲裁，情況恐怕就危險了。」

「……這樣啊。難免會有這種事情。十右衛門，方才你為何不報？」

「在下惶恐。」

十右衛門含糊其辭，但也僅是一小段時間。

「大人，城裡大多數人都與能登大人抱持相同心思。怒罵北河原大人膽小、說他是挫大家銳氣的不忠之人，這樣的人並不在少數。」

「不忠啊。」

村重嘴裡說著，略略笑了起來。村重流放了自己的主君池田筑後守勝正、奪取了池田城；拋棄原先締結同盟的三好家、倒向織田；而現在又捨棄織田轉投毛利。村重並不覺得自己的行為是不忠。因為他覺得，為了生存下去，任何人都會採取這類手段的。只不過，現在這座城池裡，竟有人以忠義為盾、藉此抨擊他人，頓時讓他覺得好笑。

然而郡十右衛門會特地向村重報告，必然有什麼意義，得弄清楚才行。

「十右衛門，你……」

村重的聲音，聽來有些消沉。

「是想要勸諫我推動議和一事嗎？」

十右衛門的臉倏地泛紅。

「絕無此事。在下謹遵大人的意思。」

這句話在村重的耳中，聽起來像是「我會遵從您的命令，但其他人我可就不敢保證了」。村重認為十右衛門是個處事低調、細心與武勇兼具，足以作為一方將領的武士，而他特地提起這件事，肯定是有他的想法。

但是村重並沒有改變心意，還是將書信交給十右衛門。

「無邊目前待在城南的草庵中，你把這封信交給他。」

「……是。謹遵諭令。」

十右衛門迅速離去，簡直像是逃走一般。

村重獨自留在大廣間裡，這原先就是個打造成隔牆難以有耳、閒人難以偷聽談話的寬敞房間。但一個人待在這裡，感覺實在太過寬闊了。

座位後方仍放著那好些個木箱。木箱裡面裝的全都是茶道用品。因為先前就想到光秀可能會要求擔保，所以就先命近侍把東西拿來放在這裡。

「來人。」

一揚起聲音，那些在自己和無邊交談時退下的近侍們，立刻應了聲「在」，並且拉開紙門。

這些近侍並非先前將木箱從倉庫裡取出的那批，要是讓同一批人搬運，說不定會有人察覺在村重與無邊見面後，就少了哪個木箱。為防範此事，村重特地安排其他人待命。

「將這些東西搬回倉庫，小心點拿。」

「是。」

近侍們立刻準備搬運木箱。然而見此一幕，村重又修改了命令。

「不，還是別拿到倉庫，放到書齋裡吧。」

沒有人對村重的話有所疑慮，因此便照著他的命令，把這些茶器全都搬往書齋。將所有的名物全搬進去後，村重便下令若非急事，否則任何人都不得接近這裡。

書齋有八張榻榻米寬，這裡平常是村重讀書用的地方，距離家臣無法踏入的奧之間也很近。不過白日較長的夏季現在也接近黃昏，房間裡略顯陰暗。村重在大量木箱的圍繞下，緩緩地解開每個箱子上的十字結。

名為「兵庫」的大茶壺、名為「小畠」的釜、千宗易讓給村重的小豆鎖、定家的字跡、牧谿的遠浦歸帆圖。吉野繪碗、姥口釜、備前燒的建水等雖非名物等級，但都是村重自己看上、樣貌甚好之物。

村重原先侍奉的池田家、其宿敵伊丹家、現在待在村重麾下的北河原及瓦林，還有叛離村重的高山及中川，都是北攝津當地出身之人。說得更正確一點，名為池田和伊丹的土地位於北攝津，而以該地為根據地的國眾便自稱為池田和伊丹。但是名為荒木的地方，卻不在北攝。

村重一族是流浪之人，他的父親在池田家中雖然也算是頗有分量的人物，卻也沒到能夠壟斷主家的程度。現在的荒木家，可以說是村重一手建立起來的。而在這裡一字排開的名物，也都是村重自己收集來的。

村重不發一語。太陽終於西沉，那細瘦纖弱的月亮升上天空。星光灑落在茶道用具上，其中有幾件閃爍著光輝、有幾件則吸取了光線。村重身處在這個國家屈指可數的美麗之中，一動也不動。

不知過了多久，有腳步聲接近書齋。那不是近侍們的聲音，聽來還有衣服下擺的摩擦聲響。村重正要將伸手取刀，但途中又停下了動作。沒多久，紙門後傳來壓低音量的聲音。

「大人，您在此處嗎？」

是千代保的聲音。

「有什麼事。」

「聽說您進了書齋、命人不可靠近，雖然我這麼做或許有些多管閒事，但還是想來看看您的情況。」

「這樣啊。」

村重似乎到了這時候，才發現已經入夜了。

「沒關係，進來吧。」

紙門一拉開，便射入了手燭的光線。茶道用具在搖曳的火光下，又呈現出不同的樣貌。

「您在保養道具嗎？」

千代保恍然大悟地問道，而村重只輕聲回了個「不」。

「我沒在做什麼，就只是看看而已。」

「原來如此。」

話語中並未帶有訝異的氣息、也沒有無奈。千代保輕輕坐在村重斜後方。

「那麼，也能夠讓我拜見一下嗎？」

對於妻子的詢問，村重什麼也沒說。

徐徐夜風從那開著的火燈窗（註74）吹了進來，還能聽見蟲鳴。這都讓夏季那潮濕的氛圍變得好過了些。村重凝視著茶道用具，千代保也沒有開口。手燭的火焰在一旁搖曳著。

「我讓『寅申』走了。」

村重說道。千代保回應的聲音略帶笑意。

「正想著怎麼沒看見它呢，我還挺喜歡它的。」

「有人說想要這個，為了戰局，也只好放手。」

「您的器量真是寬大。」

「器量寬大嗎？」

村重看著表面有無數突起的茶壺「兵庫」，淺淺一笑。

「或許我就是想聽到這種話吧。」

村重回想起無邊離去時的表情。當村重忍不住叫住無邊時，他那緊繃的面孔。那個時候，無邊肯定是察覺了村重的想法。村重很想這麼說——「寅申」還是拿回來吧。如果不行的話，至少再讓我看一眼吧。

實在是令人發笑的留戀，然而更丟臉的，就是這份留戀竟然還被察覺了。

「寅申」的確能對戰事有所幫助，只要交出「寅申」，光秀就不得不有所作為，這樣的想法應該是沒錯的。但是……

「若有人想要，就連『寅申』這樣的名物也能毫不眷戀地放手，真不愧是荒木，果然和松永的氣度不同。我就是想聽見這樣的讚揚，才會拱手讓出『寅申』……或許就是如此吧。」

距今一年半以前，松永彈正久秀倒向上杉那方、背叛了信長。但是上杉最後沒有來援，

74　上端為火焰形狀（花形）的通風兼裝飾用窗口。

讓久秀變得進退維谷。
當時有個傳聞，如果久秀交出「平蜘蛛」茶釜，那麼信長就會赦免久秀。村重不知此事是真是假，但心裡認為這或許是有可能的。然而，到頭來久秀並沒有交出茶釜，選擇自盡。名物「平蜘蛛」就這樣消失在烈火之中。
也有人稱讚久秀夠乾脆、貫徹了武士的意志。但村重認為久秀的死實在太過無趣了。永遠失去「平蜘蛛」固然非常遺憾，但問題並非僅止於此。村重認為久秀沒有交出「平蜘蛛」，乃是不懂得適才用物。如果要貫徹武士意志，就應該把「平蜘蛛」交給織田、將其流傳到後世，然後在那之後再切腹才對。這是村重的想法。
我會放手「寅申」，莫非是想要顯示我並非那種器量狹小之人嗎？若是為了戰爭，即使是名物也毫不惋惜，我是否想虛張這種聲勢呢？這樣一來，讓「寅申」離去，就不是為了戰事才做的考量了。
村重至此終於開口。
「我覺得『寅申』實在可惜。曾下令讓無數士兵走向死亡的我，卻為一只茶壺感到極為惋惜。千代保，妳會取笑我嗎？」
「我不會笑的。」
千代保馬上回答。
「在這穢土之上，有愛憐，就會伴隨著痛苦呀。」
「呵呵。」
村重忍不住笑了出來。
「怎麼說這種好像和尚會說的話。就算說什麼一切皆空，敵軍也不會消失呢。」

「千代保認為大人能與我說心裡話，實在是太令人高興了。畢竟大人您平常並不多話呢。」

「這樣啊。」

村重透過火燈窗，看著外頭細如絲線的月亮。

「太陽都下山啦。你先退下吧，我也要歇息了。」

「好的。」

千代保拿起手燭，就在那個瞬間，一聲巨響打破夜晚的寧靜。

毫無疑問，那聽起來就是鐵炮擊發的聲音。

4

沒過多久，便持續傳來鐵炮的聲響，屋子內外都有人喊叫。村重拿著刀子站起來，用能夠撼動身旁千代保身子的音量，高聲大喊。

「怎麼了！」

咚咚咚的腳步聲響起，有人跑到了紙門前。

「報！」

那是宅邸裡近侍的聲音。村重立刻回應。

「說。」

「有細作潛入。瞭望臺上的足輕發現他之後便擊發鐵炮。但那可疑之人目前仍在竄逃，請大人多加小心！」

「好。你留在此處，保護千代保。」

「是！」

村重看著千代保說：「別擔心，我馬上派人過來。」接著看了一眼地板上排列的名物，默默地踏出書齋。

來到迴廊上，手舉火炬的士兵們紛紛喊著「在哪裡！」、「那邊！」奔來跑去。其中有個魁梧的武士看見了村重，連忙跑了過來，在庭院裡單膝跪下。那是御前眾五本槍當中的一人，乾助三郎。

「大人。」

「細作嗎？有多少人？」

「應該只有一人。萬分抱歉，居然追丟了。」

「什麼？不過，他終究出不了本曲輪。真是膽大包天的傢伙。我要穿鎧甲，你隨我來。」

讓御前眾領在前頭，村重走向放置鎧甲的板之間。路上他命令錯身而過的御前眾前往書齋戒備，其他的御前眾則固守能夠踏出本曲輪的那道門。目的地的房間裡，近侍們已經在準備鎧甲了。雖然一旦有突發狀況就要穿戴鎧甲來保護自己，乃是武士的慣例。不過為了一個可疑人士就要穿戴上戰場的所有用具，時間上實在是來不及。於是村重只穿了幾件附屬配件，便走到外頭。

或許是有人負責下命令了，士兵們看起來都比方才沉穩許多。村重在一群士兵中發現郡十右衛門，便揚聲喊他。十右衛門立即奔了過來，跪地開始報告。

「已將該可疑之人逼入死路。那人潛伏於天守附近的竹林裡，為防止他窮鼠齧貓，目前我們從遠處祭出弓箭和鐵炮包圍他。」

「好，傳令下去，在我到現場之前先留他活口。」

「遵命。」

跟著如風般離去的十右衛門，村重也下到庭院。這是個月牙纖細的夜晚，隨行的御前眾立刻從他處調來火炬。原本眾人身處在不知敵人有多少、又身在何處的狼狽局面，現在已經轉為在怒罵敵人。

聳立在暗夜中、黑漆漆的天守之下，聚集了許多士兵。同時高舉了許多火把，放眼望去這一帶簡直明亮到不像是晚上。士兵們將長槍、弓箭、鐵炮都瞄準了那小小的竹林，聚精會神到連一隻老鼠都不準備放行。

村重一下令，包圍的一角便打開來。村重在御前眾的護衛之下，走到了竹林前。竹林稍有晃動，在火炬的照射下隱約出現了閃爍的光芒。

「還請您多加小心。」

一個武士對村重說道，那是眼神銳利如鷹的秋岡四郎介。村重這才發現，他的鎧甲上竟然有一橫劃而過的全新刀傷。

「那傢伙還挺行的呢。」

四郎介雖然也是高手，不過他也不會因此驕矜自滿。然而關於刀法之事，他的判斷絕對不會過頭、也不會不足。村重點點頭，停下腳步。深呼吸一口氣後，便對著那片竹林揚聲。

「潛入這有岡城本曲輪的可恨傢伙，你是逃不了的，乾脆一點、出來投降吧。」

村重並不覺得對方會回答，只是對於竟然有人能夠潛行到這裡而感到些許興趣。然而萬萬沒有想到是，對方居然回應了。

「可笑至極。池田的彌介，現在說起話來還挺像是一名大將了嘛。」

彌介是村重的小名。面對地位已經高升到攝津守的村重，直呼他的小名，這可是相當無禮的侮辱。村重聽聞此言立刻滿臉通紅，眼前的竹林又晃了晃，走出一個手持白刃的瘦小男人。

「好，我出來啦，然後呢？」

相對於村重，周遭的士兵們還更要怒氣高張。村重揮了揮手，阻止眼看就要刺出長槍的士兵們，然後看向這個男人的面容。明明是辱罵村重，用的卻是池田的彌介這樣的詞彙，不可能是美濃或尾張的人。看來是原本關係比較親近的人呢。仔細瞧瞧，這張被火炬的光照亮的可疑之人面孔，究竟是在哪裡見過呢？

「你是……」

村重猛然想起。

「黑田家的，善助嗎？」

被喊出名字之後，男人的手也完全垂下。好不容易才把垂下的刀子給收進鞘中，男人低下了頭。

「攝津守大人竟然曉得我這無名小輩的名字，實在有些意外。沒有錯，在下便是黑田家中的栗山善助。」

他年約三十上下，面容看來既是魯莽又帶慎重。他是侍奉播磨黑田家的武士，應該是年齡相近的黑田官兵衛的近側。這個男人雖然是個小兵，但在距今十年前，當黑田家面臨存亡危機之際，他在苦戰當中仍能取下兩顆敵方首級，壯烈的戰鬥身影在這一帶可是無人不知。

「善助。」

村重喊著。

「你為什麼要潛進來？我可沒聽說黑田也加入戰局了。」

「您說這什麼話，不是明知故問嗎。」

善助諷刺地扯了扯嘴角。

「確認主君是否確實還活著，如果是的話就要營救他……難道還會有其他的目的嗎？」

村重看了看那些對準善助的長槍、弓箭、鐵炮以及各種武器，開口問道。

「就你一個人嗎？」

「誰知道呢，這無可奉告。」

要是有夥伴的話，善助應該會為了包庇其他人而說自己是獨自前來。既然不回答，那恐怕就真的只有他一個人。

實在是匹夫之勇。黑田官兵衛的確被囚禁在這本曲輪裡頭，不過關於這件事，外頭應該無法分辨真偽，就是有那樣的消息在流傳而已。為了一個不確定的傳聞，竟然單槍匹馬潛入這座以堅實聞名世間的有岡城，實在不是什麼有邏輯的想法。畢竟他又不知道官兵衛究竟人在何處，就算運氣好、抵達了關押官兵衛的監牢，也不可能帶著他逃走——但村重卻無法嘲笑栗山善助這般蠻勇。善助可是即便知道有勇無謀、也要賭上性命來到本曲輪這裡。

一旁的士兵們也宛如洩了氣的皮球，武器紛紛垂了下去。因為武士總是打從心底敬重那些貫徹武士精神的勇者。士兵們也無法不對善助此舉感到敬佩。

「這樣啊，你是來救官兵衛的？」

一聽村重如此呢喃，善助彷彿氣力全失、單膝跪了下來。他身上的麻布衣已有多處綻裂，垂下的手臂也淌著血。善助喘著大氣，從喉中擠出問題。

「攝津守大人，主君他、還活著嗎？」

村重頓時有些迷惘，但還是回答他。

「……還活著。」

「他還活著嗎！主君他，官兵衛大人真的還活著嗎！」

村重默默點了個頭。

下個瞬間，善助雙手掩面哀嚎了起來。他在哭泣，邊哭邊喊。

「為什麼——為什麼您沒有殺了他！」

他的聲音有如刀割。

「當主君他非得前來這座有岡城不可時，還莞爾一笑，說反正這一去是不能回來了，又交代了許多在他死後、我們得要做這做那的。讓不合意的使者活著回去，這是戰爭的慣例，而送回首級亦是慣例。就算是主君被殺了，我們也會因為這是戰事而忍氣吞聲。但是攝津守大人，您為什麼要讓他活著，還不讓他回去呢？」

村重回不上話。善助應該是認為自己將命絕於此，仍然繼續吼叫著。

「主君出使有岡城，卻一去不返。外頭又傳聞主君還活著。攝津守大人，您可了解這在信長公耳中聽來會是如何？我們黑田家每天屏息以待、不知主君是否會在今天歸來，又或者最後會是一顆首級被送回呢？若是主君被殺，那麼也是盡忠盡義而亡。但黑田家如此置死地而求後生，卻是半點音訊也沒有……」

善助仰天，那細瘦的月亮，將微薄的光線投射到地面上。

「信長公說，看來你們的主君，還有黑田家是要幫著有岡城了。這是當然，畢竟有誰會相信他還活著，卻成了階下囚！」

黑田家並非是在織田不順心的情況下還能延續命脈的家系，想要好好活下去，那麼就算官兵衛一個人站到了村重那邊，黑田家也只能極力表示自己還是會遵從織田的命令。但就算織田接受了，也還是需要付出代價。

——村重先前就聽官兵衛提過，那是戰事開始前、約莫是去年十一月的事情吧。官兵衛說自己把獨生子松壽丸當成人質交給了織田。

善助的淚水如滂沱大雨般無止盡地落下。

「攝津守大人，您知道嗎！信長公殺了少主松壽丸大人啊！黑田家絕後了！」

村重沉默不語。

這場戰爭是賭上荒木家、還有毛利家及本願寺興衰的大戰，實在沒有斟酌別人家情況的餘裕。黑田家是絕後還是存續，與村重並無任何關係。

另一方面，村重絲毫沒有想過，擒下官兵衛會害松壽丸被殺。松壽丸應該是十二歲吧？如果知道殺掉官兵衛能讓松壽丸活命的話，我又會怎麼做？

但凡思考過後才決定的事情，無論結果如何，村重都不曾後悔過。但是對於自己竟然沒有思考到那個層面——就會留下薄薄一層、宛如蟬翼般的悔恨。

即使如此，村重作為一名將領，還是得要這麼表示。

「低下的傢伙。此事與我又有何干。」

「村重！」

「一個下級武士，也用不著殺了。給我綁起來隨便丟在一處。若是你們真應付不來，那殺掉也無妨。」

村重轉過去背對善助。所有的士兵衝向了善助，怒吼聲撼動了夜空。

村重回到宅邸裡，在近侍的協助下卸下鎧甲。這時郡十右衛門前來報告，已依村重的命令將栗山善助給綁了，並且另有事情詢問。

「可以讓其他士兵退下了嗎？」

由於栗山善助引發的騷動，除了原本就在本曲輪中駐守的士兵之外，就連非執勤的士兵都跑進了本曲輪。就這麼辦，但村重一說完似是又在遲疑些什麼。十右衛門皺了皺眉。

「大人，怎麼了。」

「沒事……」

善助就算武藝高強，應該也不可能擅長潛伏之術。雖然他豁出去了，但就連這樣的人都有辦法潛進本曲輪，村重突然覺得，有岡城的防守讓他感到不安了。

「……派御前眾去保護無邊留宿的那處草庵，四面各由一人守著，別讓任何人接近。等到天亮，無邊要離開的時候，再把他送到大門。」

「是，謹遵命令。」

十右衛門沒有反問任何事情，接下村重的命令後便離去。脫去鎧甲後，整個身體都輕盈許多，此刻村重突然有股衝動想把十右衛門給叫回來。原先沒有派人守著無邊，是因為隨意派出人手，就會被他人發現無邊被交辦了重要的任務。眼下卻改變了先前已經決定的事情、把人派了過去。此舉是否太急躁了呢？

村重當下意識到自己竟對運籌之事心生迷惘，連忙讓自己定心凝神。這不是推翻先前的決定，而是修正錯誤。別迷惘、這樣會死的。村重努力說服自己。

夜色，變得更加深沉了。

5

村重做了一個夢。

他還很年輕，還不是荒木攝津守村重，只是荒木彌介。他很不放心主君池田筑後守勝正，因此表面服從他，內心卻想著總有一天要取而代之。

「若是彌介你，說不定真能搶下他的位子呢。」

旁邊是親戚中川瀨兵衛笑著說出這句話。瀨兵衛也還很年輕，一副深信只要靠著力氣和鋒利的長槍，這世界上便沒有他辦不到的事情的樣子。

「到那時候，你可要讓我當個侍大將啊。」

瀨兵衛又這麼說道。

「當個侍大將不過是小事一樁，我給你城池吧。」

「喔喔，城池嗎！太棒啦。」

「攻破伊丹後，我會入主伊丹城，到時池田城就交給瀨兵衛了。」

「哈哈哈，那我得從現在就開始好好檢視城內狀況了呢。彌介你拿下伊丹後，打算做些什麼呢？」

「這個嘛……」

村重仰望蒼天。

「應該還是要上京吧。我想看看更多的茶道用具，也想拿個官位來做做。」

「堺那邊如何？應該不錯吧？」

這話是不知何時來到身邊的高山右近說的。右近同樣很年輕，他的氣勢彷彿是在顯示自己的智謀，可不會輸給毛利元就公那樣的人物。

「傳教士會很高興的。」

「你還真是虔誠的南蠻宗信徒呢。沒什麼抱負嗎？抱負啦。」

一看彌介露出苦笑，右近又更誇張地在胸前畫了個十字架。

身邊有瀨兵衛和右近的話，簡直如虎添翼。要拿下北攝根本輕而易舉，說到底，這主君池田家根本比當今的將軍家還更不行。細川、六角真不知道是在做些什麼，難得作為武士降生於世，卻把性命都用在哪了……

拂曉之時，村重回想起來。

京都已在織田的控制下。

堺也在織田的控制下。

中川瀨兵衛投降織田，已經不在了。

高山右近也投降織田，他也不在了。

紙門的另一頭有個人跪著。是瀨兵衛回來了嗎……不，是近侍吧。有事要找我。

「怎麼了。」

近侍的聲音聽來相當緊張。

「稟告大人，無邊大人遇害了。」

6

無邊據說是在庵舍的一室中遭到殺害。

村重立即騎上馬匹，在天剛亮的有岡城中奔馳。徒步的御前眾追不上他的速度，所以越過大溝筋進入町屋時，村重都是單騎而行。平常他不會在人前獨自現身，一方面是安全起見、另一方面是因為有人隨侍乃是身分地位的象徵。身為一名將領，不應單騎奔馳——就算村重心裡明白，也無法壓抑自己想要立即飛奔過去的心情。

那處庵舍位於町屋的南邊，孤零零地蓋在野草恣意生長的土地上。有個古刹位在距離池田城鎮有段距離之處，由於那裡的法師年老力衰，於是便在此蓋了間庵舍，讓自己得以終日念佛、直至圓寂之日。村重原先就認識那位法師，因此建設此庵也是村重出的力。法師如今成了庵主，然而目茫耳弱，日常生活都靠著寺男（註75）協助。但若有迴國僧或山伏造訪，總是會豪爽地讓他們借住一宿。

等到村重抵達後，就看見那孤身佇立在草原上的庵舍門口，擠滿了無數百姓。不知他們是在哪裡聞此噩耗、所以才聚集過來。但是大家都無能為力，只能嚎啕大哭。其中還不時傳出硬擠出喉頭的吶喊。

「無邊大人！」

「怎麼會這樣啊，無邊大人！」

四下滿盈悲嘆、震撼上天，悲傷的喊叫又令氛圍更加傷感。就連村重都對是否該打散這片氣氛而感到遲疑。等到他們發現村重的身影，便有如尋求救贖般、將手都伸向了村重，口中叨念著不明的話語。連村重的馬都被嚇到往後退去。

守著庵舍的御前眾們一看見村重，精神也隨之振奮。

「快退下！這位可是攝津守大人啊！你們克制點！」

他們揚起怒罵聲、還高舉長槍，但民眾卻一個字也聽不進去。平時連村重面容都不得直視的平民百姓們，抬著皺巴巴的臉龐、高舉著手湧向村重。

村重在馬上看著在場的人們，黝黑的臉龐、破破爛爛的麻布衣，每個人的眼裡都滿溢淚

75　被寺院聘僱、負責處理寺中雜務的男僕役。

水。在這不知是否還有明天的守城日子裡，對於他們來說，見到無邊就是一種救贖。而無邊卻死了。民眾眼中的，是絕望嗎？不，不只如此。

是憤怒。洶湧滾沸的憤怒。

村重大喝一聲。

「安靜！絕不允許有人在此聚眾喧嘩！」

即使身處於戰場喧囂的環境之中，村重的大嗓門也能對著士兵們發號施令。離村重比較近的人，還因為這過於宏亮的聲音而跌坐在地。趁著民眾氣勢衰退的空檔，御前眾連忙圍繞在村重身邊。村重再次下令。

「都回去吧。違者斬無赦！」

這是領主的命令，而且大家都知道這絕非只是警告而已。聚集在此的民眾留戀不捨地頻頻回頭，三三五五地走回伊丹城鎮內。

等到周遭安靜下來，御前眾等人一同跪下。其中一人頭也不抬地報告。

「大人，實在非常抱歉。」

是乾助三郎，他現在的聲音正顫抖著。

「我們在此戒備，卻還發生此等憾事。我想您已經知道了，無邊大人和秋岡四郎介遭到殺害。」

「什麼，秋岡也被殺了？」

「是，腿部遭砍後，喉頭被刺穿而亡。」

村重咬牙，荒木家御前眾引以為傲的五本槍，其中已經有三個人死去。村重瞪著剩下的人，這時才終於發現，有個不是御前眾的人混在裡頭。此人僅有腰上插刀、並未穿戴鎧甲，頭上還戴著折烏帽子（註76）。這是將領階層的裝扮。

「那邊那個人，把頭抬起來。」

聽見命令後，男人便抬起了頭。

「是與作啊。」

「是！」

平常一副精悍年輕武士樣貌的北河原與作，今早臉色卻蒼白如紙。

「你在這裡做什……」

村重正想發問，卻把話吞了下去。與作無論在這裡做什麼都無所謂，現在還有更重要的事情。村重從馬下來。

「進行檢分，助三郎你跟我來。其他人在此等著。」

正當村重打算進入庵舍，慢了一步的御前眾終於趕上了。村重在氣喘吁吁的士兵們當中看到十右衛門的身影，便下達命令。

「十右衛門，你也過來。」

庵舍有柴木圍牆包圍。圍牆並不高、柴木的狀況也很糟，不過拿來畫出個範圍也算足夠了。穿過那沒有門扉的大門，村重踏進了庵舍。陰暗之中有個如同幽鬼般的身影站在那裡。那是個皮包骨、僧侶打扮的男人——他便是庵主。

「呃……唔……」

76　也稱為侍烏帽子，武家人士元服後的裝束之一。相對於頂部隆起的立烏帽子，折烏帽子為方便行動，會將頂部折起，各家亦有不同的折法。

他似乎發出了某種呻吟聲，村重豎起耳朵仔細聽聽。

「攝州大人。」

好不容易才聽明白是這句話。看見相識的法師現在竟如此衰老，村重也不禁啞口無言。但眼下實在不是什麼敘舊的好時機。

「大師，我進去囉。」

他只說了這句，便回頭看向助三郎。助三郎往前一站表示：「我帶路。」

這間庵舍中有三個房間，一個是玄關土間（註77）後方挖了個地爐的起居間，庵主平日的生活空間便在此處。一個是持佛堂，雖然相當小，卻是完全符合規範的狹窄房間。另一個便是客房，走在村重前方的助三郎正是要帶他前往此處。

從起居間到客房，得經過外走廊才能過去。助三郎在破破爛爛的紙門前停了下來，單膝跪下。

「就是這裡。」

說完便將頭垂下。

村重在拉開紙門前就聞到味道了，裡頭飄出了焚香的氣味……以及武士非常熟悉的那個味道。血腥臭、以及屍臭。

「打開吧。」

「是。」

助三郎拉開紙門，濕氣迎面而來。

在這狹窄房間的中央，有個僧侶裝扮的男人俯臥在地。那黑漆漆的木板地上留有一大灘

77 日式住宅中，玄關處沒有施加額外裝潢、直接露出地面的部分。

血跡，蒼蠅停在屍身上，處處都是黑點。連一絲絲此人不是無邊的希望都沒有，明知如此，村重還是發令。

「把臉轉過來。」

「是。」

助三郎毫不遲疑地將屍首翻過身來，蒼蠅猛地全飛了起來，在狹窄的客房內團團轉⋯⋯這具屍體，的確就是無邊。雙眼大睜、嘴巴也開開的，臉上明顯寫著驚訝與恐懼，可見這名迴國僧在人生的最後一刻絕非是安詳地死去。

「傷。」

村重的命令雖然簡潔，但助三郎仍然能遵循指示，開始摸索著屍身。那巨大的手掌與粗壯的手指都沾滿血跡。無邊那僵硬的手指，看起來像是試圖抓住天空。助三郎手指上沾到的血，並沒有往下流，幾乎都凝固了。

傷口非常明顯。助三郎還未能擦去血跡便直接報告。

「胸口中了一刀。貫穿袈裟直透背後。除此之外沒有其他的傷口。」

村重摸了摸下巴。無邊雖然不是武士，但他可是靠著兩條腿於山野中自在行走、身體相當健壯的迴國僧。應該也懂得遇到強盜之流的人時，要如何保護自己。要能一擊直接刺穿他的胸膛，這可不是那麼容易的事情。

村重再次環視這蒼蠅亂舞的房間。地板雖是鋪著木板，不過以榻榻米來計算的話，應該差不多四疊半大小吧。除了地板上的大灘血跡以外，牆壁也到處都有噴濺的血跡。也就是說，無邊是在這裡遇害的。屍體並沒有被移動過。

房間有三面是牆壁，一面則是通往走廊的紙門。這裡並沒有櫃子或壁櫥。而且正如同隱居者的草庵風格，房間裡的東西很少，就只有被褥和香爐而已。雖說是香爐，也只是個未經加工的素燒土器，裡頭還留下了焚香的痕跡。

「沒有。」

村重喃喃言道。

「沒有，是指？」

雖然助三郎開口詢問，但村重卻無法回答。

村重發現行李並不在房間裡。就是那個無邊用來收放旅途用具與佛具、用籐條編織的行李籠。

——那件行李裡面，應該放了「寅申」才對。

「寅申」十之八九是被人拿走了，但還不能這麼快確定。村重竭盡氣力壓抑內心的倉皇後，便對著助三郎說。

「秋岡四郎介是在哪裡被殺的？」

眼前的助三郎無法伸手拭去汗水，似乎也不知道該如何處理染血的雙手，但他還是立即正色回答。

「是在外頭。」

「帶路吧。」

「是。」

一等助三郎踏向走廊，村重立刻在郡十右衛門耳邊交代事情。

「找出密函。發現的話你就收起來。記得確認一下有沒有被人翻閱過的痕跡。」

寫給惟任日向守光秀的密函，是十右衛門交給無邊的。知道目前正在推動和談一事的人極少，因此這是只能交辦給十右衛門的工作。十右衛門回答：「是。會盡快處理。」

「還有一事……我把『寅申』交給無邊了。」

就連平常不動如山的十右衛門，當下也不禁睜大了雙眼。

「什麼！是那個名物嗎？」

「嗯。但我沒看見。大概是被賊人拿去了，但也可能是無邊藏了起來。慎重起見，你盡可能仔細找找。地板下、天花板上，全都搜一遍。外觀是裾張形，顏色是黃色調。」

「是，明白了。」

十右衛門一臉嚴肅地低下頭去。

雖然說是慎重起見，不過村重心裡也明白，無邊實在不可能把「寅申」藏在這處庵舍裡頭。只是內心仍抱持著一絲希望，所以才命十右衛門去找，但現在卻忍不住咒罵自己的愚蠢。不過村重同時也忍不住想說服自己，「寅申」會順利找到的，應該就在某處……

夏草在酷暑中獲得力量，強悍地茂盛生長著。簡直就像是吸取了那些敗於暑氣之下的人的生命力。

秋岡四郎介就躺在夏草之中。他雖然穿上了毫無縫隙的整套鎧甲，卻被砍中了那沒有鐵片保護的大腿內側，喉頭也被貫穿。流出的血都被吸進了潮濕的泥土當中、沒有留下血灘，而殘留在草摺和腳絆上的血幾乎都凝固了。他的鎧甲也有喉輪，因此殺害四郎介的人是先砍他的腿，再趁四郎介倒地時掀起喉輪，刺穿喉頭給他最後一擊。這是習慣殺人者才能辦到的。例如換作是村重自己，大概也會這麼辦。

「為了檢驗遺體，所以才將他翻過來。」

助三郎說道。

「但原先是趴著的。」

定睛一看，就發現四郎介的刀還收在鞘中，連一丁點的刀身都沒有出鞘。於是村重便開口問道。

「四郎介沒帶其他的武器嗎？」

「沒有，他只帶了刀。」

對四郎介來說，只要有刀在手就足夠了吧。但是他卻連拔刀的機會都沒有，就這樣被殺了。若是在戰場上陣亡，倒也算光榮，但是無法保護一個僧侶、就這樣遇害了，難免會遭人非議，說他掉以輕心。可是村重完全不覺得他會有此疏忽。

「四郎介連刀也沒來得及拔，看來敵人的手腕相當高明。」

「確實如此。像秋岡大人這般身手，怎麼會……實在是令人難以置信。」

低頭看著四郎介那失去血色的面孔，助三郎的聲調相當沉重。

村重仔細察看四郎介褲裙的破裂方式、以及傷口的方向。傷口在腿部內側較粗、但往正面卻越來越細。

「四郎介他……」

村重喃喃自語。

「是從背後被砍的啊。」

「噢，可是……」

助三郎似乎不是很能理解。

「這片草原無論從哪裡接近，都會發出踏過草地的聲音，不可能在秋岡大人沒注意到的情況下繞到他背後呀。」

助三郎確實言之有理，村重環視四周。這裡是相當於草原正中間的庵舍後門。庵舍被柴木圍牆包圍，圍牆又設有正門和後門兩個出入口。沒有枝折戶(註78)之類的東西，出入自由。四郎介倒下的地方，距離圍牆有十幾步左右。

「助三郎，從昨晚前來守夜開始，到發現無邊的遺體為止的事情，一字不漏地告訴我。」

「是。不過大人，北河原大人在場的話會比較好。」

村重並未詢問理由，就只說了一句話。

「這樣啊。那就換個地方。」

從庵舍後方，走過柴木圍牆外頭繞回庵舍正面。昨天晚上負責警備工作的兩名御前眾、從本曲輪跟著村重過來的兩人、還有北河原與他的馬伕，都無所適從地站在那兒。十右衛門還在搜索客房的樣子。太陽升起，草地上的濕氣也往上飄升。

助三郎說道。

「我等四人昨晚在捉住潛入本曲輪的賊人以後，便接到組頭郡十右衛門大人的指示，說是要戒備庵舍、保護無邊大人，因此立刻趕到此處。秋岡大人表示若是拿著火炬，只有單手可用的話或許不太方便，加上昨晚星光明亮，因此我們都同意秋岡大人的意見，值勤時並未拿著火炬。」

守衛庵舍的是乾助三郎、秋岡四郎介和另外兩名御前眾。他們每個人各站到庵舍的一面，監視周圍的草原。守著正門的是助三郎，守著背側的則是四郎介。

78　直接運用折下的樹枝或竹子製作的簡單門板，常見於庭院的出入口。

「這不重要，繼續。」
「在清晨前並無任何狀況。快要天亮之時，北河原大人來到這裡，說是想要見無邊大人。」
北河原與作當然是從庵舍正門接近的，因此一開始發現與作的是助三郎。
「在下表示我等接到的命令是不允許任何人接近，即使是北河原大人也不能通融。不過北河原大人相當堅持，僵持不下時，馬匹突然躁動起來，正當在下和馬伕試著制止馬匹時，北河原大人就趁隙進了庵舍。」
「接下來就由屬下稟告吧。」
與作說道。
「屬下請庵主為我帶路，但他似乎沒有聽見。雖然相當無禮，但無可奈何之下，我只好自己進去找無邊大人。畢竟庵舍如此狹小，並沒有費太多工夫，但是等我找到他的時候，無邊大人已經像那樣被殺害了。」
助三郎接著說下去。
「北河原大人從庵舍出來以後表示無邊大人遭到殺害，在下也立刻進去察看，無邊大人確實已經身亡。心想大事不妙，趕緊將其他人喊過來，這邊的兩人馬上趕到，卻沒有看到秋岡大人。屬下想著不知是怎麼回事，立刻去找他，結果就發現秋岡大人也遇害了。」
村重瞪著助三郎等人。
「你們同為御前眾，都不會互相喊聲留意一下嗎?四郎介是在半夜就被殺的，要是你們有注意彼此的狀況，應該早就發現四郎介遭遇不測。」
助三郎等負責警備的御前眾們立刻全身顫抖。
「實在萬分抱歉!」

要說他們懈怠了，確實也是如此。不過村重也認為過度責備他們又不太對，畢竟他們的將領可是村重本人，自己沒有針對戒備的策略來仔細下達指令，也得扛起責任。更何況就算他們互相照應、能夠早一步發現四郎介的死，應該也不一定能避免無邊死去。

十右衛門從庵中走出，見他欲言又止的表情，村重便離開助三郎等人一段距離。十右衛門小跑步過來，得到允許後才低聲向村重報告。

「沒有找到『寅申』。」

「這樣啊。」

「無邊大人的袈裟衣襟裡縫著昨天那封密函。但是衣襟的線已經略略綻開、密函的封緘位置也稍有偏離。」

「也就是有人讀過了吧。」

「恐怕是的。」

村重嘖了一聲。他將視線轉往包圍庵舍的草原，像是現在敵人就潛伏在其中那樣地瞪視。

「是織田的人嗎？從庵舍後門接近，先砍了四郎介、又悄悄從矮牆的出入口潛入，殺了無邊後……」

再偷看密函，奪走了「寅申」。這接下來的話，村重都吞進了肚裡。

若是如此，敵人實在是相當高明。這樣一來，恐怕「寅申」已經被帶到城外了。一旦村重陷入沉默，在場便沒人能說話。此處也毫無蟲鳴聲或風聲，就只有熾熱的陽光。

7

從絕對無法離開的城池之外飄然現身、口中訴說佛之道的無邊，對於城內的所有人來說，就是一種救贖。

畢竟如此一來，死後便更有可能前往極樂，同時也會感受到在織田軍如浪濤般的包圍下，這座有岡城也不是孤島、仍然能與外界有所聯繫，只要這樣想，就覺得獲得了救贖。然而，無邊卻死了。坊間開始傳出流言蜚語，說這是潛入城中的織田細作下的手。還偷偷流傳著雖然村重嚴格命令要堅守該處，敵人卻如入無人之地般、奪走了無邊的性命。織田之手沒有不可及之處、而荒木則是什麼都保護不了——無論士兵或人民，就算沒說出口，也都這麼想著。

村重回到本曲輪的宅邸裡，在大廣間的蓆子上盤腿坐下。村重眼前是平伏於地的郡十右衛門。

「十右衛門。」

村重開口。

「你說說將密函交給無邊時的情況。」

「是。」

十右衛門在進入大廣間前，已經從近侍那邊聽說了村重所為何事。因此他可以毫不遲疑地侃侃而談。

「屬下拿到大人交付的密函，並在過午時分轉交給無邊大人。我策馬前往庵舍告知來意，庵主雖從門口走出，但他的耳朵不靈敏、溝通有些困難。過了一會兒無邊大人現身了，我便告知他有密事相告。接著屬下就被無邊大人帶往客房。不過我只有將密函交給他，並沒有和無邊大人多說什麼。離去時也曾與庵主打過招呼，但庵主似乎昏昏欲睡、並沒有回答。」

「那個時候，行李在客房裡嗎？」

十右衛門無法回答。

「怎麼了?」

「深感抱歉，因為只顧著交付密函，實在想不起房內是否有行李。」

十右衛門的聲音聽來有些焦慮。村重摸了摸下巴。

「這不是你的錯。」

然後他又繼續問道。

「你前往拜訪的時候，庵舍中只有庵主和無邊兩人嗎?」

「這點我也不清楚。」

「庵主就像你看到的那樣年老力衰，記得以前有個待在池田寺院裡做雜務的寺男，會負責照顧他的起居。」

十右衛門馬上接著回答。

「若是那名男子，在下識得。」

「這樣啊。那麼他在嗎?」

「此人不在。」

村重略略揚眉。

「方才你說不知道庵舍裡是否只有庵主和無邊兩個人對吧。那你怎麼能確定，那個寺男不在呢?」

「這是有原因的。」

十右衛門立即回答。

「屬下送完密函，歸途時已接近傍晚。我在伊丹的鎮上見到那個寺男，當時他看起來正在購買蔬菜。」

村重點點頭後便發令。

「這樣啊，詳細經過我明白了。你去找出那個寺男，將他帶過來。」

那名寺男一輩子都在池田的一向宗寺院裡度過，雖然完全沒有人知道他究竟多大年紀，不過看起來應該已經年過五十。由於過著嚴苛的生活，他的背部有些駝、頭髮中也帶有白絲、臉上皺紋相當深。他是個個性相當好的男人，不管眼前的是小和尚還是一般施主都彬彬有禮地對待。無論對方是多麼地位崇高的高僧或者貴人，也絕對不會阿諛奉承。池田城成了廢城以後，法師在有岡城內建起庵舍，這名寺男也就跟著搬了過來。那個男人被帶到庭院，平伏於地。村重來到緣廊上，站在男人的面前。

「好久不見了。」

村重既與庵主為舊識，自然也曾見過這名寺男。男子只應聲而未言語。

「我允許你直接回話。我要問事，你可得用心回答了。」

「是！」

「郡十右衛門說，昨天傍晚他在伊丹城鎮中看過你，可有此事？」

男子依然平扶在地面、一動也不動，就只是開口回答。

「小的確實曾與大人的騎馬家臣擦身而過，但因為伊丹這裡乘馬的武家大人甚多，那位您的家臣是否就是郡大人，我就不清楚了。」

村重相當中意他如此慎重地回答。

「好，那麼，你慢慢將之後發生的事情一一道來。」

「是的。」

男人似乎是在整理思緒，沉默了好一陣子，才開始三言兩語地說了起來。

「由於白天有事要去鎮上，因此我會在早晨和傍晚前往庵舍。昨日庵主大人說想要醃漬東西、請我買些蔬菜，不過要湊齊那些東西花了些時間，因此傍晚之前要到庵舍工作的時間便拖延了。我過去的時候，已經快接近日落時分。和庵主大人打過招呼後，他說今天晚上無邊大人在此留宿，而且無邊大人有訪客，這讓小的非常訝異。」

北河原與作和郡十右衛門都說沒能和庵主好好說上一兩句話，就連村重自己，也聽不太懂庵主的話語。那麼，這個男人是因為聽聞庵主說話，所以才感到驚訝的嗎？

但村重心想並非如此。平時就負責照顧庵主起居生活的寺男，即使能聽懂庵主在說些什麼，這也沒什麼好奇怪的。

「接下來又如何？」

村重催促他說下去。

「總之我趕緊先去向無邊大人打招呼，也詢問是否需要拿酒給客人，無邊大人卻以非常嚴厲的語氣告訴我，不需要、客人已經回去了。我記得他甚至還囑咐我，不要妨礙他禮佛。」

庵主所說的客人，究竟是誰呢？

無邊說那個客人已經離開了，這樣一來，所謂客人會是送密函過去的郡十右衛門嗎？十右衛門進入庵舍時有向庵主打招呼，但只得到不清楚的回應。他說自己離開時也打了招呼，然而庵主似乎昏昏欲睡。庵主只知道十右衛門來了，卻不知道他已經走了——村重是這麼想的。

話又說回來，無邊竟對寺男顯露嚴詞厲色這點，村重總覺得難以釋懷。無邊應該對於男女老幼、貧富貴賤，都會一視同仁地溫和應對才是。話雖如此，針對不同的對象改變說話方式，這在世間也是常有之事。總覺得好像因此看到了無邊的另一種面貌，這讓村重感到不太愉悅。

寺男又說了。

「後來天色剛入夜，小的要去做打水等工作時，客房裡飄出了薰香的氣味、無邊大人似乎正在念誦真言之類的樣子。我曾見到他出來前往茅廁一次，不過他的表情相當嚴肅，小的不禁感嘆，即使被譽為活佛的高僧無邊大人，禮佛修行時仍然如此誠心。」

「……繼續說下去。」

「當小的得到庵主允許、準備離開時，時間也不早了。這種情況其實還滿常發生的。在下於夜晚視物還行，只要有星光便能沿著平時走慣的路回家。對了，走出門口的時候，有位相當高大的武士大人站在那裡，他叫住小的之後便詢問我是何人，我告知自己的身分以後，他並沒有多說什麼。之後小的便回到伊丹鎮上的陋屋歇息了。」

這個男人說起話來相當平穩，也絲毫沒有遲疑。他的記性好、也不會畏畏縮縮的。看著這頭也不抬的男人，村重心想要是此人年輕個二十歲，或者十五歲也好，還真想把他找來處理家中的雜事哪。

在寺男要回去時，便讓他領了些賞錢。而村重返回大廣間後，就命令近侍把乾助三郎叫來。

身軀肥胖的助三郎相當耐不住夏季的炎熱，平伏在村重面前的他，始終惶惶不安地看著自己的汗水滴落在大廣間的地板上。

「助三郎，我要問的事情不多。昨天夜裡，你看見了要從庵舍離開的寺男嗎？」
「噢……是的！」
當時助三郎正在黑暗中努力監視有沒有人接近，卻突然有個人從背後喊他，真是嚇破了膽。但應該不至於因為這種事被責罵吧？助三郎一邊這麼想著、一邊回答。
「確實有看見。」
「這樣啊。你要仔細回答了……那時候，他有拿著什麼東西嗎？」
昨晚，助三郎曾在近距離與那個男人對談。他也知道這名寺男會往來庵舍，而對方也沒有哪裡特別奇怪。但助三郎還是有好好地觀察這個男人，因為安部自念在去年冬天被殺害以後，他曾被村重交代，身為一名武士，就應該好好看清別人手上拿了什麼、身上穿了什麼。
「沒有，完全沒有拿任何東西。」
「不一定是拿在手上，他有沒有背著什麼東西？」
助三郎也看到了寺男離去時的背影。
「也沒有背任何東西。」
「……是嗎。」
昨晚，助三郎等人是徹夜守衛庵舍，無論是多麼強悍的御前眾，睡眠不足是沒法子繼續工作的。於是村重便吩咐。
「我明白了。退下吧。昨天晚上負責警備的人，今天都不必執勤，你跟其他人說一聲。」
「是的！」
助三郎忐忑不安地思考著到底該不該把自己滴落到地板上的汗擦掉，但最後還是直接離開了大廣間。

最後被找來大廣間的，是北河原與作。和早上不同，此時的他已經穿上了鎧甲。包含與作在內的北河原家部隊都屬於機動型的浮勢，為了在敵人來襲時可以即時飛奔到城內各處，因此隨時都要做好準備。去年極月之戰時，也是他們立刻派出援兵搭救苦戰的岸之砦，立下了功勞。

村重對平伏的與作下令。

「與作，抬起頭來。」

「是。」

與作回答的聲音雖然有力，臉上卻明顯寫著不滿。村重雖然發現了，卻故意不問他是怎麼回事，直接拋出自己的問題。

「你在拂曉之時去拜訪無邊……是去做什麼的？」

「這個嘛，如果您是要問那件事的話。」

與作整個人的氣力似乎都在消散。

「並非什麼大事。因為家裡有個病人，看來是已經無法救治了，他喃喃叨念著，希望能夠聽聽無邊誦經再死去。雖然只是個下級武士，但屬下還是希望能幫他實現願望，因此我想把無邊找到家裡去，便出門尋他去了。」

「時間還真是挺早的呢。」

「為了來日不多的病人，一刻也慢不得。即使是這樣，屬下還是有稍微等候到天明時分再前往。但沒想到竟然發生了這樣的事件，看來是無法為屬下家中之人實現願望了。」

在大廣間隔壁的房間裡，御前眾正在豎耳傾聽。當下應該已經有人立刻奔向北河原家，確認是否真有那樣的病人了。

與作一直皺著眉頭，最後還是開了口。

「大人，我能夠向您請教一件事嗎？」

「……准。」

「那麼，我聽聞您還找來了郡、乾，甚至是那名寺男來問話。說到底，究竟是要檢斷什麼事情呢？」

村重答不上話，與作繼續說著。

「織田之人砍了秋岡以後進入庵舍，接著殺害無邊。除此之外還要確認些什麼呢？與作實在無法理解。」

與作會這樣想，也是理所當然。但村重無論如何都得要檢驗無邊之死的相關情況。無邊是領受村重命令的密使，除此之外，他還拿著這個世界上獨一無二的名物「寅申」，應該沒有人同時知道這兩件事情。就連十右衛門和祐筆，村重也沒有告訴他們「寅申」的事，甚至為了避免有人發現茶器數量增減，不管是從倉庫搬出來、將東西搬進書齋、還有之後從書齋搬回倉庫的時候，都刻意用了不同一批近侍。相當用心地嚴防祕密流出。但「寅申」還是被搶走了。

如此一來——祕密肯定是走漏了，應該埋藏在祕密背後的和談，或許也已經洩漏出去。祕密究竟是從哪裡走漏的？村重正是想知道這點。但是這件事，當然不能讓與作知道，也無法告訴城裡的任何人。

——不，只有一個人——

發現與作一臉驚訝地看著自己，村重簡短地回答。

「不能說。」

就只有這麼一句。

8

村重一個人關在書齋裡，面對著眼前的反故紙(註79)。時間這種東西，可以從太陽大致上的位置、以及周遭陰暗的程度抓個大概。每一刻的時間長度，也會隨季節變化而有所不同。就算是把幾個人湊在一起，詢問同時間內發生的事情，可能有人說是午時、卻另外有人說是未時。但事情發生時的順序還是不會改變。村重提筆，把昨天到今天早上發生的事情依序寫了下來。

大致上如下所述。

早上

軍事會議結束。無邊來有岡城。降下驟雨。

中午

在本曲輪的屋子裡與無邊對談。將「寅申」交給無邊。

無邊前往庵舍。

79　在古時候的日本，和紙為貴重的物品，因此有時會將已經書寫過的紙張反過來，利用空白面再次書寫。已使用的那一面即為「反故」，意指其中一面已經寫有文字、但已不再需要的紙張。

午後

郡十右衛門帶著信件前往庵舍。將信件交給無邊。行李的有無不明。

離開時有向庵主打招呼，但庵主並未回答。

傍晚

十右衛門在伊丹城鎮見到寺男。

日落前

寺男進入庵舍，由庵主處得知無邊在此留宿、以及無邊有客人來訪。

寺男前去向無邊打招呼。

剛入夜

甲　寺男做打水等雜務。聞到薰香、聽見真言。看到無邊前往茅廁。

乙　栗山善助潛入本曲輪，打了照面。村重命令御前眾前往戒備庵舍。

甲與乙何者為先，不明。

晚上

秋岡四郎介、乾助三郎等四人進行庵舍護衛工作。

寺男因為要離開庵舍，被助三郎叫住。

拂曉
北河原與作為了讓瀕死的家人能聽無邊念佛，因此前往庵舍。
乾助三郎阻止與作進入庵舍。
與作拋下助三郎、進入庵舍，發現無邊的遺體。
在那之後，也發現了秋岡四郎介的遺體。

早上
村重收到來報。
行李從客房中消失。

「寅申」消失、無邊和秋岡四郎介成了遺體被人發現的前後經過，大致上就是如此。然而，無論村重盯著反故紙看了多久，他想知道的事情——祕密中的祕密究竟是從何處走漏的？最重要的是，「寅申」到哪去了？——都還是無法釐清。

9

北攝的土地含水。
村重往有岡城天守的地下走去。由於正上方就蟠踞著天守，被壓在底下的土地便會不斷地滲出水來，所以這裡的地下空間總是溼答答的。地面雖然曝晒在酷暑之下，地下卻相當寒涼。
村重在大白天前來，身邊無人陪伴、自己舉著手燭。看守者聽到腳步聲而走了出來。

「大人。」
是相當嘶啞的聲音，這個看守者是個年約五十的男人，名為加藤又左衛門。由於先前看守者死於非命，因此他被派來這裡看管唯一一名囚犯。村重問他。
「還活著嗎？」
「是。您吩咐要讓他活著。」
「把門打開吧。」
又左衛門遵循命令，取下掛在腰上的鑰匙。鑰匙插進那單片木門的鎖頭，轉動後響起沉重的「喀鏘」一聲，鎖便開了。
「……已經開了。」
或許是這扇門已經有些傾斜，光是把鎖打開，門板便自行飄了開來。村重雖然將手燭往前伸，但蠟燭微弱的光亮卻被吸進黑暗之中、根本無法往前推進。村重默默地走進去，後頭是持續往下延伸的階梯。
隨著村重一步步向下走，地板上的蟲子也因為厭惡光亮而散了開來。一會兒才在手燭的光圈當中，看見那彷彿將人關入就絕對不會放出來、像是由強烈意念凝結而成的粗厚木格子柵欄。
木格子柵欄後方的深處有個黑色團塊。這時村重開口。
「官兵衛。」
那團塊稍稍動了動，之後笑了起來。
「可不是攝州大人嘛……根據在下的計算，您來得稍微早了些呢。」
在那搖曳的光亮之中，隱約浮現出那個播州無人不曉的武士、被讚揚為智勇雙全遠勝眾人的黑田官兵衛，但卻是完全變貌的姿態。那遭人打傷的頭部傷痕醜陋地扭曲著，就算是身處黑暗也一清二楚。雙眼凹陷、背部蜷曲、似乎連腳也有些問題了，根本沒辦法好好地坐正。雖然是村重下令將官兵衛關入牢中的，但一個人被丟在根本無法好好站立、也無法伸展身體的牢裡關了七個月，原來會變成這樣啊。即使變成這副模樣，人也還活著，能夠活動、能夠發出聲音。一想到這裡，村重不禁感到有些佩服。憔悴、細瘦、衣衫襤褸的官兵衛，聲音沙啞又日漸陰鬱——即使如此，卻仍然帶有那種令人不可鬆懈輕忽的聲響。官兵衛並沒有隱藏自己話語中對村重的嘲弄之意，但村重絲毫不認為他只是在逞強、又或者是在嘴硬。

「你說早了，是指什麼？」

村重問道。

「這個嘛，根據在下的解讀，原本以為大概還要十天左右，才能夠見到攝州大人呢。」

「為什麼我得見你這個階下囚？」

「這問題可就怪啦……眼下攝州大人不就現身於此嗎？」

官兵衛只說了這句話後便閉上了嘴。牢中的官兵衛一沉默下來，就只像是個影子。

對於村重來說，官兵衛正是如同影子般難以捉摸的男人。過去不過是小寺家一名家臣的小寺官兵衛，才智傲人、武勇可靠，但並非是什麼難以理解的武士。被囚禁在這監牢中的官兵衛，是不斷等待著向天下展現其智略的時機，雖然有些麻煩但應該不是很棘手的男人——然而，隨著時間一個月、兩個月過去，村重對官兵衛可說是越來越不明白了。雖然先前就覺得這個男人聰穎，實際上卻遠超乎自己的想像。雖然能判斷官兵衛究竟在期望什麼，但實際上那究竟是什麼，卻又虛無飄渺、難以捉摸。不過到了現在，村重覺得自己可以理解官兵衛的想法了。

官兵衛前來造訪有岡城的時候，應該確實抱著壯烈赴死的決心。但知道自己不會被殺、反而遭到下獄以後，他卻萬分狼狽，嚷嚷著殺了我、殺了我呀。事到如今，為何官兵衛會叫村重殺了他，原因也相當清楚了。正如同昨晚潛入本曲輪的栗山善助所說，官兵衛很清楚無論自己是活著還是只剩一顆首級，只要沒有回去的話，人質就會被殺。

人質遭到殺害，對於武士而言是相當沉重的恥辱。若是要遭受恥辱，那還不如選擇死亡……十一月的時候，官兵衛應該是這麼思量的吧。平心靜氣捨棄人質、放話說這也是武略等的武士，在這亂世之中並不罕見，而他這種想法雖然算是比較稀奇的，但並不難理解。不，其實應該說這實在是合理到不能再合理、完全就是符合武士風範的做法。面對官兵衛，村重有股衝動想告訴他，我已經看清你的底細了。

——不，等等，村重心想。十一月的官兵衛由於畏懼恥辱而希望死去，那麼現在蜷縮於牢籠之中、動彈不得的官兵衛，是否仍延續著先前的意志呢？

不，村重又想。已經不一樣了，這其中少了些什麼。

領悟到自己其實還是沒能看清官兵衛內心的真實樣貌，村重不禁有些煩躁。不過村重立即發現，有件事情是官兵衛無從得知、而他自己卻知道的，於是忍不住笑著說出口。

「官兵衛。栗山善助跑來說什麼要救你呢。」

「……」

「那傢伙甚至潛入了本曲輪，還真有一套。」

村重憑藉著手燭的光線，凝神望過去。因為他想看看官兵衛的表情和肢體動作有沒有透露些什麼……但絲毫沒有變化。官兵衛在陰暗的監牢裡微微低頭，好似什麼也沒聽到似地一動也不動。官兵衛究竟是竭盡全力抑制自己的內心情緒，又或者真的是什麼也沒在想，光是憑藉手燭那微弱的光源，實在無法看透。村重臉上的笑容，也彷彿被抹去般、消失得無影無蹤。

村重明白自己莫名地燃起亢奮、卻又莫名地失去熱情。他的野心很大，若是為了戰爭，無論詐術還是欺瞞，他都會運用。但是他絕非卑劣之人。用話語來挑釁一個被囚禁在牢中、身無寸鐵的男人，實在不像是他會做的事情。村重立刻反省，訝異自己究竟是怎麼了。

村重一沉默下來，官兵衛就像是為了拯救他而開了口。

「那麼，後來又怎麼了呢？」

失去興頭，村重隨意說道。

「不過是一名下級武士，讓他活著也不可能打敗仗、殺了他也不至於獲勝。就把他趕到城外了。」

「那可真是……」

官兵衛那沙啞的聲音中，再次夾帶了些嘲笑感。

「積了放生之德呢。」

那傢伙還大喊著為何不殺了官兵衛呢。這句話幾乎就要來到村重的喉頭，但村重這次制止了自己。嘲弄與隱瞞讓村重相當煩躁，讓他人說出不必說的話語，正是官兵衛的企圖——差點就要全盤中計了。雖然心裡懊惱著，村重還是努力讓自己平心靜氣地開口。

「你這不是在逞強嗎。」

官兵衛仍低著頭，吐出了話語。

「我可不想聽什麼理由。攝州大人會來到這監牢，並不是要說這種話來給官兵衛聽的吧。」

「你還是這副小聰明的樣子，莫非打算從這牢裡把我看個透徹嗎？」

官兵衛沒有回答。

村重在去年冬天和今年春天，兩度帶著城內發生的疑難之事來詢問官兵衛的意見。就算官兵衛覺得會有第三次，倒也沒什麼好奇怪的。村重放下手燭，在潮濕的地上盤腿坐下。

「……好吧，的確有事情要告訴你。這座城裡似乎有前所未見的高明之人混了進來。」

官兵衛在黑暗中略略歪了歪頭，但還是沒開口。村重又繼續說下去。

「那個人知道了旁人不該知道的事、殺害密使、還看了密函。只要沒辦法知道他是何時、如何知道那個祕密的，有岡就危如累卵。你想必明白，有岡陷落的那一天，就是你的絕命之日了。」

木格子柵欄另一邊，官兵衛稍稍挪動了身子。

「這樣啊……那我就姑且聽一聽吧。」

「好，你聽好了。」

接著村重便開始說明無邊和秋岡四郎介遭到殺害一事。通往土牢的唯一門扉已經關上，並不需要在意樓上的看守者加藤又左衛門是否會聽見。

當然，村重並不打算將所有的事情都告訴官兵衛。指派無邊為使僧去談的事情其實就是和議一事，他按下不表。除此之外，包含他將名物「寅申」交給了無邊、後續的所見所聞以及調查到的事情，全部詳細說個清楚。官兵衛雖然一直沒有回話，但偶爾也會點點頭。他先前都不曾如此。

村重將抓住栗山善助的來龍去脈，以及派遣御前眾前往保護草庵的經過都告訴了官兵衛。庵舍的結構、柴木圍牆、無邊和秋岡四郎介死去的情況等也都加以說明。還提到隔開町屋與侍町、侍町及本曲輪的橋梁，以及北河原與作在天還沒亮的時候就造訪庵舍的理由、乾助三郎目送寺男離開，最後自己在本曲輪的宅邸盡可能偵訊所有人等事情。

「事情的經過就是這樣。」

村重進入結論。

「『寅申』就這麼消失了。看來織田手下是多了像是天狗附身般的人呢。不知究竟是如何探得祕密中的祕密、拿走了名物，還讓強悍的武者連拔刀的機會都沒有就被殺了。」

「……唉呀，」

官兵衛喃喃自語。

「攝州大人不至於會這麼認為吧。」

村重沒有回話。

官兵衛確實一語中的。村重確實不覺得這一切都是手段高明的細作所為。城中肯定有少數織田的手下潛入了，但無論有多麼厲害，辦不到的事情就是辦不到。

無邊是被帶到宅邸內的大廣間，而且村重要無邊靠近自己一點、而且還是低聲對談。就算是在那個時候，天花板上或地板下有織田的人潛伏著、仔細豎起耳朵傾聽，應該也聽不到什麼。但如此一來，到底是什麼人、如何殺了無邊，他怎麼知道無邊是密使、帶著密函還負責運送名物呢？

官兵衛開口。

「攝州大人是相當聰明之人……難道沒想過，可能是家中之人嗎？」

沒錯——或許家臣裡有人私下勾結織田，將機密告知了潛伏於城內的細作，這樣一切就說得通了。不需要官兵衛指點，村重自然也想到了這一點。但後續的部分就想不透了。

知道無邊是為了和談而負責傳遞書信的密使一事，整座城裡就只有一人。正是御前眾五本槍之首的郡十右衛門。祐筆雖然知道信件的內容，但並不知道是要交給無邊。雖然荒木家的御前眾都是精挑細選的武士，但是在村重看來，其中被認為具備將才的就只有十右衛門。十右衛門也回報了村重的信任，一心一意地侍奉主君……看起來是這樣的。

昨天帶無邊到村重宅邸的是十右衛門、將信送去庵舍的也是十右衛門。但是他並不知道村重已經將名物「寅申」交給了無邊。

知道「寅申」已經交給無邊的人，放眼整座城還是只有一個——村重的妻子千代保。失去那個名物，簡直像整個人被撕成兩半那樣痛心，因此村重才會忍不住說出口。村重仔細回想自己曾說過的話，檢視除了千代保以外，還有沒有其他人知道「寅申」要讓給他人這件事。只不過，自己的記憶沒錯，確實沒有再讓其他人得知此事。但千代保應該不曉得無邊身上還帶著密函才對。

十右衛門與千代保。在這眾人如豺狼虎豹般覬覦彼此首級的世間，他們是村重在家外和家內少數能夠信任的人。要是讓村重知道，其中有一人悄悄地背著他，將無邊和這世界上獨一無二的珍寶交給了織田之人……光是這麼思量，就讓村重不禁感到心寒。此時，官兵衛帶著笑容說道。

「話雖如此，確實是件怪事呢。就連我官兵衛也難得聽出了些興趣。」

村重認為昨晚發生的事情確實相當堪憂，然而他並不覺得奇怪。於是忍不住開口問道。

「你說怪事，是指什麼？」

被村重這麼一問，官兵衛還刻意驚訝地睜大雙眼。

「唉呀、這實在是……根據攝津守大人所言，潛入這有岡城的織田手下，從這座城內和您關係密切的某人那裡得知了祕密、砍殺人之後進入庵舍、偷看了密函又放回去、最後還把茶壺給拿走了……這些還不夠奇怪嗎？」

聽官兵衛這麼一說，村重這才意識到有哪裡不對勁。

「確實相當怪異，那個人為什麼沒有把密函帶走呢？」

這可是敵方大將的密函，帶回去就是大功一件。就算是有什麼因素導致他無法帶走，要燒要撕、把信給毀掉應該是件容易的事。這個可疑之人在找密函、並且還是在無邊的衣襟裡發現的，最後竟然只是讀過後就物歸原位？村重接著開口。

「他要找的並不是密函，只有這個可能性吧。」

「沒有錯。那麼，轉為這個思考方向如何——那個可疑人士只打算盜走『寅申』，您覺得如何？」

村重思索了好一會，然後放棄了這個可能性。

「別說那種蠢話，普通的賊人怎麼會去拆開衣襟搜出密函呢。」

牢中之人以沙啞的聲音回道。

「沒錯，確實就是如此。」

告知村重密函已被人看過的，是郡十右衛門。村重有那麼一瞬間，還心想莫非是十右衛門騙了自己。但畢竟十右衛門原本並不知道「寅申」之事，因此「十右衛門將機密洩漏給織田的細作，而該細作是為了「寅申」才襲擊無邊」，這種假設也不成立。

「這……究竟是怎麼一回事？」

村重忍不住喃喃自語。結果官兵衛竟然嘻嘻笑了起來，映照在土牆上的人影也跟著晃動。

「這個嘛，究竟是怎麼一回事？」

聽官兵衛的語氣，似乎早已了然於心，村重挑了挑眉毛。在村重接著開口以前，官兵衛又說了下去。

「真不愧是攝津守大人，真是感謝您的招待。官兵衛確實有那麼點時間忘卻了無聊呢。不過……」

官兵衛的聲音驟然壓低，從那蓬髮下直勾勾地望著村重，開口說道：「理由仍然是理由，我想也該夠了──攝州大人想告訴官兵衛的事情，想來其實也不是這些吧。」

10

此處充滿了火焰的氣味，手燭燃燒的聲音、還有某種東西爬動的聲音傳入了村重耳中。村重好一會兒沒開口，因為他不知道該說些什麼。村重想著，他實在是想不明白官兵衛的意思。

「你剛才也是這麼說的。」

村重好不容易開口。他的眼睛和聲音，明顯充滿了嘲諷。

「我再問一次。你是認為我是為何來此？你覺得我打算對你些說什麼？」

「這個嘛，看來攝津守大人還沒察覺呢。」

官兵衛正色。

「不為別的，攝州大人是為了向在下說說這場戰事的趨勢而來的。」

「別開玩笑了，我為何要與你談這場戰爭。」

「自然是，」

官兵衛開口。

「因為您沒有其他能訴說的對象啊。」

村重背後竄過一陣惡寒。昨天軍事會議的情景歷歷在目。

——想來也不是多困難的事情。

——這樣還能持續打個七八年呢。

——窺探毛利的盤算方為上策。

——噢，正是如此，應該要這麼辦才對。

在這明知毛利的援軍不會到來的緊急時刻，在家中的主要將領都齊聚一堂的軍事會議中，大多數的言論都是什麼也別做。在這沒有一絲光線射入的土牢裡，村重彷彿聽見了遠雷的聲響。村重是這麼對無邊說的。

——我是個將領，只祈禱不要落雷是不夠的啊。

當然了，正是如此。我是荒木家當家之主、有岡城主、攝津守村重。一切都仰賴我的決定，我一揮動采配（註80）就可能造成萬骨枯、也可能使萬人活，將兵平民，所有的人都必須遵從我的指揮。然而……

「攝津守大人的旗下，應該有無數拚著性命遵循您的指示、為您奮勇作戰的勇者。應該也有那種能為您盡忠盡義、無論何事都會為了達成您的目標而粉身碎骨之人。然而就在下看來，能夠好好與攝津守大人談論這天下戰局的……嗯，可是一個也沒有。」

村重完全無法反駁官兵衛的這番話。

村重篡奪了池田家、擊敗和田家、又流放了伊丹家，將北攝納入囊中。在這段期間內，完全沒有人能夠與他暢談大事。當然，荒木久左衛門相當沉著、野村丹後勇猛無比、池田和

80　將領指揮用具的一種。外觀為短柄的一頭繫上裁成長條狀的紙束或獸毛。在日文中，這個詞也作為「指揮」之意。

泉忠誠老實，其他諸將也都不是什麼平庸愚蠢之輩。但是能以北攝為立足點將目光放眼天下、讓村重敞開心胸談論將來大計的人選，確實不存在。硬要算的話，郡十右衛門隱約可見些許將器才幹，但是距離成大器還有很長的一段路。若是高山右近的話，或許能與他談論些遠大的理想，但先前的右近只不過是個寄騎，而現在甚至還成了敵人。

官兵衛說得沒錯，村重就是孤身一人。

「在依靠織田家的那段時間，我想攝州大人應該過得相當快活。羽柴筑前大人、柴田修理大人、惟住五郎左大人、瀧川左近大人、惟任日向大人，除了他們以外還有多如繁星的將才，當然攝州大人您也是相當不得了的人物。無論是在軍事會議或茶席之間，應該都能夠談論相當充實的事情吧。攝州大人在織田家的時候，都能像個真正的人一樣與眾人交流……難道不是這樣嗎？」

還在織田家中的時候，官兵衛剛才列舉的幾位將領，都是村重的同輩、也是對手。大家互相競爭功勞、扯對方後腿，一講起話來就要針鋒相對的情況無所不在。但確實每位都是一號人物。讓家臣一臉困惑的話題，他們都能理解，有時還會展現出連村重都不得不敬佩的見識。

官兵衛的聲音就像是在授業解惑般平穩。

「您覺得如何？畢竟身在這牢獄之中，時間過得可是相當緩慢，我也不知道現在究竟是幾月了，不過在數幾個月當中，攝津守大人您是否曾經說過哪位的某段話說得好、雙掌一拍稱讚妙極呢？是否曾經看著某個人，心想這傢伙還真能讓我多說上幾句話呢？」

「……」

「在這座有岡城裡，能夠真正理解攝州大人想說什麼的，一個也沒有。除了在下以外，沒有其他人……正是因為如此，攝州大人您才會在這裡。」

官兵衛的聲音雖然相當平穩，卻越來越刺痛村重。但村重還是撂下一句。

「對我這個所有的事情都由自己決定的大將而言，不需要有什麼討論的對象。一眾家臣只要遵從命令就好，其他的我並不指望。」

「噢，或許是這樣沒錯吧。但是攝州大人，您可明白，就算是已經知道這場戰爭沒有未來，您的家臣卻還依然口出豪情之語，原因又是何在？」

村重怒目相視。被囚禁於土牢中的官兵衛，不可能知道軍事會議的情況和家臣們的樣子。要是他真知道了，難道會是看守者加藤告訴他的嗎？村重留意著背後的氣息。但官兵衛馬上回道。

「加藤大人什麼也沒說。不過就是這種走向，在我眼中一清二楚。」

「你還真敢說。」

村重將手伸向腰部，以盤坐的姿勢拔出了脇差。出鞘的凜然聲迴響在空蕩蕩的土牢中。白晃晃的刀刃映照出手燭的火焰，村重的刀尖直指官兵衛。

「你就說說這番狂言從何而來。否則我就以謊言惑眾的罪名殺了你。但要是你隨便口出無用之言，一樣要了你的命。」

官兵衛像是覺得刺眼似地看著刀刃。

「這個嘛。」

他仍然盯著刀刃，回話之中卻帶著笑意。

「……好吧。首先，這場戰爭看不到未來一事，攝州大人自己也心知肚明。為何打不贏卻又沒有輸，就只是時光不斷流逝呢？肯定是因為毛利沒來。那麼毛利又為何沒來呢？若非家中意見分歧……」

官兵衛從蓬髮之下偷偷瞥了村重一眼。

「就是羽柴大人終於說服了宇喜多。我想應該是這樣沒錯。畢竟宇喜多就是個會攀附價值較高對象之人。無論毛利累積了多少石見的銀子(註81)，要與那已經將京都及堺納入囊中的織田競爭，還是差了一截。」

官兵衛從去年十一月開始就待在這間牢房裡頭，除了村重先前告訴他的事情以外，他應該完全沒有管道能聽到外面的任何風聲。也就是說，官兵衛從去年就看穿了宇喜多此人並不老實的情況。村重目不轉睛地盯著官兵衛，緩緩放下了脇差。官兵衛行了個禮後，便繼續說下去。

「毛利不會來。但是您的家臣們明知如此，應該還是會繼續嚷嚷著能夠獲勝。這是有理由的。因為眾人擔心一旦口出投降之語，就會被斥責是膽小怯懦之人。如果有人想要改變一直到昨天都還維持著相同情況的局面，即使這樣可以結束戰爭，還是會有人感到畏懼。說到底，那些老是在性命垂危之際還說些逞勇話語的人可是越來越多了，這便是世間常態……不過，這些都不過是表面罷了。至於真正的原因嘛，攝州大人。」

官兵衛眼神陰沉地看著村重。

「——正因為攝州大人，是您荒木呀。」

嘆出一口氣後，村重將脇差收回。待脇差「鏘」地一聲入鞘，村重開口。

「……好吧，你要是有什麼想說的，就說吧。」

81　自戰國時期開始開採、位於石見國(現今的島根縣內)的代表性銀礦山，為日本近代礦山開發的先驅之一，產量最大時佔全世界三成。目前其遺跡與周邊文化景觀也被列為世界文化遺產。

村重略略低下視線，但又不喜自己的舉動被官兵衛給看透，硬是把情緒從臉上抹去。而官兵衛則繼續說下去。

「說起來，領主的名分有三種形式。」

「首先是統治先祖父輩傳承的土地之人，因此其子子孫孫都是領主。池田、伊丹等人皆是如此。」

官兵衛伸出一根滿是汙泥、有著長長指甲的手指。

「另一個，則是領受了派令後，以赴任職位統治之人，這當然也是領主了。好比駿河的今川、甲斐的武田等人，原先也是如此。」

他伸了第二根手指。

「最後一個，就是擁有言語難以說明的不可思議力量，藉此吸引眾人、讓萬人奉其為領主的形式，這絕非不可能。本願寺的領地一開始應該就是像這樣形成的。」

官兵衛伸出第三根手指以後，又同時彎下。

「——不具備這三項之中的任何一項，只憑武略取得一國統治之人，就算短期之間氣勢凌人，結局卻依舊淒涼。較為久遠以前的有旭將軍木曾義仲公、時間比較近的應該就是齋藤道三了吧。」

齋藤道三父子兩代曾篡奪了美濃國，雖然武略超群，但世間評價相當不佳，結果遭到境內國眾放逐，走上殞命之路。

「話說太大了，官兵衛。這不是你該談論的事情。」

村重口出斥責，但他的聲音卻聽起來相當無力。

官兵衛所說的三種形式當中，村重從一開始就半個也沒有。荒木家原先是與北攝之地毫無關聯的氏族，高槻、伊丹等也只是因為距離鄰近才取得的。另外，官兵衛提到的第三項，也就是能夠吸引眾人的魅力，並不是想要就會具備的。

因此村重最想要的，就是官兵衛提到的第二項，以職位進行治理的形式。所以他接近織田，後來也被交付了攝津一職支配，得以冠上攝津守的名號。但既然現在背叛了織田，村重為何還是有岡城主，就變得有些站不住腳了。

村重過去曾以主君賜予的池田姓氏自稱。池田家是北攝地方的名門望族，用此名號來治理攝津並無任何不妥之處。但村重為了證明他已經和沒落的池田家分道揚鑣，捨棄了池田的名號、將姓氏恢復為荒木。

因此村重在這攝津之地，再次成了他國之人。

「那又如何。」

村重喃喃自語，但他沒有發出半點聲音，似乎是不想讓官兵衛聽見。

「事到如今也不可能回歸池田了，這條路我已經走得太遠。」

「攝州大人。」

官兵衛當下的聲音幾乎可以用溫柔來形容。

「攝州大人在拜入織田麾下以後，除了平定北攝以外，還征伐了雜賀、上月城、大坂等地，實在是宛如以三頭六臂建立的功勳。像攝州大人您這樣精力旺盛的大將，遠離故土在戰場沙塵中爭取功名，想來也是如您所願。然而您家中諸位，祖先代代皆是出生於攝津之人。瓦林、北河原、郡還有伊丹、池田等人，他們都是生於此長於此的人。要是為了自己領地的安寧也罷，為何得要千里迢迢奔走到紀伊或是播磨打仗呢……您的家臣是否抱有這樣的不平？」

沒有錯，確實如此。為了守護自己姓氏之地而渾身浴血、奮勇作戰，那正是武士之心願。然而為何要遠離自己的家鄉，拚上性命與那些並沒有要爭奪自家山水土地的對象戰鬥？荒木家中對此萌生不滿一事，村重早就察覺了。

村重想要戰鬥，到哪裡都想戰鬥。就像那生於尾張的羽柴筑前，去年奔越前、今年跑備前那樣；就像那生於美濃的惟任日向，甚至還遠走到丹波後方那樣。只要有機會，村重也想到九州或是陸奧之類的土地征戰。對於村重來說，有岡城只不過是一座城池、池田也不過是他捨棄的主君舊領。就像是信長從那古野城出發，轉移到清須城、岐阜城、安土城那樣，村重也想立下功名、讓自己的名聲響徹天下，然後移動到更龐大、更重要的城池去。

村重的這個願望，和家中眾人的期望並不相同。村重刻意不去面對這個矛盾，然而這種矛盾也終究逐漸將他逼進了死胡同。

官兵衛看穿了這一點嗎——從這處牢獄之中。

「您家中的眾人，並沒有為攝州大人捨身的意思。他們因為排斥前往遠方征戰，所以對織田感到厭惡，然而一旦被逼到山窮水盡，他們恐怕會打算逼攝州大人獨自切腹，然後表示自己都是受到他國之人命令所逼，來逃過這一劫吧。正因為還有這條路可走，所以也不需要投降，豪情萬丈地宣示要戰到最後一兵一卒……攝州大人，您難道沒有這樣想過嗎？」

「……若是戰敗了，」

村重說道。

「讓總大將去扛起責任也是世間常理。不必承擔責任的部將勇敢上陣，則並非罪過。」

「您果然很清楚呢，真不愧是攝州大人。」

官兵衛臉上浮現了溫和的微笑。幾乎讓村重覺得，這陰暗的土牢內射入了一道光明。

「在這有岡城之中，能夠談論戰爭走勢的，就唯有在下。看來這件事您也已經理解了。實在令人欣喜。」

村重將臉別了過去。

「……別驕矜自滿了。你這增上慢之人（註82），就待在這裡腐朽而去吧。」

「唉呀，這算是驕矜自滿嗎。」

官兵衛又恢復原先那種陰沉的聲音、喃喃說著。

「難得您過來一趟，我卻什麼也沒有獻給您，這樣實在有失官兵衛的名聲。畢竟您也饒恕善助一命，理應道謝，雖然這樣有些旁門左道，不過還是為您獻上一些解說吧。」

木格子柵欄另一邊的官兵衛低下了頭。那一頭蓬髮遮住面容以後，官兵衛看起來又像是個黑色團塊般的影子。

「攝州大人假設潛伏在城中的織田之人殺害了迴國僧、並且帶走了名物，這個假設中的裏與外、因與果、顯教與密教、先與後、要與不要，全部都是相反的。到底是什麼東西從庵舍裡消失了？那就是您需要的線索與根基。」

官兵衛頓了頓，又補上一句。

「請您監視那名寺男。我想幕後之人一定會露出馬腳的。」

接著官兵衛用低沉的嗓音開始誦起經來。身為禪宗信徒的村重，馬上就知道他在念的是禪宗非常重視的舍利禮文。官兵衛的誦經聲在土牢裡迴響著，聽在村重的耳裡，彷彿有好幾人同時在誦經。

82　佛教用語，表示尚未修練得道便存在高傲自滿之心。

11

第二天是個雲層低垂的陰暗日子。

在有岡城中流傳著一個傳聞。那個總會前往無邊死去的庵舍的寺男，據說被御前眾給逮捕了。御前眾們搜索了整個伊丹城鎮，一找到那名寺男，就用棍棒毆打他、還踹他腹部，最後用繩子將他五花大綁後，便不知帶到哪裡去了。

也有人表示並非如此。確實有武士帶走了寺男，但什麼用棍棒毆打、還踢他肚子之類的說法就太誇張了，那名寺男分明是自己跟著御前眾走的。無論如何，在寺男於伊丹鎮上消失後沒過多久，便有許多人見到男人的屍體從本曲倫中給抬了出來。那具穿著寺男襤褸小袖的男人屍體已經遭到斬首，被丟到城外以後，沒多久就被野狗和烏鴉啃食殆盡。

沒有人知道寺男究竟犯了何罪。因此流言也傳得更加波濤洶湧了。

「大人是將無邊大人被殺害的罪名，推到了那個寺男頭上吧？」

「那男人雖然負責照料庵舍起居，卻大意地讓無邊大人身故。因此大人才會懲處他。」

上至武士下至平民，流傳著各式各樣的傳聞。他們一直試圖為寺男的死找到一個解釋，但無論哪種說法，結論都是一樣的。

無邊大人會入滅，又不是寺男的錯。大人這樣實在太殘酷了——城裡的每一個人大概都是這麼想的。無邊的死是織田的手下造成的，而無法防範織田手下的明明是村重自己吧，將這個責任推到寺男的身上，也太沒道理了。無論嘴上是怎麼說的，其實大部分人都這麼想。

另一方面，也出現了其他流言。殺害無邊的，真的是織田的細作嗎？雖然城中一定有仰仗織田鼻息之人，但他肯定也是個人，很難理解為何要殺害那德量寬厚、受人景仰的無邊。

那些認為無邊之死並非是織田動手的人們，又是認為無邊是誰殺的呢？他們口中低語的大多都是同一個名字。

——位於有岡城北邊的岸之砦，有好幾個人正在修理防柵。他們是北河原家中的士兵。在稍微有些距離之處，北河原與作正默默地看著動手維護的士兵。

城中所有人都知道，前些日子在軍事會議上，與作提出建言、表示應該投降，而他的建議立刻引起眾人的哄笑反對。之後北河原家的士兵就被人當成無可救藥的膽小鬼、遭人侮蔑輕視，也被說了不少閒言閒語。如果本身是武士的話，還能拔刀回應對方的侮辱，但地位較低的小兵或者足輕，就只能默默忍耐。

與作可是親眼見到尼崎城中幾乎已無毛利之人，而包圍有岡城的織田軍又是那樣人多勢眾。戰爭開始以後，對於那些從未出城的同輩之人，無論他們如何嘲笑，他自己是完全不放在心上。但是就連士兵們都遭到汙衊，這讓他感到相當抱歉。因此手下的人工作時，與作只能盡可能地待在一旁。畢竟與作本人也和將領村重算是有親戚關係，應該不會有人在他的面前還敢挑釁北河原家的士兵。

不過今天的情況和平常不太一樣。那些雜兵人等不再侮辱北河原的士兵，反而是以銳利的眼光看向了北河原與作本人。

與作當然聽聞了那些傳言。無邊死去的那日，與作為了瀕死的家人，想請無邊助念，因此一個人跑進了無邊借宿的草庵。沒有取得那老邁庵主的許可，便侵門踏戶，結果一打開客房的紙門，就發現無邊已然身亡。因此城中也有人是這麼說的。

——是北河原與作殺了無邊。

——趁著沒有人看到的時候，一刀殺了無邊，然後自己再裝成是發現屍體的人。

要是有人當著與作的面，問無邊是不是你殺的，與作當然還能解釋一番。然而，沒有一個人來問他。與作只能在令人窒息的靜謐當中，盯著士兵修理防柵。砦裡面的每個人都有武器。周遭的氣氛彷彿在眼所不能及之處有弓箭或鐵炮正對準自己，讓與作也不禁一身冷汗。

就在此時，傳來了召集眾人參加軍事會議的大太鼓聲響。目前的擊打方式，聽來是除了正在迎敵、或者因病無法前往之外，一律都要到本曲輪去。與作立刻叫來組頭告知。

「是軍事會議，我得過去一趟。」

組頭彷彿不曾聽聞關於自己主君的流言般，一如往常地領命。

「是，後續的事情請交給我們。」

「辛苦了。」

「沒那回事。您請放心。」

與作跨上馬、帶著馬伕前往本曲輪。

今天的會議，應該不會再提到關於戰事走向的議題了吧，與作如此心想。家臣們似乎已經一致決定要先觀察情況了。雖然覺得什麼都不做、就只是在這裡等待毛利救援實在不是個好辦法，不過與作還很年輕，也不知道該如何在這種情況下推翻家老們的意見。出頭釘還只是被嘲笑一下，要是強出頭的話可就會直接被斬了。這樣一來，因為那毫無根據的流言，而讓自己承受殺害無邊的罪名，其實也並不奇怪……一思及此，就連平常和風一樣輕快的馬匹腳步，似乎也變得沉重了些。

穿過侍町接近本曲輪時，他發現跨越大溝的橋梁前排起了人馬隊伍。要參加會議的部將們都在橋頭停下了腳步。負責看守橋梁的御前眾似乎在詢問諸將某些事情，能看到最前頭是一個人一個人慢慢走進本曲輪去。與作正想問問自己前面的將領，前方是發生了什麼事，卻又把話給嚥了下去。因為排在與作前面的，是個僧侶打扮的男人。正是前幾天在會議中一口駁斥與作意見的瓦林能登入道。

能登在村重面前雖然比較收斂，但之後每次見到面，他的臉上總是一副想口出「這不是膽小鬼與作嗎」的樣子。心想就算跟他搭話，大概也不會得到什麼好回應，與作默默地下了馬，把韁繩交給馬伕後也跟著排隊。

排隊等候時，與作思考了許多事情。照顧馬的事情、家中之人對於閒言閒語的忍耐度、岸之砦的防守，還有城內的流言。與作也覺得自己無法接受村重的想法。他心想，大人為何會覺得是那名寺男殺掉無邊的呢？因此就把那個可憐的男人給處刑了嗎？這種事太愚蠢了吧。無邊雖然是名僧侶，可也是靠著兩條腿巡迴諸國的強悍男子，而寺男不過就是個連刀都沒有的老人。就算那個男人真的能殺了無邊，那麼秋岡四郎介又如何呢？能在正面對抗中殺掉他的人，在這城內可不多。就算寺男是個不可憑外觀來評斷的高手，四郎介卻連刀也沒拔，實在非比尋常。

只不過，若是大人其實並沒有懷疑寺男……莫非是如此？確實，那位大人應當不是那種會受沒來由的傳聞蠱惑的人。與作努力說服自己。

「你這無禮之人！」

突如其來的怒罵聲打斷了與作的思緒。

定睛一看，才發現有個停在橋上的人，正和御前眾起了衝突。那是中西新八郎，他的手置於腰間的刀上，隨時都可能拔刀。

恐怕是因為先前不曾被橋梁或關所的看守者擋下來過。有些看守者會要求平民多繳些過橋費或通關費才予以放行，但如果對方是武士的話，事情就會變得有些麻煩。畢竟在這個世間的慣例中，武士一旦被擋住了去路，是能夠斬殺對方的，更何況都做到將領階層了，若是被告知無法放行的話，大部分人都聽不進去的。新八郎似乎被安撫了，好不容易才將手從刀柄上移開，但還是一臉忿忿不平。

雖然看守橋梁的御前眾等人是收到村重的命令才會要將領們止步，但與作放眼環視，露骨地顯露厭惡神情的人並不在少數，將手搭上刀柄的也不只新八郎一人。不過隊伍還是有緩緩前進，最後終於輪到了與作。

守橋的其中一人是乾助三郎，他雖然正賣力地揮汗工作，但一看到與作的臉，便一副放下心中大石似地呼出一口氣。

「是北河原大人啊。」

「工作辛苦了。」

「實在惶恐。因為大人交代要製作軍事會議參加者的名單，所以請您稍候，待我們將您的名字寫上。」

「原來你們是在做這件事啊。就算不像現在這樣擋住橋梁，不是也能從其他地方看到前來天守之人的臉嗎？」

「是，在下也明白這點，不過這是大人的命令……」

助三郎的後方，有個看起來並非擅長書寫的御前眾，正以拙劣的字跡寫下「北河原與作金勝」。

「寫好了。來，請往裡頭走吧。」

真是搞不懂……與作思索的同時正準備過橋，才發現瓦林能登刻意在橋中間停下腳步等自己。他看著與作的臉，嘻皮笑臉地開口。

「這不是北河原大人嗎。大人他也真是夠怪的呢。」
「確實如此。」
「是為了什麼要做名冊啊？該不會是要嚇一嚇那些膽感連會都不來開的人吧。」
「的確是呢。」
「嗯，即便來參加會議了，也是會有人盡說些挫人志氣的話呢。」
「是這樣嗎。」
「武士就是需要氣魄哪！被膽小鬼附身可就無法打仗了，你說是嗎？」
「確實、確實。」
與作回答以後，抬頭看向天空。
「看來快下雨了呢。」
他喃喃說道。而能登則是哼了一聲，便大大地邁出步伐。
平常前來參加軍事會議的將領們，雖然多少會有些時間差異，不過總是一起擠進天守。然而，因為今天大家都在橋那邊被擋下，因此將領們三三五五地走了進來。通過橋梁、穿越大門進入了本曲輪，此時與作不經意地抬頭望向天守。遠方的閃電在雲層之間竄過，不久後便聽見了相當不安穩的轟隆雷聲。聽起來相距並不近呢，與作想著。就在這個瞬間。
「就是現在！」
「噢！」
四周響起了吶喊聲。本曲輪內明明沒有什麼藏身之處，也不知他們先前究竟躲在哪裡，突然有大量的武士接連冒了出來。正感到困惑時，與作便發現自己已經被持槍的槍尖給包圍了。他下意識地便將手搭上了刀柄，將刀身略微抽出。雖然這個動作是自幼起接受的訓練所致，然而心中卻千頭萬緒。大人該不會真的在懷疑我吧？那麼，自己恐怕是不能活著回去了……剛有此覺悟，與作才發現周遭的武士們並沒有看著自己。

他們的視線全都集中在與作的身旁，也就是能登入道的身上。能登因為過於震驚而動彈不得、呆若木雞。站在能登正面的，是郡十右衛門。十右衛門沉重地告訴他。

「能登大人，這是主公的命令！」

與作將刀收回刀鞘，連忙從能登身旁退開。包圍能登的武士們立刻將包圍圈縮小。事已至此，能登才像是終於回過神、臉色蒼白地回應。

「卑微的傢伙，你們這是做什麼！」

回答這個問題的並非十右衛門。村重緩緩地從御前眾圍成的圈子外現身，或許是為了身邊的警戒，他還帶著一個像是足輕的人，那個男人頭戴陣笠、身形矮小。

村重沉重且平靜地對能登說道。

「這是怎麼一回事，你心裡應該也很明白。」

「大人，這究竟是……」

看見這番騷動，遠處的將領們也都聚集過來。也不知道是否有注意到這個情景，村重開口。

「能登入道，你殺了無邊和秋岡四郎介對吧。詳細講來，你束手就擒吧。」

「什、什麼！」

能登狼狽地吼叫著，各將領也交頭接耳。

「無邊應該是織田的手下殺的，為何要懷疑到在下頭上！」

「為何呢，這就要問過你才知道了。裝傻是沒有用的。」

能登慌張地四下張望後，發現了與作，接著像是鬆了一口氣似地馬上指著他。

「大人，您應該也聽說了，城內都在流傳是那個與作殺了無邊哪。進入庵舍的只有他一個人、發現無邊屍首的也只有與作一個人，在沒來由地懷疑在下之前，應該要先偵訊他吧！」

但村重完全不理會能登的藉口。

「我和御前眾即使再不情願，也見過許多死人。難道你認為當我看到屍體後，會不曉得那人是不是剛剛才嚥氣的嗎？當時屍體的血都凝固了、手臂和手指都相當僵硬。無邊的死亡時間，要比與作踏進庵舍的拂曉時分還要早上許多。」

與作鬆了口氣。自己原先似乎下意識地緊繃身體，當放鬆的念頭擴散到全身以後，便感到氣力有些散失。與作一直想著，要是村重說是自己殺了無邊的話，應該要如何證明自己的清白，但是他卻不知道該怎麼辦才好。現在聽村重一句話就斥退了他的嫌疑，與作忍不住低下頭、向村重致意。

能登憤怒地越說越激動。

「就算不是與作，您又為何會說是在下殺的？就算是大人您的說法……」

村重沒讓能登把話說完。

「放肆！能登！你這樣太難看了！」

過去曾多次在戰場上迴響，既能振奮我方、又令敵方畏懼，村重的怒吼聲響徹了整個本曲輪。與作看到能登嚇得後退了一步。沒想到，此時卻從意外之處傳出了說話聲。

「大人您請稍等！能登入道說的也有些道理啊！」

拚了命地要提出意見的，是荒木久左衛門。久左衛門揮揮手穿越諸將之間，跑到了村重面前。

「無邊的死實在令人遺憾至極，但您怎麼會說這件事是能登做的呢？沒有訊問過便如此肯定，這樣能登該如何是好？瓦林家自前代便是重臣，絕對不是能如此怠慢的對象哪。」

與作發現村重似乎瞇了瞇眼。久左衛門是否有發現自己一時情急，失言說出了荒謬至極的話呢？瓦林過去曾擁有自己的城池，之後因為沒落，只好依附到其他氏族旗下，這件事是發生在池田家之主仍為筑後守勝正的時候。村重流放了勝正，在他這一代振興了荒木家——並沒有什麼前代。

村重當然發現了久左衛門的失誤，但是卻沒有責備他這番話中的瑕疵，反而為了讓久左衛門以外的在場將領都能聽見，刻意用宏亮的聲音回答。

「那麼你聽好了。我之所以會說是能登殺害無邊，是因為秋岡四郎介被殺了。」

久左衛門皺起眉頭。

「您的意思是……」

「四郎介是被人從後方砍傷腿部，倒下以後又被掀開喉輪一擊而亡。這是經驗豐富之人的手法。但是四郎介可是個非常強悍的對手，要是他拔刀相對，恐怕就連我都不一定能應付。四郎介當然不是天下第一，即便如此，別說拔刀了，他甚至連一點出鞘的跡象都沒有就被斬殺，這情況實在是難以想像。因此殺了四郎介的人是使出了某種計謀，出其不意地殺了他。」

「計謀？」

久左衛門有如鸚鵡般重複著村重的話。村重點點頭。

「我交付給四郎介等人的任務，是保護草庵，等到天亮時就一路護送無邊離開。御前眾遵守我的命令，不讓任何人接近庵舍。就算有哪個認識的人接近四郎介，他應該也不會掉以輕心。那天能讓四郎介毫無防備地轉過身去、連刀刃都分毫未推出刀鞘、就這樣被殺的人，只有一個。」

與作已經明白村重要說什麼了。被命令要保護無邊的四郎介，能讓他放下戒心的人到底是誰呢。

「就是無邊。」

村重說道。

遠方閃現雷光，從該處傳來了雷鳴聲。

在場的將領聆聽著村重的話語，而能登似乎想要反駁些什麼，卻又閉上了嘴。御前眾的長槍槍尖毫無縫隙地鎖定能登，絲毫沒有鬆懈。站在村重身旁的士兵並未攜帶長槍，但也沒有準備拔刀的動作，就只是呆站在那裡。

久左衛門拉高了聲音。

「那麼大人，您的意思是四郎介是被無邊殺害的嗎？」

村重搖了搖頭。

「並非如此。但四郎介以為站在眼前的人是無邊，所以才會轉過身去……在無邊死去的那間客房裡，有東西不見了。」

「是什麼？」

「行李。還有斗笠以及錫杖。」

與作發現村重這時的笑容似乎帶有些諷刺感。

「我以為可疑人士要的是行李裡頭的東西。但我弄反了要或不要的對象。可疑人士要的並不是裡面的東西，而是那個行李籠。」

與作並不知道行李裡面是「寅申」。
「可疑人士頭戴斗笠、背著行李、拿著錫杖出現在四郎介面前——無邊平常就將斗笠戴的很低、遮住了眼睛，所以大部分的人並不識得他的樣貌。四郎介也不認得無邊的長相。就算是曾遠遠地見過，但是在拂曉那依然昏暗的環境下，對方穿戴著無邊的東西出現在眼前，肯定會認為對方就是無邊了。那個人便是利用這個方法讓四郎介放下戒心，再趁隙殺了他。」
「等等，大人，這樣還是對不上哪。」
又有人從旁插話，是池田和泉。他平常幾乎不太多管閒事，不過如今還是戰戰兢兢地站到了村重面前。
「實在惶恐，在下能夠明白大人所說的意思。但能登入道畢竟是名優秀的武人，要說他殺了秋岡和無邊，實在很難以置信，不過更重要的是……那個可疑之人應該是先殺了秋岡以後才殺害無邊。所以要說那個人是先從客房裡拿出行李、藉此假扮成無邊的樣子，實在說不通呀。」
或許是因為和泉的這番話給了他助力，能登臉上終於恢復了血色。
「沒、沒有錯，說得是啊！」
但村重刻意擺出一臉正合我意的神情，又點了點頭。
「問題就在這裡，和泉，那個先後順序是錯的。」
「先後順序……大人，該不會是那樣吧？」
看來和泉已經敏銳地察覺問題所在，才不禁張大了嘴巴、啞口無言。村重再次點頭。
「嗯，守衛庵舍的秋岡被殺、庵舍內的無邊死了，因此大家都會認定是秋岡先遇害的。但順序其實是反過來的。無邊先被殺死後，可疑人士從客房裡拿走了行李，假扮成無邊，然後殺了秋岡。」

「但是、大人！」

和泉越問越起勁。

「這麼一來，可疑之人是如何進入庵舍的呢？屬下聽聞那庵舍整夜都由御前眾戒備呀！」

「若是那樣的話，當然就是比那還早的時間點就已經進了庵舍。」

「大人，若是在下聽聞的細節無誤的話，在那之前應該有名寺男在協助庵主啊。」

「那麼，不就有可能是在更早之前就已經進去的嗎。」

「還要更早……」

和泉用力搖搖頭。

「大人，這樣太奇怪了！如果只因為這些就要追究到能登身上，在下無論如何都無法認同。在寺男進入庵舍時，已經和無邊打過招呼了，而且無邊還告訴他客人已經離開了。這樣一來，那個客人就是郡十右衛門，所以寺男抵達庵舍的時候，他已經走了。」

爭論之中忽然出現自己的名字，拿著持槍指向能登的十右衛門也不禁動搖了一下。與作看見那槍尖正略微抖動。

和泉又繼續說下去。

「寺男還說在那之後有聽見無邊誦念真言、也聞到焚香的氣味呢。我甚至聽聞他還有見到無邊前去茅房。」

無邊的死在城內是相當重大的事件，因此城裡相關的傳聞都虛實交雜、滿天亂飛。而和泉雖然是負責城中巡邏事宜之人，但他竟能只憑藉這些傳聞就掌握了事件經過，也讓與作無法壓抑心中的訝異。村重也略略睜大了眼睛。

「你聽到的都沒錯。」
聽主君說了這句後，和泉更加驚訝地說道。
「那、那麼，如此一來，客房裡不就只有無邊一個人嗎？大人難道是指無邊本人讓那個要取自己性命的人進門，然後還隱瞞寺男此事嗎？」
「我沒這麼說。要是有客人的話，無邊就會說現在有訪客了吧。」
「屬下無法理解。真的是完全無法理解。可疑之人若真是如大人所說、是站在此處的能登，那麼他是如何進入庵舍的呢？」
村重毫不遲疑地回答。
「當然是從正門要求進門的。」
「大人！」
村重雙眼圓睜，睨視著周圍正屏氣凝神地觀望事件發展的各將領。遠方又傳來雷鳴之聲。
「聽好了，和泉，還有其他人！那一天在那座庵舍裡為何會發生這樣的事情、能登為何要殺了無邊，你們都仔細聽好了。你們要明白，在這座有岡城裡，不，在這北攝之地，沒有事情能夠逃過我的雙眼！當天，無邊前往草庵以後，便如同和泉所說的，十右衛門前去庵舍拜訪。完成交辦事項、離去以後，十右衛門在伊丹城鎮內看見了那名寺男。那男人在購買蔬菜後前往庵舍，庵主告訴他無邊今天要留宿此地、同時還有客人來拜訪無邊。」
「大人。」
這裡插話的是久左衛門，他瞪眼豎眉地說道。
「那位庵主過往在池田時相當聰慧，不過人類年老力衰的宿命便是如此，如今已經連話也說不清了。」

村重立即回答。

「就算無法好好說話，他的眼睛和耳朵都還行。每天都會交代寺男需要辦的事，還會為了製作醃漬物、所以請那人去添購蔬菜，要是認為他會搞不懂客人是來了還是走了，也太愚蠢了。在十右衛門離開之後、到寺男抵達庵舍之間的這段時間，就是在這好巧不巧相當短暫的日落前時分，能登去了那座草庵。之後不知道是談了些什麼，能登便一時失控、殺了無邊！寺男是在那之後才到庵舍的。想來時間上應該沒有相差太多。因為那男人問到有客人的話，要不要拿酒來之類的，於是能登在情急之下只好假裝是無邊。說什麼客人已經走了、他要禮佛云云，目的就只是為了斥退寺男。之後為了避免他靠近客房，所以還開始焚香誦經，裝作無邊還活著。當然，想來會焚香應該也是為了要掩蓋血腥味吧。至於看到前往茅房的男人，寺男會覺得他是無邊，這理由何在呢?當然是因為……那個男人的打扮就是僧侶。」

久左衛門看著能登入道。能登雖然絲毫沒有向佛之心、連個經文也不會念，但姑且還是有剃度、看上去就是個僧侶的模樣。久左衛門眼中浮現出一絲迷惘，想來是在那瞬間，他也懷疑能登是否真有假扮成無邊。

這時出言反駁的是當事人能登。

「但是，就算那個寺男看到的僧侶不是無邊，僧侶打扮的人在這城裡還有不少啊！為何能肯定那就是屬下?」

僧侶模樣的將領就只有能登和目前臥病在床的瓦林越後入道。不過如果不只限於將領的話，剃度之人確實是有不少。與作雖然也不喜歡能登，但單論這件事，他也覺得能登的說法倒是沒有錯。

久左衛門也重新提振精神接話。

「屬下也覺得不能接受。我不明白為何能肯定在房間裡誦經焚香的人並非無邊。」

村重毫無動搖。

「說起來，我還真沒聽說過有哪個僧侶會在客房裡誦經禮佛的。庵舍裡面就設有持佛堂呢。一般來說，正統的僧侶應該都會在那裡念經吧。但最重要的是，寺男聽到客房裡傳出來的是真言。不覺得顯與密顛倒了嗎？」

「呃……」

或許是沒能聽懂村重的意思，久左衛門不禁語塞。但與作聽明白了。與作當時就是要前去拜託無邊，希望他能為病人念佛。這當然是因為無邊平常就會為人念佛。也就是說無邊的宗派是顯教的一向宗或淨土宗，也有可能是時宗，又或者是天台宗也不一定。但真言是屬於密教體系，那是以高野山為總本山的真言宗的咒文，在迴國僧之中只有高野聖（註83）會誦念。

和泉替久左衛門接話。

「大人，但是我們並不明白迴國僧的行事，無邊也有可能是依照需求去誦念佛經或真言的僧侶呀。」

村重點點頭。

「確實只要有人拜託無邊，他都不會拒絕。我想你的說法的確是有可能的。但最重要的並不是無邊，而是那名寺男。那個男人一輩子都待在一向宗的寺院裡，就算是沒有學習，也可能已經把經文給記住了。那麼為何那個男人，會說無邊誦念的是真言呢？」

「這個……」

和泉無力地搖搖頭。

83　以高野山為根據地，巡遊諸國修行念佛的行腳僧。

一輩子都在聽人誦經的男人，為何會說客房裡傳出的聲音，聽起來像是真言？與作覺得自己好像明白了什麼，於是忍不住脫口說出。

「那不是經文……不，應該說聽起來不像是經文，所以他才會那麼說的嗎？」

或許是沒料到與作會開口，村重眉頭微皺、看向與作。但表情馬上變得和緩，深深地點了頭。

「就是如此吧。」

雖然覺得像無邊那樣的高僧，應該是誦念相當寶貴的經典，但是聽在寺男的耳裡，那實在不像佛經。這樣一來可能就是自己完全不知道的東西，所以才會覺得可能是真言吧。

村重盯著能登入道。

「總而言之，那可疑人士便是僧侶的模樣，不過卻是個連模仿念經都做不來的人，而且雖然是趁對方出其不意，但也是個能殺害四郎介之人。能登，事到如今你還不束手就擒嗎。」

此時，突來一道刺眼的閃光，是閃電。接著轟然巨響般的雷鳴立刻抵達本曲輪。

雖然被持槍指著、無法動彈，能登還是高聲大喊。

「是這樣啊……大人是要用這種歪理逮捕在下瓦林能登嗎！您以為您能這麼做嗎！」

能登怒氣上湧、滿臉漲得通紅。

「我可是生根於這攝津之地、名聲顯赫的瓦林之人！就算您說出再多道理，我也不能接受！要是您想要判決我的罪行，就要提出讓在場諸位將領們都能接受的證據。否則大人您的推論，不過就是『可能』、『或許』罷了！」

「恕屬下無禮，大人！」

這洪鐘般的聲響蓋過了能登的話尾，一看便發現是野村丹後。在軍事會議中表示戰爭有利的巨大音量，此刻也在本曲輪之中迴盪。

「請您聽聽能登的說詞！雖然您說的確實頗有道理，但要說殺了無邊和四郎介的就是能登，我丹後實在也難以心服！」

獲得意外的助攻後，能登也繼續說個口沫橫飛。

「大人！這樣的做法是不會讓所有人接受的。您說在下是殺害無邊和四郎介的凶手，難道是有人看見了嗎？說在下假扮成無邊的樣子，又是有哪位瞧見了嗎？沒有人看到、也沒有人聽見，不過就是一些流言，您就要因此逮捕我的話，就算您是主君，也無法令眾人心悅臣服的！」

與作明白風向已經轉變，村重的論點雖然相當有道理，但是在毫無證據的情況下，其他人都不會接受的。村重會命人擊響大太鼓、召集眾人前來參加軍事會議，應該就是要以城主的身分，在所有人面前制裁能登吧。然而村重現在卻被逼進了死局。

原本應當如此。

村重瞇起了眼睛，似乎有些困倦。他以沉著的嗓音說道。

「看見的人啊，你想知道是誰嗎？」

雖然能登好似喉嚨哽住一般，但還是盡可能地擠出笑容。

「庵主可不能算哪。聽不懂他說什麼，也沒辦法知道他看見什麼呢。」

村重搖搖頭。

「看來你還真的相信了流言呢。只有一個男人看見了你的面貌，你應該也相當畏懼、大概也想殺了他吧。所以聽說那個男人死了，或許你也因此安心了。不過啊，你是無法欺瞞天道的。」

村重揮了揮手，似乎是什麼信號，他身旁站的那個貌似足輕的士兵，將手搭上了陣笠，鬆開了繩子、把陣笠脫了下來。

與作忍不住驚呼一聲。

站在那裡的，是背部有些駝、髮絲略帶白色、有一張不太可靠臉龐的——草庵的寺男。能登見狀也渾身顫抖。

「怎麼可能。我看見他被丟在城外了，那屍首……」

村重一臉平靜。

「這座城裡可不缺屍首。你若想知道，我倒是可以告訴你，那是怠忽職守、沒能守好彈藥倉庫的足輕。」

村重轉過去面向寺男，開口問道。

「好了，你要誠實回答。無邊死去的那天，你看見的男人，是哪個人？」

寺男很明顯不習慣這樣的場合。被那些平常連正眼都不能看、地位較高的武士們包圍，幾十雙眼睛就這樣嚴厲地看向他，讓男人好似瘧疾發作似地渾身顫抖。不過他還是舉起手來、伸了出去。

「是那一位。」

手指的方向，當然是朝著瓦林能登入道。

電光閃現、雷聲轟隆。比剛才更近了。

村重開口。

「好了，瓦林能登，我終於能問你該問的事情了。你為何要殺害無邊……這不是我要問的。在這戰爭亂世，武士斬殺僧侶的情況時有所聞。若是你殺了無邊的理由，是因為他過於可疑的話，其實眾人也不會覺得有什麼問題。但是你卻在殺了無邊以後，謀劃要隱瞞這件事情。」

與作感受到，身邊的各將領也開始思考、認為此事確實非常奇怪。就算對方是位高僧好了，但為了斬殺僧侶一事就如此大費周章地隱瞞，甚至還對同伴下手，實在不像是武士會有的行為。

停頓了好一會兒，村重才繼續說下去。

「你給我說清楚。你是為了何事去找無邊的？」

能登的喉頭彷彿被人掐住了一般。

「說起來，你是穿著袈裟前往庵舍的吧？所以只需要拿走斗笠、錫杖、行李就能裝成迴國僧的樣子。而且你沒有牽馬也沒有帶任何人過去。御前眾抵達的時候，庵外並沒有繫著馬匹、也沒有馬伕。你這些不符合身分的奇怪舉止，到底是為了什麼？」

「……」

「不說嗎？那麼就由我來說吧。」

村重的眼光愈發銳利。

「堅守城中的將領們，如果想要和城外的人進行密談，就只有一個目的。」

站在一旁的將領們此刻也騷動了起來，現在所有的人都想著相同的事情。確實，只有一個。

「能登，你——私通織田對吧。」

此時與作也知道了無邊的真實身分。

為何無邊要穿越重重戰場，來到這有岡城？為何包圍城池的織田大軍完全不阻攔這名迴國僧，好幾次都讓他暢行無阻地往來城內外？

因為無邊是織田的密使。

他的工作就是接受織田的命令前來有岡城，與暗中聯絡織田的將領見面。說到底，無邊其實是個只要有求於他、他就會答應的僧侶。不管是拜託他引導臨終之人、為死者念經、或者是請他說些遠方的傳聞來聽聽，他都不曾擺臉色。雖然與作並不知情，但他同樣答應要幫村重傳遞密函。當然，織田那邊請他傳話給城中將領，他也一樣接下任務了。

「唔！」

能登悶哼了一聲，一口氣拔出刀。包圍著能登的御前眾們紛紛將槍尖再次對準他。能登橫向揮了揮刀，被其氣勢壓迫的御前眾則往後退了一步。

「你！村重你這傢伙！居然算計我！居然這樣……在眾人面前讓我顏面掃地！」

能登嚎叫著。

「你別得意忘形！像你這種人，要是沒有我們攝津國眾的支持，現在還是池田的一條狗。而且你還把我們捲入這場無意義的戰爭之中！荒木和織田誰才有未來，根本想都不用想！」

能登瞪著四周，高舉手中的刀。他的眼睛看的並不是包圍自己的御前眾，而是外頭那些窺看此情此景的將領們。

「村重，可別說我和織田聯繫是什麼膽小作為。我都知道了！我看過你的密函！村重，你委託無邊的是什麼事情，天知地知，你知我也知！各位，你們聽好了！」

接著，能登又把手中的刀舉得更高。

「村重這個人！」

轟隆巨響與刺眼閃光。

與作不知道發生了什麼事情，過了好一會兒才意識到自己跌倒在地。

拚了命撐起身子的與作，在那個瞬間以為自己身在戰場。因為周遭漂盪著戰場上那種焚燒東西的氣味。燃燒的是草木、屋子，還是人呢……但是剛才的閃光讓視線一片模糊，好不容易才逐漸恢復，之後看到的並非火焰，而是和他一樣倒地的將領們，以及已經恢復狀況、站在瓦林能登身旁的村重。村重自言自語似地說道。

「能登這傢伙——竟然死了。」

村重抬頭望向天空，斗大的雨珠開始滴滴答答地落下，沒多久後便嘩啦啦地下起了傾盆大雨。

又是一道閃電竄過。與作實在沒辦法再睜開眼睛了。

12

瓦林能登入道的宅子，在那天便燒得一乾二淨。

能登因落雷而死。除此之外，並沒有其他人因此死亡或者身受重傷。由於能登當時氣勢驚人，就連強悍的御前眾也因而退了一兩步，因此死去的就只有能登。

燒毀能登屋子的是瓦林家之長，瓦林越後入道。他硬是撐著病體領兵、帶著所有能登近臣前來低頭，為一族之人的不當行為向村重謝罪。在放火之前，郡十右衛門率領的御前眾先進入屋子，取回了無邊的行李。那價值連城、非一兩千貫錢能買下的名物「寅申」，被找到的時候看上去連盒蓋都沒被打開過。

將「寅申」送回村重那裡時，十右衛門便開口詢問。

「大人，能登他為何要殺害無邊和四郎介呢？在下實在不懂。」

村重沉默不語。

能登透過無邊和織田取得聯繫，恐怕是每天都膽戰心驚、擔心此事不知何時會曝光。而無邊被村重找去，兩人似乎還談了些事情。對於能登來說，他們究竟談了什麼，應該會讓他按耐不住、想去探聽一番。像是你和村重都說了什麼、有沒有提到我——之類的。只是，無邊會回答這個問題嗎？

如果是平時的無邊，或許會回答。但那時無邊手上還有天下名物「寅申」，或許是覺得有些不安，因此言行舉止就與平常有些不同。

這是場背叛者與密使的談判，而密談很容易因為一些言詞不當而引發兵刃之爭。

恐怕是在「快說」、「不能說」的你來我往之間，能登在激昂的情緒促使下殺害了無邊。為了尋找是否有自己與織田私通的證據，所以能登翻找無邊的屍體，當然也就因此發現了衣領內的密函。之所以沒有拿走密函，是因為那並非能登在尋找的東西，意即不是能指證他為內鬼的證據。搜索無邊的屍體多費了些時間，此時寺男已經來到了草庵，沒多久後，御前眾又守住了庵舍的周遭。

能登應該不知道御前眾會被派來保護無邊，想來定是萬分訝異，心想御前眾怎會在此。但是四郎介卻慎重地向他搭話。無邊大人，您要出發了嗎？大人命我們要將您送到城門。然後，四郎介便轉了過去、背對能登。能登便心想，只能趁現在了——

這些事情，村重都沒有說出口。

畢竟面對十右衛門，實在沒辦法告訴他，這種事情只要站在謀反之人的立場想一想就會明白了。

殺死無邊的瓦林能登遭雷劈死，這件事讓有岡城中的大多數人都極為震驚，同時又感到相當高興。城中因此傳聞四起。

果然佛還是庇佑著有岡城哪，看，膽敢殺害無邊大人的人，死狀是那樣悽慘。那正是佛的懲罰、是冥冥之中的制裁呀——

那些因為冥罰而欣喜之人，有時會悄悄地看向本曲輪的天守。動手殺害無邊大人的瓦林能登入道，遭受了應有的懲罰。那麼無法保護無邊大人的攝津守大人又……他們似乎想說這種話。

那天晚上，村重把「寅申」擺設在書齋裡。雷雨雲已被風吹走了，微弱的月光射入，是個涼爽的夜晚。原以為已經失去的珍愛名物回到了自己身邊，村重凝視著那絕妙的色調，毫不厭倦。

千代保就在村重身後，她開口說道。

「大人，真是太好了。」

村重仍然凝視著「寅申」，點了點頭。

當村重糾舉能登並打算逮捕他的時候，荒木久左衛門、池田和泉、野村丹後都提出了異議。雖然只有這三個人站到村重的面前，不過村重心裡很明白，遠遠觀望這整起事件經過的每一個將領，大多也不認同村重。

若是去年晚秋發生這種事情，這些將領應該還會覺得，就算道理上不是很能接受，但既然是村重所言，那麼能登應該的確是幹了什麼不好的勾當吧。然而冬天過去、春天過去，毛利依然不見人影，顯然戰事的走向並不會順村重之意，因此將領們已經不再無條件地認定村重說的就是有道理。

官兵衛是這麼說的，在這座有岡城中，能夠真正理解村重想說什麼的，一個也沒有。除了官兵衛自己以外，就沒有其他人了。

村重一點也不在意土牢中的囚犯所說的這種玩笑話，就算他說的是事實——村重就是孤身一人，但即便如此，至少「寅申」回來了。村重對此感到非常滿足。

雖然無邊死了，但是和惟任日向守光秀的談判尚未破局，只要另外找人將這名物送到丹波，和談還能繼續推進下去。在丹波被攻陷以前，無論如何都得要推動和談才行。可是……

自己有辦法再次將這東西放手嗎？

村重凝視著「寅申」。就像是硬生生地拆散自己與戀人那樣，這樣的事情，有辦法做到第二次嗎？沉浸在月光下，村重不斷地問著自己。

六月八日，八上城的波多野兄弟在安土被處以磔刑。

惟任日向守光秀幾乎攻下了整個丹波國。關於傳聞光秀曾為有岡城降伏擔任取次一事，並未在史書上見到任何相關的記載。

第四章　落日孤影

1

夜風一旦帶有涼意，天下萬民便得以稍加喘息。那是由於收成之秋已不遠，雖然還不能掉以輕心，但看來這一年是勉強能活下去了——眾人心中如此想著。然而堅守於有岡城內的人們，卻不在那樣的例子當中。

城裡雖然也有田地，但是堅守城池的狀態下，光是士兵就有五千人，田裡採收的稻米和蔬果，要餵飽這麼多的人口，實在是萬萬不夠。自從戰爭開始以來，已經在各處都開闢了新的田地，然而那些土地原本就是比較不適合耕種的地方，因此種出來的蔬菜也不多。如此一來，於開戰前就運進城中的軍糧，完全就是城內眾人的生命線。

村莊在每年的秋季都會收成稻子並碾成米，再把那些米賣掉換成錢。武士會收取那些金錢，可能換成武器、捐獻，又或者換成茶道器具，然後還有買米。村子賣米換錢，而武士則用錢來買米，因此米批發商雖然利潤較薄，卻仍是門好生意。然而如今，那重要的金錢卻無法流通。渡唐錢變少，老是看到各種破裂或缺角的錢。畢竟距離都城較近的攝津國都是如此，坂東（註84）等地就更別說了，錢完全不夠，甚至有些勢力已經開始施行年貢直接收米的政策。如果金錢不足的情況繼續下去的話，自家也得那麼辦了……自從荒木家興起以後，村重三不五時就在思考這類事情。但唯有今年，這件事絲毫沒有占據心頭。檢驗稻田收成、扣除各種風害水害以後，決定今年年貢實際應該上繳的金額，也是武士的工作，但如今根本沒用。城鎮之間完全沒有往來，北攝的村子也全部都在織田的控制之下，今年不會有任何一文

84 關東地區的古稱。

錢進到荒木家的倉庫。

七月下旬的某個晴天，村重在城內巡邏。他穿著半套鎧甲跨在馬上，除了馬伕和手持長槍的士兵以外，前後都安排了御前眾。以往這種時候大多帶著長於刀法的秋岡四郎介、以及通曉伊丹之事的伊丹一郎左衛門為隨扈，然而他們都已經亡故。這天跟隨著村重的，是力大無窮的乾助三郎與其他人。

盂蘭盆會和施餓鬼會都已經結束，寺町靜悄悄地連個人影也沒有，只能聽見不知從哪裡傳來的念佛之聲。策馬往那坐落整排店家的方向前進，在這潮濕的熱氣之中，移動的只有村重一行人。由於織田阻斷了道路，因此往來早已斷絕，眼尖的商人很早就離開伊丹，其餘的商家沒有東西可賣、也沒有東西好買，就只能吃著先前儲藏的米來活下去。這陣子，城鎮裡完全沒有任何競業問題，由於也不需要修理鎧甲、打造刀具，因此就連打鐵舖的鎚子聲也完全消失了。

在這有如萬人死寂的寂靜之中，只能聽見村重馬匹踏步的聲響、御前眾們的鎧甲錚錚，還有那蟬鳴聲。寧靜到彷彿伊丹的人民皆一動也不動，只是默默地等待著夏天結束、等待戰爭結束——不，人民的確是藏了起來。遠遠看見村重的身影，就好像如果被領主大人給看見的話，不知道會惹上什麼麻煩，趕緊屏住氣息躲了起來。村重也知道他們這些舉動。

一行人終於穿過町屋，朝著城池南邊的鵯塚砦而去。在一片旱田與荒野中，早先那座無邊遇害的庵舍仍孤零零地佇立在那兒。廣大的有岡城內，以護城河與石牆堅守的只有本曲輪，城池外廓則是柵木與乾壕溝，重要據點也頂多設立了板牆。村重透過那些柵木看向城外。叢生的茂密夏草中有敵軍拋棄在該處的竹束，那是用來防御箭矢或子彈的道具，也就是用來攻城的工具，通常是雜兵們在後面推著前進，藉此逐步逼近城池。

發現主君停下馬匹，助三郎開口問道。

「大人，怎麼了？」

「……沒事，走吧。」

村重說完，又將視線轉回道路前方，這時就看到幾個足輕身穿借給他們的配給鎧甲，正往此處走來，似乎沒有注意到村重。在助三郎發出警蹕之聲後，足輕們才連忙跳往道路兩旁，噗通一下全平伏在地。村重正打算策馬從平伏於地的足輕前方通過，卻發現他們裡頭有個打扮不太一樣的人。他穿著相當粗糙的服裝、是個寸鐵未帶、氣質窮酸的男人，看起來不是武士、也不像是足輕雜兵之流。這幾個足輕似乎是在戒護這名手無寸鐵之人。

「你們幾個。」

一聽村重喊他們，足輕們彷彿預感自己死期將至一般，將頭垂得更低了。村重並不在意，仍開口問道。

「那是什麼人？你們可直接回話。」

足輕們面面相覷，其中一人開口。

「是解死人。」

村重心想，果然哪。

不光是武士，即便對平民而言，若是親人遭到殺害，當然也絕對無法原諒對方。一人被殺就殺一人、兩人被殺就殺兩人，否則就會被外頭說是膽小如鼠，而被視為弱者，如此一來將招致更多災禍。然而復仇若是沒完沒了，那麼原本應該要守護的家族或村落反而會更加衰弱。因此，殺人的那方會為了表達歉意而交出一個人，如此便可以此代替後續的報復行為，這是室町以來就採用的古老作風。在這種情況下被交出的那個人，並不是動手的當事人，而是承擔責任的替身，這個替身就被稱為解死人。

會由足輕護衛看起來並非有什麼身分的男人，這樣一來大概就是解死人了吧。村重確實先看穿了這一點。但是若有解死人，就表示某處發生了與死者有關的紛爭。不過村重卻沒聽說有這樣的事。

「是誰送去誰那裡的解死人？」

聽村重這麼問，足輕立刻回答。

「報告，是由野村丹後大人處送往池田和泉大人處。」

「竟然是丹後與和泉，詳細講來。」

足輕連忙將頭磕到地面上。

「請您恕罪，小的們只奉命要將人送過去，其餘的事情一無所知。」

馬上的村重瞪著足輕們的後腦勺，但終究還是將馬頭一轉，回到了來時道路上。御前眾們雖然有些訝異，但並未多話，仍然忠實守在村重前後。

2

兩天後。在降雨的傍晚時分，身為御前眾組頭的郡十右衛門，要求面見村重。十右衛門被帶往大廣間後，村重命其他人都先退下，也進了房間。

雨聲相當嘈雜。十右衛門仍穿戴著脛當與籠手，全身濕淋淋的，滴滴答答往那木板地上滴水。村重先前指派十右衛門去詳細調查野村丹後為何需要送出解死人的詳細經過。而十右衛門一如往常地完成了他的工作，也不顧滂沱大雨，依然二話不說就立即前來報告。

「抬起頭來，你靠近一些。」

十右衛門遵從命令，在盤坐的姿勢下以拳頭移動身子、接近村重。

「那麼，如何？」

「已探得事情的來龍去脈。」

「說吧。」

「是。事情發生在四天前分發軍糧時。池田和泉大人家中的組頭領著雜兵把軍糧運往鴨塚砦，依軍法分發一人五合米，但是野村丹後大人的足輕們大抱不平，表示五合根本不夠，希望能夠再多拿一些。」

一天分發五合米給足輕，這幾乎是最少的量了，要是打起仗來，分發個兩倍也不是稀奇之事。在無法確定將來情況的守城生活下，負責分配武器軍糧的池田和泉會盡可能地節省物資，倒也是理所當然。然而，若有士兵對於長久以來都只領到五合而感到不滿，同樣也是正常的，村重心想。

「因為他們一直鬧著要多些，吵到最後就打了起來。丹後大人家中的年輕武士拔了刀，殺死了和泉大人家的組頭。野村丹後大人也承認是自家部下的錯誤，因此立刻送了解死人過去。」

「和泉那邊呢？」

「聽說將解死人送回了。」

自古以來作為道歉而送到對方家的解死人，當然可以殺掉，不過確實也可以把人送回，這便是自古以來的做法。

十右衛門繼續說了下去。

「昨日，野村丹後大人與池田和泉大人前往荒木久左衛門大人的宅邸碰面，這是久左衛門大人從中協商，希望兩位都不要留有任何遺恨，因此才請二人同席。」

村重一臉嚴肅。

「久左衛門嗎。」

荒木久左衛門是村重極為信賴的重臣，他們今天有見面、也有交談。然而丹後與和泉之間發生爭執這件事，他卻半句也沒提。

領地內的爭議，理當要由身為領主的村重判斷是非、進行裁決。若是拔刀相向的爭執沒有告知村重，那麼規定上是雙方都要受到責罰。當然，任何事務都要由村重來處理也只是一個表面上的規定，實際上通常還是由當事者自己處理完畢。丹後與和泉的爭執單純以解死人這個古老的方式來解決，也不能說是違反常理的怪事……不過村重就是覺得無法接受。他皺著眉喃喃說道。

「情勢還真像啊。」

「呃，您是說，情勢嗎？」

十右衛門如同鸚鵡般重複著村重的話語來反問，村重則是點點頭。

「沒錯……我等放逐筑後守勝正大人時的情勢。」

十右衛門登時僵住、全身緊繃。外頭的雨聲越來越大了。

村重的舊主筑後守勝正將池田家領導者之位納入手中時，發生了一些問題。而他殺了那不認同自己的老臣，才成為家主。北攝之地有三好家、將軍家，後有織田家不斷地伸出魔掌，而勝正選擇了織田、臣服於其勢力之下，才得以保住了池田家。當織田信長遭到淺井備前長政背叛而被逼到絕路時，作為殿後軍將織田全軍由破滅之途拯救出來的將領之一，便是勝正。

但池田家各將領的心，不知打從何時便開始離勝正遠去。最後勝正就被自己的家臣——也就是村重和久左衛門等人放逐，在失意中鬱鬱而終。

「雖然大人您這麼說，」

十右衛門的聲音中帶著狼狽的感覺。

「但事實並非您想的那樣。確然發生出了人命卻未向您報告這樣的事情，但那應該只是不希望無故浪費了大人的時間。久左衛門大人自不用說，野村丹後大人和池田和泉大人也都是不二的忠臣。」

「兩天前，我去鵯塚砦看了一趟。」

村重彷彿沒聽見十右衛門說了什麼，自顧自地說著。

「我看向城外時，發現夏草長得很茂盛，而敵人的竹束就隨意丟在那裡……我想說的是什麼，十右衛門，你明白嗎？」

「這，我想……雖然不曉得那是交由誰負責的柵木，」

十右衛門慎重地回答。

「這樣表示，怠忽職守了。」

要保衛一座城池，第一要件當然是不讓敵軍靠近。因此必須盡早發現敵人，讓對方沐浴在箭林彈雨之下才行。夏草長得過於茂密，就難以發現敵軍，而竹束就放在那裡，就能讓敵軍重複使用。城兵必須好好除草，一旦發現那些可以用來接近城池的工具，也要盡可能地破壞掉。只要趁著早晚光線昏暗的時刻做這些事，便也不會太困難。為了備戰，必須保持視線良好，這也是村重一再對各將領下達的指令。

「有所疏忽的並非城池的防守。」

村重說。

「而是我那道守城絕不可掉以輕心的命令——是這一點哪。」

那個時候也是這樣，村重想。在勝正遭到放逐以前，城牆的修繕延宕、配給的鎧甲數量不足、馬匹瘦弱、放任夏草恣意亂長。每一件、每一件事情，和謀反相比都只是小事。但是在這些事情之中，確實也隱含著反叛之意。

勝正或許並非稀世名將，但也絕非一名愚將。如果發現有哪裡做得不夠紮實，就會下達命令。話雖如此，那些過於枝微末節之事就不必多說，交付給各將領處理，並經常囑咐他們不可掉以輕心、要多加注意。不過他所說的話，已經沒有人在意了。

有岡城的夏草恣意生長、久左衛門未上報同儕發生爭吵之事，的確都是些瑣碎的小事。但這些小事直到最近都未能察覺，確實也是千真萬確的。

「這一個月……不，一個半月，各將領都怠忽職守、也不太進行報告。想想就是打從那天以後吧。」

一個半月之前的「那天」——無邊與秋岡四郎介在城南的草庵裡遭到殺害，而殺了兩人的瓦林能登則因奇禍而死的那天。

村重不管是體型或者動作，都是個令人連想到巨岩的男人。他不多話、也很少表現激動的情緒，在這亂世當中，應該算是比較好侍奉的主君了。即使如此，每當十右衛門自己想要向主君說些什麼，都還是會感到遲疑。明明身為組頭，卻與大將有不同意見，這需要有領死的覺悟。現在還能勸諫主君的恐怕也只有我了，於是十右衛門盡力鼓起勇氣、腹中使力地開了口。

「請恕屬下冒昧，大人。雖然因為長時間駐守在城內、導致大家可能開始鬆懈了，不過只要大人吩咐下去，所有的將兵一定都會繃緊精神、遵循命令。我們荒木家的人，每個人都有決心要支持您直到最後一刻。還請大人不要懷疑。」

對於這冒死進諫的話語，村重沒有任何回應。大廣間裡迴響著雨聲。一滴水珠從十右衛門的下巴滴落，那水滴究竟是雨水、還是自己的冷汗，就連十右衛門自己也搞不清楚。

村重吐出一口氣，他的臉上並無慍色。

「十右衛門，你是否覺得我有些發狂了，竟懷疑起那些毫無來由的事？」

「怎麼可能，絕無此事。」

村重低頭看向縮起身子、平伏在地的十右衛門好一會兒，才緩緩地從懷中取出一樣東西。

「我會覺得從那天起就有某些事情不對勁，是有原因的。你看看這個。」

村重的手掌上，有一個小小的珠子。畢竟兩人之間還是有些距離，於是十右衛門定睛凝神後再次望去。

「那個是……鐵炮的子彈嗎？」

「沒有錯。那天的事情，我實在無法忘記。就是瓦林能登死去的那天。」

聽主君如此一言，十右衛門也回想起那一天的情況。那是個積雨雲厚重、遠方不斷傳來雷鳴聲的悶熱日子。

當天，十右衛門和御前眾拿著持槍包圍了瓦林能登，受命要在村重的示意下逮捕他、若是能登不從就要殺了他。村重刻意在通往本曲輪的橋上分散諸將的策略成功了，輕鬆地在三三五五登城的將領中包圍了能登。在村重講明道理之後，久左衛門與丹後等人也啞口無言。而那名寺男現身以後，更是任誰都能了解能登犯下的罪行。被逼到死局的能登拔刀，高舉之後似乎在吶喊著什麼……

之後的事情，十右衛門並不記得了。事後才知道是一道落雷取走了瓦林能登的性命，而包圍能登的御前眾都被震開到一旁。

在那之後已經過去一個半月，暑氣也稍有減緩，雨水甚至還變得有些冰冷。村重開口。

「在你們御前眾倒下以後，我快了一步接近能登。」

「是。此乃我等失誤。」

「我沒有責怪你們的意思，那只是因為落雷離你們近、我離得比較遠罷了——當時我便確認能登已然斷氣。而這顆子彈也是在那時發現的。」

稍微頓了頓，村重凝視著子彈繼續說下去。

「就打在能登旁邊。深入地裡兩吋左右，要挖出來的時候還是燙的。」

「那麼……」

十右衛門難以置信地開口。

「您的意思是說，在雷打下來以前，有人試圖射擊能登大人嗎？」

「不知道是落雷前還是落雷後。」

村重說著，握緊了子彈。

「但確實沒錯，有人以鐵炮射擊能登大人。」

十右衛門激動了起來。

「可是，那是為了什麼？」

相對地，村重對此似乎不是很在乎的樣子。

「不知道，或許是覺得讓能登活著會很麻煩的人做的吧。」

「能登大人原先私通織田，如此一來，有可能是同樣私通織田的其他人所做的嗎？」
「十之八九是那樣吧。但更重要的是，在我準備要處置能登時，有人打算妨礙這件事。」
此時十右衛門終於了解村重是在擔心什麼。
一般來說，武家中能夠評判武士作為、下達處分的就只有家中的領導者。若是瓦林能登做出可疑的行為，那麼能夠公開其罪名、決定他應該接受何種處罰的，就只有村重，必須如此才行。村重要問罪於能登之時，卻有人打算從旁殺死他，這侵害了村重的權利。此舉正是謀反。
大廣間裡更加陰暗了。或許是因為身體濕淋淋的，十右衛門感受到一股寒意。
村重開口。
「在這有岡城內，存在表面順從、背地裡意欲謀反之人。這種人潛伏在陰影之中磨刀霍霍。這顆子彈就是那傢伙一時大意所留下的唯一蹤跡。十右衛門，我不想重蹈勝正大人的覆轍。能夠保住這座城的，就只有我而已。」
村重站起身來，將手裡的子彈交給頭垂得更低的十右衛門。
「找出那天是何人射擊能登的。是誰下的命令、那傢伙的目的又是為何，把所有相關的事情都給我查一遍。」
「遵命。」
十右衛門將那小小的鉛製圓球高舉過頭，彷彿那是顆金粒。
「能辦到嗎？」
「是！」
這回答一如他往常的風格，毫無遲疑。

不過在十右衛門心中，卻無法按耐不安的想法。自己真能完成這項使命嗎？能登死後已經過了一個半月，無論是被遺忘還是找不回的東西，應該都有不少吧。為何大人沒有在一個半月前下達這道命令呢？對此，十右衛門也萌生了訝異。

3

過了幾天，日子也來到了八月。天正七年的八月，在傳教士使用的儒略曆（註85）上幾乎已經是九月，夏天已經結束了。

去年十一月，荒木家決定要叛出織田、投靠毛利的時候，每天在進行會議決策時都像是瀰漫著冰冷的熱氣一般，充斥著獨特的緊張感。聽見召集眾人的太鼓聲響後，每位將領無論身穿一般服裝或者全副武裝，都會打理得整整齊齊、毫無遺漏，接著爭先恐後地前往天守，深怕漏聽了村重的隻字片語。每一個人都非常積極。無論年長或年少，勇於挑戰如日中天的織田，那股激昂讓他們士氣昂揚。在那之後已過了十個月，一回神才發現有許多事情不同了。

聚集在天守的將領們鎧甲蒙塵，也未發現陣羽織已經綻裂了，放任鬍子生長並無修剪的面容也滿是塵土。幾乎所有的將領都是低著頭、等待會議結束，其中還有人明顯一臉睡意。也有許多將領並未前來——宣稱因病而無法參加的將領也越來越多了。北河原與作自從提出投降的意見以來，或許是感到自己會有生命危險，因此近來都不會出現在人前，高山大慮今天也沒有出席。而會議內容，就跟這十天來都差不了多少。

85　格里曆的前身，一年十二個月、大小月交替、四年設一閏，基本上與現行西曆、也就是格里曆已相當接近。

「就算陸路被阻擋，也還有海路啊。只要動用小早川、村上的水軍，毛利要進入尼崎大後方根本不必一兩天就能抵達。但是他們還是不來，這就表示毛利的心意已經變了。不，打從事情一開始，他就打算讓織田的矛頭朝向我們、把我們當成護盾。把期待寄託在那種一步登天的傢伙身上，根本就是失策。不要想倚靠那根本不會來的毛利了，應該憑我們自己打一場華麗的勝仗啊，這才是武士應有的行為！」

如此熱情澎湃地侃侃而談的，是野村丹後。村重的雙眼一如往常地略帶倦意，但其實他正在悄悄地觀察丹後的樣子。

丹後深信在這世上，只要好好保護己方、殺死敵方，一切都會順遂，他這份剛直在經過長時間的守城生活以後，依舊毫無改變。丹後會是那個打算放逐村重的謀反之人嗎？丹後的氏族地位高、也相當有威名，具備下剋上的力量，但他畢竟還有身為村重妹婿這層關係，若是要謀反的話，也不免讓人對他與村重的關係過從甚密而抱有疑慮。更何況丹後根本不是那種可以表面順從村重、背地裡策劃謀反行為的雙面人。又或者，其實他只是一直讓人看起來有這種感覺而已呢？

池田和泉一臉擔憂地說。

「誠如丹後大人所說，毛利的背信已然相當明白。如此一來若是只靠我們自己的話，即使是要打上一仗，不但兵力不足、鐵炮的數量也不夠。更何況織田早已將支城都建造完畢。以我們堅守城中的少量兵員去挑戰大軍，雖然頗為符合武士風範，但此舉是否有些自暴自棄呢？此時應當先嘗試籌謀劃策、增加我方的夥伴才是。」

和泉在堅守城池以前雖然未曾立下什麼彪炳功勞，然而他是個擅長規劃事務、講義氣且受人信賴的男人。由於武器、軍糧乃至竹木等資源的分配工作都交給他，因此城裡所有的將領都與和泉有所往來。若是和泉登高一呼、表示不該再讓村重繼續領導下去，那麼追隨他的人想必會有很多吧。但是和泉有可能萌生反逆之心嗎？他看起來實在不像是個會趕走村重、賭一把讓自己站上主君之位的男人……

荒木久左衛門一臉不悅。

「說我們把毛利當成夥伴，這樣的說法不太對吧。像毛利還是宇喜多那種權謀算計之人，要仰賴他們本來就是個錯誤。我們是站在本願寺這邊、站在征夷大將軍這一方哪。而本願寺都已經支撐了九年，我們只需要等到世間的風向轉變即可。武田信玄雖然戰勝了德川，卻因病倒下……信長也是人，終有壽命走到盡頭的一天。」

久左衛門近來就只會堅持要繼續等待。畢竟等下去這個方法，便可以什麼都不用做，所以諸將領其實頗能接受這個辦法。久左衛門有可能背離村重嗎？雖然久左衛門現在以荒木為名號，但他原先本是池田家相關之人，如果他表示要流放村重、重振池田家，那麼願意追隨他的人應該也不會少。真要說到可疑的話，大概沒有人比他更值得懷疑了。然而看在村重眼裡，以久左衛門的將才器量若要統率一方勢力，未免會令人感到不安。久左衛門真有辦法欺瞞村重、暗中推動謀反之事嗎？

「諸位，你們這是在說什麼呢！」

拉起嗓子吼叫的是中西新八郎。

「與毛利等人同心協力、於這座有岡城討伐信長那傢伙，可是大人訂立的遠大計畫。這個計畫至今仍未破滅！我們身為家臣，不就應該要相信大人的謀略，並且努力達成，這才是我等的本分不是嗎！在下相信大人、相信攝津守大人！正因為信賴大人，所以我相信毛利會來！說不定明天毛利軍便會大軍開拔到此，各位現在怎麼都說出這種話呢！」

會議現場上陷入一片沉默。沒有人責怪新八郎這一介新人竟敢這樣放話，但也沒有人特別贊同他，只是飄盪著一股被潑了冷水的氣氛。村重看著新八郎激動的面孔想著，這個男人實在不可能策劃什麼要流放我的計畫。就算新八郎真的有這樣的野心，也不會有其他人站在他那一邊……話雖如此，這並不表示新八郎就沒有野心。

今天的會議也和昨天一樣。戰情膠著、各將領也沒有什麼好說的。但是村重發現，在發言時責備毛利背信忘義的聲音增加了。

決定背離織田、靠向毛利的是村重，責備毛利背信就等同是責備村重的判斷。將領們難道沒有發現這件事嗎？又或者是發現了，所以才代替村重責問毛利呢？

——村重實在無法明白，究竟是哪一種。

會議結束以後，村重回到御前眾守衛的宅邸裡。

在諸將面前現身時，村重總是穿上籠手和脛當等護具。畢竟那並非是會有弓箭子彈橫飛之處，要換上整套鎧甲和頭盔也太過大費周章，但身上穿著一定程度的護具來以備不時之需，乃是武士應有的原則。以前還會覺得出席會議要穿戴籠手之類的也太過裝模作樣，但這陣子村重的衣服下其實還穿了鎖帷子。雖然近侍們都認為他是為了防範織田的刺客，但這其實是為了防備城內之人。

也因此回到宅邸後，就特別能覺得鬆了口氣。讓近侍們幫忙卸下武裝，以臉盆盛來的水清淨過身子以後，村重走向宅子內的持佛堂。

穿過走廊、拉開持佛堂的紙門，村重發現在那鋪設木板地面的微暗佛堂內，千代保正在念佛。千代保後方的侍女立著單膝待命，一發現拉開紙門的是村重，立刻將頭低了下去，但千代保仍然繼續念佛。村重關上紙門，也不坐下、就只是站在那裡聽著千代保的聲音。

或許是村重的沉默令人緊張，侍女輕聲開口。

「阿出夫人……」

千代保因為這句話而驟然停下，但仍面朝佛像、開口問道。

「怎麼啦？」

「大人來了。」

千代保脖子一轉、回過頭來。即使堅守城中如此長一段時間，她的年輕側臉依舊不見有任何衰變。千代保睜大了眼睛，將佛像正面的位置讓給村重。

「原來是大人，真是抱歉。」

「沒什麼，不必在意。」

村重沒在佛像前坐下，反而坐在了千代保的正面。

「妳還真虔誠哪。是許了什麼願望嗎？」

村重開口說出這句話，其實是相當隨興的問題。但千代保卻陷入沉默，之後才聲若蚊蚋般地開口。

「我是在弔……弔唁菩提（註86）。」她這麼說道。

「弔唁誰的菩提呢？」

「這次戰事中失去性命之人。」

「那可是有幾十、幾百呢。」

「是的。」

86　意即遺體，乃佛教用語。

村重看著佛像，那是由南都（註87）佛師所打造的釋迦牟尼坐像。

千代保是大坂本願寺坊官（註88）的女兒，她自己也是相當虔誠的信徒。村重心想，這可奇怪了。

「我以為一向宗門徒並不憑弔菩提的呀。」

一向宗不認為人的祈禱會有效用，能夠拯救死者的只有阿彌陀如來，因此教義上並不覺得生者的祈禱能夠拯救自己或者他人。

千代保垂下眼睛。

「的確是這樣……雖是如此，而且在您面前也應該要有所避諱，但是……」

千代保縮起了身子，繼續說著。

「看到這座城池的苦難，我實在忍不住想做點什麼。要是父親看見了，肯定會責罵我的。」

身為一向宗門徒的千代保在釋迦牟尼法像前為死者憑弔菩提，確實不符合宗門的宗旨。因此千代保似乎是覺得自己的行為相當丟臉。但村重認為那些因戰爭而死之人——吶喊這是自己最後的工作便衝向織田軍的森可兵衛；以染血的手祈求子孫受到照顧的伊丹一郎左衛門；明明身為城內第一好手卻連刀也沒能拔出，就讓人從背後下手的秋岡四郎介；到死前都還說著想去西方極樂的安部自念；憑藉星光才能勉強看見面容的大津傳十郎；只穿著兜擋布卻化為不要命的死士、朝村重殺過來的堀彌太郎；受到所有人的敬愛卻與城內外的雙方互通有無的無邊；心想事以至此、無力回天，拔刀卻被雷給劈死的瓦林能登入道。以及荒木軍和織田軍各自死去的無數士兵、逃到山裡卻被趕盡殺絕的百姓——想起他們的臉龐，不禁覺得

87 南都六宗為奈良時代以平城京為中心繁榮的六個日本佛教宗派，又稱奈良佛教。

88 為門跡辦事的俗世僧侶，雖然有剃度也穿法衣，但可食肉、娶妻、生子甚至帶刀。

千代保的迴向，是令人肅然起敬的行為。

「我不知道妳的父親會說些什麼，但妳為我們有岡城之人祈禱，我感到非常高興。」

千代保一臉激動，慢慢地將手擺到地上、低下了頭。

「您過獎了。」

「念佛結束了嗎？」

「原先就沒有規定得要念多少的。」

「這樣啊，我不太清楚一向宗的教誨。」

千代保收回雙手，抬起頭來露出微笑。

村重猛然想起，有件事情自從迎娶千代保以後、決定離開織田以後、開始堅守城中以後……明明隨時都可以問，卻一直沒有問出口。現在——就是現在。堅守城中九個月、將兵們都累了，在這個有某人打算取代我的時候——不正是個好時機嗎？村重看著釋迦牟尼法像，對著千代保問道。

「千代保，妳從沒有勸我要念念佛呢。」

「是的。」

「那又是為什麼呢？」

千代保的眼中浮現出困惑，無論什麼事情，千代保幾乎都不會說出自己的想法。就算開口詢問，她也總是一副不知該不該回答的樣子。

「但說無妨。」

在村重催促下，千代保雖然一臉欲言又止，終究還是開口了。

「當然，父親也曾告訴我，有機會就要請您多多念佛。然而我前往池田、又輾轉來到這伊丹，拜見大人您的所作所為以後，覺得要是勸諫您得為了來世想想，恐怕也只會為大人多添麻煩，所以直至今日，我都沒有向您提過這件事。」

「麻煩是指什麼？」

「就是，」

千代保幽幽地說著。

「大人您是荒木家的總大將呀。所謂的佛，是要拯救無力的百姓、保護揚弓御馬武家的今生——然而總大將有所謂的武略，要是妨礙武略的話便是麻煩了。」

村重感覺相當愉悅、幾乎想要笑出來。確實如此。領導之人選擇宗門，不能只考量自己的現世利益、或者往生極樂之事。

高山大慮從前的主君是和田伊賀守惟政，惟政的家臣之中有許多南蠻宗信徒，他也與南蠻宗相當親近。然而他到了最後，都沒有捨棄自己的禪宗宗門。沒有人知道，他親近南蠻宗究竟是為了便於整合家臣而已，又或者是打從心底傾心於南蠻宗。然而能夠確定的是，無論是改信南蠻宗、又或者維持原先的禪宗，惟政都無法脫離他身為和田家家主的立場，去做出那個決定。

村重亦是如此。如果千代保強烈建議他改信一向宗，那麼他至少會做做樣子去理解他們的教義，但並不會因此改宗。在這北攝之地，若是改信了一向宗，那麼任誰都會覺得荒木已經屈居於本願寺之下。

而千代保看穿的這件事，就連村重也是不久之前才體悟到的。

「沒有錯。」

村重說道。

「說到武略啊，不論是坐禪還是法華經，這些都是武略。本願寺高呼參戰便能保來生安穩、前進乃極樂、後退即地獄之類的，應該也是武略。在這充滿戰爭的世上，森羅萬象，無一事不是武略。」

千代保有些困惑似地皺起眉頭微笑，最後低下了頭。

「我好像口出賣弄小聰明似的話，還請大人原諒。」

「別傻了。」

村重也忍不住嘴角上揚。

「聰明有哪裡不好了？不會有武人想要把愚蠢之人擺在身邊的。」

「原來是這樣啊。」

千代保淺淺一笑。

「多半還是有的吧。」

持佛堂外有腳步聲接近，一個熟悉的近侍聲音說：「有事稟告。」

「怎麼了。」

「郡十右衛門大人緊急求見。」

「馬上過去。」

村重答了這句後便讓近侍退下，站起身來。他走過平伏在地的侍女身旁，回頭看向千代保說道。

「那麼，我去處理一下武略的事情。」

4

密談就要去比較寬敞的房間——因為這樣很難隔牆有耳。村重這次也讓人把十右衛門帶去大廣間，時刻與前幾天相同，正是接近黃昏晚霞。

十右衛門身穿小袖加上肩衣，一身便服。他坐在木板地上、雙拳落地深深低下頭迎接村重。村重盤腿坐在蓆子上後便開口。

「說吧。」

十右衛門仍然低著頭，鏗鏘有力地回答。

「是，關於您先前吩咐一事，前來向您報告。那天並沒有任何一人將鐵炮帶進本曲輪中。」

「……沒有嗎。」

「是的。」

村重摸了摸下巴。

有岡城的士兵大致上分為兩種，也就是直接隸屬於村重的士兵，以及侍奉村重的各將領麾下的士兵。當然村重自己帶的士兵數量最多，但是總人數仍然不到全城士兵的一半。而守衛本曲輪的，就只有村重的直屬士兵。例外的就是因為技術超群，所以被安排在幾個關鍵要地的少數雜賀眾。

另外，士兵從與村重較為親近、將來有可能出人頭地的御前眾，到單純負責搬運物資等事務的勞動者，各自負責各式各樣的職務。負責防衛本曲輪的是御前眾和足輕。御前眾都有自己的武器，但是足輕們大多只有鈍刀之類的裝備，因此村重必須借他們長槍、弓箭、鎧甲和鐵炮。戰爭結束後他們才會歸還這些東西，不過價格昂貴且數量稀少的鐵炮會輪流使用，與其他裝備不同。

負責守衛本曲輪的足輕若被吩咐要使用鐵炮，那麼就得先前往本曲輪內的鐵炮倉庫借用。值勤結束後，要先把鐵炮還回倉庫，才能夠離開本曲輪。

另一方面，御前眾裡頭有些人擁有自己的鐵炮，至於以鐵炮技術為其賣點的雜賀眾也會帶著自己的鐵炮來到本曲輪。此外，為了參加軍事會議而前來本曲輪報到的諸將領和他們的護衛士兵，若是裡面有人攜帶鐵炮，也不會特別去盤問他們。但是十右衛門卻說，瓦林能登死去那日，並沒有人攜帶鐵炮進本曲輪。

「足輕們應該不用多提。各將領以及隨行之人皆無任何人攜帶鐵炮，守橋的御前眾們的說詞也都一致。由於他們也明白您那道命令用意何在，因此特別留意將領們的武器，想來應該不會有錯。另外，那天已經做好準備要以長槍包圍能登大人，因此御前眾也沒有人攜帶鐵炮。」

「雜賀之人又如何呢？」

「由於考量到雜賀眾進入本曲輪，可能會對大人您要做的事情造成麻煩，因此在下於前一日便已告知雜賀之人當日不必登城。雜賀眾遵循我的交代，因此當天並沒有他們的人在場。」

十右衛門稍微停頓了一下，又繼續說下去。

「您也知道，鐵炮倉庫有上鎖、並且有人看守。當天看守之人雖為足輕，但我核對了幾個人的證詞，那一天無人怠忽職守，因此要偷偷地從倉庫裡取出鐵炮，應該也相當困難。」

鐵炮倉庫原本就有安排看守者，然而自從夏天那時，織田手下的人意圖在彈藥倉庫放火以後，彈藥倉庫和鐵炮倉庫的守備就更加嚴密了。不但特地在足輕裡挑選了工作比較勤快的人，也增加了看守者的人數。所以村重對此也不得不同意。

「想來也是。」

那天沒有任何一把鐵炮被帶進本曲輪，也沒有人從倉庫偷拿鐵炮，那麼射擊能登的鐵炮出處就只有一種可能了，村重這麼想著。

「如果沒有被偷偷拿出來，那麼就是光明正大地拿了。問題在足輕嗎？」

「噢。從倉庫借來鐵炮的鐵炮足輕，由於某個人的命令而射擊能登大人……在下原先也是這麼想的。」

村重挑了挑眉。

「原先？」

「是的。我一個個詢問過足輕們的證詞。為了驗證他們所說的是否可信，也與其他人說的話相互比對過。」

十右衛門難得有些激動。

「大人，那天守衛本曲輪的鐵炮足輕，都沒有將視線離開彼此。原先在本曲輪當中，鐵炮足輕就是安排兩人一組、待在瞭望臺上。實在很難趁另外一個人不注意時就溜下瞭望臺，更不可能射擊能登大人。」

「……」

「負責借出鐵炮的倉庫奉行是由御前眾擔綱，絕對不會把鐵炮借給可疑之人或是並未負責該工作的人。那天從鐵炮倉庫借出的鐵炮，每一把我都調查過是哪個人拿到哪裡去。射擊能登大人的鐵炮，並不是借給足輕的裝備。」

村重不得不壓下自己想大喊「你有好好調查嗎」之類話語的衝動。十右衛門是相當有能之人，若是他調查過後認為足輕都沒有射擊能登，那肯定就是這樣沒錯。

十右衛門繼續說著。

「另外，也不可能是從本曲輪外頭狙擊的。由於大人您說子彈嵌入了地面，那麼射擊之人應該是從上方瞄準能登大人射擊，可是在本曲輪之外並沒有可以這麼做的場所。」

「我明白你的意思了。」

村重說。

「如果沒有其他事情要報告，我要問問兩件事。」

「是。」

十右衛門敬畏地低下頭。

「您請問。」

「狙擊能登之人，是從哪裡射擊鐵炮的，這事你可有看出什麼端倪？」

十右衛門直起身子，明確地說。

「有的。」

想來早已經思考過了，所以十右衛門說話時毫不遲疑。

「從能登大人倒下的場所、鐵炮的射程、還有由上往下射擊這幾點來思考，射擊的人能夠潛伏的場所，已經縮小到三處。」

「喔？哪三處？」

「松樹上、天守的二樓、宅邸的屋頂。」

村重明白，所謂的松樹，應該是指種在通往侍町的橋梁附近的那一棵。確實，如果爬上那棵樹，應該能夠進行射擊，不過周遭完全沒有茂密草叢之類的地方，一旦從樹上下來，附近就完全沒有藏身之處。

另外，天守是舉行軍事會議之處，能登死去的時候，應該已經有幾名將領進到裡面了。鐵炮手若是從二樓射擊，之後他便會無處可逃。

宅邸的死角雖然多，但是一往裡頭走，就會碰到有大批人員留守的場所，不可能讓陌生人隨意接近。

十右衛門所說的三個地方，都不是什麼相當適合進行狙擊的場所。但既然十右衛門表示射擊者能夠潛伏的地方就只有這三處，那麼就表示其他地方應該是完全不可能進行狙擊的吧。不過，村重還有個問題得問問。

「為什麼會把範圍縮小到天守的二樓？」

「這是因為若是一樓的話，御前眾和諸位將領所形成的人牆會成為阻礙、無法射擊能登大人。從三樓的話又太高、角度過於傾斜難以瞄準。」

「你試過了嗎？」

「是，屬下當然試過。」

村重點點頭。

「好。那麼，我還有一問。」

「是。」

村重的語氣略略加強。

「我是命你找出狙擊能登的是何人。你的調查相當全面，而且這些全都需要費點時間，這我很清楚。然而——你還沒有完成我的吩咐呢。十右衛門，你為何在調查到一半的時候就來求見了？」

十右衛門倏地平伏於地。

「誠惶誠恐。」

「怎麼了嗎?」

「是。由於考量到應該先回報您的命令,因此不小心弄錯了先後順序。如大人明察,屬下是由於有必須立刻向您匯報之事,特此求見。」

像十右衛門這樣的人,怎麼可能會不小心弄錯。村重也立刻意識到,應該是因為出現了必須要先行報告的事情吧。

「你說吧。」

「是,我在城內進行調查時聽聞了一些事情。」

從窗櫺縫隙看出去,天空有如鮮血般赤紅。十右衛門繼續說道。

「是關於中西新八郎大人的傳聞。」

5

第二天的會議上,在場將領仍然一心等待毛利,沒有其他意見。雖然原本這個會議就是村重監視各將領、各將領互相監視的場合,然而現在卻連半件事情都無法決定。村重閉上眼睛,讓那些侃侃而談、為反對而反的相反意見成為耳邊風,思索著昨天郡十右衛門提起的事。

口沫橫飛的將領們,在某個瞬間彷彿是說到膩了一般、全都閉上了嘴。等到天守內終於降臨了村重期盼的寧靜,他才睜開眼睛。

「中西新八郎。」

突然聽見自己的名字,新八郎一臉錯愕,但仍然立刻大聲回應。

「在！」

他的臉上寫滿難以抑制的興奮。村重盯著他的臉龐瞧了好一會兒，又看看他全身那毫不鬆懈、全副武裝的樣貌，然後開口說道。

「聽說你收了瀧川左近的酒。」

「噢，您是說那件事嗎。」

新八郎拍著大腿笑了。

「是的，沒錯。左近家中那個叫佐治什麼的，就是曾經來射箭書的那個人，說什麼這是慰勞品，才給拿過來的。」

「我還聽說你送了回禮。」

「沒有錯。唉呀，真不愧是大人，您的消息真靈通。」

新八郎心情愉悅地說著，還得意萬分地環視諸將。

「酒是由屬下和上﨟塚砦的四位將領一起品嚐了。真不愧是織田家的大將，送過來的酒也是挺不錯的，但對在下來說，還是伊丹的水比較對味呢。」

新八郎說著便哈哈地高聲大笑起來。但那聲音在留意到村重的眼神以後，馬上有如日頭下的雪花那樣消失無蹤。

村重的眼神如同秋水般冰冷。

「你認為那樣很好嗎？」

村重的聲音聽起來也跟平時不同。新八郎則是一臉完全搞不清楚狀況的樣子。

「您指的是……」

「在我不知情的情況下與其他氏族書信往來，這可是違反軍法。往來贈禮之類的就更不用說了。」

新八郎雙眼圓睜、張口結舌。

「這，這個！」

接著猛然開始反駁。

「您這是說什麼呢，屬下真的不明白。上藺塚砦是大人您交付給我的地方，我認為所有事情都應該必須由自己決定，而且只不過是收了一罈酒就遭到這樣的指責……」

「放肆！」

村重怒吼一聲。

「就連交付一城的大將，若是沒有透過取次就與其他家往來，可就是不折不扣的謀反。你只負責一個砦，竟敢口出這般大話！」

彷彿被村重的怒氣給震懾，新八郎似乎坐著倒退了些。他連忙平伏於地。

「這，這個……在下並沒有那個……」

當下的樣子可說是狼狽不堪。村重此刻又快速地環視了諸將的面孔，那個瞬間，村重的背部有如被人潑了一盆冰水般、感到一陣惡寒。

出席軍事會議的各個將領，臉上都明顯寫著困惑、無法接受——真要說的話就是一臉狐疑的樣子。就好像是平時不太開口的村重，忽然講起了毫無頭緒且不講理的話語那樣，一個個臉色尷尬。在場沒有一個人的神色，顯示出自己認為村重說得相當有道理。

新八郎又開口。

「但是大人，收禮必須要回禮也是禮儀……要是荒木家被人嘲笑是吝嗇之輩，這也並非好事。」

任命他為上﨟塚砦的守將後，新八郎確實將那些相當有個性的足輕大將們整合了起來，完全沒讓織田軍靠近過砦。雖然這也是因為織田選擇了遠攻、一直沒有接近砦的關係。話雖如此，長期沒有重大過失，堅實地防衛砦的新八郎，他的力量絕對也不可小覷。然而，他絲毫沒有身為將領應該具備的長遠眼光。要是官兵衛的話，根本不可能說出這種少根筋的回答。村重忍不住沒來由地感到憤怒。

「蠢貨！你送了什麼給瀧川？」

「噢，是……鱸魚。」

鱸魚姿態優美、自古以來就被譽為是等級相當高的海魚、也是夏季當令的魚鮮。

村重的聲音更加粗暴。

「這也太不小心了！新八郎，你是從哪裡拿到那鱸魚的？」

新八郎一臉聽不懂問題的樣子，而村重沒等他回答便繼續說下去。

「在這個被織田包圍四面八方的有岡城怎麼可能捕到鱸魚！是黑市來的吧！」

人與人必須要面對面才能進行金錢交易，此乃這個世間的常理。就算對方是明天就要廝殺的對象，亦是如此。就連包圍網比有岡城更嚴密的大坂本願寺那裡，也一直在傳聞織田的雜兵會悄悄地賣些米或雜貨來換點錢。雖然在有岡城的某些地方進行這種交易也沒什麼好奇怪的，但表面上這樣的買賣當然是被嚴格禁止的。

新八郎支支吾吾地辯解著。

「我想的確可能有那樣的事，不過那東西是足輕大將們拿來的，所以我並不清楚。但是大人，這樣也不太對吧。用盡各種辦法來獲取糧食，不就是戰場上應有的作為嗎？我還認為您應該會誇獎屬下呢。」

村重發現有幾個人聽聞新八郎所說的話，還點了點頭。戰場上若是軍糧耗盡，那麼就算煮草舔石也要騙過自己的肚子。既然有辦法取得鱸魚，那就不應該受到責罵……村重敏銳地捕捉到將領們心中存在著這樣的遲疑。他感受到這樣的氣氛，於是便馬上回道：「我沒有責怪你取得糧食一事。」

「但是你送了鱸魚當回禮，瀧川會怎麼想？瀧川左近可是織田旗下的智將，他當然不會認為陸地上能釣到鱸魚，肯定會推測到有人在做買賣、將東西運進有岡城。一旦明白了，就算我軍限制出入，他們也能讓細作混在行商人之中，這就著了瀧川的道了。你的行為等於是在告訴織田，有岡城出現了這樣的破綻可鑽，還手把手地指導他們呢！你要知道，就是因為會發生類似的狀況，所以才規定所有人與其他家往來都必須透過取次。新八郎，你如此大意輕忽，這罪可不輕！」

會議現場安靜地連一聲輕咳都沒有人敢發出。

村重相當焦躁。當事人新八郎當然是一句話也不敢吭，然而其他將領卻沒有體認到新八郎的錯在哪裡，臉上的表情盡寫著「到底是為了什麼才責罵他的呢？真是無法接受」。原先在此斥責新八郎，是要以一儆百。但村重的話語卻沒能被將領們給聽進去，就只有他刻意表現出的怒氣迴盪在這個空間內。

果然如此哪，村重心想。這不就像是流放筑後守勝正之前，池田家中的情勢嗎。

「大人。」

這時膽戰心驚地開口說話的，是荒木久左衛門。

「我相當了解您為何震怒。但是……」

村重心想，別說謊了。一看久左衛門的臉，就知道他一絲一毫都不覺得村重有理，簡直比熊熊燃燒的火光還要顯而易見。但是村重讓自己靜下心後，便揮手要他說下去。於是久左衛門行了個禮，說道。

「新八郎的行為確實太過疏忽，以軍法來說的確免不了重罰……然而新八郎平日奉公並無不妥，他被任命為將領之時日也尚短淺，也仍有不夠成熟之處。這一次就請您原諒他吧。目前我軍四面八方都遭受敵人包圍，若是在這樣不安的情勢中問罪自己人，也實在不能說是上策。」

村重再次看向天守裡的各個將領。反駁的神色已經完全消失，只留下似乎想開口表示「這樣應該可以吧」的曖昧沉默。

荒木家的將領們並不愚昧，新八郎的行為到底違反軍法到何種程度、讓織田有機可趁是多麼危險，不可能所有人都不明白。然而今天的會議，將領們卻選擇不顧村重所說的道理，轉而同情起新八郎。現在的村重，也已經領悟到大概的理由。

想來諸位將領真正憐憫的人並非新八郎。他們真正可憐的，是瓦林能登入道。能登私通織田、斬殺有德高僧、將民眾推落悲嘆的深淵，然後就這麼死去，然而將領們卻對此感到十分惋惜。出身北攝名門瓦林家的能登入道，受盡一個雖說是領導者、然而身分卻是他國之人的村重屈辱後死去。將領們直到今天仍無法完全接受這個事實。這陣沉默便是由此而來。

沒辦法了。村重沉思之後，在假裝經過了一番深思熟慮後再次開口。

「好吧。看在久左衛門說情、和你先前的貢獻之上，這次就饒你一命……新八郎。」

「是！」

「往後要更加謹慎。努力建功補償吧。」

「是，屬下必定辦到！」

新八郎的聲音充滿了感動的顫抖。

會議結束後，村重在郡十右衛門一人的陪伴下來到天守的最上層。無論是風還是天空的顏色，確實都是秋季的風物。

過去村重拿下池田城以後，因為有其他想法而捨棄了那裡。池田城所在的那片土地自此便被稱為古池田。現在從天守看過去的古池田，有旗幟正在翻飛。織田軍在古池田築起了陣地——不，那已經不只是陣地，幾乎可以說是城池了，他們建立了一個紮紮實實的戰略據點。假設大舉進軍的毛利軍出現在後方，那個古池田陣營真的能被攻破嗎？村重現在已經無法確定了。

今天的會議情況，實在令人擔憂。

中西新八郎在沒有領導者允許的情況下與其他家往來贈禮，那是相當輕率的舉動，就算立即被懷疑、馬上遭到處斬也合情合理。然而，就連如此明確的違反軍法行為，村重也無法處分他。因為會議中瀰漫的氛圍，就是不贊同處分新八郎。

過去村重隸屬於織田家時，信長曾經認為村重就和信長自己一樣，是統領家中獨一無二的主君。但事實並非如此。而村重則是直到今天才重新體悟到這件事。

在池田家衰微的危急之際，整合北攝國眾的新領導人，便是村重。正如同黑田官兵衛先前曾說過，村重並沒有統領他們的理由，如果國眾不認同，那麼荒木家一日都無法成立。擅長觀察情勢的村重，實在無法逼退會議的走向。

過去並不會有這樣的狀況。軍事會議並非國眾牽制村重的地方，而是村重統領他們的地方。每個將領都將村重的話放在心上，村重說白便是白、說黑的話應該所有人都會表示的確是黑的。就算有點勉強，只要荒木久左衛門或者池田和泉這些老臣敲敲邊鼓，那麼就能如他所願整合全部的意見，然後照他所說的通過。

然而今日，就算村重指出了新八郎的不是之處，其他將領也都一副毫不在乎的樣子。人類原本就是會試圖掩飾的生物，就算內心對於村重的指責抱有疑慮，表面上也還是不會直接顯露在臉上。然而每個將領神情之尷尬，已經到了稍微瞥一眼就能明白的程度，實在令人害怕。

村重又回想起過去流放勝正時的事情。到了軍事會議已經充斥著這種氣氛的時候，談論著要流放勝正的將領們，已經將計畫推動到八分左右。現在也是如此嗎？某個人打算將村重趕出有岡城的計謀，已經推動到八分了嗎？

勝正被逐出城以後，聽說逃到了京都、之後便離世了。然而換成村重的話，現在被逐出這四面八方都被敵人給包圍的有岡城，怎麼想都不可能活下去。

只有死路一條。

6

村重抬頭看著夜色中的有岡城天守。曆上剛進入葉月（註89），還沒能看見月亮，天守的威嚴樣貌只隱約在星光下浮現。村重單憑著手燭的光線走向土牢，身邊沒有負責警備的士兵。要是現在有三四名刺客攻擊村重，或許他也擋不下。但村重前往土牢的時候，總是獨自一人。每當有岡城發生狀況時，知道村重會前往地下的人，就只有村重自己、監牢的看守者與

89　舊曆（陰曆）曆法的八月。

——那被囚禁在地下的黑田官兵衛。

已經好幾次像這樣走下這段階梯了吧。時至今日，經歷了好多次可能導致城池陷落的危難。其中有幾次是村重指揮將領們避免了禍事發生，也有幾次是靠著官兵衛的智慧才免於危難。這條路，一路走到這個秋季。

看守者加藤又左衛門一見到村重，立刻站起身來，鑰匙也跟著叮噹響。這個男人究竟都在何時睡覺呢？村重心想。他是睡在鋪在房間一角的那張蓆子上嗎？無論村重何時來此，他總是醒著迎接村重。雖然淺眠是一名武士應當懂得的道理，不過這個看守者也是如此管理自己的身心狀況嗎？村重並不知曉。

「辛苦了。」

向對方搭話後，回話的加藤也相當寡言。

「是……我來開門。」

接著通往地下的門被開啟，寒氣也猛然向上衝來。舉起手燭，村重從樓梯走下去。他的腰際也發出鏘啷聲響，那是個酒壺。

在微弱的光線中，影子正在蠢動著。在那嵌上木格子柵欄的洞穴裡，官兵衛依然活著。他人還醒著，這對村重來說並不意外。畢竟地底下並沒有什麼日夜之分。原先躺著的官兵衛起身，緩緩地想要盤坐，不過被監禁了十個月之久，官兵衛的腳已經彎曲、還很僵硬，因此坐姿也出現了奇特的歪斜。

村重一句話也沒說，將酒壺擺在木格子柵欄前。在官兵衛黑漆漆的臉上，那眼白略略放大了些。村重又從懷中取出兩個木杯，將酒壺中的東西倒進去，白色的濁酒映照著搖曳的光線。

村重依然一語不發，將杯子推給了官兵衛。官兵衛也沒有應聲，伸出那宛如枯木般細瘦的手，拿起那酒杯。這兩位將領同時將杯子送到嘴邊。

一同飲盡杯中酒後，村重再次倒入酒。僅此兩人的酒宴，便在這片黑暗之中持續了好一會兒。

好不容易，村重終於開了口。

「你認為這酒如何？」

官兵衛看著手中的杯子，喃喃說著。

「挺不錯呢。」

「還有呢？」

「伊丹的水確實好。」

「還有呢？」

官兵衛的黑色眼珠瞟了村重一眼。

「……這酒還很新鮮。應該是最近才用城內的米製作的。把米變成酒，軍糧就會減少。」

在戰場上，經常會有人用米來製酒。也曾有士兵將配給的米都做成酒喝掉，最後因此餓死的。因此了解這種情況的將領，在分發米給士兵的時候就不會一次全發下去，而是少量分批給他們。

「明知如此卻還是製酒，要不是攝州大人成了就算百姓或士兵們挨餓、也要他們為了您而減少用米的總大將……」

官兵衛一飲而盡。

「否則，就是城裡的軍糧還相當充裕吧。兩者之一。」

只要必須繼續堅守城池，倉庫裡頭的米就是有岡城絕對浪費不得的軍糧。但是以目前的情況來說，的確也不是緊迫到連做壺酒都不成的程度。村重浮現了淺淺的苦笑，又往官兵衛和自己的酒杯裡倒酒。

「只有這樣嗎？」

「那麼……」

官兵衛的聲音摻雜了些許嘲弄。

「之所以與在下共飲的內心深處想法，」

小口啜飲後，官兵衛繼續說下去。

「我的解讀是，已經沒有其他能和您共飲的人了。」

村重沒有回應官兵衛所說的究竟是對還是錯。只是用低沉的嗓音說道。

「俗話說良禽擇木而棲，你在小寺家不會感到處處受限嗎？」

這句話似乎令官兵衛不太高興。他萬分惋惜似地看著空酒杯，喃喃說道。

「受限是指什麼？攝州大人您是因為受限，所以才流放勝正大人的嗎？」

村重思索著，我自己真是因為在池田筑後守勝正的麾下感到侷限嗎？在那難以說是英明的主君底下，與那些難以稱之為豪傑的同儕並肩的日子，說起來的確很難說是未感受限。也確實是因為想向全天下展現自己的力量，才因而感到坐立難安且萬分焦躁。然而，若問他是否因此才流放勝正的呢？

「不……倒也不是呢。」

這才發現，姑且不論將才器量，勝正對於村重來說並不是一個惡劣的主君。

「是為了生存。為了讓一切活下去、為了留下家系。」

武士會死——當然是人都會歸於塵土，但是對武士來說，死亡就像是一種商品。在讓身軀暴露於長槍槍尖下、面對鐵炮槍口的同時活下去，這才是武士。死去也無所謂……更重要的是，就算了解這是無可避免的事情，還是希望……不，應該說正因如此，才不能死得毫無價值。

就算自己死去也要留下子嗣、孩子死了也還留下家族一脈，想到將來有一天，會有人說著幾代前的某個人英勇死去，所以才有現在的當家之主，就能夠接納死亡。若是跟隨日薄西山的主家而弄得潦倒落魄，那麼自己的名字和家系都不會留下——這就是毫無價值的死亡。村重為了自己將來死去的那一天，而流放了勝正。

酒喝完了。村重便將酒杯隨意丟往陰暗處，乾巴巴的聲響空虛地迴盪著。

「然而因果會報應呢。我流放了勝正，如今看來是我要被趕走了。」

恢復那威嚴十足的聲音後，村重如此說道。

「官兵衛，我想你也明白，正是因為有我在，所以你才沒有被殺。若是我遭到放逐，運氣好的情況下你就是被斬首、運氣不好的話就是被所有人遺忘，在這土牢中飢渴而死吧。」

官兵衛又試著傾斜一下酒杯、看看還有沒有剩幾滴酒，最後還是無奈地放下杯子。

「確實有那種可能呢，這樣一來官兵衛可就有些困擾啦。」

「那麼，你就聽我說件事吧。」

村重便如此這般地開始講起了打算誅殺瓦林能登時的事情。

村重告訴官兵衛自己包圍私通織田的能登。還有在自己命人動手前，竟然出現突如其來的一道雷打向能登，以及能登身旁掉落一顆熱騰騰的子彈一事。當然還說了他命令郡十右衛門調查的情況，那天並沒有任何一把鐵炮從外頭帶進本曲輪、而本曲輪借出的鐵炮每一把的位置都非常清楚。之後官兵衛似乎是因為許久未曾飲酒而沉醉於酩酊之中。他閉上了眼睛、身體微微搖晃著。

「所以我……」

村重做出結論。

「必須知道是誰射擊了能登才行。勢必要逼出那個謀反之人哪。」

官兵衛微微縮了縮身子，從他那恣意生長的頭髮下，抬起眼睛望著村重——那眼神看起來簡直像是正在為瀕臨死亡的病人把脈的醫師。這應該不會是村重的誤會吧？

官兵衛開口。

「是這樣嗎？」

「什麼？」

「逼出謀反者之類的……這樣就來得及嗎？」

這是官兵衛的自言自語，然而村重相當明白他話語中的意思。

——找出是誰射死瓦林能登，這樣就能重新連繫起諸將領那已經分崩離析的心嗎？

「來得及。」

村重在黑暗中說著。

「來得及呀，官兵衛。」

官兵衛還是一樣由下往上，靜靜地凝視著村重。

——然而他終於還是在這黑暗監牢中垂下眼去。

「這樣的話，我得說說您。」

官兵衛的聲音中，隱約透露出「也罷」的氣息。

「從能登大人那奇禍算起，都已經過了快兩個月左右。要是您能早點命令郡十右衛門去調查的話，事情應該會更加明朗吧。」

村重沒有答話。

「您不回答嗎？我也知道是為何……怎麼，這很明顯呢。官兵衛就代替您回答也沒關係。」

官兵衛陰沉沉地說道。

確實，官兵衛應該看穿了吧，村重想。能登死了一個半月，卻沒有命令十右衛門去調查的原因，只有一個——因為他懷疑十右衛門或許就是那個射擊能登的謀反之人。

能登因為他的命令而遭到御前眾包圍，在動彈不得的情況下被射擊。如果要射中移動的敵人自然有些難，但是射擊之人很可能在事前就知道能登會被擋下。然而城裡知道這件事的人並不多。

知道能登私通織田以後，村重命令十右衛門率領御前眾逮捕能登。十右衛門在當天晚上就安排好御前眾的工作，同時告知原先會前來警備的雜賀之人，叫他們第二天不要登城。

也就是說，十右衛門是除了村重本人以外，最清楚能登會在本曲輪被擋下的人。也因此村重才會懷疑，正是他串通了鐵炮手。

村重因此開始對他展開調查，像是十右衛門是否有關係特別親近的將領、是否有出現奇怪的言行舉止。後來怎麼找也找不出他跟誰有密切的聯繫。雖然還是不能掉以輕心，不過應該可以判斷十右衛門是清白的，當這個結論出來的時候，事情已經過了一個多月。

就連保護自己的御前眾，而且還是裡頭最讓自己信任的十右衛門，村重都起了疑心。他很清楚自己的心思已經被官兵衛看透，覺得相當丟臉。

「那麼，究竟是什麼人在圖謀對攝州大人……」

官兵衛放下這些細節，將話題拉了回去。

「這就連在下都看不出來呢。想來所謂的圖謀即是人為之事，若是不了解人心這種東西，便無法讀取。畢竟在下官兵衛……」

彷彿是在嘲笑某個人，官兵衛淺淺一笑。

「自從來到這座城以後就待在這間土牢之中，不過是知道些荒木家大老們的名字罷了。要打量他們的心思，實在很困難。」

官兵衛撫著手中的杯子，彷彿那是無上珍寶般收進了懷裡。村重對於官兵衛的回答相當不滿。

「所以你幫不上我的忙囉？」

「在下又沒有天眼通，只是想告訴您，不知道的事情就是不知道。」

村重實在相當不悅。

「若是幫不上忙，」

村重陰沉沉地說。

「你是要快點死嗎？官兵衛。」

官兵衛從那油膩膩的瀏海之下盯著村重，而村重並沒有望向官兵衛的臉，而是看著那搖曳的手燭火光。

「原來如此，現在的攝州大人，」

官兵衛說道。

「應該是能殺了在下呢。」

「說什麼蠢話。你不過是塊俎上肉，我隨時都能殺你。現在是因為你還算幫得上忙，才留你一條命。」

聽村重這番話，官兵衛搖了搖頭。

「不，不是那樣的。」

「你想說什麼？」

「您現在才說這種話，官兵衛還真不能接受呢。畢竟攝州大人為何要放在下一條生路，在下可是清楚得很。」

去年冬天，由於沒有殺死大和田城的人質安部自念，因此官兵衛多少看透了一些村重的心思。

村重為了想讓大家明白自己和信長是不同的，所以沒有斬殺應當處置之人。他讓織田的城目付活著回去、也沒有殺死讓高槻城開城投降的高山右近所送來的人質。當初官兵衛明白自己不會被殺死而萬分狼狽，費盡唇舌懇求村重殺死他，但村重卻絲毫不予理會，反而還將他下獄。信長會殺人，而村重不會……這種評價應該會擴展到整個天下。讓風評傳開、提高自己的評價、得到名聲來增加自己人，這些都是武略。

然而，一切都變了。事到如今，不管村重是殺誰或者不殺誰，大概全天下都不會有任何一個人想要轉投到荒木家吧。

讓官兵衛活下去的理由已經不存在了。因此現在的村重，確實能夠斬了官兵衛。

讓播磨首屈一指的英傑黑田官兵衛一直待在這土牢裡受苦，也讓人難以忍受。那麼就殺了吧。正當村重如此下定決心時，官兵衛卻再次開口。

「不過，在下想看看這場戰爭的結果呢。雖然對於攝州大人所說的謀反之人是一點概念也沒有，不過我對於那射擊瓦林能登之人，倒是有些想法。就算是為了懇求您放在下一馬，還是告訴您吧……攝州大人，若是那道雷沒有打下來，您認為這座城池將會如何呢？」

這話可就奇怪了，村重心想。那時候若是沒有落雷，村重應該就會處決能登、保住自己的面子，否則還能有其他結果嗎？鐵炮沒有打中他，想來也是被突如其來的落雷影響而打偏了吧。如果沒有那道雷，那麼能登就會死於鐵炮之下。

官兵衛調整說法。

「若是鐵炮打中了他，又會發生什麼事？」

「能登會死，不會有什麼變化。」

「或許是如此吧。」

村重開始懷疑官兵衛現在的言不及義，恐怕真的只是想求自己放過他。這樣的話實在太難看了。然而，官兵衛還是繼續說下去。

「若是沒有落雷，那麼瓦林能登便是死於那顆不知從何而來的子彈之下。那麼，城裡的人會怎麼看待這件事？」

這件事情，村重已經思考過了。他微微皺起臉。

「謀反之人在未經裁決的情況下便遭到殺害，有損我的名聲。這樣看來，落雷反而是我的僥倖了。」

「那麼，您認為此事在城內會傳出什麼樣的流言呢？」

「……流言？」

這問題來得出其不意，村重不禁複述了一次對方的話。

瓦林能登意外身故之後，有岡城便陷入洶湧的流言漩渦之中。雖然說法是五花八門，不過這些流言的內容，大致上都是在說能登之死是佛的懲罰。

這也頗有邏輯，畢竟被殺害的無邊是德高望重的僧侶，受到眾人景仰。無邊的出現就代表有岡城對外有所連繫，他本身就是一種救贖。因此他的死亡，等於將人民推落那名為悲傷的愚蠢絕望深淵。要是將這個對無邊下手的瓦林能登的首級掛在伊丹的十字路口，想來丟向他的石子大概就跟下雨沒兩樣吧。

而這個能登竟然因為落雷這種奇禍而死，人們自然會認為這肯定是佛降下的懲罰。但如果殺死能登的並不是落雷，而是某個人射出的鐵炮子彈，眾人又會怎麼想呢？

「這樣啊。」

村重喃喃自語。

「鐵炮也是一樣的。當然，或許不會像落雷那種天災如此讓人感到神奇，但是城裡……應該還是會流傳能登的死是來自佛的制裁吧。」

「在下也是這麼想的。」

但是佛可不會拿鐵炮來用。

那些理當要知道的事情，村重覺得似乎還能窺見些端倪。但完全只是一個小邊角，再往前看去仍是一片模糊、難以掌握。佛不會使用鐵炮……這到底意味著什麼呢？又或者沒有什麼太大的意義，而這一切都只是官兵衛在搬弄脣舌罷了？

官兵衛開口。

「想來攝州大人應該已經明白，所謂天罰的真相了。」

官兵衛從監牢中直勾勾地望著村重。那已長久未見過日月之光，就連手燭的微弱光線也難以一見的雙眼，正綻放出詭異、黯淡的光明。那像是看透村重內心深處的眼睛，令村重感到畏懼。這個男人到底在說什麼呢——我真的明白了所謂的真相嗎？就算真的知道，那麼這對於想弄清楚是誰背叛自己的我能有所幫助嗎？

村重無法回話。而官兵衛則像是放棄了村重似地垂下眼。

「那麼，您是還沒有察覺嗎？還請您原諒我說了蠢話。」

他就只說了這些，彷彿擺明自己已經說出足以乞求饒恕性命的話語，然後又緊緊閉上嘴，有如影子一般動也不動。

7

村重拾級而上，看守者加藤又左衛門伴隨著火炬的光明迎接他。那溫熱的夜風吹進來，吹動了村重所持的手燭火光。村重還沒開口，又左衛門已經將通往土牢的那扇木門給鎖上，鐵塊沉重的聲響打破了夜晚的靜謐。

村重原本打算直接離開牢房。然而那沒被禁止開口的又左衛門，卻以沙啞的聲音說話了。

「在這種月光黯淡的夜晚，您獨自一人太過危險，還請允許小的同行。」

村重瞥了一眼單膝跪地的又左衛門。他身上帶的刀，由刀鞘看來並不是太過粗糙的東西。村重只說了句「可」。

風聲之中混入了蟲鳴聲，村重命又左衛門走在自己前面。這當然是為了避免對方從後面砍殺自己。兩人一前一後地出了牢房，此處就位於天守的正下方。

在滿天星星之中，如同絲線般的新月升上天空。憑藉這月光與星光，村重仰望著天守。一看到那黑漆漆的天守刺進夜空的情景，事到如今，有岡城落成之日的記憶卻突如其來地在村重的腦海中一閃而過。將伊丹城改造為天下第一的堅固城池時，我究竟是打算以這座城來防範什麼人呢？是從南邊來的本願寺、從西邊來的播磨國眾？……又或者其實就是打算防範從東邊來的織田，所以才建造了如此宏偉的城池呢？當時的規劃明明也是自己心中的念頭，然而村重現在已經想不起來了。

又左衛門拿的那支火炬照亮了去路。村重突然發現，他們正在走向瓦林能登遭到雷擊的那個地方。

「又左衛門，等等。」

下達命令後，又左衛門什麼也沒問、立刻停下腳步。村重看了看四周。

像這樣觀察，立刻就能明白郡十右衛門為什麼會表示狙擊能登的鐵炮手能夠潛伏的地方就只有三處。村重站的位置，正好是十右衛門說的天守、松樹和宅邸三個地方連起來的三角形中央。天守位於本曲輪的北端，再過去有城牆和護城河阻擋去路。松樹距離連結本曲輪和侍町的那座橋非常近，在一處草叢裡，只有它彎彎曲曲地佇立於其中。宅邸是村重平常生活起居的建築物，由於會徹夜燃燒篝火，因此那個方向正微微散發出光芒。

村重逗留在該處，思考了好一會兒。在這段時間內，又左衛門也沒有開口，只是高舉著火把打量周遭。

一段時間後村重終於開口。

「好，走吧。」

又左衛門依然遵循命令，往宅邸的方向走去。

村重讓又左衛門走在前面，然後開始思考起許多事情。軍事會議之事、戰爭之事、佛之事、毛利之事、織田之事、天下之事、鐵炮手之事、謀反者之事、黑田官兵衛之事——思考到這裡，村重喊了走在前方的又左衛門。

「又左衛門。」

「在。」

又左衛門雖然應聲，但並未回頭。應該是想避免在如此貼近的距離下直視主君的面容吧。但是村重並不在意，開口問道。

「官兵衛平常都是什麼樣子？」

「這……」

又左衛門放慢腳步，仍然沒有回頭，答道。

「吃飯、睡覺。」

「是嗎。」

原本就沒指望得到什麼特別的答案，因此對於又左衛門這一板一眼的回應，村重也不怎麼覺得失望。不過又走了幾步以後，又左衛門補上一句。

「還有，他會唱歌。」

「唱歌？——像官兵衛這種人，應該是在詠詩歌吧？」

「並不是那樣的歌，是有旋律的歌謠。小的於該處值勤的時候，經常會聽見。」

「歌謠？猿樂（註90）嗎？」

「小的並不懂猿樂，但聽起來應該不是。」

聽見有東西發出聲響，又左衛門停下腳步。但除了風之外，沒有任何東西在動。又左衛門低著頭，略略回向村重的方向。此時村重再次問道。

「不是猿樂的話，官兵衛都在唱些什麼？」

90　日本中世紀表演藝術的一種，為能樂和狂言的起源。

是歌詠平家物語的平曲（註91）、唱誦佛道的聲明（註92），又或者是曾極為流行、如今卻已無人再唱的今樣（註93）之類的呢？說起歌謠也是五花八門。但是又左衛門卻回答。

「也不是那樣正式的東西，官兵衛所唱的只是片段，就只有一小段旋律而已。」

在那不見天日的牢籠中，官兵衛在唱著歌。從那地下牢籠傳出歌謠之聲。

又左衛門再次背對村重，邁步走出。

「官兵衛的歌謠——」

又左衛門的聲音夾雜在火炬燃燒的聲響之中。

「應該是安慰哭泣的孩子、讓孩子早點入睡的歌謠吧——在下畢竟也為人父，那聽起來實在令人感到寂寞呢。」

有岡城中夜風蕭蕭、略帶涼意，這已是秋風了。

8

村重回到宅邸後就進了持佛堂。他讓值勤的近侍守在房間外頭，獨自在只點了一盞燈的持佛堂裡，身上還穿著籠手和脛當，默默地盤坐著。

他的面前是釋迦牟尼法像。村重平時並不會輕視佛道，然而卻鮮少向釋迦牟尼祈求。因為提倡不殺生的釋迦牟尼並不會庇佑戰役。如果要膜拜的話，他會膜拜諏訪大明神或八幡大菩薩這類軍神。只不過這天晚上，村重卻和這小小的釋迦牟尼法像面對面。

91　最初是盲眼僧人以琵琶伴奏彈唱平家物語，後來一般藝人加以模仿而成為獨特的表演藝術。
92　僧侶所唱誦的聲樂，唱經。
93　原本指的是「當代」，也就是時下的流行歌曲。此處指的是平安至鎌倉時期流行的歌謠。

天罰──

官兵衛是這麼說的，沒錯，或許確實就是天罰。

村重必須弄清楚的，就是謀反之人究竟是誰。要找出是什麼人狙擊瓦林能登，充其量也只是為了逼出那個謀反者的手段。關於那名鐵炮手，不明白的事情太多了……正如官兵衛所說，原因之一便是下令調查的時間點太遲了。即使如此，在郡十右衛門的探查之下，至少弄清楚了自己不明白的是什麼事情。

首先，當然就是不明白究竟是何人指示何人狙擊能登。真要說起來，鐵炮手若是沒有其他人的命令，應該不太可能自己萌生射殺能登的念頭。

接著，就是不明白鐵炮究竟是從哪裡帶進來的。根據十右衛門調查的結果，落雷那天，沒有人從本曲輪外帶進任何一把鐵炮。另外，從鐵炮倉庫所拿出的鐵炮，每一把的所在位置都相當清楚、也已經確認過了。那麼朝能登射擊的那把鐵炮，究竟是從哪裡來的呢？

還有，鐵炮是從哪裡擊發的，這一點也還是不明白。十右衛門說襲擊能登的鐵炮手可以藏身的位置，就只有本曲輪北端的天守二樓、通往侍町那座橋附近的那棵松樹上、以及宅邸屋頂這三處，村重也覺得很合理。那麼，這裡頭究竟哪一個才是正確的？

先搞清楚自己不明白的事情是哪些，便是讓不明不白之事得以分明的第一步。而官兵衛所提示的天罰一詞，有如一條絲線般貫穿了這些未解之事。

「鐵炮手啊……」

村重獨自在燈火搖曳的持佛堂內喃喃自語。

「射擊能登……在那之後又打算怎麼做呢？」

如果沒有落雷，而鐵炮的子彈射中能登的話，村重和御前眾肯定會馬上找出鐵炮是從哪裡擊發的，而且找出鐵炮手後肯定會馬上包圍他。首先會嘗試活捉他，如果他膽敢抵抗，那麼就有可能當場處決。也就是說，鐵炮手是抱著必死的決心攻擊能登的，關於活著逃脫之事，他應該想都沒有想過……村重很自然地便這麼思考。將自己的性命擱在一邊、勢必達成殺敵任務，這種死中求活的行事作風，對於身為武士的村重來說亦是理所當然的。

然而這樣的想法，似乎並不正確。

「如果被殺的話，就不是天罰了。」

若鐵炮手的本意是讓大家認為這是佛的懲罰，那麼他自己絕對不能被殺。如果這個暗殺者被人發現的話，那就只是單純的暗殺、狙擊，並不是那種雙眼不可見之物所降下的懲罰。或許鐵炮手並不特別重視自己的生命，但於此同時，他也不能被抓到、也不能死。

如此說來，鐵炮手在狙擊能登以後，就必須有地方藏身才行。朝這個方向思考，那麼鐵炮手到底是藏身在何處這個問題，很自然就有了答案。

那一天，各將領是因為聽見召集開會的大太鼓聲響，從侍町過橋進入本曲輪。距離橋梁很近的松樹是人人都會看見的地方，若是從那裡射擊，那麼馬上就會被某些人發現。因此，鐵炮手不可能會躲在松樹上。

再來，進入本曲輪的將領們，都朝著舉行軍事會議的天守走去。也就是說，如果從二樓狙擊能登，當時樓下便已經有將領進來了。他們都是武士，只要聽到鐵炮聲響，馬上就會尋找敵人的所在地。要混進將領之間應該也很難辦到。如此一來，鐵炮手將無處可逃，所以此人也不可能躲在天守裡面。

另一方面，宅邸的所在地遠離了前往開會的將領以及看守士兵們會經過的路線。如果在屋頂上狙擊能登，那麼鐵炮手至少能從將領、御前眾和村重的眼皮下溜走。

「……真相，便是如此吧。」

村重喃喃自語，好似正在詢問眼前的釋迦牟尼佛。而那木雕的法像浮現若有似無的微笑，什麼也沒有回答。

如果從宅邸的屋頂上狙擊，就能避開將兵的目光——這件事是肯定的。但是這僅限於狙擊後的短暫時間。宅邸內並非空無一人，負責處理村重日常雜務的近侍和下人們、服侍千代保的侍女們也都在裡頭工作。村重的宅邸，幾乎可以說是有岡城中眼睛最多的地方了。若是通報有可疑人士，那麼鐵炮手根本沒辦法離開屋頂。雖然下人和侍女們並不是各個都身懷武藝，但他們互相認識，就算鐵炮手混入其中，應該也會馬上被識破。

可以讓鐵炮手狙擊能登、又能讓整起事件看起來像是遭受佛的懲罰，這個地方不會是松樹上、也不會是天守的二樓。這兩者都不可能。然而宅邸的屋頂，應該也一樣不可能吧？

燈火的火光映照在釋迦牟尼法像上，好似表情千變萬化。紙門外應該有兩名近侍，但現在卻連聲輕咳也沒聽見。

那麼，若是宅邸裡的人不可相信，事情又會怎麼變化呢？

能夠留在宅邸裡的人都是生於、長於此北攝之地，每個人的身分都一清二楚。雖然也曾經接收過一些流浪之人，但剛開始是不可能讓他們進到宅子裡的。但是人心會變，所有人的心都是會變的。會不會是宅邸內有人被謀反者給買通，用鐵炮殺害瓦林能登呢？

雖然要上下屋頂必須準備梯子之類的工具，不過應該也有辦法拿到……能登被殺已經是兩個月前的事了，假設有使用梯子之類的東西，應該也被藏了起來或者毀掉，根本不可能找到。若是宅邸裡的人，那麼就可以在狙擊能登之後回到屋裡，恢復成忠義之人的面貌、假裝一起尋找可疑人士。那麼，這就是那天發生的情況嗎？

「那也不可能。」

村重自言自語後輕輕嘆了口氣。

「這樣還是沒辦法解釋那把鐵炮是從哪裡來的。」

假設是宅邸裡的人，確實可以直接爬上屋頂潛伏，但可沒辦法將鐵炮帶進來。如果是這裡頭的人先前就預先藏了鐵炮，那倒是還有可能。可是若是擁有精良的武器，那是一種驕傲、也可算是功名。不太可能有人持有鐵炮這種高價的東西，卻刻意隱藏起來。

天罰。

這個詞彙在村重心中來來去去。若是這有岡城裡有那種應該要接受佛的懲罰之人，那麼沒有比殺死無邊的瓦林能登更理所當然的對象了。想到這點，村重「哼」地一聲笑了出來。不，不對。最應當受到懲罰的，自然是我荒木攝津守村重吧。無論士兵或百姓都被捲入生靈塗炭的痛苦當中，卻依然擺出等待那無論如何都不會來的毛利的樣子，結果就只是試著讓戰事的終局一天拖過一天。即使如此，就算是伊丹、甚至是北攝的人民無一不渾身泥巴、滿身浴血，我也沒辦法在織田之下度日——

村重維持盤坐，凝視著釋迦牟尼法像，並且雙手合十。

然後村重開始祈禱。釋迦如來、文殊菩薩、虛空藏菩薩，哪位都行。不是佛也沒關係，鬼也好，請賜予我一些智慧。讓我能夠看透一切，知道我所建立、守護的這座有岡城究竟發生何事的智慧！

……村重頓時覺得自己有些困惑，到底為何要如此糾結能登的死。原本應該是要找出謀反之人。但現在，就算求神拜佛也懇切希望能找出真相的理由，似乎不單純只是那樣了。自己是否正在思考著，能否在那顆子彈上窺見某種更大的、能夠籠罩這整座城池的某種東西呢？

話說，方才官兵衛是怎麼說的？

對了，那傢伙說的應該是這樣。

——想來攝州大人應該已經明白，所謂天罰的真相了。

沒有錯，官兵衛是對的。

村重已經知道了，他在現在這個時間點才察覺到這件事。

所謂的天罰，並不是第一次在有岡城內流傳的詞彙。

當然，就算是下雨、颳風，也會有人相信這些是神意、冥罰或天道報應等等。也有人踩到馬糞，就彷彿是遭遇重大懲罰般皺起了眉。然而除去那些日常小事以外，當城池的命運在眼前出現分歧之時，不是一直都有這樣的傳聞嗎？

那時候是春天，

由於高山大慮率領的高槻眾和鈴木孫六率領的雜賀眾遲遲沒有立下功勞的機會，因此待在城中不但無聊也相當沒面子。也就是在那個時候，織田的家臣大津傳十郎也正對自己沒立下汗馬功勞而感到焦慮，因此選擇強出頭。而村重也抓住對方誤判軍略的時機，率領高槻眾與雜賀眾展開夜襲，最後順利取了大津的性命。然而，由於自家並沒有人識得大津的面貌，因此根本無法確定到底是高槻之人還是雜賀之人立下這件大功。後來在城內分成了信奉南蠻宗而偏向高槻眾的一派、以及站在雜賀眾那邊的一向宗門徒，使得本次的勝仗轉變為爭奪功名到幾乎要撕裂本城的事件——那個時候發生了一件怪事。高山大慮本人所拿下的首級，在首實檢的時候明明沒什麼問題，卻在不知不覺間轉變為只閉上單眼、緊咬嘴唇的大凶之相。

那個時候，城內的確流傳著天罰的傳聞。說是由於南蠻宗的高山大慮輕視古老神佛的信仰之心，燒毀寺院也無愧於心，因此他砍下的建功首級就變化為凶相。可見這是神佛降下的懲罰、是作祟的徵兆、不應該輕視佛的戒律……等等。到頭來，鬧到南蠻宗進行彌撒用的小屋子還被人放火，甚至導致有人死亡。

雖然重罰了放火之人，但村重並未深入追究首級變化一事。因為爭奪功名一事是華麗但又醜惡的。把自己的功勞說得天花亂墜、將別人的功勞說得一文不值，這樣的行為在每場戰役中都能看到。由於習慣上並不會把凶相首級展示給大將觀看，因此他便單純將事情當作是偏心雜賀眾的某個人偷偷換掉了。

然而，爭奪功名雖是武家常事，但是把已經檢查過的首級換掉，實在非比尋常。這可以說是侮辱大將的不法行為。但村重為什麼不打算深究把那首級換掉的是誰呢？

是因為害怕。因為他敏銳地察覺到了，若是盡其所能找出是什麼人換掉那顆首級的，很可能就會走到一個不得不面對的結果。

武士取得首級，而那些首級拿回自軍陣營以後，會經過一番化妝打理才呈給大將進行首實檢。

負責化妝的是誰？換句話說，在武士取得首級、到拿給大將檢查的這段時間內，首級在什麼人手上？

對了，回想起來，天罰傳聞的流傳，在首級爭議的時候並不是第一次。

最初應該是在冬季的時候吧。去年十二月，大和田城的安部二右衛門投降織田，和本願寺與有岡城都斷絕了往來。受到織田大軍正面壓迫的高山右近的高槻城、以及中川瀨兵衛的茨木城會開城或許無可避免，但是居然連大和田城都投降了，實在是出乎村重的意料之外。家臣們認為應該斬殺安部的人質自念，而村重好不容易才壓下這些聲音、也駁回了因為想前往極樂世界而請求處決的自念意願，決定將他下獄。原因正如同官兵衛所看透的。

雖然可以把自念關進官兵衛所在的土牢，但總覺得把其他人安排在官兵衛旁邊實在太過危險，所以才打算新建牢籠。在建好新的牢房以前，村重將他關在宅邸的倉庫裡。看守非常嚴密——但是在牢房完成工期的那一天內，自念就悽慘地死去。而且是被殺害的。

死狀非常奇怪。自念很明顯是被箭矢射死的，卻四下都找不到那支箭。而倉庫裡原先就只有自念一個人。通往那倉庫的走廊全都有人戒備，完全沒有任何人通行，明明可能是有人踩過那積了薄薄一層新雪的庭院以接近自念，然而庭院裡半點足跡也沒有。

在自念到底是如何死去之事傳開來以後，城內就流傳著這樣的說法。安部二右衛門由於背叛了大坂門跡，甚至連年底都還沒過，因果報應就反撲到自念身上，因此才會有雙眼所不能見的箭矢刺進自念的胸膛。村重絲毫不認為佛的懲罰會以箭矢的形式射穿一個人，但自念那種死法，在他看來也感到恐怖不已。

為了釐清自念死亡的真相，村重第一次拜訪了土牢裡的官兵衛。面對告知事件詳細經過的村重，官兵衛一臉懷疑、不但說出各種嘲弄的話語，還誦念狂歌。然而那首狂歌卻成為線索，是誰藉由何種方式殺害自念一事也得以明朗。暫且留下殺死自念的森可兵衛一條小命，但之後他就在戰事中陣亡了。

不過，那時候其實並沒有把所有事情都給弄清楚——村重到了現在才思索著這件事。可兵衛要殺死自念的話，自念就一定要站在那個地方，還要拿著相當顯眼的燈火才行。

只要稍微偏離左右，就沒辦法塑造出那種彷彿佛降懲罰般的離奇死亡。自念會站在那個地方，只是偶然嗎？是否有什麼人和自念談過，告訴那亟欲往生極樂的自念，你就拿著手燭站在某某處便可呢？也就是說，自念的死會不會是被精心設計的自殺？

若是如此，又是誰能事先和被囚禁的自念談論這些細節？把手燭帶進倉庫裡的人是誰？換個說法就是──照顧自念的人，是誰？

冬天的人質殺害事件、春天的功名爭奪之事、然後是夏天的鐵炮手，這三件事都有傳出佛降懲罰的傳聞，這個關鍵點將三件事情串在一起。

那麼，這三件事當中的共通點是什麼？

釋迦牟尼法像正在微笑。祂的右手高舉、結了施無畏印，表示無畏真理；左手則垂下、結了與願印，代表接受眾生願望。僧侶們說，佛是拯救世人的。因為祂負責拯救，所以並不會懲罰世人。但是在日常生活中，世人還是對天上的佛是否終有一天會降下懲罰而抱有畏懼。此世間乃穢土，生活在亂世之中的人們，無論是不是武士，都試圖在修羅場上努力生存下去。人不可能沒有罪過，若是有罪的話，應該就會有懲罰。因此就算德高望重的僧侶再怎麼宣揚我佛慈悲廣大無邊，世人還是畏懼著看不見的懲罰。如今村重看向那為了拯救眾生而進行說法的釋迦牟尼佛，好似正在嘲笑自己。

冬天那起事件，照顧安部自念的，是侍女。

春天那起事件，為取回的首級化妝的，是侍女。

至於夏天那起──

紙門略略發出聲響，接著被拉了開來。知道村重在持佛堂裡，還能不出聲便拉開紙門的人只有一個。村重身後傳來了相當平穩的聲音。
「大人，夜深了。您是否該歇息了呢？」
村重凝視著搖曳火光下的釋迦牟尼佛，開口說道。
「千代保——是妳讓人開槍的啊。」

9

狙擊瓦林能登之人，怎麼想都只有潛藏在宅邸屋頂上的可能性。然而就算順利地狙殺能登，鐵炮手還是沒有辦法逃脫。即使能暫時躲過村重和御前眾的目光，也不可能在宅子裡滿是近侍與侍女的情況下，不被任何人看見並且順利逃脫。但還有另一種可能——若是宅子裡的人一開始就刻意放任鐵炮手通行，並且還協助藏匿他呢？

宅邸是村重日常生活起居之處，穿的吃的都是這裡的人要負責。宅邸也是睡覺的場所，但同時也用來會客。而負責指揮宅邸裡工作人員的，基本上就是千代保。如果宅邸裡的人結黨藏匿鐵炮手、等待狙擊能登的時機，那麼千代保不可能不知道。

若是宅邸裡有鐵炮手的同夥，那麼鐵炮是從哪裡來的，也馬上就能搞清楚了。郡十右衛門的調查顯示出，能登死去的那天沒有任何一把鐵炮被帶進本曲輪內，而鐵炮倉庫裡的每一把鐵炮，位置都一清二楚。這樣的話，鐵炮當然就是前一天提早拿進來的。

負責本曲輪警備工作的鐵炮足輕們，必須先到倉庫向奉行領取鐵炮，值勤結束以後就要把鐵炮歸還倉庫。鐵炮的位置隨時都很明確，沒有哪一把是找不到的。也就是說，鐵炮足輕就算有宅邸裡的人幫忙，也沒辦法帶著鐵炮在那裡等能登。這樣一來，鐵炮手的真面目也只有一種可能了。

村重緩緩回過身去，有如毫無污點的雪原般美麗的千代保，佇立在影子裡。村重開口。

「開槍的是雜賀的人嗎？」

「是的。」

千代保回了話，便靜靜地走向村重，坐了下來。村重盤起腿、千代保則直起單膝，兩人在釋迦牟尼法像前面對面。

應該要立刻拔刀斬殺吧——如此的衝動朝著村重襲來，又如同潮水般慢慢地退去。村重又問道。

「妳不否認啊。」

千代保以澄澈的聲音回答。

「既然攝津國主大人開口詢問，怎麼能夠虛假以告呢。確實就是我拜託雜賀之人去狙擊瓦林能登大人的。」

在本曲輪中值勤的人，除了村重自己的足輕之外，也有一些雜賀眾，而他們自己就持有鐵炮。在能登死去的當天，已經預先取消雜賀眾的輪班，然而直到前一天為止，都還是有雜賀之人攜帶自己的鐵炮進入本曲輪。多半是其中某一人在值勤結束後假裝離城，實際上卻留在本曲輪內，於宅邸內藏匿了一個晚上。

村重試圖了解自己所引導出來的結論。

派人狙擊能登的是謀反者，只要找到鐵炮手，就能尋線找出是誰想將村重從這座有岡城給逐出，正因村重是這麼想的，才會派十右衛門前去調查，還前往土牢找上官兵衛、又向佛祖祈求提點。如今他已經很清楚地知道是誰派出鐵炮手了，然而千代保會是謀反之人嗎？千代保會像過去村重對池田勝正所做的那樣，將村重趕出這座城池嗎？

雖然內心因困惑、疑問而有所動搖，村重還是無法馬上調整自己的想法。因此他這麼說道。

「是什麼人拜託妳的嗎？是某個人教唆妳狙擊能登嗎？」

接著千代保就像是要呼應村重自己半分的預期那樣，搖了搖頭。

「並沒有那種人。這一切都是我自己的意思。」

「春天夜襲的時候，應該已經進行過首實檢的首級被換成了凶相首級，那也是妳做的嗎？」

「真不愧是大人，您的洞察力令人讚嘆。沒有錯，那是我命侍女拾回那遭丟棄的首級，然後去換過來的。」

「因為那件事，城內的一向宗門徒群起去燒了南蠻宗信徒的場所，還死了一個人呢。」

一聽村重這麼說，千代保的臉龐便蒙上一層陰影。

「那實在令人心痛欲絕。我沒有一天不祈禱著，希望他往生時能深信自己可以前往南蠻的極樂世界。」

在這亂世之中為了一個陌生人之死感到惋惜，就像是謊言一般。但村重可是在那些把說謊當成武略的武士之中存活下來的人，他看不出來千代保的話語裡頭有任何一點虛假。

「那麼，冬天那件事呢？安部自念被殺死的那天早上，是誰叫自念站在那裡的？」

千代保微笑著回答。

「那是我。」

「自念知道自己會死嗎？」

這似乎是千代保沒能預料到的問題，她略微睜大了眼。

「那是當然的。自念大人覺得為了償還族人之恥，能夠前往西方淨土實乃其願。他還若有其事地表示自己的感謝。真不愧是武家的孩子，如此乾脆，我也相當佩服。」

村重無法讓怒氣爆發出來，相對來說，心中先浮現的念頭其實是困惑。村重實在無法理解。

冬天、春天、夏天，有岡城不斷陷入存亡危機，村重用盡各種武略，有時與人商量、有時拿起長槍與鐵炮，盡力守住這座城池。而千代保竟然在背後做出這些事，究竟又是為了什麼？

「天罰……」

村重喃喃低語。脫口而出的並非自己的想法，就像是牢籠之中的官兵衛讓自己說出來的。

「千代保，妳這是想由自己來降下佛的懲罰嗎？」

「怎麼可能，大人，沒有那回事。」

千代保顯得驚訝無比。

「如此愚昧的人類之身，怎能代替那令人敬畏的佛來施以懲罰呢？我只不過……」

千代保慢慢將雙手合十，彷彿在祈求原諒。接著她微微低下頭，說道。

「只不過是希望能讓人相信有天罰的存在罷了。」

「是在指誰？」

「當然……」

燈火搖曳。現在千代保的面容就宛如觀音似的。

「是人民。」

「人民？」

村重不禁愕然。

人民。那些種米植菜、織布打鐵、建造房屋、清掃水井，無論在酷暑或者嚴寒都忍耐一切、努力生存下去的人們。被有岡城的柵木包圍、被遠方的織田軍團團包圍，無法迎戰只能選擇堅守城池裡的數千人們。

「妳的意思是，為了向人民展現佛的懲罰，所以妳讓自念走上死路、替換了武士的首級、還讓人狙擊瓦林能登？」

「您說得沒錯。」

千代保回答時依然雙手合十。

村重回想起，千代保是本願寺坊官的女兒。千代保與那占領加賀、壓制南攝，除了伊勢、三河、能登以外，還在許多國點起烽火的一揆關係密切。想起這件事的瞬間，村重便脫口而出。

「那麼就是以佛的懲罰來斥責民眾，打算在北攝這一帶搧風點火引發一揆動亂嗎？妳是遵照父親的意思才做出這些事的？」

「大人。」

千代保放下雙手，用沉重且平穩的聲音回答。

「剛才我也說過，這並非其他人的意願，而是我一個人的意思。您說這樣是煽動民眾，我認為這樣實在薄情寡義了。」

「我不懂，我不懂啊，千代保！」

村重的聲調都亂了。想想自己對這年紀輕輕的妻子說話大小聲，這也許是第一次吧。現在對於村重來說，千代保並不是他美麗的妻子，而是一種不知其真面目的存在。

「妳是在賣弄言詞糊弄我村重嗎！自念遭到殺害、替換首級之事，確實都因為輕率之徒隨口講出不當的言論，因此一直都有人真心相信那是佛的懲罰。妳到底是打算做什麼？」

「大人。」

千代保的眼中充滿憂愁。

「我確實回答了您的所有問題，完全沒有刻意賣弄言詞。若是您說自己不明白的話，我想那或許是因為大人乃是武家之人、是一位剛毅的武士。」

「千代保，妳可別說錯話了。我不認為妳的所作所為無罪，若妳毫無理由便在有岡城中引發騷動，我身為大將，還是必須殺了妳的。」

「那麼大人，若是要處決我千代保的話，還請您不要讓我感受到太多疼痛、給我個痛快。死亡……死亡終究會來臨，但我還是討厭疼痛。」

千代保下意識地端坐了身子。

「大人，您就讓千代保問個愚蠢的問題，請您回答好嗎？您認為人民最害怕的是什麼呢？」

「是死亡。」

村重馬上回答。

「身為人，最恐懼的便是死亡。」

「那麼大人，您認為什麼事情比死更可怕呢？」

「我……」

村重晃了晃身子，籠手上的小木片也跟著發出聲響。這個裝備好幾次擋下了敵人的兵刃、彈開刀劍，改寫村重應當被斬落手臂而亡的命運。

「我是武士。但我不會說自己不畏懼死亡，會自稱不怕死的武士最後都將死得毫無意義。即便如此，在這個世上如果比起什麼都還更畏懼死亡的話，就當不成武士了。」

「的確就是這樣呢。武士們總是身穿鎧甲、手執長槍鐵炮，全副武裝，帶著所有能夠致死的東西。人民也一樣，會用好不容易才買下的輕薄鎧甲與鈍刀，想辦法度過一切。」

千代保說道。

「而連那些東西都拿不到的人民，只能像牲畜或螻蟻一般，就那樣死去。」

釋迦牟尼佛依然在看著眼前面對面的兩人。

「……不，若是牲畜或者螻蟻，即使因為被人瞧見了所以只能任人處置，但若是能躲入山中，藏於草叢，也不會被殺。然而人民只要一有問題，即使要翻了個遍也會被找出來殺掉，所以人命可說是比牲畜或螻蟻還要輕賤。」

「這就是世間的定理啊，這世上沒有比生命更加唏噓之物。」

「是的，的確如此。」

燈火微弱到僅有小指指尖那點大，盡力抵抗著從四面八方推擠過來的夜晚。

「那麼大人，請容我稟明。您說人民最為害怕的便是死亡，但我認為並非如此。人民最害怕的並不是死亡——而我所看到的也正是如此。」

「妳在哪裡看見的？」

「伊勢的長島。」

她的聲音被吸進了持佛堂的黑暗之中。

伊勢長島。

位在距離織田本國尾張相當近的地方，也是被軍勢洶湧的一向一揆之人占據之地。原先是在木曾川河口淤積的多處沙洲上設了砦、築了城池，最後成為一個大型戰略據點，在距今約八年前，一向宗門徒便占據該地堅守。在已經征服伊勢一國的織田眼中看來，就好像是領地大後方突然出現了敵營。

戰況非常激烈。初戰時，信長之弟彥七郎信興被逼自盡，而征伐美濃時可說是功勞最大的氏家卜全、家老林新次郎等人都相繼陣亡。作戰時宛如修羅的信長，旗下有許多家臣都是戰死的，但從來不曾有哪次的戰役像長島這樣讓將領接二連三地死去。誠可謂以血洗血的戰爭。

「父親由於本願寺之事而前往長島的時候，因為一些緣故，不得不讓我同行。」

千代保說著。

「那時候，戰事已經差不多底定了。織田雖然不會放過長島，但應該還要再一些時間，才會再度大舉進攻。父親相信了傳聞的說法。長島城的勇悍實在令人難以相信是自己親眼所見，那建築在河流沙洲上的長島城就像是漂浮在水上一樣，讓靠近的船隻一律遭受箭林彈雨的洗禮。城牆非常高、瞭望臺也很多，像我這種不了解戰事之人，都忍不住覺得這樣的城池怎麼可能會陷落呢？

我並不清楚城裡到底有多少人。有人說五萬、有人說十萬，也有人說不、其實只有一萬出頭而已。那些拿著薙刀和鐵炮的法師武者、拿著他們心心念念武器的門徒們，都豪氣地表示就算是魔王也拿不下這長島城，高喊著『前進乃極樂、後退即地獄』，士氣可謂直衝雲霄。」

千代保再次合掌。

「然而織田來了。木曾川原本被大家認為是連天魔也無法接近的天險水渠，但居然被安宅船(註94)給填滿了。織田軍點燃的篝火彷彿連天空都要被燒焦，每天晚上都傳出敵軍的戰吼吶喊、鐵炮和大炮輕輕鬆鬆就打穿了木板牆。那些士氣如虹的話語就像海市蜃樓一般消失無蹤，變得只能聽見人們私底下在耳語，說要是真戰死了，肯定就能夠往生極樂。」

千代保的聲音顫抖了好一會兒。

「……戰亂中，我和父親分散了。在這種情況下，我不過就是個普通的弱女子。當然，即便到現在我都還會想到，那時我根本無法證明自己的身分，居然沒有被殺呢。我在長島城一隅的某間小屋裡，屋頂和牆壁幾乎都已經腐朽了，與城中幾千個和我一樣的弱者共同生存。軍糧相當不足，每天還不一定能有稀粥送來。不分日夜，始終都能聽見鐵炮的聲響。在小屋裡的都是些病弱體衰的人、飢餓細瘦的人、失去手足的人、老幼的人、狂癲的人、弱小的人。我想地獄中的餓鬼道多半也就是那種情景吧。而我和其他人都很明白，自己是會死的。」

村重看見千代保的指尖顫抖著。

「因此我們都會念佛。將只剩下皮包骨的雙手合十，只要還發得出聲音，無論是日還是夜都一直念佛。嘴裡祈求著，救救我吧阿彌陀佛、請讓我往生極樂、請您救救我——大人能夠理解已經接受死亡的我們，當時最害怕的是什麼嗎？」

村重已經能明白，如此說來便不是死亡了。但卻不知道該回答什麼。

千代保的聲音仍是那麼美。

「我們只是害怕著，就算是死了，這樣的痛苦也不會結束。」

94　室町末期開始出現的大型戰船，航速相對慢，但仍是當時水軍編制的主力船舶。

「……」

「大人，雖然有些人認為極樂世界是能讓人奢侈過活的豐饒之地，然而我們聽聞的教誨，卻不是那樣的。我們知道極樂淨土是無量光明土，是光明……到處都只有光明的場所，因此我們能夠感到相當安心。快點、早一天也好，前往極樂吧。就連飢餓的痛苦也不曾吐露。那些殺氣騰騰的士兵把我們看作戰爭的阻礙，有些會殺人、有些會粗暴地對待大家，那些都是很駭人的痛苦。生老病死皆為苦，我們已經無法依靠輪迴之類的東西，只是不希望繼續痛苦下去。我想在這世間，再也沒有其他地方，能存在像是長島那腐朽小屋當中如此純淨且虔誠的信仰之心了吧。

……然而，即使如此，我們還是沒有辦法感到安心、不知道自己的祈禱是否能上達天聽、傳至佛的耳中。我想您應該也知道，畢竟您也曾經提過好幾次，而我在那長島城也每天都能聽見……前進乃極樂，後退即地獄。這句話語束縛了我們。前進乃極樂。那麼，難道我們、手上連把小刀都沒有的我們，能說是在前進嗎？無論僧俗都渾身浴血作戰，而我們只是在城池角落肩並肩、想辦法活過那一天，這能說是參與了維護佛法的戰役嗎？就算想前進也無法前進的人，是否也能前往極樂呢……？就算是專心念佛的時候，也很難避免心中猛然冒出這種懷疑的陰影——然而，戰爭就要結束了。」

長島一揆的結局，村重也很清楚。就連做夢時都會夢見。

「那些揮著薙刀、表示要為了佛法而死的人與織田達成協議，這件事我想您也知道。因此眾人開始準備船隻，我們也要出城了。那個時候，城中之人有大半都已經死了。並非是被敵人殺死，而是餓死的。在拋下許多遺體、離開長島城的小舟上，我們這些弱者面面相覷。因為實在很難相信，自己竟然能夠如此幸運。沒想到竟然能夠獲救、為什麼自己會獲救呢？因為我們有很長一段時間沉浸在痛苦之中，已經忘記了喜悅的方式。這是什麼情況？會不會是個很大的詭計陰謀……在橫渡大河的船上，雖然沒有人開口，卻隱隱約約瀰漫著這種不安的氣氛。然後不知道是誰開口說『我們後退了』。」

從窗縫間灌進的風吹動了燈火。

「恐懼一下子就擴散開來。」

前進乃極樂。

「後退不就是地獄嗎？我們就此獲救，真的好嗎？原先與我們在那裡一心同命、共同揚聲念佛的人接二連三倒下了，我們是否也應該要死在那裡呢？如果我們活了下來……我們後退了，等著我們的莫非就是地獄？就在這個時候，織田軍的鐵炮攻擊便襲向我們。」

不知從何時起，千代保的聲音彷彿伴隨著地底傳來的聲響。

「接續在餓鬼道之後的，便是無間地獄。就在曾經接納了死亡卻又倖免之時，死亡竟又回到了身邊。就在這無法相信自己能夠往生極樂、正在懷疑自己會下地獄的那個瞬間！我在鐵炮的火線中聽見了吶喊……阿彌陀佛！我們沒有後退、沒有後退啊！請帶領我們前往極樂、前往極樂！我也不是很肯定，是否真有人這樣吶喊。或許，那個聲音只存在於我的心中也不一定。因為當時，我的四周已經全都是屍骸了。」

「……」

「我並非不能了解大人會對死得毫無價值而感到畏懼，我想武門的觀念確實就是那樣的。然而我認為——死去之時，心中想著迎接自己的仍是持續不斷的痛苦，這是最為殘酷的。」

動用鐵炮攻擊那些離開長島城的小船之後，織田軍包圍了城池，並且開始放火。

據說死在熊熊烈焰之中的人，高達兩萬餘人。

「等我回過神來，才發現小船已經靠岸了。周遭沒有任何織田軍或是一揆的人，眼前只有空無一人的漁師小屋。父親說我能夠活下來，是多虧了佛的保佑。是否真是如此，我也不明白。逃到山上以後，我看著長島城的倖存者殺進了織田軍的本陣，心想這就宛如惡鬼羅剎現身於現世哪。」

千代保說著。

「回到大坂以後，彷彿只剩下一個空殼子的我，在河內國門真莊願得寺裡，遇見了一位相當德高望重的住持，因此請求他賜教。當時後退的人，真的下地獄了嗎？我們真的會下地獄嗎？那位高僧據說是曾經犯下罪行而遭到本願寺流放的人，無論說出什麼話，旁邊應該都會有人監視。然而，他還是告訴我事情並非如此，祖師的教誨並不是這樣的。宗門的教誨內容是說，到了末日之時，凡愚之身無法拯救自己、必須仰仗彌陀之本願。所謂前進乃極樂，這就表示是打算靠自己的力量拯救自己，如此便是違背教誨內容的行為。而後退即地獄這句，阿彌陀佛怎麼可能授予這樣的教誨呢？這實在是太過愚蠢、只為求方便的言詞——那位住持是這樣怒斥我的。」

為了佛法而參戰吧！不遵循就要逐出佛門，而逐出佛門就表示將會墜入地獄，這是一向一揆之人所提倡的說法。若比對宗門教誨，向他們表示這是錯誤的，那麼自己就會陷入危險。

「聽聞那些與經文毫無相關的隻字片語會使眾生在迷惘之中死去，便感無常之風與身相伴——我不曾忘記那位大師如此感嘆的話語。之後有幸得您迎娶入門，每天日子過得如夢似幻。然而再次遭到織田包圍之時，我就立下誓言。勝敗乃時下之運，即使不幸戰敗了，也不能讓伊丹的百姓們像長島的人那樣死去。佛正是為此，才讓我從長島那個無間地獄離開的，我如此堅信著。這對我來說是一種救贖。」

沒多久後，有岡城便開始堅守城池。

「我對那些與我談話的人表示，無論是否前進，都會有極樂在等著他。大多數人聽過我的話以後，都願意助我一臂之力。而我未曾交談之人——我則希望能讓他們明白，佛就在自己的身邊。」

村重想起來了，除了這宅邸中的侍女和隨從們以外，千代保也相當受到士兵和人民的敬慕。有許多人看見千代保都會尊敬地低下頭去。那僅僅是因為千代保是村重的妻室，又或者並非如此？聽聞千代保教誨並且接受的人，可以為了千代保不辭辛勞。

因此，千代保才能上演這齣由佛降下懲罰的戲碼。

「捨棄大坂的安部之人質離奇死亡、背離佛法的南蠻宗所取得的首級化為凶相、殺害無邊大人的大惡人被一顆不知從何處飛來的子彈射殺。目睹或耳聞這些事情的人民，想必會認為是佛的懲罰。而且他們的想法不會改變，只會覺得天上的佛在看著這一切、對這些事情一清二楚。我就是希望如此一來，人民能夠安心地踏上死亡之路。」

村重不曾有過一時半刻相信那是佛的懲罰，然而這樣的傳聞確實在流傳著。

「大人說自己並不相信我所做的這些小花招乃是冥罰，我想這也是當然的。若是一名身著鎧甲、對抗死亡的剛強武人，這種人為設計出來的懲罰怎麼可能有效。想來應該讓您覺得笑掉大牙吧。

然而請恕我惶恐，在這座城池當中、在這個憂患世間裡，無法抵抗死亡的弱者更多。在這不談宗門教誨而僅憑隻字片語便能蠱惑人心的世上，虛假的奇蹟之所以能夠拯救他人，想來不也是這世間的風習嗎。」
村重無法否定千代保所說的話。
這陣子人民百姓都相當安穩。町屋一帶，雖然大家都靜靜地等待夏天過去，卻有種難以言喻的寧靜。村重並不覺得那可能是某種徵兆，但現在突然感受到那種寧靜有些奇妙。知道無邊死去時，那種有如烈焰般的悲傷、憤怒與激動，曾幾何時就這樣消失了。
當然，人民是在知道殺害無邊的能登因落雷而死後，就沉靜了下來——大罪人得到了懲罰，罪孽得天道報應、天網恢恢疏而不漏，佛都在看著呢——人民如此想著，因此不再嘆息。
若殺死能登的是鐵炮的子彈，或許效果不會如此明顯，但想來還是能夠為他們帶來一絲的希望。
「我只想著將要死去之人。若是因此而妨礙了大人的武略，那麼請您處決我吧。我……會前往我在長島時，就應該要去的極樂。」
接著，千代保閉上了雙眼，莊嚴地念起佛。
那釋迦牟尼佛在燈火的照耀下，一語不發。

10

村重現在在土牢裡。
他和黑田官兵衛兩人面對面，中間隔著那粗厚栗木打造成的木格子柵欄。兩個人都蜷曲著背，在一片陰暗中看著潮濕的土壤。官兵衛由於腳痛而努力伸著左腳，村重則是盤坐於地。村重穿著小袖加上肩衣，完全是攝津國主的風貌，其他只穿戴了籠手和脛當。官兵衛自去年十一月下獄，到了如今已是全身黑漆漆、身著滿是髒汙的襤褸衣服。村重有那麼個瞬間，不是很肯定究竟是誰待在木格子後面、誰又是在外面的。

時間應當已是深夜……應該吧。村重並不知道現在究竟是何時，也不知道千代保是何時離開持佛堂的。一回神，他人已經待在這地底的土牢中。

村重將千代保所說的話語告訴官兵衛，並不是特別想要這麼做，就只是想告訴某個人罷了。官兵衛也沒有回話，彷彿什麼都沒聽見。村重說完所有的事情以後，官兵衛便用那混濁的眼睛凝視著村重，喃喃說道。

「還沒過多久……您就萎靡到如此嚴重的程度呢。」

畢竟眼前並沒有澄澈的水鏡，村重實在不知道官兵衛的話究竟是對是錯了。不過若是要說應當充斥全身、作為一名大將不可或缺之物，如今已從他的身上消逝了，或許還真是如此也說不定。

官兵衛說道。

「想來也會如此。若是將阿出夫人的想法好好思索一番——那麼就表示，並沒有謀反之人。」

村重的身軀猛然一震、發起抖來。

如果能夠從對瓦林能登開槍之人循線追查，就可以找到誰是那個想要取代村重地位的謀反者。村重原先是這麼打算的。

然而這一切都是空虛的想法。確實，千代保違反了村重的意思，做出許多不當的行徑。然而那並非是打算要流放村重、也不是背叛村重且私通織田。就算斬了千代保，也無法挽回什麼。村重並沒有失去理智到無法明白這一點。

沒有謀反之人……

官兵衛的話語緩慢地在村重的肺腑中擴散開來。若是沒有謀反之人，那麼城內為何如此懈怠？軍事會議又是為何混亂？諸位將領那冷淡的目光當中帶有什麼意義？不，應該有人謀反才對。正因為有人謀反，所以只要斬殺罪魁禍首以後，就能夠一切如常。

但是，沒有謀反之人！

如此一來，城中的懈怠不就沒有理由了嗎？……沒有策劃、沒有謀略，這不就單純只是家臣的心已經完全遠離了村重、不再與他同心而已嗎？

「不，應該有謀反者才對。」

村重喃喃自語。

「只不過是鐵炮手的事情與謀反之人並無關係罷了。我絕對沒有誤判。得要叫各將領交出人質才行，要他們交出妻小置於本曲輪中。這樣一來，就算有哪個人打算行動，也無法輕舉妄動。官兵衛，是這樣吧？」

「或許是如此吧。」

「將兵們都還追隨著我。只不過是有兩、三個，不，頂多五、六個人稍微稍微背離而已。我可是攝津守村重，是一路走來不斷獲得勝利的大將呀！人心離我而去……怎麼可能有這種事情。」

官兵衛用力地點點頭，以沙啞的聲音說著。

「的確是如此呢。攝州大人是不斷獲得勝利、能夠整合家中的人物。要是能持續贏下去，所有的家臣應該一位都不會缺席，不管水裡來還是火裡去，都還是會為您奮戰的吧。」

「我不會輸的！」

村重吼叫著，而官兵衛則盯著他瞧。

沒有輸——但也沒有贏，而且看來沒有贏的可能。村重比任何人都明白這個道理。

「就算是沒有贏，怎麼可能因此失去家中之人呢！信長在志賀和金崎吃敗仗的時候，織田的家老何曾離開他？就連羽柴筑前都曾經犯下未告知便離開軍隊的嚴重失態行為，卻還是被交付了進軍中國地區的重責大任啊！為何我村重只是沒有贏，就得失去這一切？」

荒木久左衛門、池田和泉、野村丹後，這些數不盡的家臣，大多都是從村重還是池田筑後守勝正的一名家臣時，就共同並肩作戰的同儕。自初陣之後的十幾年間，村重都與他們同甘共苦。對於北河原與作和中西新八郎這些年輕一輩來說，村重應該也是一名不壞的大將。用那些拚上性命的歲月建立起來的信義、連繫，還不到一年就逐漸崩毀。對於村重來說，他並不想承認這件事情。

官兵衛在黑暗中開口。

「這就表示攝州大人，一直都是用勝利、而且是只用勝利來整合一家子的關係……人心牽絆還真是相當困難啊。」

村重閉口不語。

只要無人說話，這土牢就安靜到令人害怕。話說回來，這牢籠實在非常狹窄。村重覺得原本統領北攝的自己在失去高槻、失去茨木、失去池田以後，終究只能進入這座監牢。

「……接下來要獲得勝利的話，」

官兵衛突然開口。

「只有一個辦法。」

村重還以為自己聽錯了。被織田包圍了九個月之久，要是有取勝的方法，早就試了。

「別開玩笑了，官兵衛。」

「戰爭之事，怎麼能說笑呢？」

官兵衛在木格子柵欄的另一邊猛然端正了身子。彎曲的腿雖然無法盤坐，但他直起了上半身、將雙手放在腿上，向村重深深低下了頭。雖然服裝以及臉龐都滿是汙垢，但在這瞬間，村重彷彿看見了昔日那面貌清麗的官兵衛。

「時機已經成熟了。在下一直愛惜著自己這條性命，正是為了今日。如今我官兵衛，想為攝州大人獻上一計。」

眼下這情況實在過於突如其來，村重頓時不知該如何回話。

「您願意聽我一說嗎？」

官兵衛再次確認。

「可。」

村重才好不容易回了話。官兵衛緩緩直起上身，抬頭挺胸。有如那古時的張子房、又或諸葛孔明，官兵衛儀表堂堂地獻計。

「那麼在下就說了。想來不需在下提點，您也明白戰爭的趨勢完全取決於毛利的動向。然而，如今宇喜多倒向織田那方，就算躲過織田的眼線、將信件送到，毛利還是不會輕舉妄動。」

村重點點頭。官兵衛說起話來相當有條有理。

「但若是攝州大人親自前往毛利本國所在的安藝，透過位於鞆的足利將軍家與毛利家家主右馬頭輝元大人談判的話，事情就不一樣了。毛利畢竟還是要面子的。要是攝津守大人親自來訪卻沒有回禮，實在太過丟臉，這會讓家中動搖的。因此他一定會出兵。」

「什麼！」

氏族與氏族之間的談判，竟然由領導者本人來擔任使者，這對村重來說可是前所未聞。雖然非常單純、卻完全背離常識，因此是他人完全不會想到的奇策。更別說是還把將軍家也都捲進來了。

請求救兵這件事，並不會影響氏族之間的上下關係。但若是領導者本人卑躬屈膝地前往求救，荒木家將來無論如何都會位居毛利家下風。但事到如今，村重已經絲毫不在意什麼家系的地位高低了，沒有什麼不能做的理由。

「首先您應該召見北河原與作大人，您說過他曾經以使者身分前往尼崎。我想他應該並非突破織田的陣營而去，所以與作大人想必知道如何悄悄前往尼崎而不被織田發現的路線。」

「喔喔！」

「進入尼崎以後，就要靠浦兵部丞大人了。在下雖然曾與其動過干戈，但此人實在是令人感到相當暢快的武人。或許不至於對主君直言，但他絕對會為無法達成合作之約而感到相當丟臉。要是聽聞攝州大人需要他的幫忙，肯定會排除萬難為您安排前往安藝的船隻。陸路實在是很難說，但要是海路的話，宇喜多應該也無法出手。」

「浦兵部丞此人我識得。沒錯，他的確是那種人。」

「到達安藝以後，我想應該可以先去拜訪安國寺。住持惠瓊大人深受右馬頭大人信賴，而且他討厭織田可是出名的。我想他一定能夠協助攝州大人，為您連絡上右馬頭大人。」

村重大大地點了兩次頭，官兵衛的話語也愈發熱情。

「對方家主右馬頭大人雖然是個缺乏器量之人，不過也正是基於這一點，讓名物得以派上用場。想來攝州大人是不會無法割愛物品的，但獻上的禮物還是得選好一點的東西。當然也千萬別忘了，還要準備給小早川左衛門佐隆景大人的禮品。畢竟在毛利那裡，就算家主右馬頭大人拍板了，但左衛門佐卻否決的話，事情還是無法推動的。」

「這樣啊，我會謹記在心的。官兵衛，你身在這牢籠之中，就能推演出這樣的策略嗎？」

官兵衛行了個禮，表情也稍微柔和了些。

「到此為止還只是前置作業呢。就算是將毛利的援軍給帶了回來，贏過織田的可能性大概也只有五分吧。在下就不對驍勇善戰的攝州大人多說些什麼了，您儘管放手去打吧。」

「噢，噢！」

官兵衛的計策實在是上天帶來的大禮，村重下意識地露出笑容，彷彿夢想就在眼前上演。

將毛利軍的軍船帶回來填滿瀨戶內海，進入尼崎城。負責防守尼崎城的村次應該會驚訝到下巴都要掉了吧。但織田肯定會更加狼狽，想來信長也會親自出征。雖然那個男人作戰時有時如有天降神助，但若是從尼崎城往北攻，就能和有岡城共同夾擊織田。應該能打出一場漂亮的仗。就為了這一天，他一直在努力地推演計策嗎？我方占有地利，可能在事前就回應我方共謀計策的敵將應該也能先探探兩三名。雖然無邊的死令人悔恨莫及，不過應該不至於完全找不到能用於計策的使僧吧。若是需要使者的話，應該也能從毛利那裡借個機靈的人。

現在是八月，決戰應該會落在冬季。在化為枯原的攝津荒野上縱情奔馳、使盡所有武略與那織田前右府信長一決雌雄。腰上插著那把鄉義弘名刀、身穿岩井派具足、跨下挑一匹健壯的木曾馬、揮舞著長年愛用的采配。在令人窒息的長期守城之後來場大戰，這是多麼令人神清氣爽！

腦中浮現出自己勝利後回到有岡城、諸將列隊迎接自己的場景，村重感動到渾身發抖。就算是輸了，只要是在本國打了一場人人傳頌的大合戰、轟轟烈烈地凋零，那麼身為武士也是死得其所。

實在不能再繼續坐在這裡了，我怎麼還在這土牢之中浪費時間呢？村重不禁沮喪了起來。就在要起身的同時，他突然發現有隻蜘蛛爬在自己的手背上。

那實在是隻非常小的蜘蛛，或許是因為在黑暗中生存的關係，身體沒什麼顏色。蜘蛛正在村重的手背上若無其事地爬行著。

正想著要一掌拍爛這小蟲子時，卻停下了手。千代保的話語瞬間掠過心頭。她說人命比螻蟻還要輕賤。接著村重似乎又要想起些什麼了。千代保還說過什麼？記得是在說什麼世間風習。

——奇蹟。

奇蹟能夠拯救人，千代保是這麼說的。

不，不是那樣，前面還有其他的話，究竟是什麼？

村重不明白為何自己會如此在意這件事。他應該馬上拍死這隻小蟲、離開這陰暗的牢獄。得趕緊去備戰才行，必須得盡快進行準備，然後殺、殺、殺！

但是，對了。村重逐漸想起了千代保的話語。這世間的風習——虛假的奇蹟之所以能夠拯救他人，想來不也是這世間的風習嗎。

為何會想起這種事？在這獲得官兵衛的策略、一切都將明朗的時間點想起。要是弱者，或許會毫不多心便撲向那些捏造的事情，但攝津守村重與那些人不同。這不對。

真相，其實不對嗎？

官兵衛看著村重。雙眼從那放任其生長的鬍鬚與髮絲間窺視著，無法讀取他的心思。官兵衛就像是已經忘了剛才獻上的策略，怔怔地望著空中。

在黑暗中揮動手腕甩去蜘蛛後，村重開口。

「這樣啊，也就是說，這是你的戰爭哪。」

官兵衛的臉龐蒙上一層陰影。

11

毛利不會來的。已經思考了很多次，明明應該對此心知肚明的，毛利不會來。

但是內心一隅，卻還殘留著或許還有一些可能的想法。人因為不願意承認自己預判到的破滅，因此無論是多麼些微的奇蹟都會想要堅持。官兵衛正是看清了這一點。回想起來，對了，官兵衛曾經說過。就在他巧舌如簧地攏絡土牢看守者、讓其試圖斬殺村重時。

——想不到要在牢裡殺人，倒也不是那麼困難呢。

「官兵衛，你……打算在牢中殺了我嗎？」

回過神來，才發現一切都清清楚楚。

古往今來，逃走的人都不會說自己是逃走，一定會吹噓一個很合理的藉口。當然，軍略上也可能採取撤退，甚至可以說不懂撤退之術的人就無法作戰。然而，對於那些表示要求援而因此離開戰場的人，究竟有誰會真的認為「原來如此，他是去討救兵的哪」。更何況村重還是總大將。若是在戰局不利的情況下整合家中、撤離城池，那就是一般的戰事風格，但其他人還在堅守城池，大將卻一個人脫離戰場，這種事就連在故事裡頭都沒聽過。

村重開口。

「若是照你的計策去辦，我肯定會留下千古惡名。你沒有取下我的項上人頭，但打算奪走我的名聲嗎！」

此時，官兵衛的表情突然開始扭曲了起來，眼睛彷彿上了油一般閃閃發光。村重曾經看過官兵衛這種眼神，就在去年將他關進這土牢之後，當時對他提起安部自念身故一事時，他的眼神就是這樣怪異。

官兵衛忍不住竊笑。

「沒想到您竟然能勒馬回頭呢，這我還真是沒有預料到。」

「官兵衛！」

「根據在下的了解，攝州大人應該會二話不說就飛撲而上的呀。看來還是有在下不知道的事情呢。」

真是老天幫忙，村重心想。如果早先沒有聽聞千代保述說她迷惑人心、使人心安之事，現在絕對不可能猛然停下自己的腳步吧。畢竟官兵衛所說的那個夢，是如此甜美。

現在官兵衛略略晃動著身子，雖然意圖被看透了，但心情似乎還挺愉快的。村重正沉浸於並未踏入必死無疑的陷阱而感到安心的氛圍，卻在意識到官兵衛這計謀竟如此深遠後感到愕然。

「官兵衛，你這十個月以來，就是為了盤算這個嗎？」

官兵衛就只是微笑著。

每當有岡城遭逢陷落危機，村重就會來到這土牢詢問官兵衛問題。官兵衛總是探詢著村重的心思，問出村重未曾打算說出的話語，然後給予能讓村重度過危機的暗示。當然，官兵衛根本沒有回答村重問題的理由。即便如此，官兵衛還是回答了，這是因為他無法壓抑對自身智慧的自負——村重一直是這麼認為的。但事實並非如此，這一切全都是為了在今日此時，一刀永遠葬送村重的名聲。

「即使我之名聲墜地，這也無法成為你的功績啊。你為何如此憎恨我？我可是留了你一條命呢。」

聽了村重這話，官兵衛放聲大笑。

「攝州大人為了自己方便而留下這條命，居然還賣恩情、說是您放過我，實在可笑至極。您該不會已經忘了，在下當初可是懇求您殺了在下吧？」

「因為讓你活著，你就怨恨我嗎？入獄難道有那樣丟臉嗎？」

「丟臉？」

官兵衛將混濁的眼睛轉向村重，呸了一聲後說道。

「事到如今竟然還問我為何恨你。光憑這個理由就夠充分了。」

遭人怨恨之事的確多不勝數，畢竟村重一生可都活在作戰與謀略之中。真要說起理由那可多了，不過現在，他猛然想起了一件事。

「該不會是因為松壽丸吧。」

但只換來一片無聲。

那就沒錯了。

村重並非驚訝，而是感到畏懼。讓人質死去雖是武門之恥，但在這憂患世間其實也是常見之事。若孩子成為人質就拋棄孩子、若父母成為人質就拋棄父母活下去，這種做法雖然膚淺，卻也是武士的一面。官兵衛竟然為此而懷抱遺恨，實在令人難以相信。

「你也太放不下了。官兵衛，雖然我不會說孩子死去沒什麼好可憐的，但這是武門定律呀。你怎麼會不明白這種事呢，我實在無法理解。」

「您說武門是嗎？」

官兵衛冷笑著。

「要是松壽丸是在戰場上陣亡，那的確是相當榮譽的武家之死。若是在下錯看織田而讓松壽丸被處死，那也是武家的命數。要是因為夾在主君家與織田之間，而哭著捨棄松壽丸，確實也因為身在武家而無可奈何、只能忍氣吞聲吧。然而松壽丸是為何而死的！」

接下來，官兵衛的情緒變得激動萬分。

「不管我是成了一顆首級從這有岡城回去、還是活著回去，松壽丸都會平安無事。然而你卻抓住我，不讓我回去。你扭曲了尋常世道。我應該說過，扭曲世道，因果便會循環回來。沒錯，因果循環取了松壽丸的性命。村重，我的兒子之所以被殺，就只為了你想讓人看起來慈悲為懷！為了你的虛榮心！」

官兵衛頂著那細瘦虛弱的身軀，顫抖地抬起手，彷彿是要用雙手掐斷村重的脖子。

「他是那麼聰明的孩子、那麼強悍的孩子。是黑田家的——是我的榮耀。村重，就算殺你一百次也不足惜。你將自己的虛榮當成武略，殺了我的兒子。你還從松壽丸身上奪走了武人之死，所以我決定也要從你身上奪走武人之死。你就讓自己的名號永生永世活在恥辱之中吧！」

眼前的木格子柵欄彷彿消失、官兵衛逼近到自己眼前，村重由於此錯覺而震驚地意欲後退……然而，官兵衛當然還在那牢籠裡頭，他的手根本碰不到村重。

「那就是你的心思嗎？」

村重佯裝一副自己一點也不曾畏懼的樣子問道。

「你的計謀已被我識破，你沒有其他辦法了。你就在那裡頭死去，沒多久便能見到你兒子了。」

「我當然會去見他。我官兵衛之子想來走到生命的終點也不會搞得場面難看，若不是的話，我得好好斥責他一番。不過攝州大人啊。」

官兵衛再次浮現輕蔑的笑容。
「攝州大人您弄錯了，在下說時機成熟，我的計策已經成功了。」
「什麼？」
官兵衛張開雙手。
「其實我隨時都可以獻策。您認為我為何要等十個月呢？為何我要聽攝州大人說故事，聞此有岡城的危機以後再鼓動自己的三寸不爛之舌？自然是因為不到今天就讓城池陷落的話，我會非常困擾的。您了解這理由嗎？」
「是因為要取得我的信賴吧。」
一聽村重此言，官兵衛拍著膝頭大笑。
「信賴啊！並非如此，攝州大人。」
摸了摸頭頂扭曲的傷痕，官兵衛言道。
「您好好想想，要是攝州大人您早早放下戰意開城、就像松永彈正那樣，想來對方應該會接受你的歸降。這樣攝州大人就只是普通的謀反之人，靠著將來的功績雪恥也非難事。這樣太無趣了。在下為您提供內外困境之建議，攝州大人平定這些事情以後，戰事才得已拉長，您不這麼認為嗎？十個月過得真快，信長公已經絕對不可能饒恕您了。」
如果沒有官兵衛，有岡城早就開城了——或許真是如此，村重這麼想著。信長的心情雖然難以評估，不過一至兩個月，最晚在春天的時候開城，或許還能夠歸降。然而村重找上官兵衛商量，才得以度過難關。只要晚了，就無法得到原諒。
官兵衛臉上的笑容仍未消失。
「還有一點，這就更有趣了。在下等待十個月並無他意，就是想要等待您家裡的人對攝州大人的忍耐到達極限的那一天。我就是要等著流言蜚語往來交錯，讓您開始尋找誰是背叛者的那一天。只要毛利不來，荒木家臣絕對撐不下去，這對在下來說可是比熊熊火光還要更清楚明白之事。原先還想著應該過不了半年吧，沒想到還挺能撐的呢。想來這也是阿出夫人所做的事情造成的吧。」

官兵衛突然臉色一變，盯著村重。滿是汙垢的臉龐上的雙目卻已濡濕。官兵衛現在的聲音，幾乎是可以用溫柔來形容的平穩。

「攝州大人，您在這沒有同伴的城池中，打算怎麼做呢？」

「……」

「打算繼續開著什麼事情都決定不了的會議，直到吃完最後一粒軍糧嗎？」

「……」

「在下所獻上的計策，的確十之八九是痴人說夢，並且將會侮蔑攝州大人的名聲。然而剩下的那一兩成，仍是成功的可能性。像攝州大人您這樣的大將，能夠在已經聽過乾坤一擲的策略以後，仍然忘卻大夢、坐以待斃嗎？您能假裝忘了在攝津的大地上率領大軍的夢想嗎？不，不久之後攝州大人就會私下離開這座城池。這件事情在下清楚得很……因此在下才會說時機成熟、我的計策已經成功了。」

這不成，村重想。官兵衛所說的夢想，其實是毒藥。沒有人明知是毒卻還會吞下去的。然而，村重的心已經飛到了戰場上。

「在下這條命的用途已經結束，您就放手去吧。」

官兵衛說完便低下頭去。彷彿失去了某種氣燄，又像是逐漸溶化在牢籠的黑暗之中。在這座有岡城毀滅之前都不可能有光線進入的土牢內，兩名武人同樣面對面地蜷縮著身子。

過了好一會兒，村重拿起手燭、緩緩起身。他並沒有殺掉官兵衛的打算。如今官兵衛是死是活，已經沒什麼差別了。既是如此，事到如今也不想再任意造孽。正要踏上階梯時，官兵衛用彷彿是在詢問天候的語氣問道。

「攝州大人，無論接下來的命運會如何輪轉，想來這大將與囚犯的會面，應該是最後一次了。所以在下想問一問。」

村重停下腳步，轉過頭去。手燭那微弱的光線下，官兵衛的姿態沉落在黑暗之中，根本看不見人到底在哪裡。

「問吧。」

村重回道。

「那麼。」

官兵衛開口。

「攝州大人，您為何要謀反呢？」

「呵……」

村重忍不住笑了出來。都到了這種時候，竟然還問這個問題，實在是令人意外。

「你自己不是說過嗎？」

「在下說過……？」

「好吧，你聽好了。」

村重對著一片黑暗說話。

「我沒有治理攝津的名分。對我來說，攝津並非父祖傳承之地、現在也不是被授予治理此地權利之人。但是也不能奢望擁有吸引眾人推舉之力，這是你說的。這些的確都相當有道理。只不過，你雖然明白這些事，卻不能理解為何我要背離織田嗎？」

這個問題沒有得到回答。

「你不認為織田也是一樣的嗎？他的家族不過是尾張守護代（註95）、還是庶流之人，聽說追本溯源還是來自越前呢。不是什麼能統領天下的高貴家系。那麼若說他是被任命才準備統領天下的嗎？並非如此。雖然高升到右大臣，他卻自己辭掉了。就算現在天下眾民都認同織田的強悍，然而為何我等要受到織田的統治，卻還是不明不白。只憑藉強盛就掠奪國家之人終將衰敗……這也是你說的呢。」

村重回想起造訪安土城的那天，那座城池是多麼莊嚴華麗啊。家臣與同輩極力誇獎那座巨城宏偉之際，村重卻這麼想著——簡直像是阿房宮。

「即便如此，信長確實有吸引他人的力量。所有的人都無法忽視他。我也無法壓抑自己想在他身上賭一把的心情。然而……那個男人自己放棄了那種力量。我雖然也殺了許多人，但是他殺過頭了。」

此乃戰國之世，不是殺人就是被殺。這世間到處都是斬草除根、趕盡殺絕之事，然而，信長還是殺太多了。

「無論是伊勢長島、還是越前都是。一向一揆確實相當惱人，但是一萬、兩萬，不斷地大開殺戒，這實在太瘋狂了。還有前年的播磨上月城……你應該也有看見吧。」

上月城中，赤松藏人堅守不出，後來由村重和羽柴筑前守秀吉等人拿下。羽柴軍進入陷落的上月城以後，將赤松殘黨趕盡殺絕。到此為止都還是村重熟悉的戰爭，但之後卻與平常不同了。

「把女人和小孩都抓起來，在國境上排排站，最後全部處以磔刑。」

95　守護為鎌倉、室町時代武家體制下、以令制國為單位的地方官。守護代則是代行守護職務的職位。

兩百人，一字排開處刑示眾。

「我聽說那是為了用來威嚇宇喜多、向那些尚未決定動向的播磨國眾示威。然而那實在不是正常的戰爭。再怎麼說，宇喜多根本就不會因此感到畏懼，播磨國眾在那之後也還是反反覆覆、聚散離合。完全沒有殺一儆百的效果，那些女人和小孩都白死了。」

官兵衛真的身在這片黑暗之中嗎？完全聽不見任何聲音傳來。

「織田那種作戰方式，所有人都看見了。雖然的確只要上頭下令，把小孩丟進煮沸熱油裡的行徑也都曾聽聞過，但還是有所限度。不管是人民、還是織田的家臣，沒多久之後肯定會背離織田。不，或許已經背離他了。官兵衛，主君的懲罰可以用話語來道歉。神佛的懲罰可以使用祈禱來免除。然而人民和家臣給予的懲罰，卻沒有任何人能夠抵抗。我所畏懼的，就是這個。為何要背叛？我不過就是想保存荒木家。只是做為一個武士、努力地想求生存而已——我只是不想在織田倒下的時候，被捲入其中罷了。」

然而或許是稍稍、就只是稍稍早了些吧，村重如今才有此念頭，心中略略感到苦澀。

「然而我醉心於戰事，結果忘了自己究竟是為何而舉起反旗的。若說我有掉以輕心之處，那便是此事了……再會了，官兵衛，我要離開了。松壽丸的事情我也很遺憾。這話出自我口，或許會令你感到憤怒，然而生於這般憂患之世，世事無常、令人無可奈何呢。」

村重說著，便回到那有著修羅場在等待著他的地面，只留下一片黑暗。

天正七年九月二日，荒木村重逃離了有岡城。

有岡城的命運也到此為止。

終章　果

1

夕陽映照下的蘆葦原噴出了血霧。

敵人有六人，荒木攝津守村重的同行者為郡十右衛門、乾助三郎、雜賀眾的下針共三名。然而乾助三郎背上的行李箱當中收著重要的茶道用具，也因此有所顧慮而無法大展身手。六個敵人都頭戴陣笠、身穿胴丸，看他們手上拿著三間長槍，應該是巡邏的足輕。敵人以為村重等人是落敗的逃亡武士，於是大肆侮辱他們。就在一個足輕大意踏進攻擊範圍的當下，村重的奈良刀鋒芒一閃，敵人馬上減少為五人。

「你這傢伙！」足輕們吶喊著架起了三間長槍。知道他們這是打算為夥伴報仇，村重悄悄安下心來。要是他們四下逃竄、去找救兵的話，便萬事休矣。

「別大意了！」

濺血噴到鎧甲上後，村重粗聲命令著。才剛看見郡十右衛門架好了長槍，便迅雷不及掩耳地往足輕擲出。突然遭受攻擊的足輕根本來不及閃避，槍尖就這樣刺進他的喉頭，一擊斃命。十右衛門順手便將刀拔出。

如此轉瞬間便失利，足輕們的臉孔滿是恐懼。見當下機不可失，村重衝向一名足輕、十右衛門則去斬殺另一人。非目標的另外兩個足輕雖然驚懼於村重等人的速度，但畢竟也是身在亂世的士兵，不可能一直傻楞在原地。其中一人上下揮動著三間長槍試圖攻擊村重。村重也料到會有這一招而躲開，結果長槍重重地落在村重正在砍殺的那足輕肩膀上。由於突如其來的疼痛，那足輕手上的長槍也掉了下來，而村重的刀則深深劃進他的頸子。

「長槍不成，用刀！」

剩下的三名足輕中，一位看來比較年長的人喊著。三間長槍用來對付強悍的騎馬武者雖然能遏止對方的行動，但是在如此近的交戰距離下，反而不好運用。足輕們將三間長槍丟在腳邊、將刀拔出，而十右衛門正在等待此刻。他將剛才丟出的長槍從足輕屍首上拔起，往前突刺兩次、三次。那來不及揮開攻擊的足輕，胸口立刻染為一片血紅。

村重被剩下的兩個人包圍，他們從左右兩邊同時攻擊。右邊的敵人就以刀來防禦，而左邊砍來的刀就只好請諏訪大明神多多保佑了。刀並沒刺中要害，只傷了村重的鎧袖。村重向右邊的敵人揮了好幾次刀，敵人也拚命回敬。幾番攻擊下，奈良刀缺了口子、也變得有些彎曲，最後在村重反覆刺擊之下，貫穿了足輕那薄弱的胴丸。

剩下一個敵人，而他二話不說就丟下刀轉過身去。正想著他要是逃走的話，那可就麻煩了。於此瞬間，下針開了口。

「我來射擊。」

下針不知何時已準備好了火繩槍，瞄準那正在逃跑的足輕。

「好，你射吧。」

說時遲那時快，槍口已噴出火焰，子彈不偏不倚地穿過足輕的腦袋。

時間已近黃昏，四周火紅得宛如炎熱地獄。村重試著將那已經彎曲的奈良刀收回刀鞘，發現實在不可能後便將其拋棄。十右衛門似乎受了點傷，正用力按著右手。下針閃爍著銳利的眼神掃視蘆葦之間，確認是否還有敵人。為了能隨時射擊，他的手緊握著早合（註96）。沒能

96 戰國時代的彈藥包。當時的鐵炮射擊一次就必須重新填入火藥和子彈，早合以木頭、竹子、紙等材質依序包進火藥和子彈，戰鬥時可加快裝填速度，便於展開下一次射擊。

加入戰局的乾助三郎，臉上似乎帶了點遺憾。

「擊發聲可能會引來敵人，快走吧。」

一聽村重此言，十右衛門立刻單膝跪地。

「大人，屬下就送您到此。」

「什麼？」

「先前屬下曾說過，希望直到最後也能為您奮勇效忠。現在既然已經實現了，屬下不能與您同往尼崎。」

堅守城中九個多月以來，不管遇到多麼艱困的處境，十右衛門始終沒有說過辦不到這個詞。這突如其來的狀況，讓村重眼睛都吊了起來。

「你的意思是要辭行？要捨棄我嗎！」

十右衛門重重地垂下頭，用盡力氣開口。

「在下沒有捨棄！」

十右衛門哽咽，以宛如嘔血般的聲音說著。

「您當然知道，在下是御前眾的組頭。御前眾都是遵守屬下的命令，一心一意地守護著大人的人們——同甘共苦、一起在戰場上奔馳的夥伴。我怎麼能留下那些人出城呢？」

「我並沒有捨棄有岡城，十右衛門。我一定會回來的，帶著毛利軍回來呀。」

「屬下定會翹首盼望那日的到來。但並非在大人身旁，而是在這有岡城之中、與諸位御前眾一同等待。大人，請您命令我率領御前眾留守城內。屬下……屬下無法拋下他們啊！」

十右衛門撐在地面上的手臂正淌著血。

他是賭上性命說出這些話的，村重不至於不明白這些。緩緩垂下手臂，村重彷彿自言自語般說道。

「好吧。十右衛門，你返回有岡城，支撐到我歸來為止。」
「定當辦到！」
「還有，萬一……不，萬萬一……」
村重說著。
「我回不來的話，十右衛門，你可別死了。你有成為將材的器量。如果在這種時候於我的麾下死去，太過可惜了，將來……」
他的聲音裡滲出自嘲。
「將來，選個好時間、在好主君的麾下再死啊。」
「大人！」
「去吧！這是命令！」
「是！」
十右衛門最後看了看乾助三郎，他的雙眼已濕。
「助三郎，大人就拜託你了。」
「組頭大人，請交給我吧。也請幫我向其他人打聲招呼。」
聽見助三郎這麼說，十右衛門微微一笑。
「明白了，那麼就此告別！」
十右衛門深深低下頭，拿起長槍便轉身離去。
目送他離開後，下針將火繩槍背好，開口說道。
「那麼，在下也要離開了。」
「……你也要走嗎？」
下針速速低下頭。
「畢竟在下並非攝津守大人的家臣，而是跟隨鈴木孫六大人之人。能與攝津守大人同行雖然備感光榮，但若離開孫六大人，那麼雜賀庄的人肯定會在背後指指點點。」

言之有理。村重點了點頭。

「也是，辛苦你了。」

「像在下這樣的小輩，光是來到攝津守大人面前就相當惶恐了。還能聽您如此親切地搭話，實在愧不敢當。另外……」

下針似乎有些為難地支吾其詞。

「其實，射擊能登入道大人的便是在下。」

「……原來是你啊。」

村重心想，鐵炮並不是非常適合狙擊用的工具，但他還是能鎖定能登，想來在雜賀之人裡頭也是數一數二技術高超之人吧。若是下針的話，應該能做得相當漂亮。

下針搔搔頭。

「畢竟是阿出夫人的請求，就沒什麼好推託的。我認為原本應該是能擊中的，不過那道雷實在是有夠嚇人……既然這應該是最後的機會，我還是告訴您吧。我說要回孫六大人那裡其實是騙人的，或者該說是藉口吧。在大人面前說出這話實在是有點惶恐，不過阿出夫人告訴在下，前進乃極樂、後退即地獄什麼的乃是謊言，就算不前進也能往生極樂，只有她是這麼說的呀。在下這一輩子都聽人家說要戰鬥、要前進。第一次聽到夫人這樣的話語，我才終於覺得鬆了口氣。」

雖然以他的身分來說，現在這番話有些失禮，但村重並未感到不快。看見被千代保拯救的人就在眼前，內心卻不可思議地感到欣喜。

「大人不在有岡城，不曉得會發生什麼事。如果一樣要死的話，那麼在下想為了保護那位夫人而死。」

「我明白了。就隨你的意思吧。」

聽村重這麼說，下針再次低頭。

「那麼再會了。也請攝津守大人務必要平安無事。」

他邊說邊消失在蘆葦叢裡。

日頭將落的蘆葦原中，只剩下村重與乾助三郎兩人。助三郎萬分慎重、有如那是自己性命般地保護村重交給他的行李。那行李中裝著銘號「寅申」的名物茶壺，是要用來向毛利求援的王牌。

「走了，助三郎。」

「是！」

助三郎領命。

主從兩人留下足輕的屍首與灘灘血跡，走在逐漸昏暗的北攝荒野上。村重驀然回首，有岡城在緋紅色與群青色劃出界線的空中，那影子般的樣貌黑沉沉地橫跨在攝津的大地。

2

——因果循環。

有岡城——

十月十五日，中西新八郎成為瀧川左近的內應，將織田軍引進了城內。有岡城北、西、南邊的砦全數陷落，伊丹城鎮被織田拿下、侍町被燒得一乾二淨，只有本曲輪殘存下來。剩餘的家臣們依舊死撐了一個多月，但毛利沒有來，最後還是走到了陷落的終局。

野村丹後——

在他守衛的鵯塚砦遭到攻擊時，失去包含雜賀眾在內的大部分士兵，雖然提出降伏的意願卻沒被接受，遭到殺害。

荒木久左衛門——

他與諸將的妻小被當成人質，自己和其他家老被交付任務，要前往尼崎城說服村重投降。然而被村重拒於門外，結果沒回到有岡城，逃往淡路去了。

池田和泉——

被賦予留守有岡城的任務，然而知道荒木久左衛門逃亡後，自己無法守護女性及孩童，以鐵炮打碎了自己的腦袋自盡。辭世之句流傳至後世。

吾此身如露　縱然消弭無蹤去　心中仍擔憂
是否還能挽救回　青澀孩童們性命

3

中西新八郎——

將織田軍引入有岡城後，被編入獲賞北攝之地的池田勝三郎恒興麾下、為其臣屬。之後似乎並無立下顯赫功績。

高山大慮——

在有岡城被攻陷後獲救，被交給位於北陸的柴田修理亮勝家。或許是因為早先便投降織田的兒子右近的關係，相當受到織田家重用。

鈴木孫六——

戰後無人知曉他的消息。或許是在防守鵯塚砦時便已戰死，又或許是當時存活了下來。據說後來他的兒子侍奉了紀伊德川家。

北河原與作——

免於一死，留在了北攝，居住在一片名為小野原的土地上。之後將成為孤兒的村重之孫接來，並養育他長大。

下針——

他是生是死也未流傳至後世。不過史書上記載，有岡城中的雜賀之人，幾乎所有人都戰死了。

無邊——

無邊本人雖於北攝如晨露般消逝，卻有人為了盜取他的名聲而招搖撞騙現身於安土。雖然短時間內頗受好評，但沒多久就遭到揭穿、因此被判刑。

乾助三郎——

成功保護村重與名物茶器抵達尼崎城，之後行蹤不明。或許是與村重輾轉流落各地。

郡十右衛門——

於有岡城之戰中存活了下來，在三十六年後，於豐臣秀賴麾下面臨大坂之陣。以郡主馬之名，列為大阪方精銳七手組之中的一員，被任命為旗奉行、奮戰到生命的最後一刻，以切腹結束了七十多年的戰場生涯。

4

部將等人的妻小親族，大多遭到處刑。

一百二十二人在尼崎城附近被處以磔刑。

有岡城內，女子三百八十八人、男子一百二十四人被關進一間宅子裡，全部燒死。

有名號的將領的妻小三十餘名，於京都被斬首。

千代保——

人被送到京都。在喪衣白袍外穿了豪華的小袖，從載她前往六条河原的車子上走下時重新綁好腰帶、將頭髮再次綁高、並將小袖的衣襟往後拉，絲毫不見慌亂、穩重且平靜地接受斬首。留下許多辭世之句。其中之一如下。

應當磨亮呀　心中之月兒若是　未曾晦暗過

便能與光明一同　往那西邊方向去

西方是極樂淨土的方向。據說和千代保一起被斬首的侍女們，大多都和千代保一樣從容赴死。

5

荒木村重——

活了下來。從有岡城離開後去了尼崎城、又輾轉到了花隈城，一直奮鬥到隔年七月。他是在等待毛利吧。即使花隈城陷落了，村重也還是逃到毛利的領地內，繼續活下去。

之後，他以茶人的身分回到攝津，在有岡城陷落的七年後壽終正寢。想來應該也有留下辭世之句，但無人知曉。必然是沒有人將那些話語寫下來吧。

6

織田信長——

在有岡城陷落的三年後，於京都本能寺走向人生的盡頭。

據說並未找到他的屍首。

7

黑田官兵衛——

在有岡城陷落時，官兵衛被自己的家臣栗山善助等人救出。據說是看守者加藤又左衛門指引他們去向。官兵衛瘦弱衰竭、雙頰凹陷、只有肚子有如餓鬼般隆起，手腳則像是枯枝一般、頭上的傷留下了瘡疤，那彎曲的腳有很長一段時間都無法治癒。羽柴筑前守秀吉對於官兵衛能活著歸來感到喜出望外，還對他表示後續的事情都交給自己，叫他先好好靜養。官兵衛遵循命令，在有馬溫泉療養自己受創的身心。

過了好些日子，官兵衛終於能靠自己起身，也不必再喝粥、能吃下米飯，還能拄著拐杖走路了。沙啞的聲音日漸澄澈、眼睛也開始習慣光線，那時已經是十二月了，大地已進入冬天。

官兵衛靜養的旅宿中，還有栗山善助等數人也在該處留守，協助官兵衛的生活起居。不過聽說千代保遭到處刑以後，官兵衛自己拿著拐杖、半名隨從也沒帶便離開旅館。冬季已深，位處深山的有馬之地也壟罩在大雪中。官兵衛被囚禁在有岡城內乃去年之事，那時也是冬天。已經過了一年了，但官兵衛卻沒有那種感覺——那一切就像是一個晚上所發生的事情。

官兵衛在雪中漫步，雪地留下了雙腳足跡和一支枴杖的痕跡。

在那座土牢裡發生的事，莫非一切都是夢嗎？這樣一來，實在是非常可怕的夢。官兵衛把自己的智慧，用來將一個男人的名譽永遠打落地獄。但結果如何呢？戰事拉得更長、有更多的士兵與百姓死去，數百人被處以磔刑、燒死、斬首。

由於竹枝無法承受積雪的重量而彎曲。接著嘩啦一聲，積雪便落了下來。官兵衛絲毫沒有看向發出聲音的地方。

在那牢中，我被惡鬼附了身——官兵衛想這麼說服自己，然而他的睿智卻不允許自己如此逃避。我的確是因為村重害得吾子在不名譽的情況下死去，所以才想毀掉他的名聲。但是完全沒有思考這會造成什麼結果。

同時官兵衛的智慧，又不認同自己應該背負所有的責任。派荒木久左衛門等家老作為勸降的使者前往尼崎，這點完全合情合理。然而那些家老沒能說服村重，居然立刻就逃之夭夭，這可是連官兵衛都沒能預料到的事。根據聽到的傳聞，前去當說客的家老們竟然逃亡了，據說此事遠比村重離開有岡城更讓信長震怒。如果沒有這件事的話，就算救不了千代保，或許也不至於將那數百人都給處死。

如此想來，那麼戰事拉長也還有別種解釋。聽聞信長知道村重謀反以後，出兵至北攝和播磨的山中，一發現逃亡的百姓就殺死。若是有岡城在信長憤怒的當下就開城，或許會像伊勢長島的戰事那樣將伊丹的人民趕盡殺絕，這樣一來，我的策略讓戰事拉長，反而是給了信長稍微讓腦袋冷靜冷靜的時間，或許因此救了百姓的命——

「不……」

官兵衛搖了搖頭。不能對自己說謊啊。在那牢中的我，完全只想著吾子松壽丸死於非命，對那扭曲世道的村重感到憤怒不已。不但完全沒有想到這場復仇會把誰捲入之類的問題，就算是曾經有想到，也當成若是那幾千幾百人死了，也都是村重罪孽的報應。想到這裡，還是只能認為自己在那牢獄之中被惡鬼附身了吧。而且那惡鬼不曾消失，現在仍在我的體內。

風吹動了竹林，發出沙沙聲響。

村重的虛榮殺死了松壽丸，那憤恨寄宿於官兵衛身上，接著在因果循環下讓有岡城的女人、小孩都被處以磔刑、燒死、斬首。然而說起來，原先村重是認為信長那種作戰方式不為世人所容，而他想展現出自己跟信長的不同。那麼若問信長過多的殺戮是否為一切的惡因，又很難說，因為信長的接連征戰，織田領國內的戰事確實是減少了。也就是說，在這亂世之中要找出惡因，竟是如此複雜交錯，憂患之世處處皆生惡果。在這樣的世間珍愛自己的孩子，這件事本身或許就是違背世道，才因此產生了惡因、扭曲了一切也說不定。如此一來，罪果然都在我身——官兵衛如此想著。恐怕所有的武士、所有的百姓、所有的僧侶、所有的人類，都背負著同樣的罪孽，無法忍耐之人便念佛、捐獻、改信南蠻宗等，有許多武士皆是如此，也就是單純將弱者作為惡來看待，這樣心情會比較輕鬆。想來這也是無可奈何的。如此的世間道理乃是惡因生惡果、惡果又生惡因，世人根本無法抵抗吧。如果真是這樣的話，從今以後我也要繼續策劃、繼續殺戮下去嗎？

不知何時，官兵衛已繞了竹林一圈。拖著冰涼的身軀，官兵衛打算返回旅宿。看起來像是正在尋找官兵衛的善助喊著「在那裡！」然後奔到官兵衛的跟前。

「大人，天氣如此寒冷，您怎麼會在這裡？請您要多保重啊。」

「沒什麼，沒關係。」

官兵衛不耐煩地揮揮手，想趕走善助。善助卻不願意退下，再次正色。

「有客人來拜訪您。」

官兵衛皺了皺眉，大概是羽柴秀吉派來的使者吧。不然實在不曉得會有什麼客人。旅宿裡並沒有能好好迎接客人的像樣房間，所以官兵衛思考了一會兒便囑咐旁人。

「那就帶去持佛堂吧，我馬上過去。」

他讓家臣們幫忙，換上一套適合會客的衣服。官兵衛在善助的引領下，先喝了事前準備的湯藥、暖暖身子，接著一邊想著不知哪位因何事到訪、一邊走向那有訪客在等候的持佛堂。旅宿的主人相當貼心，在鋪設木板地的房間裡準備了蓆子和讓手肘倚靠的脇息。

客人看見官兵衛，深深行了個禮。不必往腰上那把刀看去，對方的氣息就能讓官兵衛察覺這是位武士。對方抬起頭來，總覺得面貌很像是認識的人，但確實是官兵衛不曾見過面的男人。

在蓆子上坐下後，官兵衛先開口道歉。

「腳實在很痛，恕在下無禮了。」

然後將左腳隨意跨出後便坐下。不過客人倒是用毫不在意的聲調說道。

「在您靜養時硬是來訪，請恕在下無禮。」

官兵衛打量一下對方後，先自報姓名。

「在下便是小寺官兵衛。」

畢竟小寺家還在，因此官兵衛還是得報上小寺之名。但不久之後，應該就能報上黑田之名了吧，官兵衛這麼想著。客人點點頭，也自報了家門。

「在下名為竹中源助，與官兵衛大人是初次見面。」

聽聞竹中這姓氏，官兵衛點了點頭。這位客人臉上依稀帶有竹中半兵衛重治的影子，那是羽柴筑前守的家臣中，能和官兵衛一同談論未來的友人。半兵衛在今年夏天，也就是官兵衛還被囚禁在牢裡的時候離世了。

「既是竹中，那麼您是半兵衛大人的？」

「半兵衛是在下的堂兄、也是姊夫。」

「原來如此。」

官兵衛垂下眼皮，感嘆地說。

「誠然是受令姊夫照顧了，無法見到他最後一面，實在遺憾。」

「若是知道經歷辛勞苦難的官兵衛大人這樣說，想必姊夫在九泉之下也會相當高興的。」

知道對方是舊友的親人後，官兵衛的心情也和緩了些。
「那麼，您有何貴事呢？」
「其實……」
源助端正了坐姿。
「我想官兵衛大人您並不知道，當初被下令要處死令郎松壽丸的，便是姊夫。」
「……竟然。」
官兵衛只能喃喃說出零星字詞便啞口無言。信長應該知道官兵衛與半兵衛可是知己，明知如此，卻下令要半兵衛斬殺松壽丸，這實在是非常殘酷的命令。
「姊夫不顧自己僅為陪臣之身，向主君進言表示斬殺黑田的人質乃是錯誤的決定。想來也是因此惹怒了主君，所以才刻意下達這道命令。」
「這樣啊，半兵衛大人還幫忙保護他嗎。若是半兵衛大人……」
官兵衛好不容易才擠出聲音。
「……想來也不會讓吾子太過痛苦吧。」
源助聽了立即一臉尷尬。官兵衛也馬上發現了，因此問道。
「發生了什麼嗎？」
「不……當然沒讓令郎受苦。」
「那麼，今天是要來告知吾子死前的情況嗎？或者是您是為我帶來了遺物？」
源助垂下眼，喃喃低語似地說著。
「實在是萬分羞愧，在下若是像姊夫那樣的有智慧之人，自然會想好了應該要如何告知才過來拜訪，但還是有欠磨練。這麼一來，想想果然還是直接請您見見會比較直接了當。」
不理會官兵衛那一臉驚訝，源助喊著「你進來吧」。「是！」正想著這是聲相當俐落的回應呢，紙門便被拉了開來，冬天的寒氣流入了持佛堂。

有個小小的武士平伏在緣廊上。
源助說道。
「姊夫認為若是斬殺黑田的人質，首先將成為中國地區征伐的過失、再者有愧天道、同時也將愧對官兵衛大人，因此欺瞞了主君……所以，事情便是如此。羽柴大人為了取得主君的諒解多花了點時間，所以才會拖到今天，實在是非常抱歉。」
那小小的武士抬起頭來。官兵衛這才回神喊著。
「松壽丸！」
或許是因為在寒冷的走廊等待，松壽丸的雙頰通紅。
「父親大人！」
官兵衛雙手顫抖，雙目圓睜、嘴脣發顫地說著。
「半兵衛大人種下了善因。他賭上自己的性命施下了善因嗎？您是要告訴我，這就是對抗此憂患之世的方法嗎？半兵衛大人。」
源助一臉困惑，而松壽丸則笑容滿面地大聲回應。
「好久不見了，父親大人！父親大人說的話，我老是聽不懂呢！」

日後，黑田官兵衛留下了自己的心得。
——應懼主君責罰，而非神之責罰。應懼臣下百姓之責罰，而非主君責罰。
——若疏離臣下百姓，必定失去國家，無論祈禱、謝罪都無法逃避此責罰。
——因此，臣下萬民之罰為最，遠重於神之責罰或主君責罰。
松壽丸長大以後更名為黑田筑前守長政，並將其統領的博多一帶市鎮更名為福岡。官兵衛的遺訓傳承至後世，成為治世的基礎，讓福岡大為繁榮。

参考文獻一覧

天野忠幸『荒木村重』戎光祥出版、二〇一七年
安藤弥『戦国期宗教勢力史論』法藏館、二〇一九年
大桑斉『戦国期宗教思想史と蓮如』法藏館、二〇〇六年
小澤富夫・編『武家家訓・遺訓集成』ぺりかん社、一九九八年
神田千里『信長と石山合戦——中世の信仰と一揆』吉川弘文館、二〇〇八年
黒田基樹『百姓から見た戦国大名』ちくま新書、二〇〇六年
佐藤弘夫『アマテラスの変貌——中世神仏交渉史の視座』法藏館文庫、二〇二〇年
清水克行『喧嘩両成敗の誕生』講談社選書メチエ、二〇〇六年
諏訪勝則『黒田官兵衛——「天下を狙った軍師」の実像』中公新書、二〇一三年
高木久史『撰銭とビタ一文の戦国史』平凡社、二〇一八年
竹内順一『山上宗二記』淡交社、二〇一八年
武内善信『雑賀一向一揆と紀伊真宗』法藏館、二〇一八年
東郷隆『歴史図解　戦国合戦マニュアル』講談社、二〇〇一年
中西裕樹『戦国摂津の下克上——高山右近と中川清秀』戎光祥出版、二〇一九年
西股総生『「城取り」の軍事学』角川ソフィア文庫、二〇一八年
畠山浩一「岩佐又兵衛と荒木一族」『美術史学』第三〇号、東北大学大学院文学研究科美術史学講座、二〇〇九年

平岡聡『浄土思想入門——古代インドから現代日本まで』角川選書、二〇一八年
丸島和洋『戦国大名の「外交」』講談社選書メチエ、二〇一三年
光成準治『本能寺前夜——西国をめぐる攻防』角川選書、二〇二〇年
矢部良明『エピソードで綴る　戦国武将茶の湯物語』宮帯出版社、二〇一四年
山田邦明『戦国のコミュニケーション——情報と通信』吉川弘文館、二〇一一年

此外，關於時代考證的部分，承蒙堀新老師協助檢查確認。在此致上最深的謝意。

各作品初次收錄

雪夜灯籠「文芸カドカワ」二〇一九年二月號～三月號
花影手柄「カドブンノベル」二〇二〇年一月號～三月號
遠雷念仏「カドブンノベル」二〇二〇年六月號～八月號
落日孤影「カドブンノベル」二〇二〇年十月號～十一月號

本書為上記刊載作品增筆、修正後集結成書。

逆思流
黑牢城
（原名：黑牢城）
作者／米澤穗信　譯者／黃詩婷
執行長／陳君平　榮譽發行人／黃鎮隆
協理／洪琇菁　國際版權／黃令歡、梁名儀
執行編輯／呂尚燁　美術編輯／方品舒
企劃宣傳／洪國瑋　特約編輯／徐承義
發行／英屬蓋曼群島商家庭傳媒股份有限公司城邦分公司　尖端出版
台北市中山區民生東路二段一四一號十樓
電話：（〇二）二五〇〇－七六〇〇（代表號）
傳真：（〇二）二五〇〇－一九七九
中彰投以北經銷（含宜花東）／楨彥有限公司
電話：（〇二）八九一九－三三六九
傳真：（〇二）八九一四－五五二四
雲嘉經銷／威信圖書有限公司　嘉義公司
電話：（〇五）二三三－三八五二
傳真：（〇五）二三三－三八六三
南部經銷／威信圖書有限公司　高雄公司
電話：（〇七）三七三－〇〇七九
傳真：（〇七）三七三－〇〇八七
香港總經銷／城邦（香港）出版集團有限公司
香港灣仔駱克道193號東超商業中心1樓
電話：（八五二）二五〇八－六二三一
傳真：（八五二）二五七八－九三三七
E-mail：hkcite@biznetvigator.com
馬新經銷／城邦（馬新）出版集團　Cite(M)Sdn.Bhd.
E-mail：Cite@cite.com.my
法律顧問／王子文律師　元禾法律事務所
台北市羅斯福路三段三十七號十五樓
二〇二二年十月一版一刷

■中文版■

郵購注意事項：
1. 填妥劃撥單資料：帳號：50003021戶名：英屬蓋曼群島商家庭傳媒（股）公司城邦分公司。2. 通信欄內註明訂購書名與冊數。3. 劃撥金額低於500元，請加附掛號郵資50元。如劃撥日起 10～14日，仍未收到書時，請洽劃撥組。劃撥專線TEL：(03) 312-4212 ・ FAX：(03) 322-4621。E-mail：marketing@spp.com.tw

國家圖書館出版品預行編目資料

黑牢城／
米澤穗信著 ; 黃詩婷譯 . --初版.
--臺北市：尖端出版, 2022.10
面 ; 公分.--(逆思流)
譯自: **黑牢城**
ISBN 978-626-338-485-9(平裝)

861.57 111013753